DIE FRAU LAG TOT AUF DEM BODEN, ALS ER HEREINKAM.

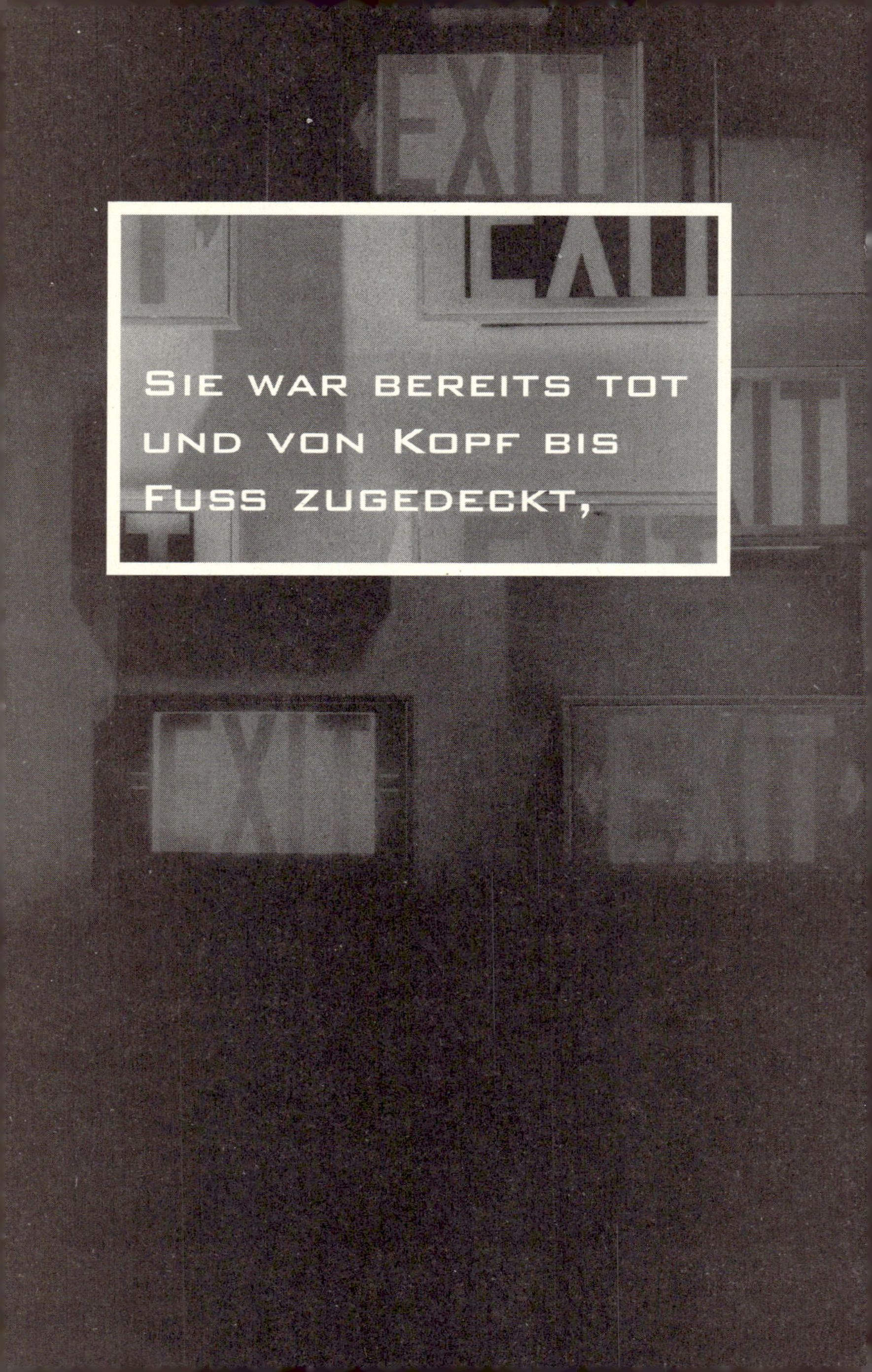

Sie war bereits tot
und von Kopf bis
Fuss zugedeckt,

DOCH DAS
ALLES ERFUHR
WEXFORD
ERST
SPÄTER ...

EXIT
EXIT
EXIT

RUTH RENDELL

DIE VERSCHLEIERTE

Deutsch von
Friedrich A. Hofschuster

Für Simon

Ich möchte Leonie Van Ness für eine Idee danken,
die sie mir in Ottawa vorgeschlagen hat
und die zum Plot dieses Romans beitrug.

Ruth Rendell

58.–63. Tausend Februar 2000

Veröffentlicht im Rowohlt Taschenbuch Verlag GmbH,
Reinbek bei Hamburg, März 1993

Die Originalausgabe erschien unter dem Titel
«The Veiled One» 1988 bei Hutchinson Ltd., London

Umschlaggestaltung Barbara Hanke
(Foto PP/BAVARIA)
Bildseitengestaltung Karen Kollmetz
(Foto PP/BAVARIA)
Gesamtherstellung Clausen & Bosse, Leck
Printed in Germany
ISBN 3 499 26224 x

EINS

Die Frau lag tot auf dem Boden, als er hereinkam. Sie war bereits tot und von Kopf bis Fuß zugedeckt, doch das alles erfuhr Wexford erst später, nicht zu diesem Zeitpunkt. Zurückblickend wurde ihm klar, welche Chancen er verpaßt hatte, aber es war sinnlos, sich Vorwürfe zu machen – er hatte es nicht gewußt, und das war alles. Er war mit anderen Dingen beschäftigt gewesen, hatte an alles mögliche gedacht: an das Geburtstagsgeschenk für seine Frau, das er in der Tragetasche hatte, an zeitgenössische Architektur, an den Sturm vom Tag zuvor, dem Teile seines Gartenzauns zum Opfer gefallen waren, und an diese Tiefgarage, die er aus dem nach unten fahrenden Lift betreten hatte.

Selbst der Lift war anders als die Lifte anderswo: aus klapperndem grauem Metall und ohne irgendwelche Verzierungen, wenn man von den Graffiti absah. Unregelmäßige Blockbuchstaben, deren rote Farbe nach unten verlaufen war wie Blutspuren, informierten darüber, daß jemand, der Steph hieß, eine «Macho-Lesbe» sei. Er hatte sich gefragt, was das bedeuten sollte und wo er das Wort nachschlagen konnte. Der Lift fuhr weiter nach unten. In die Innereien der Erde, dachte er, und es war tatsächlich etwas Eingeweidehaftes an diesem Tiefgeschoß mit seinen gewundenen Durchfahrten und seiner strikten Einbahnregelung. Vielleicht war es ja auch wirklich besser für diesen Zweck, zu graben statt in die Höhe zu bauen, vor allem, da jedes oberirdische Parkhaus zwangsläufig im Stil des Einkaufszentrums hätte gebaut werden müssen: vielleicht als eine Art Wall, eine Kasematte, ein schwächlicher Versuch, das Mittelalter zu rekonstruieren.

Er war gerade aus dem Barringdean Centre gekommen, dem neuen Einkaufskomplex, der in der Art einer Burg gebaut war. Das war der Stil, den Stadtplaner von heute für das Randgebiet einer alten Kleinstadt in Sussex als geeignet erachteten, obwohl dort keine echte Bausubstanz aus dem Mittelalter übriggeblieben war. Vielleicht gerade deshalb. Jedenfalls sah das Einkaufszentrum weniger wie eine wirkliche Burg, sondern wie eine Spielzeugburg aus, eine, die man aus Hunderten von Kunststoffklötzchen zusammensetzen konnte. Sie hatte die Form eines großen I mit vier Türmen an den Enden und einer Reihe kleinerer Türmchen an den Längsfassaden. Von weitem war es ihm beinahe so vorgekommen, als ob in den gotischen Spitzbogenfenstern im nächsten Augenblick Bogenschützen auftauchen und Pfeile durch die Luft fliegen würden.

Drinnen dagegen war alles spätes 20. Jahrhundert, wie man es nur mit Wörtern der achtziger Jahre ausdrücken konnte: exklusive Gestaltung, gehobene Einrichtungen, gepflegtes Ambiente, problemlose Zufahrten. In der Mittelhalle plätscherte ein großer Brunnen, und seine Wasserfontänen erreichten beinahe den herabhängenden Leuchter aus Milchglasplättchen. Hier hatte Wexford über den verglasten Zugang von der Garage das Zentrum durch die automatischen Türen betreten. Er war mit der Rolltreppe nach oben gefahren, wobei ein Hauch von Sprühwasser seine Finger am Handlauf berührt hatte. Oben angekommen, war ihm klargeworden, daß das Geschäft, das er suchte, doch unten sein mußte – war nicht *Suzanne* der Friseursalon, der auch Perücken und hautenge Trikots, «Leinen, das man als Leinen erkennt» und Spitze verkaufte? –, und er fuhr wieder hinunter mit der Rolltreppe zum Mandala. Das war ein floristisches Kunstwerk in der Halle am anderen Ende, ein Garten aus Topfpflanzen in konzentrischen Kreisen: braune Chrysanthemen, gelbe Chrysanthemen, weiße Weihnachtssterne und die Pflanzen mit den kirschähnlichen, orangefarbenen Früchten, die in Wirklichkeit eine Abart der

Kartoffel sind. Die Menge zerstreute sich; es war fast sechs, und zu diesem Zeitpunkt wurde das Einkaufszentrum geschlossen. Die Verkäuferinnen waren müde und ungeduldig, und selbst die Blumen sahen erschöpft aus.

Ein *Tesco*-Supermarkt füllte auf dieser Seite den ganzen Quertrakt des I-förmigen Baus, und zwar in beiden Stockwerken, während *British Home Stores* den Quertrakt auf der anderen Seite für sich beanspruchte. Daneben gab es den Drogeriemarkt *Boots*, gegenüber *W.H. Smith*, und dazwischen breitete sich das Mandala aus. In einem Seitengang, der zum Hauptparkplatz zu ebener Erde führte, spielten noch immer Kinder auf einem fetten Zebra aus schwarzem und weißem Leder, an einer High-Tech-Kletterwand und mit einem Drachen auf Rädern. Wexford fand das Geschäft, wo Dora, wie sie ihm schon vor einer Woche berichtet hatte, einen Pullover gesehen hatte, der ihr gefiel. *Adressen* hieß es, und daneben war der Schokoladenladen, auf der anderen Seite ein Wolle- und Handarbeitsgeschäft. Der Reformladen *Demeter* gegenüber wurde gerade geschlossen, und der Juwelier daneben ließ das vornehm vergoldete Gitter hinter der Glasscheibe herunter. Wexford ging zu *Adressen* und kaufte den Pullover; die Transaktion dauerte vier Minuten.

Inzwischen wurden die Besucher des Einkaufszentrums hinausgescheucht, und selbst das Café hatte einen Mann an der Tür stehen, der verdächtig nach Rausschmeißer aussah. Die Beleuchtung wurde zurückgeschaltet, die Fontänen des Brunnens sanken nach unten, bis die wellige Wasseroberfläche, in die sie fielen, glatt war wie Glas. Wexford setzte sich auf eine der schmiedeeisernen Boulevardbänke, die entlang dem Mittelgang aufgestellt waren. Er wartete, bis die Menge ihren Weg durch die verschiedenen Arterien gefunden hatte, die von diesem Mittelpunkt nach draußen führten, dann verließ auch er das Zentrum durch die automatischen Türen und über den verglasten Zugang.

Auf den ebenerdigen Abstellplätzen war ein großer Exodus geparkter Wagen im Gang. Als er am anderen Ende des Parkplatzes angekommen war, drehte er sich um und warf einen

Blick auf das Zentrum. Fahnen hingen an allen Türmen und Türmchen entlang der Hauptachse des Gebäudes, rote und gelbe Wimpel, die tagsüber in den Ausläufern des Sturms geflattert hatten, jetzt aber schlapp in der Stille eines dunklen, nebligen Abends hingen. Noch zeigten sich Lichtschlitze in den schmalen, gotischen Spitzbogenfenstern. Wexford stand allein am Eingang zum unterirdischen Parkgeschoß, und das einzige, was noch auf die Horden von Käufern hinwies, waren die überall herumstehenden, leeren Einkaufswagen. Hunderte davon, in einem chaotischen Durcheinander, die vermutlich bis zum nächsten Morgen hier stehen würden. Ein Schild informierte die Benutzer der Wagen, daß die Polizei streng gegen diejenigen vorgehen werde, die mit ihren Einkaufswagen den Straßenverkehr behinderten. Nicht zum erstenmal dachte Wexford daran, daß die Polizei eigentlich Wichtigeres zu tun hatte – wieviel Wichtigeres, würde ihm in Kürze einmal wieder vor Augen geführt werden.

Die Stadtplaner hatten angeordnet, daß die Parkgaragen unterirdisch angelegt werden mußten. Er erreichte den Lift und die Treppen durch eine Stahltür, deren Dröhnen noch zu hören war, als sich der Aufzug nach unten bewegte. Wexford hörte ihr Echo und zugleich Schritte auf der Treppe, die Schritte von jemandem, der sehr schnell nach oben lief – auch daran erinnerte er sich später. Hier unten war es immer kalt, und in der Luft hing stets ein säuerlicher, chemischer Geruch wie ölige Metallspäne. Wexford stieg in der zweiten von vier Parkebenen aus dem Lift und betrat den breiten Durchgang zwischen den Säulenreihen. Die meisten Wagen waren bereits weggefahren, und die weite Halle wirkte noch verlassener, häßlicher und abweisender. Natürlich war es lächerlich und übertrieben, so etwas zu denken, denn was, zum Beispiel, wurde hier abgewiesen? Die Parkgarage diente lediglich einem Zweck und stillte ein Bedürfnis in der denkbar praktischsten Weise. Was hätte er sich denn statt dessen gewünscht? Weiße Farbe an den Wänden? Wandmalereien? Bemalte Kacheln, die eine Episode aus der Geschichte von Kingsmarkham darstellten? Das wäre doch wohl eher noch schlimmer gewesen. Es war irrational, daß ihn dieser Ort an ein Bild erinnerte, welches ihm nicht im geringsten entsprach: an John Martins Illustration des Pandämoniums für eine Ausgabe von Miltons ‹*Verlorenem Paradies*›.

Sein Wagen parkte auf dieser Seite. Er brauchte nicht quer durch die ganze Halle zu gehen – unter der niedrigen Betondecke, zwischen den plumpen Stützpfeilern, durch die dunklen Abschnitte –, sondern sie nur zu durchqueren bis zu den Stellplätzen an der Wand auf der linken Seite. Hier unten gab es ein Echo, das Geräusch seiner Schritte wurde von den Wänden reflektiert. Wenn er auch seine Beobachtungsgabe, die normalerweise sehr scharf und präzise war, auf Sparflamme geschaltet hatte, so entgingen ihm zumindest nicht die Zahl der Fahrzeuge, die sich noch im Parkgeschoß befanden, sowie ihr Fabrikat und ihre Farbe. Er sah die drei übriggebliebenen Wagen zwischen ihm und der Mitte des Parkgeschosses, wo eine Rampe herunter- und eine hinaufführte: auf seiner, der linken Seite, ein roter Metro, und diagonal gegenüber, nebeneinander, ein silberner Escort und ein dunkelblauer Lancia. Der Leichnam der Frau lag zwischen diesen beiden Wagen, etwas näher beim Escort, und er war bedeckt mit einem Tuch aus schmutzigem braunem Samt, so daß er wie ein Haufen Lumpen aussah.

So jedenfalls berichtete man es ihm nachher. Jetzt sah er nur die Wagen, den Lack ihrer Karosserien, der nicht gänzlich entfärbt wurde vom kalten Licht der Leuchtstoffröhren, aber gedämpft und ausgebleicht wirkte. Er öffnete die Kofferraumhaube seines Wagens und legte die Tragetasche aus Papier mit dem Goldaufdruck *Adressen* hinein. Als er die Haube zuschlug, fuhr ein Wagen an ihm vorbei, ein roter Wagen, der zu schnell fuhr. Es gab mehr rote als andersfarbige Wagen, hatte er einmal irgendwo gelesen. Autofahrer seien aggressiv, und Rot sei die Farbe der Aggression. Er stieg in seinen Wagen, ließ den Motor an und warf einen Blick auf die Uhr am Armaturenbrett. Das tat er immer ganz unwillkürlich: er schaute auf die Uhr, während er die Zündung einschaltete. Sieben Minuten nach sechs. Er stellte die automatische Gangschaltung auf «Drive» und begann den Aufstieg aus den Eingeweiden der Erde.

In jeder Ebene wand sich die Ausfahrt um die Hälfte der Stellflächen, der Seite gegenüber, wo sich die Lifts und die Treppen befanden, wand sich gegen den Uhrzeigersinn und nach rechts zur Rampe, die in die nächsthöhere Ebene führte. Wexford kam dabei an drei Wagen vorbei: erst an den beiden auf der rechten Seite, dann an dem roten Metro. Natürlich schaute er nicht nach rechts, wo der Leichnam der Frau lag. Warum auch? Die Ausfahrt führte im engen Bogen auf die andere Seite der Parkebene. Hier stand kein Wagen mehr, die Stellplätze waren leer. Er kam hinauf in die erste Ebene, beschrieb wieder eine Schleife und fuhr weiter hinauf ins Freie und in die Dunkelheit. Es war möglich, daß in der ersten Parkebene noch Wagen parkten, aber er achtete nicht darauf und konnte sich nur an einen roten Vauxhall Cavalier erinnern mit einem Mädchen am Steuer, das ihm die Vorfahrt lassen mußte, als er die Rampe heraufkam. Sie scherte hinter ihm ein und folgte ihm in sehr knappem Abstand, hatte es offenbar eilig und war entschlossen, die Tempobeschränkung auf dem Parkplatz zu mißachten. Junge Mädchen am Steuer waren heutzutage schlimmer als junge Männer, behauptete Burden. Wexford kam hinaus ins Freie und fuhr die letzte Rampe hinauf. Die meisten Käufer waren verschwunden; es war zehn nach sechs, das Zentrum wurde um sechs geschlossen, und nur die letzten Nachzügler waren noch da und schoben ihre Einkaufswagen über den Parkplatz zu ebener Erde. Das Mädchen in dem Vauxhall überholte ihn, sobald es konnte.

Wexford war nach rechts gefahren und hatte sein Tempo verlangsamt, um den Vauxhall vorbeizulassen, und in diesem Augenblick sah er die Frau, die aus dem verglasten Zugang kam. Er beobachtete sie einfach deshalb, weil sie die einzige Person war, die sich dem Eingang zur unterirdischen Parkgarage näherte und weil sie es nicht eilig zu haben schien, sondern in beherrschter, gemessener Weise zwischen den Einkaufswagen dahinging, wobei sie einen Wagen mit dem Fuß zur Seite stieß, der ihr im Weg stand. Es war eine kleine, schlanke, aufrechte Frau in Mantel und Hut mit zwei Einkaufstüten, die beide den roten Aufdruck des *Tesco*-Supermarkts trugen. Die Stahltür dröhnte hinter ihr, und Wexford fuhr über den weiten, inzwischen fast leeren Parkplatz, wo der Nebel wie eine bläulichgrüne Wolke in der Luft hing, ein Nebel aus Auspuffgasen, der sich eine halbe Meile weit in die Castle Street und in die Stadt erstreckte. Die Verkehrsampel an der High Street vor dem *Olive and Dove* schaltete, als er sich ihr näherte, auf Rot. Er zog die Handbremse an und warf einen Blick auf die Abendzeitung, die er gekauft hatte, bevor er zum Einkaufszentrum hinausgefahren war, bisher aber noch nicht hatte lesen können. Das berühmte Gesicht seiner eigenen Tochter blickte ihm vom Titelblatt aus entgegen, was ihm allerdings nur einen milden Schock versetzte. Fotos von Sheila in den Zeitungen waren nichts Ungewöhnliches. Allerdings standen sie nur selten über derartigen Berichten. Neben ihrem Bild prangte noch ein anderes; Wexford betrachtete sich auch dieses und zog mit geschürzten Lippen tief die Luft ein. In diesem Moment schaltete die Ampel von Gelb auf Grün.

Das Einkaufszentrum Barringdean befand sich in einem Außenbezirk von Kingsmarkham, aber noch innerhalb der Stadtgrenzen. Man hatte es auf dem Gelände des ehemaligen Omnibusbahnhofs erbaut, der seinerzeit auf dem Grund und Boden einer ehemaligen Mälzerei eingerichtet worden war. Jetzt kaufte jedermann dort ein, und die Einzelhandelsgeschäfte in der High Street bekamen das zu spüren. Bei Tag schwärmten die Käufer dort ein und aus, aber nachts überließ man das Zentrum seinem Schicksal; im ersten Jahr seines Bestehens hatte es erst zwei Einbrüche gegeben. Abgesehen von den Sicherheitsleuten und den Ladendetektiven innerhalb des Zentrums gab es noch einen Hausmeister, der sich selbst Aufseher nannte und entweder auf dem Grundstück patrouillierte oder, häufiger, in einem kleinen Büro aus Beton neben der Tür zum Liftschacht der unterirdischen Parkgarage saß, den *Star* las und Tonbänder von Les Misérables und Edwin Drood hörte. Jeden Abend um achtzehn Uhr fünfzehn vollbrachte David Sedgeman seine letzte Pflicht des Tages als Aufseher des Einkaufszentrums Barringdean. Er stellte die Einkaufswagen einigermaßen ordentlich zusammen, schob einen in den anderen, so daß daraus lange, gegliederte Wagenschlangen wurden, und schloß die Tore des Fußgängereingangs in der Pomeroy Street, schob die Riegel vor und hängte das Schloß ein. Diese Tore waren aus Maschendraht, und der Zaun war zweieinhalb Meter hoch. Dann ging Sedgeman nach Hause. Wenn jemand sich noch auf dem Gelände aufhielt, mußte er es über die Zufahrt für Fahrzeuge verlassen.

Die Bewohner der Pomeroy Street hatten von der Stillegung des Busbahnhofs profitiert. Jetzt war es ruhiger, da nicht mehr von sechs Uhr morgens bis Mitternacht Busse ankamen und abfuhren. Statt dessen kamen und gingen tagsüber die Käuferscharen, doch nach sechs Uhr abends herrschte Ruhe, und alle waren fort. Auf der gegenüberliegenden Straßenseite wechselten kleine, viktorianische Reihenhäuser mit niedrigen Wohnblocks ab. Direkt gegenüber den Fußgängertoren lebte Archie Greaves mit Tochter und Schwiegersohn. Er verbrachte einen großen Teil des Tages damit, daß er an dem großen Aussichtsfenster im Parterre saß und die Käufer betrachtete; für ihn war es jetzt wesentlich unterhaltsamer als zu Zeiten des Busbahnhofs. Er beobachtete die Leute, die in die Telefonkabine rechts des Fußgängereingangs gingen, und manch einer mußte ihn dabei gesehen haben, denn schon mehr als einmal war jemand herübergekommen, hatte an sein Fenster geklopft und ihn um Wechselgeld zum Telefonieren gebeten. Er sah die Käufer kommen und gehen; es amüsierte ihn, sich den Zeitpunkt ihrer Ankunft zu merken und mit dem Zeitpunkt ihres Weggehens zu vergleichen. Er erkannte einige Stammkunden, und da er ein einsamer Mann war – seine Tochter und ihr Mann waren den ganzen Tag zur Arbeit –, betrachtete er sie beinahe als seine Freunde.

Der Abend war neblig. Es war früh dunkel geworden; jetzt, gegen sechs, war es finster wie um Mitternacht, und der Nebel war inzwischen deutlicher zu sehen, vor allem da, wo das Licht der Straßenlaternen hindurchschien und ihn grünlich schimmern ließ. In den Rinnsteinen der Pomeroy Street lag hoch das Laub, und die Platanen waren schon fast kahl. Hinter den offenen Toren erhellten starke Tiefstrahler den Parkplatz, der sich jetzt rasch leerte, und drinnen im Einkaufszentrum, dessen Türmchen sie wie Sägezähne vor dem nächtlichen Schwarz abhoben, wurden nach und nach die Lichter ausgeschaltet. Noch ein paar Minuten, dann würden alle draußen sein.

Die Fußgänger waren sporadisch herausgekommen, seit sich Archie um vier Uhr nachmittags ans Fenster gesetzt hatte. Sein Atem ließ die Scheibe anlaufen; er wischte sie ab und polierte sie mit seinem Jackenärmel, wobei er den Arm gerade noch rechtzeitig wegnahm, um jemanden zu beobachten, der aus dem Tor rannte. Es war ein junger Mann – ein Junge, dachte Archie – mit leeren Händen, und er rannte, als ob alle Teufel der Hölle hinter ihm her wären. Oder die Ladendetektive, dachte Archie argwöhnisch. Einmal hatte er eine Frau gesehen, die herausgelaufen kam und von vielen Leuten verfolgt wurde; damals hatte er angenommen, daß sie einen Ladendiebstahl begangen hatte. Diesen Jungen jedenfalls hatte er nie zuvor gesehen; er war ihm unbekannt, und er verschwand zwischen den Platanen ins neblig-trübe Dunkel.

Archie hatte drinnen kein Licht eingeschaltet, weil er besser sehen konnte, wenn er im Dunkeln saß. Ein altmodischer elektrischer Heizofen glühte hinter ihm in dem Raum. Niemand verfolgte den Jungen – vielleicht hatte er es ja nur eilig. Die anderen Käufer, die das Zentrum in müßigerer Gangart verließen, schauten ihm ohne große Neugier nach und erwarteten wohl wie Archie, daß ihm die Strafe auf dem Fuß folgen würde. Doch dann verschluckte sie die Dunkelheit ebenso wie den Jungen. Archie sah einen Wagen, der aus dem Maul der Tiefgarage kam, dann einen zweiten. Die Scheinwerfer, welche die Türmchen des Einkaufszentrums beleuchteten, verloschen. Dann sah Archie, wie David Sedgeman, die Schlüssel für das Schloß in seiner Hand, um die Ecke der Betonwand kam. Wegen des Nebels und weil Archie kein Licht eingeschaltet hatte, mußte Sedgeman die Augen zusammenkneifen, um den bleichen Schimmer vom Gesicht des alten Mannes zu sehen, dann nickte er ihm zu und hob eine Hand. Archie salutierte ebenfalls. Sedgeman schloß die Tore, zog die Kette durch den Maschendraht und befestigte sie mit dem Vorhängeschloß, dessen Bügel er einschnappen ließ. Dann schob er beide Riegel zu, einen unten und einen dreißig Zentimeter über seinem Kopf. Bevor er in sein Büro zurückging, winkte er noch einmal Archie zu.

Das war das Signal für Archie, sich in Bewegung zu setzen. Er stand auf und ging in die Küche, wo er sich in einem Keramikbecher Tee aus einem Teebeutel zubereitete und zwei Kekse mit Schokoladenstückchen aus der Keksdose nahm. Heute abend gab es keine Kartoffeln zu schälen, weil seine Tochter und ihr Mann auswärts aßen, auf der Verlobungsparty des Sohns von einem ihrer Freunde. Dementsprechend gab es kein warmes Abendessen für Archie, aber in seinem Alter bevorzugte er ohnehin kleine Imbisse mit Tee und Keksen und zwischendurch ein paar Stückchen Schokolade. Als er wieder im vorderen Zimmer war, schaltete er den Fernseher ein, obwohl er einen Großteil der Nachrichtensendung um sechs verpaßt hatte und es in dem Rest, den er noch sah, um den Prozeß gegen Terroristen und eine Schauspielerin ging, die irgendein Eigentum des Verteidigungsministeriums zerstört hatten. Er schaltete den Fernseher nicht aus, drehte nur den Ton leise und schaltete dann die Deckenbeleuchtung an. Archie hatte irgendwo gelesen, daß Fernsehen im Dunkeln blind machen könne.

Auch im Telefonhäuschen brannte jetzt Licht. Es ging automatisch um halb sieben an, es sei denn, das Häuschen war wieder einmal verwüstet und die Lampe eingeschlagen worden, was gelegentlich geschah. Archie setzte sich ans Fenster und beobachtete mit dem einen Auge die Straße, mit dem anderen den Bildschirm, in der Hoffnung, daß dort bald etwas Fröhlicheres zu sehen sein würde. Inzwischen lag das Einkaufszentrum im Dunkeln, aber auf dem Parkplatz brannten noch die zwei Tiefstrahler. Ein Mann in mittleren Jahren, einer seiner Nachbarn, ging mit seinem Hund vorbei, der das Bein hob und an die rote Metalltür des Telefonhäuschens pinkelte. Archie hatte gute Lust, an die Fensterscheibe zu klopfen, wußte aber, daß es nicht viel nützen würde. Hund und Hundehalter verschwanden im Nebel, während Archie seinen Tee trank, den zweiten Keks aß und sich fragte, ob er noch einen dritten holen oder lieber eine Stunde warten sollte. Jetzt kam der Wetterbericht; er konnte ihn nicht hören, aber er sah die kleinen Wölkchen und die gezeichneten Wirbel, die ihm sagten, daß es wechselhaft bleiben würde, wie gehabt.

Draußen war es still und dunkel; der Nebel zog davon, es klarte ein wenig auf, und dann rollte er träge wieder zurück und tauchte die Lichter, die halb von den Zweigen der Platanen verdeckt waren, in wäßrige grüne Phosphoreszenz. Auf der Asphaltwüste war es dunkel, nichts zu sehen als die zwei eng umgrenzten Lichtteiche, und jetzt gingen auch die Tiefstrahler aus, erst der eine, dann der andere, und hinterließen eine Schwärze, die an einen dunkelgrauen, aber schwach leuchtenden Himmel grenzte. Nun erhellten nur noch die Straßenlampen der Pomeroy Street und gelegentlich ein Lichtbündel aus der Ausfahrt der Tiefgarage das Gelände hinter den Toren. Und in diese Dunkelheit schritt eine kleine Frau, die an der Betonmauer aufgetaucht war, vermutlich aus dem Lift der Tiefgarage, wie Archie dachte. Sie ging ein paar Meter in eine Richtung und starrte ins Dunkel, dann drehte sie sich um und schaute zu ihm und zu den Toren herüber. Sie schien nachzusehen, ob jemand in der Nähe war, aber vielleicht sah sie sich auch nach etwas oder nach jemand Bestimmtem um. Ärger, unterdrückt und beherrscht, zeigte sich in der langsamen und bedächtigen Art, wie sie sich bewegte – das konnte Archie sogar im Halbdunkeln erkennen.

Vielleicht hatte sie ihren Wagen da drinnen stehen und brachte ihn nicht zum Laufen. Aber er konnte nichts tun, und dann war sie auch schon wieder fort, die Betonwand verbarg sie vor ihm. Archie schaltete den Fernseher aus, denn er konnte nicht mehr ertragen, was sich ihm stumm auf dem Bildschirm zeigte: verhungernde Afrikaner mit ihren sterbenden Babies, deren Bäuche aufgebläht waren, Menschen, denen er in seiner Ohnmacht und Armut nicht helfen konnte. Er schaute lieber wieder hinaus in die leere Stille. Auf den dritten Keks konnte er wohl noch eine Stunde warten. Er mußte sich etwas ausdenken, wie er sich die Zeit dieses Abends vertrieb; schließlich konnte er nicht vor neun ins Bett gehen, und bis da waren es noch zwei Stunden hin. Es war zu vermuten, daß sich da draußen nichts mehr ereignen würde bis zum nächsten Morgen um acht Uhr, wenn das Einkaufszentrum öffnete, gar nichts bis auf die Autos, die vorüberfuhren, und vielleicht ein paar Leute, die die Telefonzelle benutzten. Er überlegte noch, als die Frau wieder auftauchte, diesmal in der zielbewußten, energischen Weise einer Katze, die sich im nächsten Moment auf ihre Beute wirft.

Als sie sich den Toren genähert hatte, nahm sie einen Flügel in die Hand, als rechne sie damit, daß er sich öffnen ließe, als würden Schloß und Kette auf einen Schlag abfallen und die Riegel aufgleiten. Archie erhob sich und beugte sich auf dem Fensterbrett nach vorn. Die Frau war zu klein, um den oberen Riegel zu erreichen; inzwischen schien sie auch gemerkt zu haben, daß die Flügel des Tors mit Kette und Vorhängeschloß gesichert waren, und sie begann daran zu rütteln. Dabei schaute sie auf das Telefonhäuschen, das nur ein paar Meter von ihr entfernt, aber jenseits dieser Tore stand, die sich nicht öffnen ließen.

Sie rüttelte noch ein paarmal daran, diesmal heftiger, und die Kette rasselte dazu. Jeder konnte sehen, daß es wegen des Riegels und des Vorhängeschlosses ein sinnloses Unterfangen war, und Archie fragte sich angesichts der plötzlichen und heftigen Veränderung ihres Verhaltens, ob sie ganz bei Sinnen war oder vielleicht ein bißchen verrückt – zumindest gestört. Normalerweise hätte er die Frau ignoriert, den Blick abgewandt oder wäre vom Fenster weggegangen. Aber sie wollte unbedingt zum Telefonhäuschen; an ihren verzweifelten Bemühungen war allein die Tatsache schuld, daß sie das Telefon nicht erreichen konnte. Sicher, es gab ja auch noch die Nachbarn – sollte sich doch einer von den Jüngeren, Kräftigeren um diese Frau kümmern. Doch es geschah nichts, genau wie immer. Manchmal dachte sich Archie, daß da draußen auf der Pomeroy Street jemand am hellichten Tag ermordet werden könnte, ohne daß irgend jemand von den Nachbarn etwas unternahm. Die Frau rief jetzt, nein, sie schrie. Sie stampfte mit den Füßen, rüttelte an den Torflügeln und brüllte, so laut sie konnte, rief Archie Dinge zu, die er nicht verstehen konnte, aber dann doch hörte, als er seine Mütze aufgesetzt und den Regenmantel angezogen hatte und auf die andere Straßenseite hinüberlief.

«Die Polizei! Die Polizei! Ich muß die Polizei rufen! Ich muß telefonieren. Ich muß die Polizei verständigen!»

Archie überquerte die Straße. Er sagte: «Wenn Sie sich aufregen, hilft das gar nichts. Beruhigen Sie sich doch. Was ist denn los mit Ihnen?»

«Ich muß die Polizei anrufen. Da drinnen ist jemand tot. Ich muß die Polizei anrufen – es ist eine Frau, und sie haben versucht, ihr den Kopf abzuschneiden.»

Eisige Kälte ergriff Archie; er würgte und schmeckte die Schokolade, die er gegessen hatte. Mein Herz, dachte er, ich bin zu alt für so etwas. Und er sagte schwach: «Hören Sie auf, an den Toren zu rütteln. Hören Sie schon auf, ich kann Sie auch nicht rauslassen.»

«Ich brauche die Polizei!» kreischte sie, geriet aus dem Gleichgewicht und lehnte sich schwer gegen die Torflügel, blieb dort hängen und streckte die Finger durch den Maschendraht. Der metallische Laut verebbte, und die Frau schluchzte, das Gesicht gegen den kalten Drahtzaun gepreßt.

«Ich kann sie ja verständigen», sagte Archie, ging wieder hinein und ließ die Frau am Tor hängen, die sich jetzt nicht mehr bewegte; ihre Finger klammerten sich noch um den Maschendraht wie bei jemand, der bei einem Fluchtversuch erschossen worden ist.

ZWEI

Das Telefon klingelte, während er die Angelegenheit mit Dora besprach. Das Abendessen war ohne Begeisterung gegessen worden, und die Einkaufstüte, die Doras Geburtstagspullover enthielt, lag unbeachtet auf einem Stuhlsitz. Er hatte die Abendzeitung mit der Titelseite nach unten hingelegt, nahm sie nun aber, weil er ihrer schrecklichen Faszination keinen Widerstand leisten konnte, wieder in die Hand.

«Weißt du, ich war mir schon eine Weile im klaren darüber, daß es mit ihr und Andrew nicht gutgegangen ist», sagte Dora.

«Das Bewußtsein, daß die Ehe der Tochter in einer Krise steckt, ist etwas ganz anderes, als wenn man durch die Zeitung erfährt, daß sie sich scheiden läßt.»

«Ich glaube fast, das beunruhigt dich mehr als die Tatsache, daß sie vor Gericht aussagen muß.»

Wexford zwang sich dazu, einen kühlen, gelassenen Blick auf die Zeitung zu werfen. Die Aufmacher der ersten Seite berichteten über den Prozeß gegen drei Männer, welche versucht hatten, die israelische Botschaft in die Luft zu sprengen, und ein kleinerer Artikel über irgendeine Nachwahl, dennoch gehörte die Seite Sheila. Zu ihrem Artikel gab es zwei Fotos. Das obere zeigte einen Drahtzaun – nicht unähnlich dem, der das Einkaufszentrum umgab, das er an diesem Abend besucht hatte, nur daß der auf dem Foto mit Rollen von Stacheldraht gekrönt war. Die moderne Welt, dachte er manchmal, war voller Drahtzäune. Der auf dem Foto war beschädigt, ein Stück des Maschendrahts hing in der Mitte nach außen und gab eine große Öffnung frei, durch die man ein ziemlich schlammiges Gelände sehen konnte, mit einem hangarähnlichen Gebäude im Zentrum. Und vor dem dunklen Hintergrund des anderen Bildes blickte einen das schöne Gesicht seiner Tochter an, mit großen Augen, die dem Vater besorgt vorkamen, ja bestürzt über das ungestüme Tempo der Ereignisse. Unter ihrer Wollmütze stahlen sich einzelne Fäden ihres hellen, lockigen Haars hervor. Die Überschrift lautete: SHEILA HAT DEN DRAHT DURCHGESCHNITTEN. Der Artikel darunter berichtete den Rest und zählte alle die schmerzlichen Details auf, von der Festnahme und der in Kürze stattfindenden Vorverhandlung beim Magistratsgericht bis zu der sicherlich unnötigen Information, daß die Schauspielerin, die derzeit in der Fernsehserie ‹*Lady Audleys Geheimnis*› zu sehen sei, die Scheidung gegen ihren Gatten, den Geschäftsmann Andrew Thorverton, eingereicht habe.

«Ich finde, das hätte sie mir sagen müssen», beschwerte sich Wexford. «Das mit der Scheidung, meine ich. Ich wäre nicht davon ausgegangen, daß sie mir auch ihre Absicht verkündet hätte, den Drahtzaun um einen Stützpunkt mit Nuklearbombern zu zerschneiden, denn dann hätten wir versucht, sie davon abzuhalten.»

«Wir hätten auch versucht, sie von der Scheidung abzuhalten.»

In diesem Augenblick also klingelte das Telefon. Da Sheila bis zum bevorstehenden Prozeß vor dem Magistratsgericht auf Kaution freigesetzt worden war, dachte Wexford erst, daß sie am anderen Ende der Leitung sein könnte. In seinem Kopf hörte er bereits ihre Stimme, die leisen Selbstvorwürfe, wenn sie ihre Eltern davon zu überzeugen versuchte, daß sie keine Vorstellung hatte, wie die Zeitung diesen Bericht mit der Scheidung... Sie sei völlig überrumpelt worden... Ihr sei die Spucke weggeblieben... Sie habe nicht die geringste Ahnung... Und was die Sache mit dem Drahtzaun betreffe...

Aber es war nicht Sheila, sondern Inspector Michael Burden.

«Mike?»

Die Stimme klang kühl und ein wenig schroff, mit einem Unterton von Besorgnis, aber so klang sie fast immer. «Auf dem Parkplatz des Einkaufszentrums liegt eine Tote, ich meine, in der unterirdischen Parkgarage. Ich war noch nicht da, aber es kann sich nur um einen Mord handeln.»

«Ich war selbst im Einkaufszentrum», sagte Wexford überrascht. «Ich bin erst vor zwei Stunden von dort weggefahren.»

«Okay; niemand glaubt, daß Sie es gewesen sind.»

Burden war wesentlich schroffer geworden seit seiner zweiten Heirat. Früher wäre ihm eine solche Bemerkung nie in den Sinn gekommen.

«Ich komme rüber. Wer ist momentan dort?»

«Ich – das heißt, ich bin in fünf Minuten da. Archbold.

Prentiss.» Prentiss war der Tatort-Spezialist, Archbold ein junger Detective Constable. «Sumner-Quist. Sir Hilary ist im Urlaub.»

Im November? Na ja, heutzutage machten die Leute zu den sonderbarsten Zeiten Urlaub. Wexford wäre der hervorragende und gelegentlich unmögliche Leiter der Pathologie, Sir Hilary Tremlett, lieber gewesen; er fühlte sich Dr. Basil Sumner-Quist bei weitem nicht so geistesverwandt.

«Es gibt kein Problem mit der Identifikation», fuhr Burden fort. «Wir wissen, wer sie ist. Sie heißt Gwen Robson, ist verheiratet, Ende Fünfzig. Adresse oben in der Highlands-Siedlung. Eine Frau namens Sanders hat sie gefunden und sich an jemanden in der Pomeroy Street gewendet, der uns anrief.»

Es war fünf nach acht. «Es kann länger dauern», sagte Wexford zu Dora. «Jedenfalls bin ich nicht gleich zurück.»

«Ich überlege mir, ob ich Sheila anrufen soll.»

«Sie soll uns anrufen», sagte Sheilas Vater mit erzwungener Härte. Er nahm die Einkaufstüte mit Doras Geschenk und versteckte sie ganz hinten im Schrank auf der Diele. Doras Geburtstag war erst morgen.

Die Einfahrt zum Parkplatz war von Polizeifahrzeugen blokkiert. Scheinwerfer waren von irgendwo hergebracht worden und legten die Asphaltfläche in strahlende Helligkeit. Jemand hatte die Schlange der Einkaufswagen quer über den Parkplatz geschoben, um auf diese Weise einen Teil abzusperren; andere Einkaufswagen standen in einiger Entfernung herum wie eine Schar beobachtender Roboter. Die Tore des Fußgängereingangs in der Pomeroy Street waren weit offen. Wexford schob ein paar Einkaufswagen zur Seite, rollte sie sich aus dem Weg, zwängte sich zwischen den Wagen durch, öffnete die Tür zum Lift und drückte auf den Knopf. Nichts rührte sich, also ging er die beiden Stockwerke zu Fuß hinunter. Die drei Wagen standen noch da: der rote Metro, der silberne Escort und der dunkelblaue Lancia – aber den hatte man von seinem Parkplatz an der Wand in den Mittelgang gefahren, zweifellos, um dem Gerichtsmediziner, dem Tatort-Experten und dem Fotografen Platz zu machen, damit sie den Leichnam, der dicht hinter der anderen Seite des silbernen Escort lag, untersuchen konnten. Wexford zögerte einen Augenblick, dann näherte er sich der Gruppe von Menschen und dem Ding, das da auf dem Betonboden lag.

Burden stand auf, als Wexford näher kam, und Archbold, ein Mann mit altmodischen Manieren, nickte und sagte: «Sir!» Sumner-Quist dachte nicht daran, sich auch nur umzudrehen. Die Tatsache, daß er in diesem Augenblick seine Schulter bewegte, so daß das Gesicht und der Hals der Toten sichtbar wurden, war, wie Wexford annahm, rein zufällig. Das Gesicht trug übrigens die unmißverständlichen Zeichen eines Menschen, der durch Strangulierung zu Tode gekommen war. Es war bläulich, aufgedunsen, mit entsetzter Miene, und der Abdruck an ihrem Hals von irgend etwas, das für das Ersticken verantwortlich gewesen sein mochte, war so tief, daß er aussah wie ein Schnitt, so als sei die Klinge eines Messers um Kehle und Nacken geführt worden. Strahlend helles Licht an einem Ort, der normalerweise nur schwach beleuchtet war, enthüllte ihren schrecklichen Zustand und den ihrer Umgebung: fleckiger, öliger, verfärbter Beton, schmutziges Metall und Abfall auf dem Boden.

Die Tote trug einen braunen Tweedmantel mit Pelzkragen, und der Hut aus rehbraun und dunkelbraun kariertem Tweed mit der schmalen Krempe saß noch auf ihrem grauen, lockigen Haar. Sie war offenbar klein und schlank, ihre stockgeraden Beine steckten in einer braunen, mit Spitzenmuster verzierten Strumpfhose oder entsprechenden Strümpfen, und an den Füßen hatte sie zum Laufen bequeme braune Schnürschuhe mit flachem Absatz. Ein Ehe- und ein Verlobungsring steckten an ihrer linken Hand.

«Der Escort gehört ihr», sagte Burden. «Sie hatte die Schlüssel in der Hand, als sie umgebracht wurde. Das heißt, es hat jedenfalls den Anschein, denn die Schlüssel lagen unter ihrem Körper. Im Kofferraum sind zwei Einkaufstüten mit Lebensmitteln. Es sieht so aus, als hätte sie die Tüten in den Kofferraum gestellt, den Deckel zugeklappt, sei dann zur Fahrertür gegangen, um aufzusperren, und dabei von hinten überfallen worden.»

«Womit überfallen?»

«Vielleicht mit einem dünnen Strick. Wie bei den Gangstern.» Burdens Allgemeinwissen wie auch die Schärfe seines Intellekts waren durch seine Ehe gefördert worden. Aber erst nach der Geburt eines Sohnes, zwanzig Jahre nach der Gründung seiner ersten Familie, hatte er die schicken Anzüge im Schrank hängen lassen, die er früher auch bei solchen Anlässen im Dienst zu tragen beliebte. An diesem Abend trug der Inspector Jeans, wenn auch mit sehr seltsam aussehenden, scharfen Bügelfalten, und sie paßten nicht besonders gut zu seiner Kamelhaarjacke.

«Eher ein Draht als ein Strick, würde ich sagen», meinte Wexford.

Die Bemerkung übte eine elektrisierende Wirkung auf Dr. Sumner-Quist aus, der sofort aufsprang und mit Wexford sprach, als wären sie in einem Wohnzimmer und nicht in einer Parkgarage und als wäre dies ein gesellschaftlicher Anlaß, etwa eine Cocktailparty: «Weil wir von Draht sprechen – ist dieses wahnsinnig hübsche Fernsehmädchen, das heute abend in allen Zeitungen auf der ersten Seite steht, etwa Ihre Tochter?»

Wexford wollte sich nicht ausmalen, welche Wirkung die Bezeichnung «Fernsehmädchen» auf Sheila gehabt hätte. Er nickte.

«Hab ich mir doch gedacht. Ich hab meiner Frau gesagt, daß sie es sein muß, so unwahrscheinlich einem das auch vorkommt. Okay, ich habe hier alles getan, was ich konnte. Wenn der Mann mit der Kamera fertig ist, könnt ihr sie meinetwegen wegschaffen. Wissen Sie, ich finde, es ist schade, daß diese Leute nicht die Drahtzäune in Rußland durchschneiden.»

Wexford gab auf die letzte Bemerkung keine Antwort. «Wie lange ist sie schon tot?»

«Sie verlangen Wunder von mir, nicht wahr? Glauben Sie, ich kann das nach einer Untersuchung von fünf Minuten sagen? Aber ich schätze, daß sie gegen sechs schon hinüber gewesen sein muß. Reicht Ihnen das vorläufig?»

Und er war um sieben Minuten nach sechs hier gewesen... Er hob den dreckigen braunen Samtvorhang hoch, der als dunkler Haufen ein paar Zentimeter neben den Füßen der Toten lag. «Was ist das?»

«Damit war sie zugedeckt, Sir», sagte Archbold.

«Sie meinen, wie mit einer Decke? Oder auch über dem Kopf und die Füße?»

«Ein Fuß ragte heraus, und die Frau, die sie gefunden hat, zog die Decke ein Stück weg, um das Gesicht zu sehen.»

«Ja... Wer hat sie gefunden?»

«Eine Mrs. Dorothy Sanders. Das ist ihr Wagen, der rote dort drüben. Sie hat die Tote gefunden, aber ein Mann namens Greaves aus der Pomeroy Street hat uns angerufen. Davidson ist gerade bei ihm, um mit ihm zu sprechen. Er hat Mrs. Sanders gesehen, die geschrien hat und versuchte, das Tor aufzureißen. Sie war völlig außer sich, weil das Telefonhäuschen vor dem Tor steht und sie nicht hinaus konnte. Diana Pettit hat ihre Aussage zu Protokoll genommen und die Frau dann nach Hause gefahren.»

Wexford hatte immer noch den Samtvorhang in der Hand und ging jetzt zum Kofferraum des roten Metro. Auch in diesem befanden sich Einkäufe, Lebensmittel in zwei roten *Tesco*-Tragetüten und eine durchsichtige Plastiktasche mit Wollknäueln, graue Strickwolle, die zu einem Paket zusammengeschnürt war. Er schaute nach oben, weil er das Geräusch des Aufzugs vernahm, vielleicht nur ein Echo oder das Zittern des Schachts – man hörte es immer, wenn sich der Lift bewegte. Die Tür zum Lift ging auf, und ein Mann trat aus der Kabine. Er näherte sich sehr zaghaft und zögernd, und als sich sein Blick mit dem aus Wexfords Augen traf, blieb er abrupt stehen. Archbold ging auf ihn zu und sagte etwas. Es war ein junger Mann mit einem blassen, ernsten Gesicht und einem dunklen Schnurrbart, und er war in einer Weise gekleidet, wie es für jemanden im Alter von Wexford passend gewesen wäre, aber nicht für einen jungen Mann, der vielleicht – ja, wie alt mochte er sein? Einundzwanzig? Zweiundzwanzig? Der graue Pullover mit V-Ausschnitt, die gestreifte Krawatte und die graue Flanellhose erinnerten Wexford ein wenig an eine Schuluniform.

«Ich komme wegen dem Wagen», sagte er.

«Gehört einer der Wagen Ihnen?»

«Der rote, der Metro. Er gehört meiner Mutter. Meine Mutter hat gesagt, daß ich hierherkommen und ihn abholen soll.»

Seine Blicke wanderten ängstlich zu der Stelle, wo die Tote lag, die jetzt wieder ganz mit einem Tuch bedeckt war. Sie lag unbeaufsichtigt da – der Gerichtsmediziner, der Fotograf und der Tatort-Experte der Polizei entfernten sich gerade über den Mittelgang zu einem der Ausgänge. Wexford bemerkte den besorgten, kummervollen Blick, das rasche Abwenden der Augen und die ruckartige Kopfbewegung des jungen Mannes. Er sagte: «Können Sie mir Ihren Namen nennen, Sir?»

«Sanders, Clifford Sanders.»

Burden fragte: «Sind Sie mit Mrs. Dorothy Sanders verwandt?»

«Ich bin ihr Sohn.»

«Ich komme mit», sagte Wexford. «Ich fahre hinter Ihnen her, ich möchte ein paar Worte mit Ihrer Mutter sprechen.» Er wartete, bis Clifford Sanders, der mit eckigen Bewegungen wegging, außer Hörweite war, dann sagte er zu Burden: «Was ist mit Mrs. Robsons Angehörigen?»

«Sie hat einen Mann, aber der ist noch nicht verständigt. Er wird die formelle Identifizierung vornehmen müssen. Ich dachte, ich fahre jetzt gleich hin.»

«Wissen wir, wem dieser blaue Lancia gehört?»

Burden schüttelte den Kopf. «Es ist ein bißchen merkwürdig. Normalerweise benutzen nur Käufer diese Parkgarage – ich meine, wer auch sonst? Und das Zentrum ist seit über zwei Stunden geschlossen. Wenn er dem Killer gehört, warum hat er oder sie dann den Wagen nicht weggebracht? Zunächst habe ich gedacht, daß er vielleicht nicht anspringt, aber als wir ihn wegfahren wollten, ließ sich der Motor sofort starten.»

«Lassen Sie den Besitzer feststellen», sagte Wexford. «Mein Gott, Mike, ich war hier drinnen, ich habe die drei Wagen gesehen und muß an der Toten vorbeigefahren sein.»

«Haben Sie sonst noch jemanden gesehen?»

«Ich weiß nicht... Ich müßte nachdenken.»

Während er im Lift nach oben fuhr, dachte er nach. Er erinnerte sich an die Schritte auf der Treppe, die er gehört hatte, an das Mädchen in dem roten Vauxhall, das hinter ihm drängelte, an das halbe Dutzend Leute auf dem Parkplatz zu ebener Erde, an den Nebel, der die Sicht verschleierte, aber nicht undurchdringlich war. Er erinnerte sich an die Frau, die zwei Einkaufsbeutel trug und aus dem verglasten Eingang heraustrat, erinnerte sich, wie sie ohne große Eile dahinging und einen Einkaufswagen lässig mit einem Tritt aus dem Weg beförderte. Aber das war um zehn nach sechs gewesen; der Mord mußte inzwischen bereits stattgefunden haben... Er setzte sich neben Archbold in den Wagen der Polizei. Clifford Sanders im roten Metro wartete ein paar Meter weiter an der Ausfahrt, während ein uniformierter Polizeibeamter – offenbar ein neuer, den Wexford nicht kannte – die einzeln herumstehenden Einkaufswagen aus der Einfahrt schob.

Der kleine rote Wagen führte sie durch die High Street in Richtung Stowerton und bog dann in die Forby Road ein. Archbold schien zu wissen, wo Sanders wohnte, in einer einsamen Gegend am Ende einer Landstraße, die eine halbe Meile hinter dem Herrenhaus und Park mit Namen «Sundays» abzweigte. Es war weniger als drei Meilen von Kingsmarkham entfernt, aber die Landstraße dorthin war schmal und unbeleuchtet, und Clifford Sanders fuhr noch langsamer, als es die unübersichtlichen Kurven erforderten. Dichte, dunkle, blattlose Hecken erhoben sich zu beiden Seiten der Landstraße. Gelegentlich fuhren sie an Parkbuchten vorbei, die anzeigten, daß man wenigstens hier einem entgegenkommenden Fahrzeug ausweichen konnte. Wexford erinnerte sich nicht, jemals hier gewesen zu sein, und er bezweifelte, daß die Straße irgendwo hinführte; wahrscheinlich endete sie zuletzt an der Zufahrt zu einem Bauernhof.

Der Himmel war schwarz, ohne Mond und Sterne. Die Landstraße schien sich in einer Serie unnötiger Kurven zu winden. Es gab keine Hügel, die derartige Kurven erfordert hätten, keinen Fluß, der überquert werden mußte. Inzwischen waren auch keine winzigen Lichtpünktchen mehr in der umgebenden Landschaft zu sehen. Alles war stockdunkel bis auf das Stück

Straße vor dem Wagen, das von den Scheinwerfern erhellt wurde, und die zwei hellen roten Punkte am Heck des vorausfahrenden Metro.

Aber nun hatte Clifford Sanders seinen linken Blinker eingeschaltet. Er war offenbar ein Fahrer, der seine Absicht schon hundert Meter vor dem Abbiegen verkündete. Ein paar Sekunden vergingen. Vor ihnen waren keine Lichter zu sehen, nur eine Unterbrechung in der Hecke. Dann bog der Metro ein, und Archbold folgte, geleitet von den roten Heckleuchten. Mit leicht amüsierter Ungeduld dachte Wexford, daß das eine Szene aus einem Hitchcock-Film sein könnte, denn er war eben noch imstande, die Umrisse des Hauses auszumachen – ein Haus, das wahrscheinlich bei Tageslicht längst nicht so abweisend aussehen würde, jetzt aber geradezu lächerlich düster und bedrohlich wirkte. Nur hinter zwei Fenstern war bläßliches Licht zu erkennen. Ansonsten gab es keine Beleuchtung, weder über der Haustür noch irgendwo im Garten. Wexfords Augen gewöhnten sich allmählich an die Dunkelheit, und er sah, daß es sich um ein ziemlich großes Haus handelte, Parterre und zwei obere Stockwerke, mit acht Fenstern an der Vorderfront und einer schweren, wuchtigen Haustür. Ein paar Stufen ohne Geländer führten zu dieser Tür hinauf, und es gab weder eine Veranda noch ein Vordach. Aber die ganze Fassade war bewachsen, bedeckt, bekleidet mit Efeu. Es war Efeu, soweit er es erkennen konnte, jedenfalls irgendein immergrünes Blattwerk, eine dichte Decke von Blättern, durch die die zwei Fenster bläßlich schimmerten wie Augen im struppigen Gesicht eines Tiers.

Ein Garten umgab das Haus, zumindest sah man Grasflächen und verwelktes Laub, und dieser Garten erstreckte sich bis zu einem Holzzaun auf der Rückseite des Hauses. Dahinter Dunkelheit, vermutlich Felder und Wälder, und jenseits des sanften Hügels die von hier aus unsichtbare Stadt, die ebensogut hundert Meilen hätte entfernt sein können.

Clifford Sanders ging zur Haustür. Die Glocke war von der altmodischen Art, bei der man einen Seilzug vor und zurück bewegen mußte, aber er hatte einen Schlüssel und sperrte die

Tür auf. Als Wexford ihm folgen wollte, sagte er mit seiner tonlosen, kühlen Stimme: «Einen Augenblick, bitte.»

Offensichtlich mußte die Mutter vorgewarnt werden; er verschwand im Haus, und nach ein paar Augenblicken kam sie an die Tür. Wexfords erster Gedanke beschäftigte sich mit ihrer Gestalt, die überraschend klein war, klein und mager; sein zweiter war, daß es sich zweifellos um die Frau handelte, die er auf die Tür zum unterirdischen Parkgeschoß hatte zugehen sehen, als er auf den Parkplatz im Freien herausgekommen war. Sekunden danach mußte sie die Tote gefunden haben, die er übersehen hatte. Ihr Gesicht war sehr blaß, so weiß, wie man es nur selten sah, sehr faltig und vielleicht noch weißer gepudert; der scharlachrote Lippenstift, mit dem sie geschminkt war, hätte einem jungen Mädchen besser angestanden. Sie trug einen braunen Tweedrock, einen beigefarbenen, dünnen Pullover und Schlafzimmerpantoffeln. War ihre grausige Entdekkung verantwortlich für den sonderbaren Geruch, den sie verbreitete? Sie roch nach einem Desinfektionsmittel, nach der üblichen Kombination aus Zitronenöl und Lysol, die man aus Krankenhäusern kennt.

«Sie können reinkommen», sagte sie. «Ich habe Sie erwartet.»

Das Haus wirkte düster und höhlenartig; Teppiche und eine Zentralheizung gehörten nicht zu den Bequemlichkeiten, die Mrs. Sanders bevorzugte. Der Boden in der großen Eingangshalle war mit unglasierten Kacheln gepflastert, und im Wohnraum gingen sie auf Linoleum, das Holz vortäuschte, und auf zwei spärlichen Brücken. Es gab so gut wie keinen Ziergegenstand, auch keine Bilder, nur einen großen Spiegel in einem schweren Mahagonirahmen. Clifford Sanders hatte auf einem sehr alten, schäbigen Roßhaarsofa vor dem offenen Kamin mit einem Feuer aus großen Scheiten Platz genommen. Er hatte nur graue Socken an den Füßen; die Schuhe hatte er an den Kamin gestellt, auf eine zusammengelegte Zeitung. Mrs. Sanders wies ihnen – und sie zeigte tatsächlich mit ausgestrecktem Zeigefinger – die Plätze zu, wo sie sich setzen sollten: Der Lehnsessel war für Wexford bestimmt, der freie Teil des Roßhaarsofas für Archbold. Sie schien die unterschiedlichen Dienstränge der beiden zu ahnen und zu wissen, was sie ihnen schuldig war.

«Ich möchte Sie bitten, daß Sie mir über Ihr Erlebnis von heute abend in der Parkgarage des Einkaufszentrums Barringdean berichten, Mrs. Sanders», begann Wexford. Er zwang sich, den Blick von der Zeitung abzuwenden, wo ihn das Gesicht seiner Tochter zwischen den schwarzen Herrenhalbschuhen anstarrte. «Erzählen Sie mir ausführlich, was geschehen ist, von dem Augenblick an, als Sie in die Parkgarage kamen.»

Sie sprach langsam, und ihre Stimme war flach wie die ihres Sohns, aber es lag auch etwas Metallisches in ihr, so als ob Kehle und Gaumen aus einem anorganischen, harten Material bestünden. «Da gibt es nicht viel zu erzählen. Ich kam mit meinen Einkäufen zu meinem Wagen. Auf dem Weg dorthin sah ich etwas auf dem Boden liegen, ging näher, um nachzusehen, und es war... Ich nehme an, Sie wissen, was es war.»

«Haben Sie es berührt?»

«Ich habe den Stoff zurückgeschlagen, der darübergedeckt war, ja.»

Clifford Sanders beobachtete seine Mutter, und seine Augen wirkten bewegungs- und ausdruckslos. Er machte den Eindruck, als sei er nicht so sehr entspannt, sondern eher in Verzweiflung versunken, und er ließ die Arme zwischen den gespreizten Beinen hängen.

«Um welche Zeit war das, Mrs. Sanders?» Wexford war aufgefallen, daß sie eine Digitaluhr am Handgelenk trug.

«Genau zwölf Minuten nach sechs.» Als Grund dafür, daß sie das Einkaufszentrum so spät verlassen hatte, nannte sie eine Auseinandersetzung mit einem Fischhändler, und dabei sprach sie wieder in sehr gemessener Weise – zu gemessen. Wexford, der sich gefragt hatte, woran ihre Stimme ihn erinnerte, wußte es jetzt: Sie klang wie eine elektronisch verstärkte Stimme. «Ich kam um zwölf Minuten nach sechs dort an – und wenn es Sie interessiert, wieso ich die Zeit so genau weiß, kann ich nur sagen, daß ich immer genau weiß, wie spät es ist.»

Er nickte. Digitaluhren waren geschaffen für Leute wie sie, die auch danach noch angeben konnte, was sie vor ihrer Ankunft am Tatort zwischen zehn nach sechs und sechs Uhr fünfzehn getan hatte. Aber die meisten Besitzer solcher Uhren waren Leute, die es eilig hatten, die rastlos waren und unermüdlich. Diese Frau schien eines der seltenen Wesen zu sein, welche sich ständig der genauen Zeit bewußt sind, ohne durch übertriebene Eile gegen sie ankämpfen zu müssen.

Jetzt sprach sie leise mit ihrem Sohn. «Hast du die Garagentüren abgeschlossen?»

Er nickte. «Das tu ich doch immer.»

«Niemand tut irgend etwas immer. Jeder kann es einmal vergessen.»

«Ich habe es nicht vergessen.» Er stand auf. «Ich gehe jetzt hinüber zum Fernsehen.»

Sie war ein Mensch, der mit Fingern zeigte, wie Wexford feststellte. Jetzt zeigte sie auf den offenen Kamin. «Vergiß deine Schuhe nicht.»

Clifford Sanders watschelte davon, die Schuhe in der Hand, und Wexford sagte zu Dorothy Sanders: «Was haben Sie gemacht zwischen zwölf Minuten nach sechs und sechs Uhr fünfundvierzig, als es Ihnen gelang, die Aufmerksamkeit von Mr. Greaves in der Pomeroy Street auf sich zu lenken?» Er hatte sich sehr genau die Zeit des Anrufs von Greaves bei der Polizei von Kingsmarkham gemerkt: vierzehn Minuten vor sieben. «Es ist ziemlich genau eine halbe Stunde vergangen zwischen dem Zeitpunkt, als Sie die Tote fanden, und der Zeit, als Sie oben an den Toren waren und hinausriefen.»

Sie ließ sich dadurch nicht aus der Ruhe bringen. «Es war ein ziemlicher Schock für mich. Ich mußte erst darüber hinwegkommen, und als ich oben auf dem offenen Parkplatz war, hat mich keiner gehört.»

Er erinnerte sich an Archbolds Bericht, der inzwischen freilich aus dritter Hand stammte. Sie habe geschrien und getobt hinter diesen Toren, habe daran gerüttelt, als wolle sie sie niederreißen, weil die Telefonzelle sich auf der anderen Seite befand. Jetzt dagegen schaute ihn diese Frau kalt und gelassen an. Man hätte gedacht, daß es nichts gab, was ihr Gleichgewicht stören oder den Ton ihrer mechanischen Stimme ändern könnte.

«Wie viele Wagen sahen Sie zu dieser Zeit im zweiten Parkgeschoß?»

Ohne zu zögern, antwortete sie: «Drei, einschließlich dem meinen.»

Sie log nicht, hatte vielleicht überhaupt nicht gelogen. Er erinnerte sich, daß vier Wagen dort parkten, als er vom zweiten Parkgeschoß nach oben gefahren war. Einer war auf der anderen Seite aus einer Parklücke gefahren: der rote Wagen, der gleich nach seiner Ankunft im Parkgeschoß an ihm vorbeigefahren war. Das war acht oder neun Minuten nach sechs gewesen...

«Haben Sie irgend jemanden gesehen? Irgendeine Menschenseele?»

«Nein, niemanden.»

Sie war vermutlich Witwe, dachte Wexford, nicht mehr weit vom Pensionsalter entfernt, ohne Beruf, in mehrfacher Weise abhängig, finanziell vermutlich von diesem Sohn, der zweifellos irgendwo in der Nähe wohnte. Später wurde ihm klar, daß er sich nicht mehr hätte täuschen können.

Eine Welle von Desinfektionsgeruch streifte ihn, und sie mußte bemerkt haben, daß er schnüffelte.

«Nachdem ich mit diesem Kadaver in Berührung gekommen bin», sagte sie und schaute ihn mit festen Blicken an, ohne zu blinzeln, «mußte ich mir die Hände mit einem Antiseptikum schrubben.»

Es war Jahre her, seit er gehört hatte, wie jemand das Wort «Kadaver» benutzte. Als er sich erhob, um zu gehen, ging sie zum Fenster und zog die Vorhänge zu. Es roch wie in einem Operationssaal. Um Cliffords Ankunft besser beobachten zu können, waren die Vorhänge offengeblieben, wie Wexford vermutete. Sie waren übrigens aus braunem Rips und nicht aus braunem Samt. Er sah zu, wie sie sie zusammenschob und dabei an jedem noch einmal ungeduldig zupfte. Oberhalb der Tür, die in den Raum führte, war eine von diesen teleskopartig ausziehbaren Messingstangen angebracht, wie man sie benutzte, um daran einen Vorhang zu befestigen und den Raum zugfrei zu halten. Aber es hing kein Vorhang an dieser Stange.

Wexford fand, daß die Zeit noch nicht reif war für die Frage, die ihm auf den Lippen lag.

Es war schon oft das Schicksal von Michael Burden gewesen, der Überbringer von schlimmen Botschaften zu sein und einen Ehepartner vom Tod seiner Frau oder ihres Mannes in Kenntnis zu setzen. Er, dessen erste Frau jung gestorben war, drückte sich vor dieser Aufgabe, so gut es ging. Und es war noch etwas anderes, jemandem zum Beispiel beibringen zu müssen, daß seine Frau bei einem Verkehrsunfall ums Leben gekommen war, als daß sie ermordet aufgefunden worden war. Niemand wußte besser als Burden, daß bei der überwiegenden Mehrheit der Ermordeten als Täter ein naher Verwandter oder Bekannter in Frage kam. Daher war die Chance groß, daß diese Frau von ihrem Gatten getötet worden war.

Erst ein paar Augenblicke vor Wexfords Eintreffen hatte er in die Handtasche der Toten geschaut. Nachdem die ersten Fotos geschossen und der schmutzige braune Samtvorhang von der Leiche entfernt worden waren, hatte man ihre Handtasche gefunden, die unter ihr lag, halb verborgen durch ihre Hüfte. Weitere Aufnahmen wurden gemacht, Sumner-Quist war gekommen, und er, Burden, hatte endlich die Tasche aufheben, mit seinen behandschuhten Händen öffnen und hineinsehen können. Es war eine übliche Tasche mit den üblichen Dokumenten, dem Führerschein, den Kreditkarten, einem Zettel von der Reinigung und zwei Briefen, die noch in ihren Umschlägen steckten. Von ihnen hatte er ihren Namen und ihre Adresse erfahren, bevor er sich mit dem übrigen Inhalt der Tasche befaßte: ein Scheckbuch, eine Geldbörse, eine Puderdose, ein Päckchen Papiertaschentücher, ein Kugelschreiber und zwei Sicherheitsnadeln. Gwen P. Robson, Hastings Road 23, Highlands, Kingsmarkham KM10 2NW. Der eine Brief war an Mrs. G. P. Robson adressiert, der andere an Mr. und Mrs. R. Robson.

Vielleicht war es kein Schock für Mr. Robson; ein Teil von Burdens Job bestand darin zu beobachten, ob es einer war oder nicht. Er sagte noch einmal tonlos die Worte, die er sich eingeprägt hatte, als er mit dem Wagen die lange Steigung hinaufgefahren war, die zur Highland-Siedlung führte. Das alles war noch freies Land gewesen, als Burden nach Kingsmarkham gezogen war, heidebewachsene Hügel, gekrönt von Wäldern, und von dieser Anhöhe hatte man am Tag das alte Wahrzeichen der Gegend sehen können, den Eichenwald am Gipfel des Hügels, der Barringdean-Ring hieß. In dieser Nacht war es besonders dunkel, der Horizont nur durch gelegentliche Lichtpunkte zu erkennen, und der Kreis der alten Eichen war unsichtbar. Die nahe gelegene Wohnsiedlung Highland war gemütlich beleuchtet. Auf diesem Weg wäre Gwen Robson vermutlich nach Hause gekommen, mit dem silbernen Escort durch die Eastbourne Avenue gefahren und dann nach links in die Hastings Road abgebogen.

Burden war erst einmal hier gewesen, obwohl die gemeinnützige Wohnsiedlung schon vor etwa sieben Jahren von der Stadtverwaltung fertiggestellt worden war. Die Alleebäume und die Bäume in den Gärten waren gewachsen; die zunächst nagelneu aussehenden Häuser hatten nach und nach Patina angesetzt und sahen jetzt nicht mehr aus wie Baukastenklötzchen, die ein Riesenbaby zusammengesetzt hat. Kleine Wohnblocks, die nur drei Stockwerke hoch waren, wechselten mit Terrassenhäusern, Reihenhäusern oder Zweispännern, und gegenüber dem Block, in dem sich die Nummer 23 befand, gab es eine Reihe kleiner Bungalows, die als Behausung für Senioren gedacht waren. Kein großer Unterschied zu den früheren Armenhäusern, dachte Burden, dessen Frau sein soziales Bewußtsein geweckt hatte. An der Schwelle des Robsonschen Hauses stand ein Gestell für Milchflaschen; es war aus Draht, der mit rotem Kunststoff überzogen war, und oben prangte eine Plastikfigur in weißem Kittel, unter ihr die roten Buchstaben «Danke, lieber Milchmann», und ihre Hand war eine Klammer, an der man Rechnungen befestigen konnte. Dieser absurde Gegenstand machte Burden die Aufgabe noch schwerer, weil er auf häusliche Gemütlichkeit und Fröhlichkeit hindeutete. Er warf einen Blick auf den Detective Constable Davidson, und Davidson erwiderte den Blick, dann klingelte er.

Es dauerte nicht lange, bis geöffnet wurde. Besorgte Menschen sind schnell an der Tür oder am Telefon – auch wenn diese Sorge nicht von der naheliegenden Ursache hervorgerufen wurde.

«Mr. Robson?»

«Ja. Und wer sind Sie?»

«Polizeibeamte, Mr. Robson.» Burden zeigte seinen Dienstausweis. Wie konnte er es ihm erleichtern, wie sollte er ihn schonend darauf vorbereiten? Er konnte wohl kaum sagen, daß sich Mr. Robson keine Sorgen zu machen brauchte. «Ich fürchte, wir haben eine sehr ernste Nachricht für Sie. Dürfen wir hereinkommen?»

Er war ein kleiner Mann mit einem Eulengesicht und ziemlich viel Übergewicht; Burden bemerkte, daß er selbst auf diese kurze Distanz einen Stock benutzte. «Doch nicht meine Frau?» sagte er.

Burden nickte. Er nickte entschieden und schaute Robson dabei an. «Gehen wir hinein.»

Aber Robson wich nicht zur Seite, obwohl sie jetzt in der Diele standen. Er stützte sich auf seinen Stock. «Der Wagen? Hat sie einen Unfall mit dem Wagen gehabt?»

«Nein, Mr. Robson, es war kein Unfall mit dem Wagen.» Das Schlimme war, daß seine Reaktionen ebensogut gespielt sein konnten, ein So-tun-als-ob. Wer weiß, vielleicht hatte er es in der ganzen vergangenen Stunde geprobt. «Könnten wir nicht in Ihr...»

«Ist sie – ist sie dahingegangen?»

Der alte Euphemismus. Burden wiederholte ihn. «Ja, sie ist dahingegangen.» Und er fügte hinzu: «Sie ist tot, Mr. Robson.»

Burden drehte sich um und ging durch die offene Tür in den angenehm beleuchteten, warmen, vollgestellten Wohnraum. Das Gasfeuer sah echter aus als echtes Kaminfeuer. Der Fernsehapparat war eingeschaltet, aber noch deutlicher auf Robsons Spannung wies die Patience hin, die auf einem kleinen, runden Intarsientischchen ausgelegt war, vor dem Lehnsessel mit eingedrückter Sitzfläche und zerknüllten rosa Seidenkissen. Nur ein Mörder, der zugleich ein Genie war, hätte sich eine solche Szenerie ausdenken können, dachte Burden.

Robson war sehr blaß geworden. Sein Mund mit den dünnen Lippen zitterte. Noch stehend, aber auf den Stock gestützt, schüttelte er den Kopf in einer vagen, verständnislosen Weise. «Tot? Gwen?»

«Setzen Sie sich, Mr. Robson. Beruhigen Sie sich erst einmal.»

«Möchten Sie nicht einen Schluck trinken, Sir?» fragte Davidson schnell.

«Wir trinken nicht in diesem Haus.»

«Ich meinte Wasser.» Davidson verschwand und kam mit einem Glas Wasser zurück.

«Sagen Sie mir, was geschehen ist.» Robson saß jetzt und schaute Burden nicht mehr an; seine Augen konzentrierten sich auf die Patiencekarten. Geistesabwesend trank er einen Schluck Wasser.

«Sie müssen sich auf einen Schock gefaßt machen, Mr. Robson.»

«Den hatte ich bereits.»

«Ja, ich weiß.» Burden wandte den Blick ab und betrachtete die gerahmte Fotografie auf dem Kaminsims; das Bild eines sehr gut aussehenden Mädchens, das an Sheila Wexford erinnerte. Eine Tochter? «Ihre Frau wurde getötet, Mr. Robson. Ich kann es Ihnen leider nicht schonender beibringen. Sie ist ermordet worden, und man hat sie in der Parkgarage des Einkaufszentrums Barringdean gefunden.»

Burden wäre nicht überrascht gewesen, wenn der Mann geschrien oder wie ein Hund geheult hätte. In seinem Job hatte er schon alle möglichen Reaktionen erlebt. Aber Robson schrie nicht; er starrte ihn nur mit versteinertem Gesicht an. Lange Zeit verging, relativ lange Zeit, vielleicht etwa eine Minute. Er starrte ihn an und leckte sich mit der Zunge langsam über die Lippen. Dann begann er sehr rasch zu murmeln:

«Wir haben jung geheiratet; jetzt sind wir vierzig Jahre beisammen. Keine Kinder, wir hatten weder Kinder noch Hunde, aber das bringt einen noch näher zusammen; ohne Kinder und Hunde hängt man noch mehr aneinander. Sie war die hingebungsvollste Frau, die je ein Mann gehabt hat; sie hätte alles für mich getan und sogar ihr Leben für das meine geopfert.» Große, dicke Tränen traten aus seinen Augen und liefen ihm übers Gesicht. Er schluchzte und weinte, ohne sich das Gesicht zu bedecken, saß aufrecht da, hielt den Stock mit beiden Händen fest und weinte, wie die meisten Menschen nur als sehr kleine Kinder geweint haben.

DREI

«Es sieht so aus, als ob sie garrottiert worden wäre.»

Sumner-Quists Stimme klang freudig erregt, als hätte er angerufen, um ein amüsantes Gerücht zu verbreiten: daß der Chief Constable mit der Frau eines anderen durchgebrannt sei, zum Beispiel.

«Haben Sie verstanden? Ich sagte, sie ist garrottiert worden.»

«Ja, ich habe verstanden», sagte Wexford. «Nett, daß Sie mir das sagen.»

«Ich dachte, ich präsentiere Ihnen erst einen kleinen Leckerbissen, ehe ich Ihnen den gesamten Bericht durchgebe.»

Manche Leute haben seltsame Vorstellungen von Humor, dachte Wexford. Er versuchte, sich zu vergegenwärtigen, was er über das Garrottieren wußte. «Und womit ist die Tat begangen worden?»

«Eben mit einer Garrotte.» Sumner-Quist kicherte fröhlich. «Fragen Sie mich jetzt nicht, von welcher Art. Sicher hausgemacht. Aber die Tatwaffe ist schließlich Ihr Problem.» Noch immer lachend, teilte er Wexford mit, daß Mrs. Robson nach siebzehn Uhr dreißig und vor achtzehn Uhr zu Tode gekommen war und daß es keine Anzeichen für ein Sexualverbrechen gab. «Nur eben garrottiert», sagte er.

«Das war früher eine Art der Hinrichtung», erklärte Wexford, als Burden ins Büro kam. «Man hat dem Opfer ein eisernes Halsband umgelegt, das an einem Pfosten befestigt war. Einem wird ganz übel, wenn man sich vorstellt, wie man dem Opfer so etwas umlegt. Dann wurde dieses Halsband zugezogen, bis der Erstickungstod eintrat. Haben Sie gewußt, daß diese Methode bei der Vollstreckung der Todesstrafe noch bis in die sechziger Jahre unseres Jahrhunderts in Spanien üblich war?»

«Und wir dachten schon, daß sich die Spanier nur für Stierkämpfe interessierten!»

«Es hat auch ein einfacheres Gerät dafür gegeben, nämlich ein Stück Draht mit Holzgriffen.»

Burden saß auf der Kante von Wexfords Rosenholz-Schreibtisch. «Habe ich nicht irgendwo gelesen, daß einen der Henker, wenn man verbrannt werden sollte, für ein kleines Trinkgeld garrottierte, bevor die Flammen hochzüngelten?»

«Ich nehme an, das war der Zeitpunkt, an dem die Variation mit dem Draht und den Holzgriffen in Mode gekommen ist.»

Er fragte sich, in Gedanken abschweifend, ob man die Art von Jeans, wie sie Burden trug, als «Designer-Jeans» bezeichnete. Sie waren unten an den Fußknöcheln ziemlich eng und paßten zu den Socken des Inspectors, dessen Farbton man wahrscheinlich als «Denim-Blau» bezeichnete. Ahnungslos, daß er von Wexford einer etwas seltsamen Prüfung unterzogen wurde, sagte Burden: «Und Sumner-Quist behauptet, daß so etwas beim Mord an Gwen Robson benutzt wurde?»

«Er weiß es nicht, sagt nur ‹eine Garrotte›. Aber es muß etwas in der Art gewesen sein. Und der Mörder muß es bei sich getragen haben, bereit zur Tat – wenn man es sich überlegt, Mike, kommt einem das doch etwas sonderbar vor. Es spricht ohne Frage für einen vorsätzlichen Mord, aber in einer Situation, wo kein Mensch die Umstände vorhersehen konnte. Zum Beispiel hätte die Parkgarage ebensogut voller Menschen sein können. Wenn unser mutmaßlicher Täter nicht eine Garrotte mit sich herumträgt, wie Sie und ich einen Kugelschreiber bei sich haben… Ich glaube, wir können nicht viel mehr darüber sagen, bevor wir den ausführlichen Bericht des Gerichtsmediziners in Händen haben. Und bis es soweit ist – können wir einmal zusammenfassen, was wir bisher über Gwen Robson wissen?»

Sie war achtundfünfzig, kinderlos, eine ehemalige Gemeindeschwester beim Sozialamt von Kingsmarkham. Ihr Mann Ralph Robson hatte ebenfalls für die Stadtverwaltung gearbeitet, als Angestellter beim Wohnungsamt, und war vor zwei Jahren freiwillig in den Ruhestand gegangen. Mrs. Robson hatte ihn mit achtzehn geheiratet, und die beiden hatten zunächst bei seinen Eltern in Stowerton gewohnt, anschließend in einer Mietwohnung und dann in einem gemieteten Häuschen. Ihre Namen hatten lange ganz oben auf der Liste des Wohnungsamts gestanden, und so war ihnen gleich nach Fertigstellung eines der Häuser in der neuen Siedlung Highlands zugeteilt worden. Keiner der beiden hatte bis dahin Anspruch auf die staatliche Rente, aber Robson erhielt eine Pension von der Stadtverwaltung, von der sie beide bescheiden, aber ohne großen Mangel leben konnten. Sie schafften es sogar, mit diesen Mitteln den zwei Jahre alten Escort zu unterhalten. Sie fuhren regelmäßig jedes Jahr nach Spanien in Urlaub und hatten nur in diesem Jahr wegen der schweren Arthritis von Ralph, die seine rechte Hüfte beinahe bewegungsunfähig machte, darauf verzichtet.

Das alles hatte die Polizei von Ralph Robson selbst und von seiner Nichte Lesley Arbel erfahren, der Person auf dem Foto, das Burden so sehr an Sheila Wexford erinnert hatte.

«Diese Nichte – sie wohnt doch nicht bei ihnen, oder?»

«Sie wohnt in London», sagte Burden, «aber sie war viel mit den Robsons zusammen. Sie war für sie eher eine Tochter als eine Nichte, und eine ungewöhnlich liebevolle Tochter, was das betraf. Das heißt, so sieht es jedenfalls aus. Sie bleibt vorläufig bei Robson, ist sofort hingefahren, als sie hörte, was mit seiner Frau passiert war.»

Nach der Auskunft von Robson hatte seine Frau die Angewohnheit, jeden Donnerstagnachmittag ihre Wocheneinkäufe zu erledigen. Bis vor sechs Monaten hatte er sie dabei stets begleitet, doch seine Arthritis hatte das inzwischen unmöglich gemacht. Am vergangenen Donnerstag, also vor zwei Tagen, war sie kurz vor halb fünf mit dem Wagen losgefahren. Robson hat sie nicht wiedergesehen. Und wo war er selbst zwischen halb fünf und sieben gewesen? Zu Hause, allein, in der Hastings Road, beim Fernsehen, und zwischendurch hatte er sich Tee gemacht. Genauso wie Archie Greaves, dachte Wexford, den er zuvor schon an diesem Vormittag besucht hatte.

Der Traum eines Polizisten von einem Zeugen, das war dieser alte Mann. Die Enge seines Lebens, die beschränkte Spanne seiner Interessen machten aus ihm eine Kamera und ein Tonbandgerät zur perfekten Aufzeichnung der Ereignisse in seiner kleinen Welt. Bedauerlicherweise hatte es bis dahin nicht viel zu beobachten gegeben: die Käufer, die das Zentrum verließen, die Lichter, die allmählich ausgingen, Sedgeman, der abschloß und die Tore verriegelte.

«Da war dieser junge Bursche, der herausgelaufen ist», sagte er zu Wexford. «Es war ziemlich genau sechs, vielleicht eine Minute oder zwei danach. Zu der Zeit kamen viele Leute heraus, meistens Frauen mit ihren Einkäufen, und er kam um diese Mauer herumgelaufen.»

Wexford folgte seinem Blick aus dem Fenster. Die fragliche Mauer befand sich auf der Seite des Eingangs zur unterirdischen Parkgarage, neben dem jetzt eine kleine Traube aus sensationslüsternen Zuschauern stand. Es gab nichts zu sehen, aber sie warteten, in der Hoffnung darauf, daß sich doch noch etwas ereignete. Die Tore standen offen, eine leere Lebensmittelverpackung rollte über den Asphalt, von Windstößen getrieben. Die Wimpel an den Türmchen waren straff und flatterten im Wind. Und ich war dagewesen, dachte Wexford fast mit Stöhnen, ich kam um zehn nach sechs dort vorbei, und was habe ich gesehen? Nichts. Das heißt, ich habe nichts außer dieser Mrs. Sanders gesehen.

«Ich hab vermutet, er hat irgendwelchen Ärger», sagte Archie Greaves. «Hab gedacht, daß er etwas angestellt hat, daß er dabei erwischt worden ist und daß man ihm nun nachläuft.» Der Mann war so alt, daß sein Gesicht wie die Haut seiner Handrücken verfärbt war von Leberflecken, die man «Grab-Male» nennt. Er war mager, seine Strickjacke und die Flanellhose waren viel zu weit für den knochigen, zitterigen Körper. Doch die blaßblauen Augen mit den rosa Rändern konnten so gut sehen wie die von jemandem, der nur halb so alt war wie er. «Es war ein junger Kerl mit einer Wollmütze auf dem Kopf und einer Windjacke, und er ist gerannt wie tausend Teufel.»

«Aber es kam niemand hinter ihm her?»

«Ich hab nichts dergleichen gesehen. Vielleicht hatten sie es satt und haben umgedreht, weil sie merkten, daß sie ihn doch erwischen würden.»

Und dann hatte er Dorothy Sanders gesehen, die später schreien und an den Toren rütteln würde, jetzt aber erst einmal auf dem Parkplatz auf und ab gegangen war, um irgend etwas oder irgend jemanden zu suchen, ihren Zorn noch zurückhaltend, aber eine Aura von entrüsteter Ungehaltenheit ausströmend, wie später wahnwitziges Entsetzen von ihr ausströmte, so daß Archie Greaves ein kalter Schauer über den Rücken gelaufen war, ja, daß er zu zittern und für sein Herz zu fürchten begonnen hatte.

Auf der Polizeistation von Kingsmarkham hatte man am Donnerstagabend ein Sonderbüro eingerichtet, um dort die Anrufe von jedem entgegenzunehmen, der sich zwischen fünf und halb sieben Uhr abends in der unterirdischen Parkgarage des Einkaufszentrums Barringdean aufgehalten hatte. Die lokale Fernsehstation hatte noch am gleichen Abend einen Appell an mögliche Zeugen gesendet, sich bei der Polizei zu melden, und außerdem war es Wexford gelungen, für die Zehn-Uhr-Nachrichtensendung einen entsprechenden Aufruf im ganzen Land durchzugeben. Die Anrufe ließen nicht auf sich warten – noch bevor die Telefonnummer vom Bildschirm verschwunden war, sagte Sergeant Martin –, doch sie waren überwiegend gut gemeint, aber irreführend, oder schlecht gemeint und irreführend, oder es handelte sich um absichtliche Verschleierungsversuche. Ein Anruf kam von einer jungen Frau, die sich als Sarah Cussons ausgab und behauptete, die Fahrerin des Vauxhall Cavalier gewesen zu sein, der Wexford hinterhergefahren war, ein anderer von einem Mann, neben dessen Wagen Gwen Robson ihren silbergrauen Escort geparkt hatte. Er hatte sie hineinfahren sehen und konnte den Zeitpunkt ihrer Ankunft im Einkaufszentrum mit zwanzig vor fünf angeben.

Den ganzen Donnerstagabend kamen die Anrufe bei der Polizei an, viele von Fahrern, die auf dieser oder anderen Ebenen geparkt und leider gar nichts gesehen hatten. Dennoch wurde jeder einzelne befragt. Früh am Freitagmorgen rief der Besitzer des blauen Lancia an. Mrs. Helen Brook, die im neunten Monat schwanger gewesen war, hatte am Donnerstag gegen fünf Uhr abends im Reformgeschäft des Einkaufszentrums die Wehen bekommen. Man hatte einen Krankenwagen gerufen und sie in die Entbindungsabteilung des Königlichen Krankenhauses von Stowerton gebracht.

Keiner der offensichtlich echten und auch wohlwollenden Anrufer war in der Lage, irgendeine verdächtige Person zu beschreiben, die sie gesehen hatten, während sie ihre Wagen parkten oder abholten, obwohl eine Menge phantastischer Schilderungen von den üblichen Witzbolden einging, denen es Spaß machte, die Polizei zum Narren zu halten. Zwei Angestellte von Geschäften im Einkaufszentrum Barringdean riefen an und berichteten, daß sie Gwen Robson bedient hatten; die eine kurz vor fünf und die andere, Linda Naseem – eine Aushilfskassiererin im *Tesco*-Supermarkt –, eine halbe Stunde später. Inzwischen waren zwei von Wexfords Beamten dabei, alle Verkäufer und Ladenbesitzer im Einkaufszentrum zu befragen, und Archbold hatte bereits den Verkäufer am Fischbüfett im *Tesco* in die Zange genommen, der bestätigte, daß er einen Streit gehabt hatte mit einer Frau, deren Beschreibung der von Dorothy Sanders entsprach, und zwar «gegen sechs, als wir schon Feierabend machen wollten». Doch damit wurde nur der

Zeitpunkt bestätigt, zu dem sie in die Parkgarage hinuntergegangen war, und den konnte auch Wexford selbst bestätigen.

Noch am selben Vormittag brachte Ralph Robson die formelle Identifikation seiner toten Frau hinter sich; bei dieser schweren Aufgabe hatte man ihr den Hals diskret zugedeckt. Robson hinkte auf seinen Stock gestützt herein, warf einen Blick auf das vor Entsetzen verzerrte Gesicht, das nun nicht mehr so bläulich aussah wie zuvor, nickte, sagte «Ja», aber brach diesmal nicht in Tränen aus. Wexford hatte ihn nicht dabei gesehen, hatte ihn überhaupt noch nicht kennengelernt. Dafür hatte er mit David Sedgeman, den Aufseher des Parkplatzes, gesprochen. Der Mann hätte ein wertvoller Zeuge sein können, doch er schien nichts gesehen zu haben, oder nichts von dem, was er gesehen hatte, war in seiner Erinnerung geblieben. Er erinnerte sich, daß er Archie Greaves zugewinkt hatte, weil er das jeden Abend tat, und aus demselben Grund wußte er auch noch, daß er die Tore geschlossen und verriegelt hatte. Aber in seinem Gedächtnis gab es keine besorgte Frau und keinen rennenden jungen Mann, keinen zu schnell fahrenden Wagen und keinen auffällig Flüchtenden. Alles sei normal gewesen, sagte er in seiner monotonen Art. Er hatte die Tore verriegelt und versperrt und war dann nach Hause gegangen wie immer, wozu er seinen eigenen Wagen benutzt hatte, der wie immer auf einem Parkplatz im Freien abgestellt war.

Die Novemberluft fühlte sich rauh an, und der Himmel war ein bleiernes Grau. Eine rötliche Sonne hing über den Dächern, nicht sehr hoch am Himmel, aber höher stieg sie um diese Jahreszeit auch nicht mehr. Burden hatte eine gepolsterte Daunenjacke an, einen hellgrauen Killy, sehr warm, und sie verwandelte den mageren Mann in einen stämmigen Kerl. Seine Frau war momentan nicht hier, übernachtete bei ihrer Mutter, die sich von einer Operation erholte, und das ärgerte Burden und machte ihn nervös und unsicher. Schön, er würde sie und ihren kleinen Sohn heute abend im Haus seiner Schwiegermutter außerhalb von Myringham besuchen, aber viel lieber hätte er seine Familie wieder zu Hause gewußt, mit ihm, in seinem eigenen Heim. Sein Gesicht nahm einen halb ärgerlichen und halb zynischen Ausdruck an, als Wexford zu sprechen begann.

«Kommt Ihnen Robson so vor», sagte Wexford im Wagen, «als wäre er der Typ, der sich eine Drahtschlinge mit einem Griff an beiden Enden herstellt, um seine Frau damit zu garrottieren?»

«Jetzt, wo Sie mich fragen – ich kann mir gar nicht vorstellen, was für ein Typ von Mann das sein müßte. Außerdem hatte er keinen Wagen, vergessen Sie das nicht: den Wagen hatte sie. Das Einkaufszentrum ist gut eine Meile von Highlands entfernt...»

«Ich weiß. Ist die arthritische Hüfte echt?»

«Selbst wenn sie gespielt wäre, er hatte keinen Wagen. Er hätte zu Fuß gehen können, ja, und es gibt auch einen Bus. Aber wenn er seine Frau ermorden wollte – warum nicht zu Hause, wie die meisten Gattenmörder?»

Wexford mußte über diese unbekümmerte Hinnahme häuslicher Mordtaten lachen. «Vielleicht hat er es ja getan, das können wir jetzt noch nicht ausschließen. Wir wissen nicht, ob sie in der Parkgarage gestorben ist oder ob man sie dort nur abgeladen hat. Wir wissen nicht einmal, ob sie am Steuer gesessen hat.»

«Sie meinen, Robson selbst könnte ihn gefahren haben?»

«Warten wir, bis wir das Ergebnis haben», sagte Wexford.

Sie waren in Highlands angekommen, und Lesley Arbel öffnete ihnen die Haustür. Sie erinnerte Wexford keineswegs an seine Tochter; in seinen Augen hatte sie keinerlei Ähnlichkeit mit Sheila. Er sah nur ein hübsches Mädchen, bei dem ihm auf den ersten Blick auffiel, daß sie außerordentlich gut gekleidet war, ja, geradezu absurd gut für ein Trauerwochenende auf dem Land mit einem Onkel, der seine Frau verloren hatte. Sie stellte sich vor, dann erklärte sie, daß sie nicht bis zu dem ursprünglich vereinbarten Besuchstermin gewartet habe, sondern schon am Freitagvormittag hergekommen sei.

«Mein Onkel ist oben», sagte sie. «Er hat sich hingelegt. Der Doktor war hier und meinte, er muß so viel Ruhe wie möglich haben.»

«Das macht nichts, Miss Arbel. Wir möchten auch mit Ihnen sprechen.»

«Mit mir? Aber ich weiß gar nichts darüber. Ich war in London.»

«Sie haben Ihre Tante gekannt. Sie können uns vielleicht besser als Ihr Onkel schildern, was für ein Mensch sie war.»

Sie antwortete in ziemlich pedantischer Weise: «Stimmt; aber um genau zu sein: eigentlich ist er mein Onkel, das heißt meine Mutter war seine Schwester; Gwen war nur deshalb meine Tante, weil mein Onkel sie geheiratet hat.»

Wexford nickte und wußte, daß man ihm seine Ungeduld anmerkte. In Gedanken warnte er sich selbst davor, zu früh zu entscheiden, daß eine Zeugin unwiderruflich dämlich sei. Sie ging mit ihnen in den freundlich und hell möblierten Wohnraum der Robsons, wo Wexford die Fülle von Textilmustern verblüffte: Blumen auf dem Teppich, Blumen eines formelleren Musters auf den Vorhängen, Bäumchen und Früchte auf der Tapete, ein Vorleger mit dem Muster einer Sonneneruption. Die Flammen eines Gasfeuers leckten an unbrennbaren Kohlen. Das Mädchen setzte sich, und ihr eigenes Gesicht lächelte ihr von einem Foto mit Silberrahmen über die Schulter. Wexfords Frage überraschte sie.

«Diese Vorhänge – sind die neu?»

«Wie bitte?»

«Lassen Sie mich die Frage anders stellen: Hat es früher andere Vorhänge vor den Fenstern gegeben?»

«Ja, ich glaube, Tante Gwen hatte früher mal rote Vorhänge. Warum wollen Sie das wissen?»

Wexford gab keine Antwort und beobachtete sie, als Burden nach dem Anruf fragte, den sie am Donnerstagabend von ihrem Onkel erhalten hatte. Ihre Kleidung war tatsächlich bemerkenswert; sie erinnerte irgendwie an die unwirkliche Eleganz der Schauspielerinnen in den Hollywood-Komödien der dreißiger Jahre, genauso schick und fein und ungeeignet für die Strapazen des Lebens. Eine Reihe von Goldketten, die zu schwer aussahen, als daß sie bequem zu tragen sein konnten, hingen auf der cremefarbenen Seidenbluse, die sich zwischen den Revers der kaffeebraunen Seidenjacke zeigte. Die Hände mit den scharlachrot lackierten Nägeln lagen auf ihrem Schoß, und sie hob eine zum Gesicht, strich damit über eine Wange, während sie seine Fragen beantwortete.

«Sie hatten die Absicht, am Samstag übers Wochenende herzukommen, wie Sie das öfters tun?»

Sie nickte.

«Aber Ihr Onkel rief Sie am Donnerstagabend an und teilte Ihnen mit, was geschehen war?»

«Er hat mich am Donnerstag angerufen, ja, am Donnerstagabend. Ich wollte gleich kommen, doch er meinte, das sei nicht nötig. Er hatte eine von den Nachbarinnen, eine Mrs. Whitton, bei sich und meinte, daß das vorläufig genüge.» Sie schaute vom einen zum anderen. «Sie sagten, Sie wollten mit mir über Tante Gwen sprechen.»

«Wir kommen gleich dazu, Miss Arbel», erklärte Burden. «Können Sie mir sagen, was Sie selbst am Donnerstagnachmittag getan haben?»

«Wozu wollen Sie das wissen?» Sie war mehr als überrascht, ja, sie reagierte beleidigt auf die Frage, als ob ihr jemand zu nahe getreten wäre. Dabei zog sie ihre langen, eleganten Beine, deren Füße in cremefarbenen, hochhackigen Lederpumps steckten, näher zusammen, preßte sie geradezu aneinander. «Warum, um alles in der Welt, wollen Sie das wissen?»

Vielleicht war es die reine Unschuld.

Burden sagte verbindlich: «Routinefragen, Miss Arbel. Bei einer Morduntersuchung ist es notwendig zu wissen, wo sich alle Beteiligten aufgehalten haben.» Er versuchte, ihr nachzuhelfen. «Ich nehme an, Sie waren arbeiten, nicht wahr?»

«Ich bin am Donnerstag früher heimgegangen, weil ich mich nicht wohl gefühlt habe. Wollten Sie nicht, daß ich Ihnen über Tante Gwen berichte?»

«Gleich. Sie gingen also früher nach Hause, weil Sie sich nicht wohl fühlten. Sie hatten eine Erkältung, nicht wahr?»

Auf Burden richtete sich ein leeres Starren, aber es war vielleicht nicht völlig leer, denn es schien ein Element von Ernst zu enthalten. «Es war mein PMR, nicht wahr?» Sie sagte es, als sei sie berühmt für diese Störung und als wüßte ein jeder auf der Welt, worum es sich drehte. Wexford bezweifelte, daß Burden wußte, was die Abkürzung von «Pathologischer Monatsrhythmus» bedeutete, und nun schien das Mädchen ebenfalls Zweifel zu bekommen. Sie zog die Stirn in Falten und wandte sich an Burden. «Ich habe immer PMR – man kann nichts dagegen tun.»

In diesem Moment öffnete sich die Tür, und Ralph Robson kam herein, auf seinen Stock gestützt. Er hatte einen Morgenmantel an, trug aber ein Hemd und eine Hose darunter. «Ich habe Stimmen gehört.» Sein flaches, aber hakennasiges Gesicht wandte sich Wexford zu, mit fragendem Ausdruck.

«Chief Inspector Wexford von der Kriminalpolizei Kingsmarkham.»

«Freut mich, Sie kennenzulernen», sagte Robson, und es klang alles andere als erfreut. «Daß Sie hergekommen sind, erspart mir einen Anruf. Vielleicht kann mir einer von Ihnen sagen, was aus den Einkäufen geworden ist.»

«Den Einkäufen, Mr. Robson?»

«Die Sachen, die Gwen am Donnerstag eingekauft hat, waren vermutlich im Kofferraum dieses verflixten Wagens. Ich verstehe, daß ich den Wagen vorläufig nicht zurückhaben kann, aber mit den Einkäufen ist das etwas anderes. In den Tüten ist Fleisch, Brot und Butter, wie ich vermute, und noch alles mögliche. Ich will nicht sagen, daß ich arm bin, aber ich habe nicht so viel Geld, daß ich das verderben lassen kann, verstehen Sie?»

Der Selbsterhaltungstrieb oder das zähe Festhalten am Leben besiegte den Kummer. Wexford war das nicht unbekannt, aber diese Reaktion überraschte ihn immer aufs neue. Es war möglich, daß dieser Mann keine Trauer empfand, ja, daß er verantwortlich war für den Tod seiner Frau, aber vielleicht hatte er auch nur damit aufgehört, zu viele Emotionen in Menschen und Dinge zu investieren. Das kam manchmal gerade bei alternden Menschen vor, und Wexford hatte es nüchtern, aber nicht ohne einen inneren Schauder registriert. Immerhin behauptete Burden, der Mann habe geweint, als er es ihm mitgeteilt hatte.

«Wir schicken Ihnen die Sachen im Laufe des Tages her», war alles, was Wexford dazu sagte.

Er hatte selbst den Inhalt des Einkaufsbeutels durchgesehen, hatte dann die verderblichen Lebensmittel in einen der Kühlschränke in der Kantine der Polizei gelegt. Es war nichts darunter gewesen, was besonderes Interesse hervorgerufen hätte: überwiegend Lebensmittel und ein paar Dinge aus der Drogerieabteilung, Zahnpasta und Körperpuder, dazu vier Glühbirnen aus den *British Home Stores*, und das steckte alles in einer Tragetasche von *BHS*, was vielleicht darauf hindeutete, daß sie dort zuerst eingekauft hatte. Mrs. Robsons Handtasche, die auch in Kürze ihrem Mann zurückgegeben werden würde und die Burden schon unten im Parkgeschoß durchgesehen hatte, enthielt ihre Geldbörse mit 22 Pfund in Scheinen, etwas Kleingeld und ein Scheckbuch der Trustee Savings Bank. An Kreditkarten hatte sie eine von Visa und eine, wie sie speziell vom Einkaufszentrum Barringdean ausgegeben wurde. Das Taschentuch und zwei Papiertaschentücher waren unbenutzt. Die Briefe, durch die die Polizei auf ihre Identität gekommen war, stammten von einer Schwester in Leeds und von dem Laden – man konnte die Karte eigentlich nicht als Brief bezeichnen –, in dem Wexford Doras Pullover gekauft hatte. Sie wurde von *Adressen* zu einer Weihnachts-Modenschau im Geschäft eingeladen.

«Vermissen Sie einen braunen Samtvorhang, Mr. Robson?»

«Ich? Nein. Was meinen Sie damit?»

«Ein alter Vorhang, den man vielleicht im Kofferraum Ihres Wagens aufbewahrt hätte, sagen wir, um bei Frost die Windschutzscheibe vor dem Überfrieren zu schützen?»

«Dazu benutze ich Zeitungspapier.»

Lesley Arbel fragte: «Meinst du, du kannst einen Bissen zum Lunch essen, Onkel? Etwas Leichtes?»

Er hatte sich gesetzt und beugte sich jetzt in dem Sessel nach vorn, wobei er eine Hand gegen die Hüfte preßte, was ziemlich glaubwürdig seine Schmerzen ausdrückte, und dabei verzog sich sein Gesicht. «Ich habe keine besondere Lust, Liebes.»

«Aber du nimmst doch nicht mehr diese Tabletten? Ich meine die, bei denen du immer Magenschmerzen bekommst?»

«Der Doktor hat die verflixten Dinger abgesetzt. Es gibt Leute, die sie nicht vertragen; man kann Magengeschwüre davon bekommen.»

«Sie leiden unter Arthritis, nicht wahr, Mr. Robson?»

Er nickte. «Wenn Sie die Ohren spitzen», sagte er, «können Sie hören, wie das Hüftgelenk knarrt.» Unter deutlich sichtbaren Schmerzen bewegte Robson den Knochen im Gelenk, und Wexford hörte es tatsächlich, hörte mit Bestürzung ein unmenschliches Knarren. «Pech für mich, daß ich gegen Schmerzmittel allergisch bin. Also muß ich es mit einem Lächeln ertragen. Ich bin schon lange für eine von diesen Hüftoperationen vorgesehen, aber die Warteliste ist so lang, daß ich vielleicht in drei Jahren an die Reihe komme. Weiß Gott, wie ich in drei Jahren beisammen bin! Ja, wenn ich privat versichert wäre, bräuchte ich nicht zu warten.»

Das war nichts Neues für Wexford; Hüftoperationen konnten sofort ausgeführt werden, wenn der Patient sie selbst bezahlte, aber die Wartezeit für die Patienten des staatlichen Gesundheitsdienstes war sehr lang. Die Ungerechtigkeit, die dahintersteckte, entging ihm nicht, aber ihm kam es momentan vor allem darauf an, die Echtheit von Robsons Behinderung einzuschätzen. Er richtete den Blick auf das Mädchen, und sie schaute ihn arglos an; ihr Gesicht war schön und ausdruckslos.

«Wo arbeiten Sie, Miss Arbel?»

«Bei der Zeitschrift *Kim.*»

«Können Sie mir bitte die Adresse nennen, und Ihre eigene Adresse in London? Leben Sie allein oder teilen Sie sich die Wohnung?»

«Ich teile sie mit zwei anderen Mädchen.» Es klang ein wenig gereizt, wie sie die Adresse im Nordwesten Londons murmelte. «Die Redaktion von *Kim* ist im Orangetree House in der Waterloo Road.»

Wexford hatte die Zeitschrift nur einmal gesehen, als Dora sie wegen irgendeinem darin angepriesenen Sonderangebot gekauft hatte. Ein wöchentlich erscheinendes Frauenblatt, das nicht auf den jugendlichen Markt abzielte, wie ihm schien, aber auch nicht auf Frauen über vierzig. Die Ausgabe, die Wexford durchgeblättert hatte, enthielt eher langweilige Beiträge, die allerdings von der Zeitschrift als überaus interessant und kontrovers angepriesen wurden, unter Schlagzeilen wie IST ES OKAY, LESBISCH ZU SEIN? oder IST IHRE TOCHTER IHR CLONE?

«Kannst du etwas Rührei essen, Onkel, und vielleicht ein dünnes Butterbrot dazu?»

Robson zuckte mit den Schultern, dann nickte er. Burden begann mit ihm über Mrs. Whitton zu sprechen, der Nachbarin, die sich um ihn gekümmert hatte, bevor Lesley Arbel eingetroffen war. Hatte er jemanden empfangen, hatte er mit jemandem telefoniert, während seine Frau unterwegs war?

Lesley stand auf und sagte: «Wenn Sie mich eben mal entschuldigen...»

Während Robson Burden über die Nachbarn in der Hastings Road informierte, wobei er in einer deprimierten, stockenden und monotonen Weise sprach und jeden Satz vom anderen trennte, ein Bericht, der darauf hinauslief, daß Gwen sie alle besser gekannt hatte als er, verließ Wexford den Raum. Er fand Lesley Arbel am Elektroherd, ein bedrucktes Handtuch statt einer Schürze um die Taille gebunden, das den kaffeefarbenen Seidenrock schützen sollte. Zwei Eier lagen in einer Schüssel, der Schneebesen daneben, aber statt ihrem Onkel den Lunch zuzubereiten, betrachtete sie ihr Gesicht in einem Handspiegel und reparierte das Make-up mit einem kleinen, dicken Pinsel.

Sobald sie Wexford sah, steckte sie Pinsel, Farbe und Spiegel mit großer Eile weg, als ob dieses schnelle Manöver ihr vorheriges unsichtbar machen könnte. Sie schlug die Eier auf, nicht sehr geschickt, bekam ein Stückchen von der Schale in die Schüssel und fischte es mit einem ihrer langen roten Nägel heraus.

«Warum sollte jemand die Absicht gehabt haben, Ihre Tante zu ermorden, Miss Arbel?»

Sie antwortete nicht gleich, sondern langte nach oben in einen Schrank, um einen Teller herunterzuholen, und stellte Salz und Pfeffer auf das Tablett, das sie zuvor mit einer Serviette ausgelegt hatte. Ihre Stimme, als sie zu sprechen begann, war nervös und ärgerlich. «Es muß ein Verrückter gewesen sein, oder? Ich meine, es gibt heutzutage doch überhaupt keinen Grund, jemanden zu ermorden. Die Morde, von denen man in den Zeitungen liest, wurden immer von Leuten begangen, die sagen, sie wissen nicht, warum sie es getan haben, oder sie haben es vergessen, oder sie haben einen Blackout gehabt, oder was sonst. Der Kerl, der meine Tante umgebracht hat, wird wahrscheinlich genau das gleiche sagen. Ich meine, wer um alles in der Welt hätte sie aus einem bestimmten Grund umbringen sollen? Es hat keinen Grund gegeben.» Sie wandte sich von ihm ab und begann die Eier zu schlagen.

«Heißt das, jeder hat sie gemocht?» fragte er. «Hatte sie keine Feinde?»

Mit ihrer linken Hand hielt sie die Pfanne, in der die Butter schon zu heiß geworden war, mit der rechten die Schüssel mit den geschlagenen Eiern. Aber statt das eine in das andere zu geben, stand sie da und streckte beide Gefäße in einer seltsamen Geste von sich. «Es ist wirklich lächerlich, wenn man hört, wie Sie über sie reden. Das heißt, es wäre zum Lachen, wenn es nicht eine solche Tragödie wäre. Sie war eine wundervolle, eine liebenswerte Frau – verstehen Sie das nicht? Hat man Ihnen das nicht gesagt? Schauen Sie Onkel Ralph an – sein Herz ist gebrochen, nicht wahr? Er hat sie angebetet, und sie hat ihn angebetet. Sie waren ein wunderbares Paar, ineinander verliebt wie junge Liebespaare, bis das passiert ist. Und es wird sein Tod sein, das kann ich Ihnen prophezeien – es wird das Ende sein für ihn. Er ist seit gestern um zwanzig Jahre gealtert.»

Sie drehte sich herum, gab die Eier in die Pfanne und begann sie zu braten. Wexford hatte das seltsame Gefühl, daß sie bei all der scheinbaren Aufrichtigkeit ihrer Worte in Wirklichkeit versuchte, ihm die Rolle einer besorgten, kompetenten, reifen Frau vorzuspielen – eine Absicht, die spätestens dann ihr Ziel verfehlte, als sie merkte, daß die Eier zwar fertig waren, aber daß sie Brot und Butter vergessen hatte. Inzwischen ziemlich durcheinander, schnitt sie Treppenstufenscheiben vom Brotlaib und belegte sie mit Scheiben der harten Butter, die sie eben aus dem

Kühlschrank genommen hatte. Er öffnete ihr die Türen und empfand fast so etwas wie Mitleid mit ihr, obwohl er nicht genau sagen konnte, weshalb er sie bemitleidete. Die improvisierte Schürze fiel herunter, als sie auf ihren hohen Absätzen in den Wohnraum stöckelte. Doch selbst jetzt war sie nicht in der Lage, der Versuchung zu widerstehen, mußte offenbar zwanghaft in den kleinen Wandspiegel schauen, der an der Dielenwand zwischen Küchen- und Wohnzimmertür hing. Nervös, auf den Fußspitzen balancierend, das Tablett in der Hand, nahm sie trotz allem die Gelegenheit wahr zu einem narzißtischen Blick auf ihr hübsches Gesicht...

Robson hatte sich auf seinem Sessel nach hinten gelehnt und mußte aus seinem halb dösenden Zustand geweckt werden. Das tat seine Nichte nicht nur dadurch, daß sie ihn mit einem zusätzlichen Kissen im Rücken stützte und ihm das Tablett auf den Schoß stellte, sondern auch mit der unvermittelten und schockierenden Bemerkung: «Er hat von mir wissen wollen, ob Gwen Feinde hatte! Hältst du so etwas für möglich?»

Er hob die teilnahmslosen Augen und schaute sie verständnislos an. Dann hörte man ein ungläubiges Gemurmel. «Er tut ja nur seine Pflicht, mein Liebes.»

«Gwen», sagte sie in sentimentalen Ton, «Gwen war wie eine Mutter für mich.» Und plötzlich versteifte sich ihre Haltung, wurde ihr Ton schärfer. «Nein, sie war nicht weich. Sie hatte ihre Prinzipien – sehr hohe Prinzipien, nicht wahr, Onkel? Und sie hat aus ihrem Herzen keine Mördergrube gemacht. Sie hat es nicht gemocht, daß dieses Paar beisammenwohnt, die zwei im übernächsten Haus, ich weiß nicht, wie sie heißen, diese Leute, die ihr Geschäft von zu Hause aus betreiben. Ich sagte ihr, daß sich die Zeiten seit ihrer Heirat geändert hätten, doch das brachte ihre Meinung nicht ins Wanken. Jeder macht das doch heutzutage, habe ich gesagt. Aber davon wollte sie nichts wissen, nicht wahr, Onkel?»

Sie schauten sie allen an, auch Robson. Sie schien zu merken, wie aufgeregt und lebhaft sie gesprochen hatte für jemanden, der vor kurzem erst einen so schweren Verlust erlitten hatte, und sie errötete. Da steckt nicht besonders viel Liebe dahinter, dachte Burden und sagte: «Jetzt möchten wir uns im Haus umsehen. Ist das möglich?»

Sie hätte sicher etwas dagegen einzuwenden gehabt, aber Robson, der fast gar nichts gegessen hatte, schob den Teller weg, nickte und machte mit der einen Hand eine sonderbare, zustimmende Geste. Wexford interessierte sich im Grunde nicht für das Haus; es gab nichts Bedeutsames in Beziehung zu Leben und Tod von Mrs. Robson, das er hier zu finden glaubte. Und er teilte bereits halb die Meinung des Mädchens, daß irgendein geistig Gestörter Gwen Robson getötet hatte, vermutlich einzig und allein deshalb, weil sie eine Frau war, weil sie sich dort aufgehalten hatte und weil sie völlig unvorbereitet und schutzlos gewesen war. Dennoch betrat er das Schlafzimmer, das sie mit Robson geteilt hatte, und erblickte überall die Zeichen häuslicher Harmonie. Das Bett war ungemacht. Einem Impuls folgend, der auf keine besonders bedeutsamen Enthüllungen abzielte, hob Wexford die flacheren und weniger zerknüllten Kissen und fand darunter den Schlafanzug von Mrs. Robson, wie sie ihn am Donnerstagmorgen zusammengefaltet und daruntergelegt haben mußte...

Eine gerahmte Fotografie zeigte sie, wie sie früher einmal war, das Haar dunkel und üppig, den Mund zu einem breiten Lächeln verzogen, rundlicher als jetzt. Sie saß, und ihr Mann schaute ihr über die Schulter, vielleicht um die Illusion zu vermitteln, daß er größer sei, als er in Wirklichkeit war. Auf ihrem Nachttisch lagen zwei Bücher, Romane von Catherine Cookson, auf dem seinen der neueste Thriller von Robert Ludlum. Auf der Frisierkommode stand zwischen einer Haarbürste und einem Nadelkissen, in dem drei Broschen steckten, ein kleiner Parfumflakon mit Yardleys «Chique». An den Wänden hing eine überraschende Zahl von Bildern: weitere gerahmte Fotos von den beiden, eine gerahmte Collage von Ansichtspostkarten, sentimentale Erinnerungen an ihre Ferien, Katzen- und Hundebilder, wahrscheinlich aus Kalendern ausgeschnitten, eine Stickerei, die ein Häuschen in einem Garten voller Blumen zeigte – vielleicht die Handarbeit von Gwen Robson.

Die Vorhänge im Schlafzimmer waren so voller Blumen wie

diese Stickerei. Trotz ihrer nüchternen Art, sich zu kleiden, hatte sie helle Farben geliebt – Rosa, Hellblau und Gelb in allen Schattierungen. Sie hatte zwar Braun getragen, aber ihr Haus war nicht damit ausgestattet. Ein ordentlich gestapelter Turm von *Kim*-Exemplaren nahm die Hälfte eines länglichen Hockers ein, und obendrauf lag die Zeitung vom vergangenen Abend. Hieß das, daß Robson einen Abend, nachdem seine Frau ermordet worden war, die Abendzeitung als Bettlektüre mit nach oben genommen hatte? Nun, warum auch nicht? Das Leben mußte weitergehen. Zweifellos hatte man ihm Schlaftabletten gegeben, und er hatte eben gelesen, bis die Wirkung der Tabletten eintrat. Wexford warf nur einen Blick auf die Titelgeschichte und auf das Foto des Verteidigers Edmund Hope, der ebensogut und interessant aussah wie die arabischen Bombenleger, die er verteidigte, dann wandte er sich ab, um die Aussicht aus dem Fenster zu studieren.

Die Wohnsiedlung Highlands präsentierte hinter dem Fenster ihr Panorama, wie es Mrs. Robson oft gesehen haben mußte, als sie hier gestanden hatte: die Hastings Road, in der sich das Haus befand, die Eastbourne Road, die hinunter in die Stadt führte, den Battle Hill, die Krönung der Siedlung, Häuser mit Ziegeldächern, die absichtlich in unregelmäßigen Winkeln zueinander erbaut worden waren, um die Illusion einer kleinen spanischen oder portugiesischen Stadt zu vermitteln – Koniferen, bläulich, dunkelgrün und goldgrün, weil Koniferen billig waren und schnell wuchsen, gewundene Kieswege und betonierte Wege, Fenster mit bunten Markisen, gerüschten Girlanden und Wolkenstores, aber nur ein einziger Bewohner, der zu sehen war: eine ältere, sehr dicke Frau in einem langen Rock und einer bunten Jacke. Sie zerbröckelte ein Stück Brot und gab die Brösel auf einen überdachten Futtertisch für Vögel, der in einem diagonal gegenüberliegenden Garten stand. Das Haus, zu dem sie dann zurückkehrte, war das erste nach der Reihe von Altenbungalows. Sie schaute einmal zurück zu dem Haus, wo Mrs. Robson gelebt hatte, als müßte es jetzt ein jeder anschauen, der hier wohnte oder in diese Straße kam. Das war die menschliche Natur. Ihr Blick traf sich mit Wexfords Blick, und sie wandte sich sofort ab. So schnell wie Lesley Arbel Spiegel und Schminkzeug eingesteckt hatte – als ob sie damit das Vorausgegangene ungeschehen machen könnte.

Wexford sagte: «Ich glaube, wir können gehen. Wir rufen Mrs. Sanders an und bitten sie aufs Revier.»

«Wollen Sie nicht lieber zu ihr hinfahren?»

«Nein, ich möchte sie ein bißchen ärgern», sagte Wexford.

VIER

Er lag ausgebreitet auf dem Tisch im Verhörraum – ein Vorhang, der einmal schön gewesen war, aus schwerem, dichtflorigem Samt, am unteren Rand eingesäumt und mit einer Bleischnur versehen. Genau über die Mitte breitete sich ein großer, dunkler Fleck aus, ein Fleck, der dem Aussehen nach ein großer Blutfleck sein konnte – aber Wexford hatte bereits feststellen lassen, daß das nicht der Fall war. Später waren weitere Flecken dazugekommen und überlagerten den ursprünglichen großen Fleck; man gewann den Eindruck, als hätte dieser erste Fleck den Vorhang für seine weitere Verwendung als Vorhang ruiniert und als hätten seitdem alle weiteren Beschädigungen nichts mehr zu bedeuten gehabt.

Dorothy Sanders schaute ihn an. Ihre Augen blinzelten, und als sie sich dann wieder auf Wexford richteten, stellte er zum erstenmal fest, daß sie von einem seltenen, hellen Rehbraun waren.

«Das ist der Vorhang, der an meiner Wohnzimmertür gehangen hat.» Und dann, nachdem ein langer, ausdrucksloser Blick auf Wexford keine Reaktion hervorgerufen hatte: «Da sind ja sogar noch die Häkchen drin.»

Er blieb weiter stehen und schaute sie an, wobei sein Gesicht keinen Ausdruck zeigte, aber nun nickte er kurz und nachdenklich. Burden hatte die Stirn in Falten gezogen.

«Wo haben Sie ihn her?» fragte sie. «Was hat der Vorhang hier zu bedeuten?»

«Mrs. Robsons Leichnam war damit zugedeckt», sagte Burden. «Erinnern Sie sich nicht?»

Sie reagierte darauf wie elektrisiert, wich zurück und riß Arme und Hände nach hinten, als ob ihre Finger Aas oder Schleim berührt hätten. Ihr Gesicht lief dunkelrot an, und sie sog die Lippen ein. Sie hielt sich eine Hand vor den Mund – eine charakteristische Geste, wie er fand – und nahm sie dann wieder weg, als sie merkte, was sie damit berührt hatte. Jetzt zeigte sich ihm in Andeutungen, wie diese langsame, bedächtige Frau zu einem kreischenden, wahnsinnigen Wesen werden konnte, und zum erstenmal wurde ihm auch klar, daß der Alte, dieser Archie Greaves, vielleicht gar nicht übertrieben hatte.

«Sie haben diesen Stoff erst vor kurzem berührt, Mrs. Sanders», sagte er. «Sie haben ihn weggezogen, damit Sie das Gesicht der Toten sehen konnten.»

Sie schauderte, und ihre ausgestreckten Arme zitterten, als könnte sie die Hände damit abschütteln und sie auf diese Weise loswerden.

«Kommen Sie, setzen Sie sich, Mrs. Sanders.»

«Ich möchte mir erst die Hände waschen. Wo kann ich mir die Hände waschen?»

Wexford wollte nicht, daß sie ihm nun wegrannte, aber als er den Hörer des Telefons abnahm, klopfte Detective Constable Marian Bayliss an die Tür und kam herein. Sie fragte, ob das ein Routineverhör sei, und er nickte zustimmend und sagte: «Könnten Sie bitte Mrs. Sanders zur Damentoilette bringen?»

Dorothy Sanders wurde etwa fünf Minuten danach zurückgebracht; offensichtlich beruhigt, das Gesicht versteinert, der Mund mit mehr rotem Lippenstift geschminkt. Wexford roch die flüssige Seife der Polizeistation auf drei Meter Entfernung.

«Können Sie uns sagen, Mrs. Sanders, wie es kommt, daß Ihr Vorhang zum Zudecken des Leichnams von Mrs. Robson benutzt wurde?»

«Ich habe ihn nicht hingebracht. Ich habe ihn zuletzt gesehen in...» Sie zögerte und fuhr dann vorsichtiger fort. «Ich sah ihn zuletzt in einem Raum in meinem Haus. Zusammengelegt. In einem Speicherraum – wir nennen ihn Speicher. Kann sein, daß mein Sohn dort oben gewesen ist; vielleicht hat er den Vorhang für irgend etwas gebraucht, vielleicht dachte er, daß er von mir doch nicht mehr benutzt würde... Dazu brauchte er mich nicht erst zu fragen.» Ein verbitterter Ausdruck verzerrte ihr Gesicht.

Das war Wexford bis dahin nicht als Möglichkeit erschienen, aber nun konnte er sie nicht mehr übersehen. «Wohnt Ihr Sohn bei Ihnen, Mrs. Sanders?»

«Natürlich wohnt er bei mir.» Sie sagte es so, als sei es zwar denkbar, daß einige wenige erwachsene Söhne und Töchter nicht bei ihren Eltern lebten, entweder aus allgemeiner Lasterhaftigkeit oder auch, weil sie Waisen waren, daß eine derartige Situation jedoch selten genug sei, um nicht nur glaubhaft, sondern auch abstoßend zu wirken. Ihr Ton deutete an, daß Wexford ein völlig entarteter Ignorant sein müsse, um etwas anderes anzunehmen. «Natürlich wohnt er bei mir. Was haben Sie denn gedacht?»

«Sind Sie sicher, daß sich dieser Vorhang in einem Raum Ihres Hauses befunden hat? Könnte er nicht auch zum Beispiel im Kofferraum Ihres Autos gelegen haben?»

Sie war nicht dumm. Zumindest war sie ziemlich schlau.

«Nein – es sei denn, er hat ihn dort hineingelegt.» Wen sie mit *er* meinte, war klar genug. Sie überlegte, nickte. Das war keine von den Frauen, dachte Wexford mit etwas grimmigem Vergnügen, die ihr Kind notfalls auf Kosten ihres eigenen Lebens schützen würde, sei es vor Strafverfolgung oder anderen Bedrohungen – nicht die Art von Mutter, die einen steckbrieflich gesuchten Sohn verbergen und lügen würde, wenn man sie nach seinem Aufenthalt befragte, ja, die ihren Sohn nicht so sehr als eine Erweiterung ihrer selbst, sondern als ein wertvolles, überlegenes Wesen betrachtete. «Ich nehme an, daß er ihn dort hineingelegt hat», sagte sie jetzt. «Ich habe mir aus einem Katalog eine brauchbare Nylonhülle für meinen Wagen bestellt – Nylon oder Fiberglas oder was auch immer.» Sie meint eine Bestellung bei einem Versandhaus, dachte Wexford. «Es ist schon gut zwei Monate her, aber diese Leute lassen sich Zeit. Wahrscheinlich hat er nicht so lange warten können.»

Sie blickte zu ihm hoch und verursachte bei ihm eine jener Kehrtwendungen bei seiner Einschätzung der menschlichen Natur. Einen Augenblick lang hatte er das Gefühl, gar nichts zu wissen; die Menschen und ihre Verhaltensweisen waren ihm wie eh und je ein Geheimnis. Zumindest sah diese Frau doch menschlich aus und sprach auf menschliche Weise. «Er ist ganz anders als ich, hat keine Geduld. Dafür kann er nichts. Wahrscheinlich hat er gedacht, er könnte einfach den Vorhang benutzen, wenn wir eine Kältewelle bekämen. Man kann einen ja auch nicht ewig warten lassen, nicht wahr?» Jetzt schaute sie auf ihre Armbanduhr, war an diesen Mahner der vergehenden Zeit durch den Hinweis auf zeitliche Verzögerungen erinnert worden. Ihr Handgelenk sah wie ein Bündel von dünn isolierten Drähten aus.

Burden war indessen auf und ab gegangen. Er sagte: «Es ist Ihr Wagen, aber Ihr Sohn benutzt ihn?»

«Es ist mein Wagen», sagte sie. «Ich habe ihn gekauft, habe ihn bezahlt und bin sein eingetragener Besitzer. Aber er muß zur Arbeit fahren, nicht wahr? Ich lasse ihn damit zur Arbeit fahren, und wenn ich zum Einkaufen will, bringt er mich hin und holt mich wieder ab. Er braucht ein Transportmittel.»

«Als was arbeitet Ihr Sohn, Mrs. Sanders?»

Sie war eine von denen, die damit rechnen, daß ihre privaten Arrangements allgemein bekannt sind und daß man sie nicht näher zu erläutern braucht, die aber beleidigt sind, wenn andere ein Wissen zeigen, das sie entweder durch Gefühl oder Intuition erworben haben. «Er ist Lehrer, nicht wahr?»

«Das müssen schon Sie mir sagen», antwortete Burden.

Sie rümpfte empört die Nase. «Er ist Lehrer an einer Schule für Kinder, die nicht ohne Nachhilfeunterricht ihre Prüfung bestehen können.»

Ein Pauker, dachte Wexford. Wahrscheinlich bei Munster in der High Street von Kingsmarkham. Es überraschte ihn ein wenig, und doch – warum nicht? Clifford Sanders, dachte er im Licht seiner neuen Erkenntnisse, mußte einer von den Studenten gewesen sein, die zu Hause wohnten, während sie auf die Uni gingen, und mit dem Bus hin und her fuhren. Es wäre interessant festzustellen, ob er in diesem Punkt recht hatte.

«Es ist nur ein Teilzeitjob», sagte sie und überraschte die beiden Beamten, als sie im gleichen, gelangweilten und desinteressierten Ton hinzufügte: «Er ist in mancher Hinsicht seinen Aufgaben nicht gewachsen.»

«Was ist mit ihm? Ist er krank?»

Jetzt war sie zu ihrer bereits bekannten, scharfen und kritischen Haltung zurückgekehrt. «Heutzutage nennt man es eine Krankheit. Als ich jung war, hieß es mangelnder Charakter.» Eine dunkle Röte stieg in ihre Wangen und bildete Flecken darauf. Heute trug sie Grün, ein dunkles, fades Grün, aber Schuhe und Handschuhe waren schwarz. Als die Röte abebbte, schien sich dieses dunkle Algengrün auf der Blässe ihres Teints zu reflektieren. «Deshalb ist er auch dort gewesen, nicht wahr, als er mich in der Parkgarage abholen sollte. Er war bei diesem Psychiater. Sie nennen sich Psychotherapeuten, aber sie haben nicht die dazu erforderlichen Fähigkeiten.»

«Mrs. Sanders, wollen Sie damit sagen, daß Ihr Sohn in der Parkgarage des Einkaufszentrums Barringdean war, als Sie ebenfalls dort waren?»

Emotionen kämpften miteinander hinter der Röte, der Blässe, die zu siegen schien, dem dämpfenden Grün und dem strengen Schwarz. Das hatte sie eigentlich nicht von sich geben wollen. Das Gebot, ihren Sohn zu schützen, war ihr nicht so unbekannt, wie Wexford zunächst angenommen hatte. Er merkte sogar, daß sie ihren Sohn in einer leidenschaftlichen, von ihr selbst in Frage gestellten und äußerst skeptischen Weise liebte, aber vielleicht war es ihr einfach nicht gelungen, diesen Seitenhieb auf einen Berufszweig, den sie mißbilligte, zu unterlassen. Sie sprach jetzt mit ausgesuchter Vorsicht, als ob sie das Tempo ihrer Sprechweise elektronisch verringert hätte, um das Verständnis zu erleichtern.

«Er hätte dort sein sollen, aber er war nicht dort. Er war hingekommen, der Wagen stand unten, aber er...» Sie hielt inne, atmete tief ein. «Er war nicht da.»

Eine abrupte, stockend hervorgebrachte Erklärung folgte. Zunächst, als sie den Wagen und einen Körper dahinter gesehen hatte, dachte sie, es sei Clifford, und er sei tot. Sie konnte den Toten nicht sehen, weil er zugedeckt war, nahm aber an, daß es Clifford sei, und zog das braune Samttuch weg, das ihn bedeckte. Es war nicht Clifford; dennoch war die Sache für sie ein großer Schock gewesen. Sie mußte sich erst in ihren Wagen setzen und sich beruhigen. Clifford hätte sie abholen sollen, wie er es immer an den Donnerstagen tat, immer. Es war ein unabänderliches Arrangement, wenngleich sich seine Unterrichtszeit mitunter etwas änderte. – Sie schaute wieder auf die Uhr, als sie das sagte. – Clifford brachte sie zum Einkaufszentrum, fuhr dann zu seiner Sitzung beim Psychotherapeuten und kam zurück, um sie abzuholen. Sie selbst konnte gar nicht fahren. An diesem Donnerstag hätte er um Viertel nach sechs in der zweiten Parkebene der Tiefgarage sein müssen. Bei ihrer Ankunft war sie zuerst zum Friseur gegangen, zu *Suzanne* im oberen Stock des Einkaufszentrums – auch eines ihrer unabänderlichen Arrangements –, hatte danach eingekauft und waren um zwölf Minuten nach sechs in die Parkgarage zurückgekommen.

Nach dem Schock, der Entdeckung des Leichnams, und nachdem sie sich ein wenig gefangen hatte – Wexford hatte Mühe, an diese emontionale Dünnhäutigkeit zu glauben –, war sie hinaufgegangen, um Clifford zu suchen. Sie war oben auf dem offenen Parkplatz hin und her gewandert, eine Behauptung, die durch die Aussage von Archie Greaves bestätigt wurde. Schließlich war sie zum Fußgängertor gegangen …

«Ich bin zusammengebrochen», sagte sie und verlieh jedem Wort das gleiche monotone Gewicht.

«Und wo war denn nun Ihr Sohn? Nein, Sie brauchen diese Frage nicht zu beantworten, Mrs. Sanders. Sagen Sie ihm, daß wir an seiner Aussage interessiert sind und daß wir später mit ihm reden werden. Ich finde, wir machen jetzt alle erst einmal Pause, und Ihr Sohn kann inzwischen nachdenken. Wie finden Sie das?»

Sie ging auf die Tür zu. Jemand würde sie nach Hause fahren. Ihre Haltung hatte etwas von einer Traumwandlerin an sich, oder als ob sie alles, was sie fühlte und dachte, hinter einem Schleier versteckt hielt. Sie war dünn und drahtig, so daß man sie eigentlich für eine lebhafte, energische Frau halten würde, dachte Wexford, aber in Wirklichkeit war ihre ganze Haltung so matt und schleppend wie eine glitschige, runde Meerqualle. Burden fragte, sobald sie gegangen war: «Will sie damit sagen, daß er nicht ganz dicht ist?»

«Ich glaube, das hängt davon ab, wie streng Sie die Grenzen ziehen, und –» Wexford schaute Burden mit einem halben Lächeln an – «wie altmodisch Sie sind. Offenbar kann er seinen Job ausüben, einen Wagen fahren und ein normales Gespräch führen. Ist es das, was Sie gemeint haben?»

«Sie wissen, daß ich es anders meinte. Er kommt mir inzwischen sehr als ein Kandidat für Lesley Arbels Psychopathenrolle vor.»

«‹Das hervorstechendste Kennzeichen ist emotionale Unreife im weitesten und umfassendsten Sinn. Diese Menschen sind impulsiv, unzuverlässig, nicht willens, die Ergebnisse ihrer Erfahrungen anzuerkennen und unfähig, aus ihnen zu lernen...›» Wexford zögerte einen Moment, dann fuhr er fort: «‹Sie sind mitunter überaus bemüht, aber ohne jegliche Ausdauer, gewinnend, aber unaufrichtig, anspruchsvoll, aber selbst gleichgültig gegenüber Bitten, verläßlich nur in ihrer gleichbleibenden Unzuverlässigkeit, nur der Untreue treu, ohne feste Bindung, instabil, rebellisch und unglücklich.›»

Burden schaute ihn mit offenem Mund an. «Haben Sie sich das jetzt eben ausgedacht?»

«Natürlich nicht. Es ist David Stafford-Clarks Definition eines Psychopathen – oder zumindest ein Teil davon. Ich habe sie auswendig gelernt, weil ich dachte, daß ich sie vielleicht einmal brauchen könnte, doch das kann ich bisher nicht behaupten.» Wexford grinste. «Außerdem hat mir die Prosa gefallen.»

Der Ausdruck auf Burdens Gesicht deutete darauf hin, daß er nicht wußte, was der andere mit Prosa meinte. «Ich finde sie sehr nützlich. Sie ist richtig gut. Mir gefällt die Stelle mit ‹verläßlich in ihrer Unzuverlässigkeit›.»

«Das Oxymoron.»

«Ist das auch eine Geisteskrankheit?» Und als Wexford nur den Kopf schüttelte, sagte Burden: «Das Stück, das Sie zitiert haben – steht das in einem Buch? Kann ich es mir besorgen?»

«Ich leihe Ihnen meins. Vermutlich ist die Ausgabe vergriffen; ich glaube, es ist zwanzig Jahre her, seit ich es gelesen habe. Aber, wissen Sie, das können Sie nicht einfach auf Clifford Sanders anwenden. Sie haben ja kaum mit ihm gesprochen.»

«Dem kann abgeholfen werden», sagte Burden grimmig.

Es war dunkel, als Wexford in die Straße fuhr, wo er wohnte, und sich seinem Haus näherte. Ein Wagen parkte in seiner Garageneinfahrt – Sheilas Porsche. Er fühlte einen leichten Stich im Herzen und tadelte sich sofort dafür. Er liebte seine Töchter sehr, und Sheila war seine Lieblingstochter, aber dieses eine Mal freute er sich nicht darüber, sie zu sehen. Ein ruhiger Abend – das war es, wonach er sich gesehnt hatte, vielleicht der letzte für lange Zeit, denn er vertraute nicht auf Burdens Prophezeiung, daß das ein unkomplizierter Fall sein würde. Und nun würde der Abend nicht nur von Gesprächen beherrscht werden, sondern von ernsthaften Diskussionen.

Diesem ersten Funken von Bestürzung folgte eine Verärgerung anderer Art. Sie hatte ihren Wagen in der Garageneinfahrt geparkt, weil sie annahm, daß er bereits zu Hause war, und vermutete, daß sein Wagen in der Garage stand. Jetzt würde er ihn auf der Straßen stehenlassen müssen. Ihrer Mutter das Herz auszuschütten war für sie wichtiger gewesen als alles andere. Er konnte sich vorstellen, wie sie alle zehn Minuten gesagt hatte, daß sie hinaus müsse, den Wagen wegfahren, bevor der liebe Paps nach Hause käme...

Diese Vorstellung erheiterte ihn, so daß er sich selbst zulächelte, als er mit dem Ohr seiner Gedanken ihre bezaubernde, leicht atemlose Stimme hörte. Er würde nichts sagen, entschloß er sich, über die Sache mit dem Drahtzaun und über die Berichte zu ihrer angeblich bevorstehenden Scheidung, würde bestimmt nicht seine Enttäuschung oder seinen Ärger andeuten und es sich versagen, ihr ernste Blicke zuzuwerfen. Er berührte den Porsche leicht an dem breiten, glänzenden, fast horizontalen Heckfenster, als er daran vorbeikam. Fuhr sie mit diesem Wagen zu Demonstrationen? Na ja, es war nur ein kleiner Porsche, und außerdem war er schwarz... Würde sie kommen und ihm einen Kuß geben oder zurückhaltend sein? Er wußte es nicht. Er betrat das Haus durch den Hintereingang, ging durch die Küche in die Diele, hängte seinen Mantel auf, hörte ihre Stimme aus dem Wohnzimmer – vernahm die Stimme von Beatrice Cenci, Antigone, Nora Helmer und jetzt Lady Audley –, hörte, wie sie leiser wurde und verstummte. Er betrat den Raum, und sofort sprang sie auf, lief auf ihn zu und in seine Arme.

Über ihre Schulter hinweg sah er das kleine, ironische Lächeln auf Doras Gesicht. Er umarmte Sheila, und als sie sich entspannt hatte, hielt er sie mit ausgestreckten Armen von sich und fragte: «Ist bei dir alles okay?»

«Ach, ich weiß nicht», kicherte sie. «Nicht wirklich. Es ist nicht alles okay mit mir, nein. Genau gesagt, ich stecke ziemlich im Schlamassel. Und Mutter rümpft die Nase. Mutter ist schrecklich, ehrlich gesagt.»

Ihre klägliche Miene zeigte ihm, daß sie es nicht so meinte. Es war sicher töricht, und das wurde ihm jedesmal aufs neue bewußt, aber wenn er sie so anschaute, konnte er nicht anders als immer wieder ihr schönes, offenes, gefühlvolles Gesicht zu bewundern, das mit etwas Glück der Zeit trotzen würde, das lange, helle, weiche Haar, die Augen, klar wie die eines Kindes, und ebenso blau – dennoch keine Kinderaugen. Sie hatte keinen Ehering an ihrer linken Hand, trug aber häufig keinerlei Ringe, wie sie auch fast immer die eleganten Kleider und fabelhaften Kostüme nur für Auftritte vor dem Publikum und für Publicityzwecke benutzte. Die Jeans, die sie anhatte, waren schäbig im Vergleich mit denen von Burden. Dazu trug sie einen blauen Pullover in einem ähnlichen Farbton und eine Holzperlenkette.

«Jetzt, wo du zu Hause bist, Darling», sagte Dora, «können wir uns alle einen Drink genehmigen. Ich bin sicher, daß ich einen brauche. Also...» Sie schaute von einem zum anderen, taktvoll und in dem Wissen, daß die beiden ein paar Minuten miteinander allein sein wollten. «Also werde ich uns einen holen.»

Sheila warf sich wieder in den Sessel, aus dem sie hochgesprungen war. «Wirst du mich nicht fragen warum? Warum, warum, warum das alles?»

«Nein.»

«Hast du blindes Vertrauen in die Rechtmäßigkeit von allem, was ich tue?»

«Du weißt, daß das nicht der Fall ist.» Er war versucht, über den Mann, den sie verlassen hatte, zu sagen: Ich habe Andrew gemocht, aber er sagte es nicht. «Worum geht es jetzt eigentlich? Ich meine, um welche von deinen sensationellen Nummern?»

«Ach, Paps, ich mußte einfach das Drahtgitter aufschneiden. Ich habe es nicht in hysterischem Zustand getan oder gedankenlos oder im Blick auf die Publicity oder aus Trotz oder so. Ich *mußte* es einfach tun. Ich habe lange gebraucht, bis ich mich dazu psychisch aufraffen konnte. Die Menschen achten auf das, was ich tue, verstehst du. Damit meine ich nicht nur mich, sondern jeden in meiner Position. Sie sagen dann etwa: ‹Wenn es Sheila Wexford tut, muß es irgendeinen Sinn haben. An der Sache muß etwas dran sein, wenn eine berühmte Person wie sie so etwas tut.›»

«Was ist denn nun eigentlich geschehen?» Er war ernsthaft neugierig.

«Ich habe eine Drahtschere gekauft, in einem Do-it-yourself-Laden in Covent Garden. Wir waren zehn – alles Mitglieder von ANDAS – das heißt Anti-Nukleare Direkt-Aktion der Schauspieler –, aber ich war die einzige, die sehr bekannt ist beim Publikum. Wir fuhren in einen Ort in Northamptonshire, er hieß Lossington, und wir benutzten für die Fahrt drei Wagen: meinen und zwei andere. Dort ist ein Stützpunkt der Royal Air Force, wo veraltete Bombenflugzeuge abgestellt sind. Es geht nicht um die Bedeutung dieses Stützpunktes, du verstehst, es ist die Geste...»

«Natürlich verstehe ich das», sagte er ein wenig ungeduldig.

«Da war diese düstere, asphaltierte Fläche mit ein paar Betonbauten darauf und ein paar Hangars und Gras und Morast ringsherum und ein verrosteter Drahtzaun – meilenweit und hoch genug, daß man keine Tennisbälle verloren hätte, wenn man drinnen gespielt hätte. Na ja, wir haben alle am Zaun Aufstellung genommen, und jeder von uns hat ein paar Maschen aufgeschnitten; nach einer Weile konnte man ein großes Stück von dem Drahtzaun herunterklappen, und dann sind wir in die nächste Ortschaft gefahren, zur nächsten Polizeistation, und haben ihnen gesagt, war wir getan haben, und ...»

Dora kam herein mit den Drinks auf einem Tablett – Bier für Wexford, Wein für sich und ihre Tochter. Da sie die letzten Worte gehört hatte, sagte sie jetzt: «Du hättest wirklich etwas mehr Rücksicht auf deinen Vater nehmen sollen.»

«Ach, Paps, zuerst hatten wir ja vor, den Drahtzaun bei der R. A. F.-Kaserne in Myringford aufzuschneiden, aber ich war dagegen, weil das in deinem Amtsbereich gewesen wäre. Ich habe Rücksicht auf dich genommen. Aber ich mußte es einfach tun, ich *mußte* – kannst du das nicht verstehen?»

Einen Augenblick lang gingen ihm die Gäule durch. «Du bist nicht Antigone, wie oft du sie auch gespielt haben magst. Und du bist nicht Bunyan. Sag nicht immer, du *mußtest* es tun. Glaubst du im Ernst, daß das Aufschneiden eines Drahtzauns um einen veralteten Bomberstützpunkt zu einer totalen Ächtung von Nuklearwaffen führen wird? Ich mag sie auch nicht, wie du weißt, und ich glaube, niemand mag sie; ich habe Angst davor. Als ihr beide, du und Sylvia, noch klein wart, da hat mich die Angst um euch geradezu bis in den Schlaf verfolgt. Und wenn sie fünfundvierzig Jahre lang den Frieden bewahrt haben, hat das gar nichts zu bedeuten, sicher nicht, daß sie ihn auch neunzig Jahre bewahren helfen. Aber ich weiß natürlich auch, daß solche Aktionen die Regierung keineswegs beeindrucken.»

«Was können wir denn sonst tun?» fragte sie schlicht. «Ich glaube selbst auch oft, daß es nichts bewirkt, aber was können wir sonst noch tun? Die glauben alle, wenn sie nur die Cruise-Missiles verschrotten, sind schon sämtliche Probleme gelöst, aber damit verschrotten sie bestenfalls zehn Prozent des gesamten Kernwaffen-Arsenals auf dieser Welt. Und die Alternative wäre Apathie, so zu tun, als wäre alles in Butter.»

«Du meinst, um wieder zu zitieren, ‹wenn man will, daß das Böse triumphiert›», sagte Wexford, «‹dann brauchen nur die Guten nichts dagegen zu unternehmen›.»

Und Dora ergänzte in scharfem Ton: «Glaubst du vielleicht, daß du dir in den zehn Minuten zwischen der Frühwarnung und der Explosion der Bombe noch dafür gratulieren kannst, daß du als einzige keine Vogel-Strauß-Politik betrieben hast?»

Sheila setzte sich auf und schwieg eine Weile. Es war, als ob das, was ihre Mutter gesagt hatte, sie nicht berührte, so als ob sie es gar nicht gehört hätte. Dann erklärte sie sehr leise: «Wenn du ein menschliches Wesen bist, mußt du gegen Nuklearwaffen sein. Es ist geradezu eine – eine Art von Definition. Wie, daß die Säugetiere ihre Jungen säugen oder daß Insekten sechs Beine haben. Die Definition eines menschlichen Wesens schließt in sich ein, daß man die Kernwaffen haßt und fürchtet und loswerden will. Denn sie sind das Übel schlechthin, sie sind das moderne Äquivalent des Teufels, des Antichrists – sie sind all das, was wir je von der Hölle erfahren werden.»

Darauf könne man, wie er zu Dora bemerkte, während Sheila ein mysteriöses Telefongespräch führte, kaum noch etwas sagen. Jedenfalls nicht jetzt. Dora seufzte. «Sie hat mir erklärt, daß Andrew ein Rechter ist, der sich nur für den Kapitalismus interessiert und kein Innenleben hat.»

«Aber das müßte sie eigentlich gewußt haben, bevor sie ihn geheiratet hat», bemerkte Wexford.

«Sie liebt ihn nicht mehr, und damit sieht alles anders aus.»

«Es ist weniger eine entartete Gesellschaft, in der wir leben, als eine idealistische. Die Leute erwarten, daß sie ihre Partner ein ganzes Leben lang lieben werden – wenn nicht, brechen sie die alte Beziehung ab und gehen eine neue ein. Liebst du mich noch?»

«O Darling, du weißt, wie sehr ich dich liebe; ich bin dir hingegeben, ich wäre verloren ohne dich, ich –»

«Genau», sagte ihr Mann lachend und ging hinüber in die Küche, um sich noch ein Bier zu holen.

Es war nicht darüber gesprochen worden, ob Sheila über Nacht bleiben würde. Sie war um vier Uhr nachmittags eingetroffen, und unter normalen Umständen fuhr sie immer gegen neun nach London zurück. Die Fahrt dauerte eine knappe Stunde. Aber das Telefongespräch von vorhin schien ihre Absicht geändert zu haben. Sie kam zurück ins Wohnzimmer und schaute glücklicher drein als bisher, jedenfalls seit Wexford nach Hause gekommen war, und erklärte, daß sie, wenn es ihnen nichts ausmache – mit dem Selbstvertrauen geliebter Kinder, die nie erlebt hatten, daß es ihren Eltern etwas «ausmachte» –, bis zum nächsten Tag, ja sogar bis zum Lunch am Sonntag bleiben würde.

«Mutter ist der einzige Mensch, den ich kenne, der noch Roastbeef und Yorkshire-Pudding zum Sonntagslunch kocht.»

Wexford dachte, daß man es ihm kaum als Einmischung auslegen konnte, wenn er fragte, wo sie jetzt wohnte, aber er widerstand der Versuchung zu erklären, wie gut ihm das Haus in Hampstead gefallen habe.

«Ich mußte einfach ausziehen, oder? Ich konnte doch nicht in Downshire Hill wohnen bleiben, in Andrews Haus, das er bezahlt hat, und ihn hinauswerfen. Jemand hat ihm gesagt, daß es zwei Millionen wert ist.» Sie setzte sich auf den Boden und zog die Knie an, umschlang sie dann mit den Armen. «Mit soviel Geld kann ich es nicht aufnehmen. Ich habe diese Wohnung in Bloomsbury, an den Coram Fields, und sie ist okay, ist eigentlich sogar richtig toll.» Sie zeigte ihrem Vater ein Lächeln. «Sie wird dir bestimmt gut gefallen.»

Dora hatte die *Radio Times* auf dem Schoß. «Jetzt ist gleich Zeit für Lady Audley. Ich will die Folge nicht verpassen; wenn du dich selbst nicht sehen willst, muß ich dich ins Bett schikken.»

«O Mutter, glaubst du, ich hätte sie nicht gesehen? Ich hab nichts dagegen, die Sendung noch einmal mit euch zu sehen, aber ich kenne sie natürlich von einer internen Vorführung. Paß auf, ich muß schnell raus und meinen Wagen wegfahren, damit Paps seinen in die Garage stellen kann. Noch besser, ich fahre erst meinen weg und dann seinen in die Garage. Es macht mir nichts aus, wenn ich den Anfang verpasse…»

«Ich mach das schon», unterbrach sie Wexford. «Wir haben noch fünf Minuten Zeit. Bitte, Sheila, deine Autoschlüssel.»

Sie zog sie aus der Jeanstasche. Sein Wagen war etwas breit für die Garage, und er hatte das Angebot weniger aus Altruismus gemacht als aus Angst, der neue Montego könnte eine Schramme abbekommen. Dora schaltete den Fernseher ein. Der Wind hatte nachgelassen, und die Nacht war dunkel und still und ziemlich neblig, jede Straßenlampe ein verwischter gelblicher Fleck. Zwischen seinem Garten und dem Bauplatz nebenan, der noch immer leerstand, hing der Zaun durch, lag sogar an einigen Stellen, wo ihn der Sturm umgeweht hatte, auf dem Blumenbeet. Die letzten Blätter des Kirschbaums mitten im vorderen Rasen waren vom frühen Frost verdorrt, klammerten sich aber noch an die fast leeren Zweige. Überall lag Laub, dunkle, nasse Blätter, eine schwarz gewordene Decke auf dem Weg und dem Pflaster. Jemand hatte einen Kinderhandschuh auf dieser Matte von Laub gefunden und ihn auf die niedrige Mauer gelegt. Die Straße war leer. Durch ein großes Panoramafenster im Haus gegenüber, zwischen dunklen immergrünen Sträuchern, die wie Wachtposten davorstanden, und zwischen den offenen Vorhängen sah er das bläuliche Schimmern eines Bildschirms, der plötzlich von Farben überflutet wurde, und dann war das Gesicht seiner Tochter in Großaufnahme zu sehen.

Sheila hatte den Porsche nicht abgeschlossen. Wexford öffnete die Tür und setzte sich hinein, auf den Fahrersitz. Wirklich ein Hohn, daß sein viel billigerer und längst nicht so renommierter Wagen ein automatisches Getriebe aufwies, während dieser hier noch die alte Handschaltung hatte. Aber vermutlich war es Sheila lieber so. Der Montego war erst seit einem halben Jahr in seinem Besitz, und es war der erste Wagen mit Schaltautomatik, den er jemals besessen hatte, aber dennoch begann er bereits zu vergessen, wie das mit dem Schalten und der Kupplung gewesen war. Als er jetzt die Zündung einschaltete, übersah er, daß sie den ersten Gang eingelegt hatte. Der Wagen machte einen Satz – ein kraftvoller Sportwagen wie dieser bäumte sich auf wie ein temperamentvolles Pferd – und starb ab. Wexford mußte grinsen. Soviel zu seiner Überzeugung, daß er der vorsichtigere Fahrer war. Noch zehn Zentimeter, und der Porsche wäre gegen seine Garagentür geprallt.

Er schob den Knüppel in den Leerlauf und ließ dann den Motor noch einmal an. Den Fuß auf der Kupplung, schaltete er in den Rückwärtsgang, als ihn ein seltsames, nie dagewesenes Gefühl überkam, das unerklärliche Gefühl, wachsamer und lebendiger als je zuvor zu sein. Es war, als wäre er wieder jung, ein junger Mann mit der Lebenslust und der sorglosen Natur der Jugend. Ein stärkendes Elixier schien durch seine Adern gepumpt zu werden. An diesem feuchten, dunklen Abend, als er nach dem Ende eines langen, schweren Tages müde gewesen war, überraschte ihn die Wiederkehr von Jugend und Kraft, eine Schnellkraft in den Muskeln und Nerven wie bei einem jungen Athleten.

Das alles war flüchtig und kurz. Es kam wie ein Blitz, der zugleich ein durchdringender Strahl der Erleuchtung war. Hörte er etwas? Den tickenden Mechanismus einer Uhr – oder war das nur Einbildung, eine Vibration in seinem Gehirn? Der Hebel der Gangschaltung glitt in die Rückwärtsposition, stellte den Kontakt her, und ohne zu wissen warum, ohne eine Pause zum Nachdenken, riß Wexford die Wagentür auf und warf sich mit aller Kraft horizontal aus dem Porsche, während ihm das Brüllen folgte, das Erdbeben, die lauteste und heftigste Explosion, die er jemals erlebt hatte.

Es geschah alles gleichzeitig, alles: die Bombe, die explodierte, der rettende Sprung aus dem Wagen, der dem Untergang geweiht war, und der wilde, blendende Schmerz, als sein Kopf gegen etwas Kaltes, Aufrechtes prallte, das hart war wie Eisen…

FÜNF

Nachdem Dorothy Sanders nach Hause gefahren worden war, wollte Burden eigentlich zum Haus seiner Schwiegereltern, den Irelands in Myringford. Aber jetzt war es schon zu spät, um dabeizusein, wie sein Sohn zu Bett gebracht wurde, zu spät, um zu genießen, was Wexford mit einem Zitat einmal so ausgedrückt hatte: « ... diese Attraktionen, die bei zwei- oder dreijährigen Kindern keineswegs ungewöhnlich sind: eine unsichere Artikulation, ein ernstes Verlangen, daß alles nach dem eigenen Kopf geht, viele raffinierte Tricks und sehr viel Lärm.» Seine Frau erwartete ihn erst später, und außerdem würde das Haus voll von Verwandten auf Besuch sein.

Statt dessen folgte er Dorothy Sanders, nach einer Zeitspanne von etwa zehn Minuten und ohne seine Absicht bekanntzugeben. Etwas an Art und Erscheinung ihres Sohns sagte ihm, daß er nicht der Typ von jungem Mann war, der an den Samstagabenden ausging. Und tatsächlich war es Clifford, der ihm die Haustür öffnete. Er zeigte ein verschlossenes, maskenhaftes und ausdrucksloses Gesicht mit etwas aufgeschwemmten Zügen. Er sprach mit lebloser Stimme, und er zeigte kein deutliches Staunen über einen weiteren Besuch der Polizei. Burden wurde seltsamerweise an einen Hund erinnert, den sich einer seiner früheren Nachbarn gehalten hatte. Der Besitzer war stolz gewesen über die völlige Unterwürfigkeit des Tiers, seinen totalen Gehorsam, die Ergebenheit, mit der es seiner strengen Ausbildung begegnete. Und eines Tages, ohne vorherige Warnung und ohne ersichtliche Veränderung seines Charakters, hatte der Hund ein Kind angefallen und schwer verletzt.

Clifford jedenfalls schien es sofort verstanden zu haben und wollte Burden gleich in den Raum führen, wohin er sich bei Burdens vorherigem Besuch mit Wexford zurückgezogen hatte, um fernzusehen, doch sie waren noch in der Diele, als seine Mutter die Wohnzimmertür öffnete und in ihrer langsamen, rauhen Stimme sagte, sie sollten herüberkommen, da der Polizist sicher nichts zu ihrem Sohn zu sagen hätte, was sie nicht hören dürfe.

«Wenn Sie nichts dagegen haben, möchte ich erst ein paar Worte mit Mr. Sanders allein sprechen», sagte Burden.

«Ich habe etwas dagegen.» Sie war unhöflich in einer Weise, die nicht einmal herausfordernd wirkte; es war eine kompromißlose, offene Unhöflichkeit, und dabei schaute sie aufrecht in die Augen ihres Gesprächspartners. «Es gibt keinen Grund, weshalb ich nicht dabeisein sollte. Das hier ist mein Haus, und er wird mich brauchen, wenn er versucht, Ihnen zu erklären, wie es gewesen ist.»

Clifford wurde weder blaß noch rot; er zuckte nicht einmal zusammen oder wich zurück. Er starrte nur vor sich hin, als denke er an etwas unendlich Trauriges. Vor langer, langer Zeit hatte Burden gelernt, daß die Leute, mit denen man es zu tun hatte, nicht die Oberhand gewinnen durften. Bei Anwälten war das manchmal unvermeidlich, aber nicht beim normalen Volk.

«In diesem Fall darf ich Sie bitten, daß Sie mich auf die Polizeistation begleiten, Mr. Sanders.»

«Er kommt nicht mit. Er hat eine Erkältung.»

«Das ist bedauerlich, aber Sie lassen mir keine andere Wahl. Ich habe meinen Wagen hier, Mr. Sanders. Wollen Sie sich einen Mantel anziehen? Es ist ein unangenehmer, feuchter Abend.»

Sie gab endlich nach, ging zurück in das Zimmer, aus dem sie gekommen war, und knallte die Tür zu, kalkuliert, nicht im Affekt. Burden hatte zwar etwas gegen die abgedroschene Maxime, daß auch Tyrannen nachgeben, wenn man ihnen Widerstand leistet, aber er hatte herausgefunden, daß es normalerweise stimmte. Würde Clifford von seinem Beispiel lernen? Vermutlich nicht. Es war schon zu weit eingerissen bei ihm; er brauchte Hilfe von erfahrener Seite. Und darum drehte sich auch die erste Frage, die Burden ihm stellte, als sie sich in dem düsteren Speisezimmer hingesetzt hatten, das nur mit einem Tisch, harten, geraden Stühlen und einem Fernsehgerät ausgestattet war. An einer Wand hing ein Spiegel, an einer anderen ein großes, dunkles und sehr schlecht gemaltes Ölbild eines Segelschiffs in rauher See.

«Ja, ich gehe zu Serge Olson. Er arbeitet mit einer Art Jungscher Therapie. Soll ich Ihnen seine Adresse geben?»

Burden nickte und notierte sie. «Darf ich fragen, weshalb Sie zu – zu Doktor Olson, nicht wahr? – gehen?»

Clifford, der keinerlei Anzeichen von der Erkältung aufwies, die seine Mutter erwähnt hatte, schaute auf den Spiegel, aber nicht in ihn hinein. Burden jedenfalls hätte schwören mögen, daß er darin nicht sein Spiegelbild sah. «Ich brauche Hilfe», sagte er.

Etwas an der Steifheit seiner Gestalt, seiner Unbeweglichkeit und der Ausdruckslosigkeit seiner Augen hielt Burden davor zurück, dieses Thema weiterzuverfolgen. Statt dessen fragte er, ob Clifford am Donnerstagnachmittag bei dem Psychotherapeuten gewesen sei und wann er ihn verlassen habe.

«Ich bin immer eine Stunde lang dort, von fünf bis sechs. Meine Mutter hat mir gesagt, Sie wissen, daß ich in der Parkgarage war – ich meine, daß ich den Wagen dort geparkt habe.»

«Ja. Warum haben Sie uns das nicht gleich gesagt?»

Er richtete seine Augen nicht auf Burdens Gesicht, sondern auf die Mitte seiner Brust. Und als er antwortete, erkannte Burden die Phraseologie, also die Sprechweise, welche die Leute bei der Therapie – ganz gleich, wie gehemmt, zurückhaltend oder gestört sie sind – unweigerlich aufschnappen. Er hatte es schon öfter erlebt. «Ich habe mich bedroht gefühlt.»

«Wodurch?»

«Ich möchte am liebsten jetzt mit Serge sprechen. Wenn ich es vorher gewußt hätte, dann hätte ich versucht, einen Termin mit ihm zu vereinbaren und alles mit ihm durchzusprechen.»

«Ich fürchte, das müssen Sie jetzt statt dessen mit mir tun, Mr. Sanders.»

Burden hatte einen Moment lang die Befürchtung, daß er mit totalem Schweigen konfrontiert werden würde, gegen das selbst ein erfahrener Kriminalbeamter nichts ausrichten kann. Von Mrs. Sanders hörte man jetzt Geräusche, die herüberdrangen. Sie war in der Küche, ging hin und her und verursachte unnötigen Lärm, indem sie Steingutgeschirr lautstark abstellte und die Schranktüren zuknallte statt schloß. Was sie auch tat, es war dazu bestimmt, ihn bei seinem Verhör zu stören. Er zuckte zusammen, als er hörte, wie etwas auf einem Steinfußboden klirrend zerbrach. Und dann hörte er ein anderes Geräusch – er war aufgestanden, stand jetzt am Fenster –, weit entfernt, das Dröhnen einer Explosion. Burden stand ganz still da, näherte das Ohr der Scheibe und hörte, wie die vielfachen Echos der Explosion erstarben. Aber er dachte schon nicht mehr daran, als Clifford zu sprechen begann.

«Ich will versuchen, Ihnen zu sagen, was geschehen ist. Ich hätte es Ihnen schon früher sagen müssen, aber ich habe mich bedroht gefühlt. Ich fühle mich auch jetzt bedroht, aber es wäre wahrscheinlich schlimmer, wenn ich es Ihnen nicht sagte. Ich bin von Serge aus direkt zur Parkgarage gefahren, um meine Mutter abzuholen. Dort sah ich eine Tote liegen, schon bevor ich den Wagen parkte. Ich ging hin, um nachzusehen – ich meine, nachdem ich den Wagen geparkt hatte –, weil ich die Polizei verständigen wollte. Man konnte erkennen, daß die Person umgebracht worden war – das hat man auf den ersten Blick gesehen.»

«Um welche Zeit war das?»

Er zuckte mit den Schultern. «Abend. Früher Abend. Meine Mutter wollte, daß ich um Viertel nach sechs dort bin: Ich glaube, es ist früher gewesen; es muß früher gewesen sein, weil sie nicht da war und sie nie zu spät kommt.»

«Und warum haben Sie dann nicht die Polizei verständigt, Mr. Sanders?»

Er warf einen Blick auf das Bild an der Wand, dann auf das dunkle, glänzende Fenster. Burden sah sein Spiegelbild darin, teilnahmslos, man hätte sogar sagen können gefühlskalt.

«Ich dachte, es ist meine Mutter.»

Burden wandte sich von dem Spiegelbild im Fenster ab. «Was haben Sie gedacht?»

Geduldig und in schwerem, fast traurigem Tonfall wiederholte Clifford: «Ich dachte, es ist meine Mutter.»

Und sie hatte gedacht, es sei ihr Sohn! Was war bloß mit den beiden los, daß ein jeder damit rechnete, den anderen tot aufzufinden? «Sie glaubten, Mrs. Robson sei Ihre Mutter?» Es gab eine gewisse Ähnlichkeit zwischen den beiden Frauen, überlegte Burden verwundert, das heißt für einen Fremden. Beide waren im gleichen Alter, mager, grauhaarig, mit ähnlicher Kleidung in ähnlichen Farben... Aber auch für einen Sohn?

«Ich habe dann schon gewußt, daß es nicht wirklich meine Mutter war. Das heißt, nach dem ersten Schock habe ich es gewußt. Ich kann nicht erklären, was ich fühlte. Ich könnte es Serge erklären, aber ich glaube kaum, daß Sie es verstehen würden. Erst dachte ich, es sei meine Mutter, und dann dachte ich, das hätte jemand getan, um... um mir einen Streich zu spielen. Ich dachte, sie haben sie da hingelegt, um mich damit zu treffen. Nein, nicht ganz so... Ich habe Ihnen ja gesagt, ich kann es nicht erklären. Ich kann nur sagen, daß ich in Panik geraten bin. Ich dachte, es ist ein übler Trick, mit dem man mich quälen will, doch ich wußte zugleich, daß das gar nicht so sein konnte. Ich wußte beides zugleich. Ich war sehr durcheinander – Sie können das nicht verstehen, oder?»

«Ich kann nicht behaupten, ich könnte es verstehen, Mr. Sanders. Aber fahren Sie fort.»

«Ich habe gesagt, ich bin in Panik geraten. Mein ‹Schatten› hatte mich völlig in seine Gewalt gebracht. Ich mußte raus dort, aber ich konnte sie doch nicht einfach so liegenlassen. Andere Leute würden sie sehen, genau wie ich.» Inzwischen hatte sich sein Gesicht dunkel verfärbt, und er hielt die Hände fest ineinander verschränkt. «Ich hatte einen alten Vorhang im Kofferraum des Autos, mit dem ich bei kaltem Wetter die Windschutzscheibe und die Fenster vor dem Anfrieren geschützt habe. Damit habe ich sie zugedeckt.» Plötzlich schloß er die Augen, preßte die Lider zusammen, als könnte er die Erinnerung an den Anblick verscheuchen, sich selbst blenden. «Sie war nicht zugedeckt, verstehen Sie, als ich sie fand, nein, nicht, als ich sie fand. Ich habe sie zugedeckt, und dann bin ich weggerannt, einfach weg. Ich habe den Wagen gelassen, wo er war, und bin hinausgelaufen aus dem Parkgeschoß. Jemand war im Lift, also bin ich zu Fuß die Treppe hinaufgerannt. Ich bin nach Hause, bin zum Hintereingang hinaus auf die Straße und nach Hause.»

«Aber Sie dachten nicht mehr daran, daß Sie ja die Polizei anrufen wollten?»

Er öffnete die Augen und stieß den Atem aus. Burden wiederholte die Frage, und Clifford erwiderte, jetzt mit einem zornigen Unterton: «Was machte das schon aus? Jemand würde sicher dort anrufen, das wußte ich. Es mußte ja nicht gerade ich sein.»

«Sie haben das Einkaufszentrum durch den Fußgängerausgang verlassen, nehme ich an.» Burden erinnerte sich an die Aussage von Archie Greaves, an den rennenden «Jungen», den er für einen ertappten Ladendieb gehalten hatte. Und er erinnerte sich an das, was Wexford über das Geräusch von Füßen auf der Treppe der Parkgarage gesagt hatte. Der Mann im Lift war vermutlich Wexford gewesen. «Sind Sie den ganzen Weg nach Hause gelaufen? Das sind doch mindestens drei Meilen.»

«Natürlich.» Der Unterton war jetzt verächtlich.

Burden ließ es dabei. «Kannten Sie Mrs. Robson?»

Der Blick war verständnislos, die Gesichtsfarbe wieder normal – eine lehmige Blässe. Clifford hatte nicht einmal gelächelt; man konnte sich kaum vorstellen, wie ein Lächeln bei ihm aussehen würde. «Wer ist diese Mrs. Robson?» fragte er.

«Kommen Sie, Mr. Sanders. Sie wissen es ganz genau. Mrs. Robson ist die Frau, die ermordet worden ist.»

«Ich sagte Ihnen schon, ich dachte, es sei meine Mutter.»

«Ja, aber als Sie merkten, daß sie es nicht sein konnte?»

Jetzt schaute er Burden zum erstenmal in die Augen. «Ich habe danach überhaupt nicht mehr gedacht.» Es war eine überwältigende Bemerkung. «Ich sagte es Ihnen doch, ich habe nicht gedacht und bin in Panik geraten.»

«Was meinten Sie vorhin mit Ihrem ‹Schatten›?»

War es ein mitleidiger Blick, mit dem ihn Clifford Sanders bedachte? «Das ist die negative Seite der Persönlichkeit, nicht wahr? Die Summe aller schlechten Charaktereigenschaften in uns, die wir zu verbergen trachten.»

Ganz und gar nicht zufrieden mit dem, was Clifford ihm gesagt hatte, und der Überzeugung, daß das Verhalten dieses Mannes und ein großer Teil seiner Auskünfte unverständlich und sogar unheimlich waren, beschloß Burden dennoch, die Sache vorläufig nicht weiter zu verfolgen, erst wieder am nächsten Tag. Aber als er an diesem Punkt angelangt war, hatte seine Entscheidung Konturen angenommen, die Entscheidung, dem gestörten Geist von Clifford Sanders auf den Grund zu gehen und festzustellen, welche Motive dort ihren Ursprung hatten. Sein Verhalten war überaus verdächtig, und noch mehr als das: Er kam ihm unaufrichtig und arglistig vor. Dieser Mann versuchte, ihn, Burden, für dumm zu verkaufen; er hielt sich für wesentlich intelligenter als jeden Polizeibeamten. Burden war durchaus vertraut mit einer derartigen Haltung und auch mit der Reaktion, die sie bei ihm selber hervorrief – nämlich Wut –, wobei man ihn nicht davon überzeugen konnte, daß diese Reaktion ungerechtfertigt war.

Jetzt, drüben im Wohnzimmer, sprach er mit einer verschlossenen, mürrischen Dorothy Sanders, kam aber nicht weiter bei seinem Versuch herauszufinden, ob die beiden Sanders' Mrs. Robson gekannt hatten. Clifford brachte einen Korb Kohlen herein, schürte ein Feuer, das die Temperatur des Raums nur wenig zu erhöhen vermochte, ging wieder weg und kehrte zurück mit Händen, die nach Seife rochen. Mutter und Sohn beharrten darauf, daß ihnen Mrs. Robson unbekannt war, doch Burden hatte das eigenartige Gefühl, daß Dorothy Sanders' Ahnungslosigkeit echt war, während ihr Sohn log oder zumindest der Wahrheit auswich, aus Gründen, die wohl nur er selbst kannte. Andererseits wäre es durchaus möglich, daß Clifford ohne Motivation tötete oder jedenfalls ohne eine Motivation, wie sie für vernünftige Menschen verständlich war. Angenommen, er hatte zum Beispiel nicht eine Tote gefunden, die er für seine Mutter gehalten hatte, sondern eine lebendige Frau, die ihn an seine Mutter von ihrer schlimmsten Seite erinnerte, und er hatte sie aus diesem Grund getötet?

Als er das Haus der Sanders' verlassen hatte, fuhr Burden weiter über die enge Landstraße, von der ihm jetzt wieder einfiel, daß sie Ash Lane (Eschenpfad) hieß – obwohl es dafür keinerlei Anhaltspunkte gab. Das Haus der Sanders' hieß daher vermutlich Ash Farm. Aber während ihm das durch den

Kopf ging und er dachte, daß sie keine Nachbarn zu haben schienen, kam er zu einem Bungalow, der etwas von der Straße zurückgesetzt war und sich auf einem rustikalen Schild an einem schmiedeeisernen Tor als «Ash Farm Lodge» proklamierte. Soviel konnte er im Licht der Scheinwerfer erkennen. Der Bungalow selbst lag im Dunkeln, aber als Burden stehenblieb und den Motor laufen und die Scheinwerfer eingeschaltet ließ, ging im Haus ein Licht an und ein Mann erschien am Fenster.

Burden fuhr rückwärts und begann den Wagen zu wenden – ein schwieriges Unterfangen auf diesem engen Weg, der hier zu Ende war. Als er schließlich mit der Motorhaube des Wagens in Richtung Kingsmarkham stand, schaute er nach rechts und sah mit Erschrecken – mehr ein Ruck als ein wirklicher Schock –, daß der Mann herausgekommen war, auf seiner Schwelle stand und zum Wagen herüberschaute, wobei er die eine Hand am Halsband eines eingeschüchtert aussehenden Apportierhundes hatte. Inzwischen war der ganze Besitz mit den zwei Scheunen und dem hohen Futtersilo dahinter hell erleuchtet. Burden hätte sich nicht gewundert, wenn er hinter sich Schüsse aus einer Flinte gehört hätte oder wenn der Hund wütend und kläffend dem Wagen nachgerannt wäre. Aber nichts dergleichen geschah; es herrschten Dunkelheit und Stille, und irgendwo rief eine Eule.

Die Meldung über Wexford erreichte Burden auf besonders erschreckende Weise. Schuld daran war, wie er nachher erkannte, seine Hast und seine Ungeduld, seine Neigung, sich wie ein junger, ehrgeiziger Bulle aufzuführen, statt seinen freien Tag zu genießen. Natürlich wäre es kein Ruhetag gewesen mit Jennys anspruchsvoller Mutter, den Irland-Tanten und Jenny, die dauernd treppauf und treppab rannte. Aber selbst wenn er einen Blick in die Sonntagszeitung geworfen hätte, bevor er Myringford verließ, hätte er nur Kommentare über die neuesten dramatischen Entwicklungen im Prozeß um die israelische Botschaft gelesen; es wurde noch nichts von der

Autobombe berichtet. Die Explosion hatte sich zu spät ereignet, um noch in die Ausgaben des nächsten Tages zu gelangen. Und da das Haus voller Gäste war, hatte niemand am Samstagabend die Spätnachrichten des Fernsehens eingeschaltet.

Er rief bei Ralph Robson an, bevor er wegfuhr, doch statt seiner kam Lesley Arbel an den Apparat, und sie war mit seinem Besuch einverstanden, obwohl sie ihm erklärte, sie könne sich den Grund dafür nicht vorstellen, da sie ihm absolut nichts mehr mitzuteilen habe. Während er in die Siedlung Highlands hinauffuhr, sagte er sich, daß er ein sinnloses Gespräch vor sich habe und es vernünftiger gewesen wäre, bis zum Montag zu warten, wo er sich beim Sozialdienst der Stadtverwaltung von Kingsmarkham erkundigen konnte. Vielleicht gab es dort keine Karteieintragungen derjenigen Personen, für die ihre ehemaligen Haushaltshilfen gearbeitet hatten, dennoch würden sie möglicherweise mehr Ideen und Anregungen vorbringen können als Ralph Robson.

Das Invalidentum, das seine Nichte pflegte, ließ den Witwer immer noch im Hausmantel auftreten. Er schien selbst in dieser kurzen Zeit erneut gealtert zu sein, schien unter größeren Schmerzen zu leiden und tiefer gebeugt zu sein. Er saß am Gasfeuer mit einem kleinen, runden Tablett auf dem Schoß, das phantasievoll mit wilden Vögeln in unwahrscheinlichen Farben bedruckt war, darauf eine Tasse Tee und ein Teller Kekse mit Hagelzucker. Burden war kaum von der jungen Nichte ins Wohnzimmer begleitet worden, die an diesem Vormittag ein rosa Seidengewand anhatte, eine Art Hosenanzug mit einem Sarong als Oberteil und einer Haremshose, dazu rosa Pumps mit sehr hohen Absätzen, als es an der Tür klingelte und ein weiterer Besucher eintraf. Lesley Arbel hatte keine Skrupel, auch den Neuankömmling einzulassen, obwohl sie sich darüber im klaren sein mußte, daß Burden mit ihrem Onkel ein Gespräch unter vier Augen führen wollte. Es war die Nachbarin von gegenüber, die er und Wexford vom Fenster aus gesehen hatten, eine Mrs. Jago, soweit das Burden aus der gemurmelten Vorstellung durch Robson verstanden hatte.

Der Anlaß für den Besuch schien der übliche in einem Trauerfall zu sein. Sie war gekommen, um zu sehen, ob sie etwas tun konnte – Besorgungen zum Beispiel, die sie für ihn am Montag erledigen konnte, wenn Lesley Arbel nicht mehr da war. Burden interessierte sich nicht sehr für sie, stellte nur fest, daß sie eine große, fette Frau war, aufgeschwemmt und übergewichtig, mit dunklem Haar und gesundem Teint und einem starken Akzent, der ihn an Mitteleuropa denken ließ. Wenigstens hatte sie so viel Takt oder Verstand, um zu merken, daß Burden allein mit dem alten Robson reden wollte, und sie ging wieder, sobald Robson sich für ihr Angebot bedankt und erklärt hatte, er würde darauf zurückkommen, und ob sie am nächsten Vormittag bei ihm vorbeischauen könne.

Die Haustür war kaum ins Schloß gefallen, und Lesley Arbel ging am Dielenspiegel vorüber, wobei sie den unvermeidlichen Blick hineinwarf, als Robson sagte: «War Zeit, daß sie etwas für uns tun. Jetzt sind sie dran, alle zusammen. Wenn man sich vorstellt, was meine Frau für jeden in dieser verflixten Straße getan hat, ohne sich zu schonen, und nichts war ihr zuviel Mühe! Sie brauchte nur zu hören, daß es dem einen oder anderen nicht richtig gutging, und schon war sie da und sah nach, was sie tun konnte. Vor allem bei den Alten. Ich schätze, sie hat mehr Gutes getan als alle diese Leute vom sogenannten Sozialdienst. Ist das nicht wahr, Lesley?»

«Sie hat viel mehr Gutes getan als meine Kummertante», sagte Lesley. «Das heißt, sie war selbst eine Art Kummertante, nicht wahr? So hab ich sie manchmal genannt – im Scherz natürlich.»

Verblüfft wiederholte Burden: «Ihre Kummertante?»

«Die Leute sind doch mit ihren Sorgen zu ihr gekommen, nicht wahr?» Robson antwortete an ihrer Stelle. «Lesley arbeitet», erklärte er in stolzem Ton, «für die Kummertante der Zeitschrift. Für *Kim*. Die Briefkastenseite, Sie wissen schon, Briefe der Leser über ihre Sorgen, die von der Kummertante beantwortet werden. Lesley ist ihre Assistentin.»

«Sekretärin, Onkel.»

«Ein bißchen mehr als eine verflixte Sekretärin, meine ich.

Eher die rechte Hand. Ich dachte, Sie wissen das alles», sagte er zu Burden.

«Nein.» Burden schüttelte den Kopf. «Nein, das habe ich nicht gewußt. Ihre Tante – und ich meine Ihre wirkliche Tante, Mrs. Robson – war doch meines Wissens Gemeindeschwester bei der Stadtverwaltung. Erinnern Sie sich an die Namen von einigen der Leute, für die sie gearbeitet hat?»

Er hatte die Frage ebenso an Robson wie an seine Nichte gerichtet, und Robson erhob sofort Einspruch. «Haushaltshilfen arbeiten nicht für irgendwelche Leute. Sie haben keine Arbeitgeber, sondern Klienten. Sie sind Angestellte im öffentlichen Dienst.»

Es gelang Burden nur mit Mühe, das zu akzeptieren. Danach mußte er zuhören, während Robson eine große Sache daraus machte, daß seine Frau ihre Funktionen einer Angestellten im öffentlichen Dienst praktisch im Haus einer jeden älteren, kranken oder hilflosen Person im Umkreis von Kingsmarkham ausgeübt hatte. Aber an einzelne Namen konnte er sich nicht erinnern. Er zählte statt dessen die Arbeiten auf, die seine Frau ohne Bezahlung für die Nachbarn getan hatte, und dabei erinnerte er sich an das Einkaufen, und das führte zu dem Einkaufsbeutel mit Lebensmitteln, der noch immer von der Polizei zurückgehalten wurde. Mit einem leicht bösartigen Ton in der Stimme sagte er: «Wahrscheinlich sagen Sie jetzt, daß Sie nach dem, was in der vergangenen Nacht passiert ist, zuviel um die Ohren haben, als daß Sie sich um so unwichtige Dinge kümmern können.»

«Was in der vergangenen Nacht passiert ist?»

«Die Autobombe, meine ich. Einer von euren Leuten ist dabei mit in die Luft gejagt worden, nicht wahr?»

Und Lesley Arbel sagte: «Der eine, der mit Ihnen hier gewesen ist – so jedenfalls habe ich es aus den Nachrichten im Fernsehen verstanden. Ich bin sicher, daß es sein Name war, den sie genannt haben.»

Es ist immer von Nutzen, wenn man darin geübt ist, seine Gefühle nicht zu zeigen. Und es stimmt, daß der Schock betäubt und lähmt. Jetzt erinnerte sich Burden an die dumpfe, weit entfernte Explosion, die er am vergangenen Abend gehört hatte, als er am Fenster im Eßzimmer der Sanders' stand. Ein Gefühl für Würde, die Gewißheit, daß es falsch war und daß er es später bedauern würde, hielt ihn davon ab, Robson und seine Nichte weiter zu befragen. Dennoch war er fast betäubt vom Schock, stand fast mechanisch auf und machte ein paar Routinebemerkungen, wobei ihm später bewußt wurde, daß er die Antworten darauf völlig vergessen hatte. Er war sich auch bewußt – und daran erinnerte er sich auch später –, daß ihn die beiden Gesichter neugierig und mit milder, vielleicht auch nur eingebildeter Boshaftigkeit betrachteten.

Robson sagte noch etwas von seinen Lebensmitteln und daß er sie haben wolle, bevor er für Mrs. Jago, die Nachbarin, eine Einkaufsliste zusammenstellte, dann verabschiedete sich Burden und mußte sich zusammenreißen, um nicht zu seinem Wagen zu rennen, bevor sich die Tür hinter Lesley Arbels rosa Seidenanzug und den hochhackigen Pumps geschlossen hatte. Von da an rannte er.

Wexfords Haus war etwa so weit von Highlands entfernt, wie es innerhalb der Grenzen von Kingsmarkham möglich war. Es war keine Zeitverschwendung, sondern diente dazu, sich zu beruhigen und sicherer zu fahren, daß Burden bei der Telefonzelle am Fuß des Hügels anhielt – und dabei feststellte, daß sie mutwillig zerstört und die Leitung aus der Wand gerissen worden war. Die zweite Telefonzelle, bei der er es versuchte, war eine von der Art, die wie einige am Eingang zum Bahnhof nur mit einer Telecom-Karte benutzt werden konnte. Burden setzte sich wieder in den Wagen, und seine Handflächen waren so feucht, daß sie auf dem Lenkrad rutschten. Er bog in Wexfords Straße ein mit dem Gefühl, daß er mindestens fünf Minuten lang den Atem angehalten hatte; ja, er schien den Atem so lange anzuhalten, bis sich seine Kehle schloß. Dabei klammerte er sich die ganze Zeit an die Hoffnung, daß Robson und seine Nichte sich geirrt haben könnten. Aber jetzt fand er «den Unterschied», wie Wexford zitiert haben würde, «zwischen der Erwartung eines unangenehmen Ereignisses, mag man es noch so ernsthaft ins Auge gefaßt haben, und der Gewißheit selbst».

Der Anblick von Wexfords Haus kam als ein zweiter Schock und als einer, der vom ersten nicht abgeschwächt wurde.

Die Garage war nicht mehr da. Das Zimmer über der Garage war nicht mehr da. Die ganze Fläche zwischen dem, was von Wexfords Haus übriggeblieben war – die Grundstruktur mit drei Schlafzimmern – und dem freien Grundstück nebenan war ein einziger Schutthaufen, dazwischen Teile der Autokarosserie, Äste und Zweige, Stoffetzen, verbogenes Metall und zerbrochenes Glas. Die Seite des Hauses, von der die Garage und der Raum darüber abgerissen worden war, stand schutzlos Wind und Wetter preisgegeben – glücklicherweise war der Vormittag mild und trocken –, und bisher waren noch keine Versuche unternommen worden, um die offenen Räume notdürftig mit Dachpappe zu schließen. In einem davon sah man ein Bett, im anderen hing ein Bild schief an einer tapezierten Wand. Burden saß mit heruntergekurbeltem Seitenfenster in seinem Wagen und starrte darauf. Er starrte mit Entsetzen auf die Verwüstung und auf den Garten dahinter, den man jetzt sehen konnte, und wo die Obstbäume ihre blattlosen Äste gegen einen ruhigen blaßblauen Himmel reckten.

Der Kirschbaum in der Mitte des Rasens vor dem Haus hatte seine Zweige behalten und sogar, kaum zu glauben, ein paar seiner erfrorenen Blätter. Und auch die Lavendelhecke, die Wexford so oft in den vergangenen Wochen zu stutzen versprochen hatte, sobald er Zeit dazu fände, war fast unversehrt geblieben, sah allerdings so aus, als ob ein schweres Geschoß hindurchgegangen wäre und dabei ein paar Büsche zu Boden gedrückt hätte. Die vordere Mauer war noch da und ebenfalls weitgehend unversehrt, und auf einem der Pfeiler lag ein Kinderhandschuh aus Wolle; Burden konnte sich nicht vorstellen, wie der dorthin gekommen sein konnte. Er schaute wieder auf die Ruine des Hauses, und ihm schien es, als wäre höchstens die Hälfte davon übriggeblieben. Dann stieg er langsam aus dem Wagen und ging auf die Haustür zu, obwohl er wußte, daß dort jetzt niemand wohnen konnte. Wenn einer von ihnen überlebt hatte, waren sie jetzt sicher nicht hier...

Er merkte, daß er völlig betäubt dastand, gelähmt und unfähig, sich zu überlegen, was er als nächstes tun sollte, als ein Mann aus dem Haus nebenan kam, das heißt, aus dem Haus, das Wexford als «nebenan» bezeichnete, obwohl es durch ein schmales, freies Grundstück von dem seinen getrennt war, bei dem sich bisher offenbar niemand hatte entscheiden können, ob es für ein Haus breit und groß genug war.

Er fragte Burden: «Wie geht es ihm? Ist er...»

«Ich weiß es nicht. Ich wußte nicht einmal...»

Es war, als ob die ganze Straße auf ihn gewartet hätte, als ob sie ihn für den Boten neuester Meldungen hielten. Aus dem Haus gegenüber kam eine Frau, und weiter unten auf derselben Straßenseite tauchte ein Paar mit einem kleinen Kind auf.

Der Mann von nebenan sagte: «Er hat im Wagen gesessen – es war der Wagen seiner Tochter. Sheila, Sie wissen. Es hat einen furchtbaren Knall gegeben, wie die Bomben im Krieg. Ich erinnere mich noch an den Krieg. Meine Frau und ich sind hinausgegangen, aber da war nur dichter Rauch, und wir konnten nichts sehen. Ich sagte, man müsse als erstes die Polizei verständigen, und ich bin hinein und habe dort angerufen, aber jemand war mir bereits zuvorgekommen. Der Krankenwagen mit dem Notarzt war in Null Komma nichts da. Das muß man ihnen lassen, die haben keine Sekunde vergeudet. Aber wir konnten nicht sehen, was geschehen war, nur, daß sie jemanden auf einer Bahre weggetragen haben, und dann kam es in der Spätausgabe der Nachrichtensendung im Fernsehen, daß es Mr. Wexford war und eine Autobombe, aber sie wußten auch nicht viel mehr und konnten daher nicht viel berichten.»

«Er hat dort auf dem Rasen gelegen», sagte die Frau mit dem Kind. «Er hat bewußtlos im Gras gelegen.»

«Er ist aus dem Wagen geschleudert worden», sagte ihr Mann. «Es war unglaublich. Wir haben gerade Sheila in ihrer Serie gesehen, als wir den furchtbaren Knall hörten, und es war hier, es war ihr Wagen...»

«Wo sind sie jetzt, Sheila und ihre Mutter?» fragte Burden.

«Jemand meinte, daß sie zu der anderen Tochter gefahren sind, wo auch immer die wohnt.»

Burden sagte nichts mehr. Er schüttelte den Kopf und merkte, daß er eine Hand gegen die Stirn preßte, als ob er Kopfschmerzen hätte, dann ging er zurück zu seinem Wagen und ließ den Motor an.

SECHS

Er träumte von Kirschbäumen, vor allem von dem einen, den George Washington angeblich abgehackt hatte, woraufhin er, von seinem Vater zur Rede gestellt, nicht lügen konnte. Wahrscheinlich ein weiß blühender Kirschbaum, wie er sie irgendwo auf einem Bild gesehen hatte, gepflanzt an den Ufern des Potomac. Wegen Washingtons besonderer Beziehung zu Kirschbäumen? Vermutlich. Und wahrscheinlich waren seinerzeit diese rosa Kirschbäume, deren Blüten wie aus Kreppapier gefaltet aussahen, noch nicht gezüchtet. Der eine, der mitten in seinem Garten stand, war ihm ein Jahr nach dem Einzug in das Haus von seinem Schwiegervater geschenkt worden, und er hatte die papierenen Blüten und die unnatürlich nach unten hängenden Äste nie gemocht, so sehr er seinen Schwiegervater gemocht hatte. Der Baum war eine einzige Woche im ganzen Jahr sehr hübsch, meistens Ende April...

Jetzt schlief er nicht mehr; das war eher eine Art Tagtraum. In manchen Gegenden mit Kirschenanbau hängte man Vogelscheuchen in die Bäume, in anderen nähte man Netze zusammen, daß sie groß genug wurden, um die Früchte vor den Vögeln zu schützen. Sein Baum war keiner von denen, die Früchte trugen, er war steril – eine Zierkirsche, deren gefüllte, schöne Blüten abfielen und keine Spur hinterließen. Jetzt war er sich dumpfer Kopfschmerzen über der Stirn bewußt, Schmerzen, die unerklärlicherweise mit Kirschbäumen in Verbindung standen. Und doch nicht unerklärlich... Nein. Er schlug die Augen auf und sagte zu jedermann, der bei ihm sein mochte, obwohl er nicht annahm, daß das der Fall war: «Bin ich mit dem Kopf gegen den Kirschbaum geprallt?»

«Ja, Darling.»

Dora saß neben dem Bett, und rings um die beiden waren Vorhänge zugezogen. Er versuchte sich aufzusetzen, aber sie schüttelte den Kopf und streckte die Hand aus.

«Wie spät ist es?»

«Ungefähr elf. Ungefähr elf am Sonntagvormittag.» Sie erriet, was ihm durch den Kopf ging. «Du bist nicht die ganze Zeit bewußtlos gewesen; auf dem Weg im Krankenwagen hierher bist du schon zu dir gekommen, und danach hast du geschlafen.»

«Ich kann mich an nichts anderes erinnern, als daß ich mit dem Kopf gegen den Kirschbaum geprallt bin. Ach ja, und an eine Art Hechtsprung, aus welchen Gründen auch immer... Kann es sein, daß ich von der Treppe vor der Haustür gehechtet bin? Ich könnte mir allerdings nicht vorstellen warum.»

«Es war eine Bombe», sagte sie. «Unter dem Wagen. Nicht unter deinem, unter Sheilas Wagen. Irgend etwas, was du getan hast, hat sie gezündet – ich meine, wer auch immer den Wagen gefahren hätte, er hätte die Bombe zur Explosion gebracht.»

Wexford mußte das erst einmal verdauen. Er konnte sich nicht erinnern und fragte sich, ob die Erinnerung jemals zurückkehren würde. Dora und Sheila hatten ferngesehen, und er war in den Vorgarten gegangen wegen irgend etwas, war in die Dunkelheit gehechtet wie ein Mensch, der im Traum fliegt, aber der Kirschbaum war ihm im Weg gewesen... Und Dora sagte, er habe in einem Wagen gesessen – in Sheilas Wagen.

«Habe ich in einem Wagen gesessen?»

«Du bist hinausgegangen, um Sheilas Wagen wegzufahren und deinen in die Garage zu bringen.»

«Dann war die Bombe also für Sheila bestimmt?»

Sie sagte niedergeschlagen: «Es sieht so aus. Ja, es muß so sein. Reg dich nicht auf, du mußt dich erst einmal ausruhen.»

«Ich bin ganz okay. Ich hab mir nur den Kopf gestoßen.»

«Du hast Platzwunden und Blutergüsse am ganzen Körper.»

«Die Bombe war für Sheila bestimmt», sagte er. «O Gott – Gott sei Dank, daß ich den Wagen gefahren habe. Gott sei Dank! Ich erinnere mich nicht, aber ich muß ihn wohl gefahren haben. Bin ich jetzt im Krankenhaus? In Stowerton?»

«Wo sonst? Der Chief Constable ist unten; er will dich sprechen. Und Mike hat nur einen Wunsch: dich zu sehen; er dachte schon, du wärst tot. Es kam im Fernsehen, die Sache mit dir. Viele Leute dachten, du wärst tot, Darling.»

Wexford schwieg und ließ es auf sich wirken. Er wollte in diesem Augenblick nicht an Sheila denken und daran, wie nahe sie dem Tod gewesen war, er wollte einfach nicht daran denken. Sein Humor kehrte allmählich zurück.

«Auch gut, dann brauchen wir den Zaun nicht mehr abzureißen», sagte er und fuhr dann fort: «Eine Bombe. Also schön, eine Bombe. Ist von unserem Haus noch etwas übrig?»

«Du darfst dich nicht aufregen, und – ja, etwas mehr als die Hälfte ist noch stehengeblieben.»

Burden hatte vorübergehend die Leitung im Fall Robson übernommen. Er nahm an, daß Wexford mindestens vierzehn Tage ausfallen würde, obwohl Wexford selbst sagte, ein oder zwei Tage würden ihm zur Erholung genügen. Das hatte er auch zu Colonel Griswold, dem Chief Constable, gesagt, dessen Mitleid sich dadurch ausdrückte, daß er Wexfords Erklärung, sich an nichts im Hinblick auf die Bombe erinnern zu können, nicht glaubte und seinen grundlosen Zorn auf Burden lenkte, der an dem Abend weggefahren war, ohne jemandem zu sagen, wie man ihn erreichen konnte.

«Ich werde darauf bestehen, daß sie mich morgen nach Hause lassen», sagte Wexford zu Burden.

«Ich würde nicht so darauf drängen – jedenfalls nicht, wenn ich zu Ihnen nach Hause müßte.»

«Ja. Dora hat gesagt, es ist nur noch etwa die Hälfte davon übriggeblieben. Ehrlich gesagt, mir hat der Garagenanbau nie gefallen; ich hab immer behauptet, er war schlampig gebaut, eine Bruchbude. Deshalb ist er wohl auch eingestürzt. Vermutlich leben Menschen in Situationen wie dieser dann eben eine Weile in einem Caravan.»

Er hatte eine große Bandage um den Kopf. Kleine Wunden an seiner linken Wange waren mit weißem Pflaster beklebt. Seine andere Gesichtshälfte wurde allmählich blauschwarz – vor Burdens Augen, wie es schien. Sheila kam herein, während er noch da war, und schlang die Arme um ihren Vater, bis dieser vor Schmerzen stöhnte. Und dann kam der Sprengstoffexperte der Sondereinheit zur Aufklärung von Kapitalverbrechen in Myringham, um ihm seine Frage zu stellen, und Burden und Sheila waren gezwungen, den Raum zu verlassen. Jetzt saß Burden in seinem Büro, den gerichtsmedizinischen Bericht von Sumner-Quist vor sich, und er mußte entscheiden, ob es für Wexford gut war, wenn er ihm den Bericht später am Nachmittag vorlegte. Aber Wexford würde wahrscheinlich danach fragen und Burden somit die Entscheidung, ob er ihn vorzeigen oder zurückhalten sollte, aus den Händen nehmen.

Im Grunde stand nicht viel darin, was Burden nicht bereits wußte. Der Zeitpunkt des Todes von Mrs. Robson wurde so genau wie möglich bestimmt, der Tod mußte demnach zwischen siebzehn Uhr fünfunddreißig und siebzehn Uhr fünfundfünfzig eingetreten sein, und zwar dort, wo man die Tote gefunden hatte. Sie war durch Ersticken ums Leben gekommen, als Ergebnis einer Ligatur, die man ihr um den Hals geschlungen hatte. Sumner-Quist meinte ferner, daß diese Ligatur – er benutzte hier kein einziges Mal den Begriff «Garrotte» – aus einem Draht bestanden haben mochte, möglicherweise mit Plastikisolierung, da winzige Kunststoffteilchen an der Halsverletzung gefunden worden waren. Bei dieser Substanz, die derzeit noch einer genaueren Untersuchung im Labor unterzogen werde, handle es sich mit großer Wahrscheinlichkeit um ein flexibles Polyvinylchlorid oder um Polyvinylchlorid in Verbindung mit einem der Polymere wie Styrenacrylonitril.

Burden zuckte ein wenig zusammen angesichts dieser Begriffe, obwohl er sich gut vorstellen konnte, um was für Material es sich handelte; kein Zweifel, es war so ähnlich wie das Material, das die Zuleitung seiner Schreibtischlampe isolierte.

Man nahm an, daß die «Ligatur» Griffe an beiden Enden hatte, die der Täter bei der Tat festhielt, um das Gerät sicher handhaben zu können und zu vermeiden, daß er oder sie sich dabei die eigenen Hände zerschnitt.

Gwen Robson war eine kräftige, gesunde Frau gewesen, einsachtundfünfzig groß, knapp fünfzig Kilo schwer. Sumner-Quist schätzte ihr Alter auf drei Jahre weniger, als sie in Wirklichkeit war. Sie hatte kein Kind zur Welt gebracht und keinerlei Operationen gehabt. Ihr Herz und andere wichtige Organe waren in gesundem Zustand. Sie hatte ihre Weisheitszähne und drei andere Backenzähne verloren, ansonsten war ihr Gebiß vollzählig und gesund. Wäre da nicht jemand in einer Parkgarage mit einer Garrotte von hinten an sie herangetreten, dachte Burden, dann hätte sie wohl noch an die dreißig Jahre gelebt; jedenfalls hätte sie ihren arthritischen, frühzeitig gealterten Ehemann überlebt.

Der Heimhilfedienst wurde vom Sozialamt der Bezirksverwaltung und nicht von der Behörde der Stadt geleitet und überwacht, wie Burden herausfand. Er wurde von einem jener Bungalowbauten aus betrieben, wie sie neuerdings in ganz England auf den Grundstücken großer, ehemaliger Privatbesitze entstanden und meist Verwaltungsbüros beherbergten. Der ehemalige Privatbesitz hieß «Sundays» und befand sich an der Forby Road nahe der Kreuzung mit der Ash Lane. Er war bis vor kurzem noch in privaten Händen gewesen, und als Burden sich ihm näherte, erinnerte er sich an das Pop-Festival, das dort in den siebziger Jahren abgehalten worden war, und an die Ermordung eines Mädchens im Verlauf dieses Festivals. Die Behörden hatten eine Unsumme für den Ankauf des Besitzes bezahlt und damit den Zorn der ansässigen Steuerzahler geweckt. Aber «Sundays» wurde gekauft, und bald schon schossen diese häßlichen, ebenerdigen Klötze rings um das ehemalige Herrenhaus empor. Das Herrenhaus selbst beherbergte zum Teil Büros, wurde aber auch als Konferenzzentrum und für Lehrgänge benutzt. Burden stellte fest, daß an diesem Montag ein Kursus in Textverarbeitung beginnen würde. Er hatte einen Termin mit der Leiterin der Heimhilfe, doch er traf dann nur ihre Assistentin an, und die teilte ihm gleich zu Beginn in pessimistischem Ton mit, daß sie ihn nur sehr schlecht unterstützen könne. Die Unterlagen reichten nur drei Jahre zurück, und Mrs. Robson sei schon seit zwei Jahren nicht mehr bei ihnen. Dann zeigte sie Burden eine Liste von Namen samt Adressen jener Männer und Frauen, die Gwen Robsons «Klienten» gewesen waren.

«Was bedeutet ein Kreuz hinter einem Namen?»

«Es bedeutet, daß der- oder diejenige gestorben ist», sagte sie.

Burden sah, daß es mehr Namen mit Kreuzen als ohne gab. Bei einem oberflächlichen Blick fiel ihm kein besonderer Name auf.

«Was hielten Sie von Mrs. Robson?» fragte er. Das war Wexfords Technik, und obwohl Burden sie nicht uneingeschränkt schätzte, meinte er, daß er wenigstens damit beginnen könne.

Die Antwort kam schleppend, als ob eine Menge Gedanken und Kalkulationen in sie einfließen würden. «Sie war tüchtig und sehr zuverlässig. Und groß im Telefonieren – ich meine, sie rief zum Beispiel an, wenn sie sich auch nur um zehn Minuten verspätete.»

Burden drängte sich unweigerlich erneut die Ähnlichkeit zwischen der Toten und Dorothy Sanders auf. Hier war ein weiterer Punkt dafür, eine beiden gemeinsame Besessenheit mit der Uhrzeit, aber was ihn interessierte, wäre ein Punkt der Begegnung gewesen, eine Möglichkeit, wie sie und Clifford Sanders hätten zusammenstoßen können.

«Ich will nicht schlecht von ihr sprechen. Es war schrecklich, wie sie umgekommen ist.»

«Es bleibt auch unter uns», sagte Burden, in dem neue Hoffnung keimte. «Was Sie auch berichten, es wird von mir streng vertraulich behandelt.»

«Nun, dann muß ich allerdings sagen, daß sie eine fürchterliche Klatschbase war. Natürlich hatte ich mit ihr nicht so viel zu tun, und um die Wahrheit zu sagen, ich bin ihr ziemlich aus dem Weg gegangen, aber manchmal kam es mir so vor, als liebte sie nichts mehr, als die intimen Geheimnisse und Sorgen von irgendeinem ihrer Schützlinge auszuspionieren und sie dann überall zu verbreiten. Natürlich begann sie immer mit der alten Geschichte, daß es innerhalb dieser vier Wände bleiben müsse, daß sie es niemand sonst verraten würde und so weiter. Ich will nicht sagen, daß es von ihr schlecht gemeint war, und ich glaube auch nicht, daß sie es aus Bosheit getan hat. Nein, eigentlich machte sie es eher aus Mitleid als aus Bosheit, wenn sie dabei auch ein wenig moralistisch war. Sie kennen das sicher: Wie schrecklich, ein Kind zu bekommen, ohne verheiratet zu sein, wie unfair gegenüber dem Kind; Menschen, die einfach so zusammenlebten, würden nicht die Segnungen einer glücklichen Ehe kennenlernen und so weiter.»

«Dagegen ist meines Erachtens nicht viel zu sagen», meinte Burden.

«Wahrscheinlich nicht. Sie hat eben gern geredet, man könnte sagen ununterbrochen, und ich glaube, auch das ist in Wirklichkeit nicht so schlimm. Und eines muß man ihr lassen: Sie war ihrem Mann wirklich treu ergeben. Sie war eine jener Frauen, die mit absolut durchschnittlichen Männern verheiratet sind und nicht oft genug verkünden können, wie großartig ihre Ehepartner sind, der eine unter einer Million, und was für ein Glück es sei, einen solchen Mann gefunden und geheiratet zu haben. Ich weiß nicht, ob sie das wirklich meinen oder ob sie versuchen, nur so zu tun, als führten sie eine ungewöhnlich gute Ehe, oder was. Ich erinnere mich, wie sie eines Tages hier von einer ihrer Bekannten berichtete, die das Große Los bei der Ziehung der Staatsobligationen gewonnen hatte. Wenn das ihr passierte, sagte sie, würde sie als erstes ihrem Mann einen ganz besonderen Wagen kaufen – ich weiß nicht, was es war, vielleicht ein Jaguar –, und dann würde sie mit ihm in der Karibik Ferien machen. – Also schön, ich gebe Ihnen diese Liste, mehr kann ich nicht tun, und ich hoffe, daß sie Ihnen in irgendeiner Weise hilft.»

Burden war enttäuscht. Er wußte nicht genau, was er erwartet hatte – vielleicht irgendwelche bestimmten Namen auf der Liste, die mit den Namen der Zeugen in dem Fall übereinstimmten oder mit jemandem, den er bereits zu diesem Fall vernommen hatte. Aber nachdem er nun so weit gegangen war, mußte jeder, dessen Name auf der Liste stand, auch verhört werden. Das konnten Archbold und Davidson übernehmen. Unter den Namen, die mit einem Kreuz gekennzeichnet waren, fand Burden den eines Mannes, der in den Altenbungalows in Highlands gegenüber den Robsons gewohnt hatte: Eric Swallow, Berry Close 12, Highlands. Aber was konnte das bedeuten? Der einzige Unterschied zwischen Eric Swallow und den anderen bestand darin, daß er ein «Klient» von Mrs. Robson war, der zufällig gegenüber seiner Haushaltshilfe wohnte.

Das Alibi von Clifford Sanders war für Burden die nächste wichtige Frage des Tages. Aus seinen Notizen entnahm er, daß Clifford behauptet hatte, beim Psychotherapeuten Serge Olson in der Queen Street um sechs Uhr abends weggegangen zu sein. Die Queen Street, wo Olson seine Praxis in den Räumen über einem Friseurgeschäft innehatte, war auf beiden Seiten mit Parkuhren gesäumt, und abgesehen von den Samstagvormittagen gab es hier meistens Parkplätze. Burden, der mit Olson einen Termin um halb eins verabredet hatte, stand in der Queen Street und stellte fest, daß jetzt, an einem Montagmittag, drei von den zwölf Parkplätzen mit Parkuhr frei waren. Clifford konnte also ohne weiteres um zwei Minuten nach sechs in seinem Wagen gesessen haben und weggefahren sein, wenn er Olson um sechs verlassen hatte. Bis dahin wäre der schlimmste Stoßverkehr von Kingsmarkham vorüber gewesen und er hätte ohne weiteres um zehn nach sechs beim Einkaufszentrum Barringdean angelangt sein können. Andererseits war es ausgeschlossen, daß Sanders, wenn er die Wahrheit sagte, vor sechs dort angekommen sein konnte.

Burden hatte zuvor kurz bei der Polizeistation vorbeigeschaut und von dort aus das Königliche Krankenhaus Stowerton angerufen, wo man ihm mitteilte, daß Wexfords Zustand «den Umständen nach zufriedenstellend» sei, eine Formel, die jeden nervösen Anrufer davon überzeugt, daß der Patient kurz vor dem Tod steht. Burden vergeudete keine Zeit damit, im Krankenhaus vorbeizufahren, und rief statt dessen Dora bei ihrer älteren Tochter an. Sie teilte ihm mit, daß Wexford, wenn er weiter solche Fortschritte mache, am Donnerstag entlassen werden könne. Wexford selbst sei entschlossen, bereits morgen das Krankenhaus zu verlassen. Im Haus seien die Bombenspezialisten und siebten den Schutt, um irgendwelche Hinweise zu finden, und bevor sie nicht fertig seien, könne man mit den Aufräumungsarbeiten nicht anfangen... Jetzt hatte Burden noch Zeit vor seinem Termin und ging die Queen Street auf und ab, schaute in die Fenster der neu eingerichteten Filiale der Midlands Bank, der Schuh-Boutique und des Spielzeugladens, dachte aber ständig an die Bombe und fragte sich, ob sie wirklich für Sheila bestimmt gewesen war. Warum würde jemand Sheila in die Luft sprengen wollen? Weil sie ein Loch in den Drahtzaun um ein Flugzeugdepot des Verteidigungsministeriums geschnitten hatte?

Burden mißbilligte zutiefst die Kampagne für atomare Abrüstung, genau wie Greenpeace, die «Freunde der Erde» und «alle diese Leute». Das war eines der wenigen Themen, bei denen er und seine Frau uneins waren und wo es Jenny nicht gelungen war, ihn von ihren Ansichten zu überzeugen. Er hielt «diese Leute» für Spinner und Anarchisten, und sie waren seiner Meinung nach entweder irregeleitet oder standen im Sold der Sowjets. Es war durchaus denkbar, daß andere Spinner, die vielleicht noch schlimmer waren, den Versuch unternahmen, sie in die Luft zu bomben. Immerhin war bereits ein solcher Versuch unternommen worden, sogar mit Erfolg, damals mit diesem Schiff von Greenpeace im Südpazifik. Andererseits: angenommen, einer der Feinde von Wexford – vielleicht sogar jemand, der in den Fall Robson verwickelt war – wußte, daß er, wenn Sheila bei ihm blieb, immer ihren Wagen wegfahren würde, um den seinen in die Garage stellen zu können? Oder war das vielleicht doch zu weit hergeholt? Burden wußte nicht, ob sich Wexford grundsätzlich so verhalten würde, doch wie er seinen Chef kannte, war es durchaus denkbar. Es war ein dunkler, nebliger Abend gewesen. Konnte man sich vorstellen, daß sich jemand ungesehen über das freie Grundstück nebenan zur Garageneinfahrt schlich und die Bombe an der Unterseite des

Porsche befestigte? Burden wurde bei dieser Gelegenheit klar, daß er sehr wenig von Bomben wußte.

Der Friseurladen hieß *Pelage*, was laut Wexford, der das Wort aus Neugier nachgeschlagen hatte, soviel wie Pelz oder Haarschmuck eines Säugetiers bedeutete. Das Geschäft war erst vor einem halben Jahr eröffnet worden, und die Ausstattung war ausgesprochenes High-Tech und erinnerte irgendwie an das Innere eines Computers. Das Haus dagegen war so alt wie alle Häuser in diesem Teil von Kingsmarkham, und die schmale Stiege, über die Burden nach oben ging, hatte sicher ihre hundertfünfzig Jahre hinter sich. Nach der Wurmstichigkeit der Holzstufen zu urteilen, würde sie allerdings nicht mehr sehr viel älter werden. Wäre die Frau, die herunterkam, nicht ebenso schlank wie Burden gewesen, dann hätten die beiden wohl Schwierigkeiten bekommen, denn keiner schien bereit zu sein, ein paar Schritte zurückzugehen. Oben stand eine Tür ein wenig offen. Es gab keine Klingel, daher öffnete Burden die Tür ganz, trat ein und rief laut: «Hallo!»

Er befand sich in einer Art Vorzimmer, das leerstand bis auf ein paar Sitzkissen und etwas, das zur Größe eines großen Koffers zusammengelegt war und ihn an einen zusammenklappbaren Tapezierertisch erinnerte, aber wahrscheinlich ein Massagetisch war. Die Decke des Raums war ziemlich ungeschickt mit den Tierkreiszeichen bemalt, und an den Wänden hingen seltsame Plakate – eines mit einem Paar Schuhen ohne Beine darin, aber mit Zehen und Zehennägeln, wobei Wexford ihm hätte sagen können, daß es sich um die Reproduktion eines Gemäldes von Magritte handelte, ein anderes von Katzen, die in Umhängen und Stiefeln auf weißen Pferden ritten. Burden erinnerte sich an das, was ihm Clifford Sanders über seine Gefühle gesagt hatte, und er fand, daß es ihm hier ganz genauso erging – er fühlte sich bedroht.

Eine Tür auf der gegenüberliegenden Seite öffnete sich, und ein Mann kam heraus. Er schien es alles andere als eilig zu haben. Vor der Tür blieb er mit verschränkten Armen stehen. Es war ein kleiner Mann, sehr stämmig, ohne fett zu sein, mit ungeheuer breiten Schultern und breiten Hüften, aber ohne den obligatorischen dicken Bauch. Sein Haar – die *Pelage*, konnte Burden nicht umhin zu denken – war dunkel und lokkig, so lang und dicht wie das Haar einer Frau, und es fiel ihm in die Stirn bis auf die braunen, lockigen Koteletten, die zum rundgeschnittenen, buschigen Bart überleiteten, zu einem dichten und eher dunkelblonden Schnurrbart. Vom Gesicht selbst war nur sehr wenig zu sehen, eigentlich nicht viel mehr als eine überraschend spitze Nase, dünne Lippen und ein dunkles Augenpaar, das an die Augen eines wilden Tiers erinnerte.

Am Telefon hatte Burden seinen vollen Namen genannt, aber Olson streckte die Hand aus und sagte: «Kommen Sie herein, Michael – oder ist Ihnen Mike lieber?»

Burden hegte eine altmodische und – wie seine Frau sagte – lächerliche Antipathie dagegen, mit dem Vornamen angesprochen zu werden, es sei denn von sehr guten Freunden. Aber er wußte auch, wie lächerlich es war, wenn er bei einem Gleichaltrigen auf seine Würde pochte, und er folgte Olson in – ja, in was? Ein Beratungszimmer? Einen Therapieraum? Es gab immerhin eine Couch, und der Raum glich auch ansonsten dem berühmten Londoner Freud-Museum, das Burden mit Jenny besucht hatte, einschließlich der Orientteppiche, was den Gedanken nahelegte, daß diese Ähnlichkeit beabsichtigt war. Abgesehen von der Couch war der Raum mit billigen, häßlichen Möbeln vollgestellt, waren die Wände mit Plakaten bepflastert, darunter auch eines gegen Atomkraft, auf dem ein verwüsteter Globus zu sehen war und darüber ein Zitat von Einstein: «Die ungezügelte Kraft des Atoms hat alles verändert außer unserer Art zu denken, daher treiben wir auf eine Katastrophe ungeahnten Ausmaßes zu.» Das erinnerte Burden sonderbarerweise an Wexford und auch daran, wie vorurteilslos sich der Chief Inspector diesem Mann genähert hätte... Doch wie konnte man in Burdens Alter seine Vorurteile beherrschen?

Olson hatte sich an das Kopfende der Couch gesetzt, was zweifellos eine übliche Position für ihn war. Er schaute Burden stumm an, und auch das war vermutlich eine gewohnte Pose.

Burden begann: «Meines Wissens ist Mr. Clifford Sanders einer Ihrer Patienten, Doktor Olson.»

«Einer meiner Klienten, ja.» Da war es wieder, das Wort. Patienten, Kunden, Gäste – sie alle schienen in dieser heutigen Welt zu «Klienten» geworden zu sein. «Und ich bin kein Doktor», fuhr Olson fort.

Das ließ Burden augenblicklich an wütende Artikel denken, die er gelesen hatte über sogenannte Vertreter verschiedener Formen der Psychiatrie, welche ihre Praxis ohne jegliche medizinische Basis und Erfahrung ausübten. «Aber ich bin sicher, daß Sie gewisse Diplome erworben haben?»

«Ein Diplom in Psychologie.» Olson sprach in ruhiger, ökonomischer Weise. Es war, als denke er nicht daran, sich zu rechtfertigen; da war er, so mußte man ihn nehmen – oder es sein lassen. Ein solches Verhalten vermittelt immer den Eindruck von offenkundiger Aufrichtigkeit und weckte daher Burdens Argwohn. Es war Zeit für Olson zu fragen, was Burden wollte und weshalb er zu ihm gekommen war – das fragten sie immer an diesem Punkt –, aber Olson fragte nicht; er saß einfach da. Er saß da und schaute Burden mit ruhigem, mildem und fast mitleidigem Interesse an.

«Ich bin sicher, es gibt bei Ihnen einen gewissen Kodex, ein Berufsethos», begann Burden, «daher werde ich Sie – jedenfalls in diesem Stadium – nicht bitten, mir mitzuteilen, was Sie diagnostiziert haben im Hinblick auf Mr. Sanders' – äh – Persönlichkeit.» Er hielt sich für sehr großmütig und ärgerte sich darüber, daß Olson als Antwort nur ein wenig lächelte und den Kopf neigte. «Mir geht es um eine praktischere Frage – nämlich um den Zeitpunkt von Mr. Sanders' letztem Besuch bei Ihnen. Wenn ich richtig informiert bin, hatte er eine Verabredung zu einer einstündigen Sitzung um fünf Uhr nachmittags und hat Sie um sechs Uhr verlassen.»

«Nein», sagte Olson.

«Nein? War es nicht so?»

Er veränderte den Blick mit scheinbar vollkommener Beherrschung und richtete jetzt die Augen auf den grauen, mit tiefen Kratern versehenen Globus und die Prophezeiung Einsteins. «Clifford», sagte er, «kommt normalerweise um fünf, aber manchmal muß ich ihn um eine Terminänderung bitten, und das tat ich letzten Donnerstag. Ich hatte um halb acht eine Vorlesung in London zu halten und wollte mehr Zeit zur Verfügung haben.»

«Wollen Sie damit sagen, daß Mr. Sanders Sie am vergangenen Donnerstag gar nicht besucht hat?»

Olson war möglicherweise ein Mensch, der angesichts sinnloser Bestürzung stets verzeihend lächelte. Sein Lächeln war freilich nur angedeutet und ein bißchen traurig. «Er ist gekommen. Ich hatte ihn gebeten, eine halbe Stunde früher da zu sein, woraufhin er nur zwanzig Minuten früher bei mir eintraf. Er ist um halb sechs wieder gegangen.»

«Meinen Sie, genau um halb sechs, Mr. Olson – oder verging danach noch einige Zeit, um ein paar Bemerkungen zum Abschied zu machen oder den neuen Termin zu vereinbaren, so daß er Sie, sagen wir, erst um zwanzig vor sechs verließ?»

Olson nahm seine Armbanduhr ab, legte sie auf den Tisch neben sich, zeigte darauf und sagte: «Um halb sechs nehme ich meine Uhr und sage dem Klienten – in diesem Fall Clifford –, daß die Zeit abgelaufen ist und daß wir uns in der nächsten Woche wiedersehen. Es gibt keine Bemerkungen zum Abschied.»

Jenny, Burdens Frau, war während der Schwangerschaft zum Analytiker gegangen. War es bei ihr auch so gewesen? Burden wurde klar, daß er sie eigentlich nie danach gefragt hatte. Wenn man sich auf diese Couch legte – tat man das? Oder war sie gar nicht dafür gedacht? –, wenn man mit diesem Mann sprach, wenn man ihm das Herz eröffnete und von den tiefsten Geheimnissen erzählte, war er wie ein riesiges, unpersönliches Ohr ... Burden begriff, ohne Olson deshalb zu mögen oder ihm zu trauen, daß es genau darauf ankam.

«Clifford Sanders ist also pünktlich um halb sechs hier weggegangen?»

Olson nickte unbeteiligt; Burden hatte keinen Grund, ihm nicht zu glauben. Er fragte: «Und Sie sind dann nach London gefahren? Wo haben Sie diese – Vorlesung gehalten?»

«Ich verließ die Praxis um sechs und ging zu Fuß zum Bahnhof, um den Zug um sechs Uhr sechzehn zu erreichen, der um zehn nach sieben in Victoria Station ankommt. Bei meinem Vortrag ging es um Projektionsfaktoren, und ich habe ihn vor Mitgliedern der LVPT – der Londoner Vereinigung von Psychotherapeuten – gehalten, im Haus der Vereinigung in Pimlico. Von Victoria Station aus bin ich mit dem Taxi hingefahren.»

Die Sicherheit dieses Mannes schien unerschütterlich zu sein. Burden schaute ihn scharf an und sagte dann: «Können Sie sich einen Grund vorstellen, Mr. Olson, warum Clifford Sanders uns gesagt hat, seine Sitzung bei Ihnen habe von fünf bis sechs gedauert, und er habe Ihre Praxis um sechs Uhr verlassen?»

Jetzt wird er mir sagen, daß er sich bedroht gefühlt hatte, dachte Burden. Er wird über Bedrohungen und über Abwehrstellungen sprechen und über die Projektion. Statt dessen stand Olson jedoch auf, ging zu einem sehr unaufgeräumten Schreibtisch, der vielleicht früher einmal ein Küchentisch gewesen sein mochte, und blätterte bedächtig in einem Terminkalender. Er schien ein paar Eintragungen mit besonderer Sorgfalt zu prüfen, dann warf er einen Blick auf seine Armbanduhr, und irgendein Gedanke rief ein Lächeln bei ihm hervor. Er klappte das schwarze Buch zu und drehte sich, noch immer stehend, zu Burden um.

«Da ist etwas, was Sie vielleicht nicht wissen, Michael. Sie haben vielleicht noch nie in Erwägung gezogen, welche bedeutsame Rolle der Zeitbegriff in der menschlichen Psyche spielt. Es wäre nicht zu vermessen anzunehmen, daß er ein weiterer Jungscher Archetyp beim kollektiven Unbewußten sein könnte. Und ganz sicher kann er ein Aspekt des Schattens sein.»

Burden starrte ihn an mit einem Mangel an Verständnis, der so ausgeprägt war wie sein Widerwille gegen solche Begriffe.

«Nennen wir es einfach die Zeit», sagte Olson. «Man hat sie dargestellt als einen Gott in einem Wagen mit Flügeln, man hat sie sogar personifiziert als Väterchen Chronos – das ist Ihnen sicher schon hier und da begegnet. Es gibt Menschen, die scheinen von der Zeit zu Sklaven gemacht zu werden, nicht nur von diesem alten Mann mit einem Totenkopf statt einem Gesicht und einer Sense in der Hand, sondern auch vom Gott in dem geflügelten Wagen, der den beiden hinterdreinhetzt. Sie sind seine Diener, und sie werden sehr besorgt, ja verschreckt und verängstigt, wenn sie nicht da sind, anwesend und bereit, um sich vor ihm zu verbeugen und seine Befehle auszuführen. Aber es gibt auch Menschen, Michael, die hassen ihn, diesen Gott der Zeit. Sie fürchten ihn zugleich, und weil diese Bedrohung so groß und so allgegenwärtig ist, haben sie kein anderes Mittel dagegen, als ihn zurückzudrängen ins Unbewußte. Er ist zu erschreckend, deshalb verbannen sie ihn. Das Ergebnis ist natürlich das völlige Fehlen irgendwelchen Wissens oder Gefühls von Zeit – eine Welt, in der sie nicht existiert. Das sind die Leute – und wir kennen sie alle –, die morgens nicht aufstehen können und die sich nachts immer wundern, daß es schon drei oder vier Uhr sein soll, wenn sie zu Bett gehen. Pünktlich zu einer Verabredung zu kommen ist für sie mit fast übermenschlicher Anstrengung verbunden. Ihre Freunde wissen es und laden sie grundsätzlich zu einem früheren Zeitpunkt ein, eine halbe Stunde, bevor die Party beginnen soll. Und was ihre verschüttete Erinnerung an die Zeit betrifft: Es ist geradezu ein Akt von Grausamkeit, sie nach präzisen Zeitabläufen zu befragen.»

Burden blinzelte ein wenig, aber er hatte begriffen, worauf der Psychotherapeut hinauswollte.

«Wollen Sie mir damit sagen, daß diese regelmäßigen Fünf-Uhr-Termine mit Clifford Sanders in Wirklichkeit für halb fünf gemacht wurden?»

Olson nickte und lächelte.

«Aber ich dachte, Sie sagten selbst, daß er einen Fünf-Uhr-Termin hat?»

«Ich sagte, er kommt um fünf; das ist nicht ganz dasselbe.»

«Also haben Sie ihn am vergangenen Donnerstag, als Sie ihn anriefen, gebeten, um vier Uhr zu kommen?»

«Und er kam selbst für seine Verhältnisse noch zehn Minuten zu spät. Das heißt, wie ich schon sagte, er war etwa um zwanzig vor fünf hier.» Jetzt breitete sich auf Olsons Gesicht ein gutmütiges Lächeln aus. «Sie glauben, daß ich mit meinen armen Klienten unehrlich bin, nicht wahr, Michael? Ich schlage Kapital aus ihren Neurosen in einer Weise, die sie der Grundlagen ihrer Menschenwürde beraubt – meinen Sie das? Aber auch ich muß leben, verstehen Sie, und ich muß die Zeit als eine zu kalkulierende Größe in meinem Leben anerkennen. Ich kann es mir nicht leisten, eine halbe Stunde zu vergeuden, genausowenig wie die ergebensten Sklaven der Zeit.»

Ich auch nicht, dachte Burden, stand auf, um sich zu verabschieden. Zu seinem höchsten Widerwillen legte ihm Olson, als er ihn hinausbegleitete, fast liebevoll einen Arm quer über seinen Rücken.

«Ich bin sicher, Sie nehmen mir meine Belehrung nicht übel, Mike.»

Burden schaute erst Olson, dann die Couch an und gewann einen Teil seines Selbstbewußtseins zurück. Er sagte mit durchaus sarkastischem Unterton: «Ich nehme an, zu reden war mal eine Abwechslung für Sie.»

Zuerst schaute ihn Olson mit gefurchter Stirn an, dann klärte sich sein Gesicht auf. «Das ist eher die Sache der Freudianer, der schweigend zuhörende Therapeut. Ich dagegen rede ziemlich viel; ich helfe ihnen damit weiter.» Und dazu zeigte er das einfache, heitere Lächeln des glücklichen Menschen.

Es sieht sehr danach aus, als ob die Bombe für Ihre Tochter bestimmt gewesen wäre, sagte der Mann von der Sondereinheit zur Aufklärung von Kapitalverbrechen aus Myringham. Und Sie sagen, Ihre Tochter hat ihren Besuch bei Ihnen nicht vorher angekündigt? Nein, sie hat es nicht vorher angekündigt, sagte Wexford. Ob meine Frau davon wußte, kann ich nicht sagen. Sie müssen sie schon selbst fragen. Wir haben sie gefragt, Mr. Wexford, und ihre Antwort lautete ebenfalls nein: Der Besuch Ihrer Tochter war eine völlige Überraschung, auch für sie.

Wodurch wurde die Bombe gezündet?

Sie wollten mit dem Wagen zurückstoßen, nicht wahr? Sie

wollten ihn aus der Garageneinfahrt entfernen, um Ihren eigenen Wagen in die Garage fahren zu können, sagt Ihre Frau. Wir nehmen an, der Zünder wurde durch den Rückwärtsgang ausgelöst, dadurch, daß man die Gangschaltung einlegte. Ihre Tochter sagt, sie ist mit dem Porsche nicht rückwärts gefahren, als sie vor ihrer Londoner Wohnung in den Wagen gestiegen ist, und auch nicht im Verlauf der eineinhalb Stunden, bis sie bei Ihnen ankam. Es ist einzusehen, Sir, daß es für sie keinen Anlaß gegeben hat, den Rückwärtsgang einzulegen.

Dem Bombenleger war es also egal gewesen. Es hätte ihm nichts ausgemacht, wenn die Bombe vielleicht fünf Minuten nach dem Start losgegangen wäre, sagen wir, vor dem Kinderkrankenhaus in der Great Ormond Street, oder hier am Sonntagnachmittag, wenn sie zurückstieß, um nach Hause zu fahren. Es war ihm egal, Hauptsache, sie saß am Lenkrad.

Hauptsache, sie saß am Lenkrad... Wexford lag im Bett und dachte darüber nach. Sie weckten ihn um vier, und er trank Tee mit einer Menge anderer Männer, die um einen runden Tisch in der Mitte des Krankenzimmers versammelt waren. Ein Bombenleger hatte versucht, Sheila zu töten, und es war ihm mißlungen – aber er würde sich nicht damit zufriedengeben, nur weil er beim erstenmal nicht ans Ziel gekommen war, oder? Er würde es immer und immer wieder versuchen. Vielleicht wegen ihrer Proteste gegen die Kernkraft, vielleicht auch nicht. Spinner und Verrückte beneideten die Berühmten, die Erfolgreichen, die Schönen. Es gab sogar Leute, die die Schauspieler mit den Rollen gleichsetzten, welche sie spielten, und die imstande waren, in Sheila Lady Audley zu sehen, eine Bigamistin und Mörderin. Dafür mußte sie bestraft werden, für ihre Schönheit und ihren Erfolg und ihren Mangel an Moral – weil sie die Rolle einer treulosen Frau spielte, und weil sie eine war...

Wie sollte er leben und seiner täglichen Arbeit nachgehen mit der ständig gegenwärtigen Angst, ein Mörder könnte Sheila auflauern? Die Zeitungen waren voll davon; er hatte drei Tageszeitungen auf dem Bett liegen, und sie alle spekulierten mit fröhlichem Zynismus, was bestimmte Terroristengruppen gegen Sheila haben könnten. Wie konnte sie selbst alldem standhalten?

Sylvia kam, nachdem sie ihren Sohn Robin von der Chorübungsstunde abgeholt hatte, und dann erschien Burden, zur Abend-Besuchszeit, und berichtete von den Erkenntnissen des Gerichtsmediziners im Fall Robson, von seinen Theorien, die darauf abzielten, Clifford Sanders als Täter zu überführen, mit Gwen Robson in der Rolle der Klatschbase, welche die Geheimnisse ihrer Schützlinge in der Schwesternschaft der Gemeindeschwestern herumerzählte, und schilderte zuletzt ein merkwürdiges Gespräch, das er mit einem Psychotherapeuten geführt hatte.

«Dieses Gerede, daß manche Leute unpünktlich sind – denn darauf läuft es schließlich hinaus –, ändert nicht viel an meiner Theorie. Sumner-Quist nennt genau den spätesten Zeitpunkt, zu dem Mrs. Robson getötet worden sein kann, nämlich um fünf vor sechs. Clifford konnte ohne weiteres um fünf vor sechs dortgewesen sein. Ja, ohne besondere Eile hätte er es wohl schon bis um Viertel vor sechs geschafft.»

Wexford gab sich alle Mühe. «Um sich dort mit Mrs. Robson zu treffen? Meinen Sie, daß es vorsätzlicher Mord war? Denn wenn wir bei Ihrer Theorie bleiben, konnte er sie nicht rein zufällig dort getroffen haben. Er wäre wohl kaum hinuntergefahren in dieses abscheuliche Parkgeschoß, um dort eine halbe Stunde auf seine Mutter zu warten. Oder wollen Sie sagen, er sei so außerhalb jeglichen Zeitbegriffs gewesen, daß er nicht wußte, ob es Viertel vor oder eine halbe Stunde nach sechs war?»

«Das behaupte nicht ich», antwortete Burden, «sondern dieser Seelenheini. Nein, in dem Punkt folge ich ihm nicht. Ich glaube, Clifford hat ein ganz normales Verhältnis zur Zeit, wenn er will. Und warum sollte die Tat nicht vorsätzlich begangen worden sein? Ich kann nicht glauben, daß Clifford annahm oder sich vorstellte oder wie Sie es nennen wollen, daß Gwen Robson seine Mutter sei. Dazu müßte man viel übergeschnappter sein, als er mir vorkommt. Und wenn er seine Mutter schon unbedingt umbringen wollte, hätte er es besser zu

Hause tun können. Nein, das Motiv ist vermutlich viel einfacher und naheliegender, wie es ja bei den meisten Motiven der Fall ist.» Er schaute Wexford herausfordernd an, wartete auf dessen Widerspruch, und als er nicht kam, fuhr er fort: «Angenommen, Gwen Robson hat ihn erpreßt? Angenommen, sie ist hinter eines seiner Geheimnisse gekommen und drohte ihm damit, es bekannt zu machen?»

«Aber was hätte das sein können?» fragte Wexford, und selbst in Burdens Ohren klang seine Stimme müde und desinteressiert.

«Er könnte andersrum sein, ich meine schwul, und fürchten, daß die liebe Mama dahinterkommt. Ich meine, das ist nur eine Möglichkeit – aber weil Sie fragen...»

«Es ist Ihnen aber noch nicht gelungen, eine Verbindung zwischen den beiden nachzuweisen, oder? Es gibt keinen Beweis dafür, daß sie sich kannten. Die Situation ist doch so, daß ein Sohn eine Frau in ihrem Alter normalerweise nur dann gekannt hätte, wenn sie eine Freundin seiner Mutter gewesen wäre – und das kann ausgeschlossen werden. Clifford hat nie eine Haushaltshilfe gebraucht, er ist kein hinfälliger Achtzigjähriger oder körperlich Behinderter. Und selbst wenn Mrs. Robson eine Erpresserin gewesen ist – haben Sie irgendwelche Beweise dafür, daß sie es tatsächlich war?»

«Die werde ich schon auftreiben», antwortete Burden zuversichtlich. «Morgen findet die gerichtliche Vorverhandlung statt. Ich werde Ihnen ausführlich über alles, was sich ereignet, berichten – morgen um diese Zeit.»

Aber Wexford schien nicht mehr dem zu folgen, was Burden sagte, wurde abgelenkt von einer Störung durch seinen Bettnachbarn und dann durch die Ankunft einer Schwester mit einem Karren, auf dem die Medikamente für die Patienten ihrer Station bereitlagen, und Burden, der ihn mit leicht verzweifeltem Mitleid betrachtete, dachte, daß es doch stimmte, wenn man behauptete, daß die Patienten hier sehr rasch alles Interesse an der Welt außerhalb des Krankenhauses verloren. Die Station und ihre Insassen, was es zu Mittag gab und was welche Schwester sagte – daraus bestand ihr Mikrokosmos.

Die gerichtliche Voruntersuchung wurde eröffnet und vertagt, genau wie Burden es erwartet hatte. Es hätte kaum anders laufen können. Man hörte den Bericht von Dr. Sumner-Quist, der wieder freier mit dem Begriff «Garrotte» umging. Anschließend lieferte ein Laborfachmann dem Coroner eine Menge abstrusen Stoff über Polymere und lineare Langketten-Polyester und eine Substanz namens Polyäthylen-Terephtalat. Das alles, um zu erklären, womit der Draht der Garrotte isoliert war, und Burden war nach dem Bericht des Experten nicht viel schlauer, obwohl ihm klargeworden war, daß alles auf grauen Kunststoff hinauslief.

Robson erschien nicht vor dem Gericht. Seine Anwesenheit war auch nicht notwendig. Clifford Sanders und seine Mutter waren beide da; Clifford, um vom Coroner den Kopf gewaschen zu bekommen, wie Burden dachte, wegen seines seltsamen Verhaltens, die Tote mit dem Vorhang zu bedecken und dann davonzulaufen, statt die Polizei zu verständigen. Aber die erste Zeugin war Dorothy Sanders, die mit ausgeprägter Selbstsicherheit in den Zeugenstand trat – und dabei, wahrscheinlich zufällig, ziemlich ähnliche Bekleidung trug, wie man sie an der Toten vorgefunden hatte, bis hin zu den braunen, mit einem Spitzenmuster verzierten Strümpfen.

In dem Mann, der offensichtlich mit ihnen gekommen war und nun neben Clifford saß, erkannte Burden den Bauern, den er am Ende der Ash Lane gesehen hatte und der mit seinem Hund vor die Haustür gekommen war, um dem Wagen des Kriminalbeamten nachzustarren.

SIEBEN

Häuser ohne Frauen – Burden erkannte sie stets. Nicht daß solche Heime besonders schmutzig oder ungepflegt gewesen wären, aber die Abwesenheit einer weiblichen Hand zeigte sich in einer gewissen Asymmetrie, dem Aufstellen von Gegenständen in eher bizarrer

Weise, durch etwas ungeschickte Verlegenheitslösungen. Die Küche der Ash Farm Lodge – eine große Küche, da der Bungalow offenbar speziell für einen Bauern errichtet worden war – sah folgendermaßen aus: der Tisch übersät mit Rechnungsbüchern und Broschüren, ein Paar Stiefel auf einer Zeitung oberhalb des Bratrohrs, ein Geschirrtuch zum Trocknen über die Lehne eines Windsorstuhls gehängt. Eine Schrotflinte mit Zwölferbohrung hing an einem der Haken, wo früher die Pfannen befestigt waren.

Der Mann, den Burden bei der Verhandlung gesehen hatte, hieß Roy Carroll. Er sah wie fünfzig aus, war vielleicht noch etwas älter. Seine Hände waren ungewöhnlich groß, rot und schwielig, sein Teint war rot und von dunklen Adern durchzogen. Der Hund lag zusammengerollt – nicht in einem Korb, sondern in einer großen Schublade. Burden hatte das Gefühl, daß das Tier, bevor es aufstand, sich in unterwürfig-hündischer Weise dafür die Genehmigung von seinem Herrn einholen mußte.

Carroll gab sich kurz angebunden und grob. Er hatte Burden nur sehr mürrisch ins Haus gelassen, und seine Antworten auf die Fragen des Kriminalbeamten waren nicht gerade erschöpfend, sondern kaum mehr als ein Ja, ein Nein und wieder ein Ja und andere, geknurrte, einsilbige Wörter. Er kannte «Dodo» Sanders, er kannte Clifford Sanders, er hatte in diesem Haus gewohnt, seit es erbaut worden war. Wann es erbaut worden sei? Vor einundzwanzig Jahren.

«Dodo?» fragte Burden.

«So hat man sie genannt, ihr Mann und so weiter. Seine Mutter. Sie haben sie Dodo genannt, und so nenne ich sie auch.»

«Sind Sie mit ihr befreundet?»

«Was soll das heißen? Ich kenne sie und habe schon das eine oder andere für sie erledigt.»

Burden fragte ihn, ob er verheiratet sei.

«Das geht Sie nichts an», erwiderte Carroll. Und: «Zur Zeit bin ich es nicht.»

Gwen Robson? Er hatte nie etwas von ihr gehört, bis man im Fernsehen über ihren Tod berichtete. Er hatte nie eine

Gemeindeschwester bei sich gehabt. Wo er am vergangenen Donnerstagnachmittag gewesen sei? Carroll schaute ungläubig drein, entrüstet darüber, daß man ihn so etwas fragte. Draußen, mit der Flinte, sagte er, um sich einen Hasen für den Topf zu schießen. In dieser Jahreszeit sei er fast täglich zur Abenddämmerung draußen auf der Jagd. Burden fiel etwas auf, das ihm interessant vorkam, wenn es auch vermutlich keine Bedeutung hatte. Die Zeitschrift, auf die Carroll die Stiefel gestellt hatte, war eine Ausgabe von *Kim*, also nicht unbedingt der Lesestoff, wie man ihn mit einem Mann von Carrolls Sorte in Verbindung bringen würde. Dabei erinnerte sich Burden wieder an den Kunstdruck in Olsons Zimmer mit den Schuhen, die fünf Zehen mit Zehennägeln hatten, aber keine Beine nach oben, und ihm lief völlig unerklärlicherweise ein Schauer über den Rücken.

Ein Vormittag an einem Werktag, und Clifford war höchstwahrscheinlich bei der Arbeit. Burden rief bei Munster an, der Schule, die Nachhilfekurse für die Oberstufe erteilte, und fragte nach Mr. Sanders. Er war nicht einmal sicher gewesen, ob Clifford wirklich dort arbeitete, aber es stellte sich heraus, daß er gut geraten hatte. Mr. Sanders sei momentan im Unterricht. Ob man ihm etwas bestellen könne? Wexford hätte die Sache behutsamer angepackt, das wußte Burden, aber er sah nicht ein, warum er die Gefühle von jemandem schützen sollte, der wahrscheinlich ein Faulpelz und sicher ein Lügner war, vermutlich obendrein ein Homosexueller mit verwirrten Gefühlen zu seiner Mutter und zu toten Frauen, auf jeden Fall aber ein Psychopath. Er bat die Frau, die am Telefon war, Clifford Sanders zu bestellen, daß Detective Inspector Burden angerufen habe und ihn bitte, auf die Polizeistation zu kommen, sobald er mit dem Unterricht fertig sei.

Inzwischen füllte er den Antrag auf einen Durchsuchungsbefehl des Sandersschen Hauses aus, in der Erwartung, etwas in der Art einer Garrotte zu finden. Natürlich hätte er einfach Mrs. Sanders um Genehmigung bitten können, da nur wenige

Leute mit diesem Wunsch widersetzten, doch er hatte das Gefühl, daß sie es tun würde. Während er auf Clifford wartete, fiel ihm plötzlich Robsons Einkaufstüte ein, also gab er dem Detective Constable Davidson den Auftrag, sie zu suchen, ihren Inhalt, soweit er verderblich war, wieder aus dem Kühlschrank zu holen und einzupacken und die Tüte dann nach Highlands zu fahren. In der großen Tüte von *BHS* steckten rote *Tesco*-Einkaufsbeutel, und Burden hatte bereits umfangreiche Ermittlungen in dem Supermarkt im Einkaufszentrum Barringdean vornehmen lassen. Braun gekleidet, so ähnlich wie Mrs. Robson, hatte Marian Bayliss versucht, ihre Wege durch das Einkaufszentrum zu rekonstruieren. Eine der Kassiererinnen erinnerte sich daran, daß sie am vergangenen Donnerstag an ihr vorbeigekommen war, und schätzte die Zeit auf etwa halb sechs. Burden las noch einmal den Bericht von Detective Constable Archbold.

Linda Naseem kannte Mrs. Robson vom Sehen, kannte sie immerhin gut genug, um ein paar Bemerkungen übers Wetter zu machen und nach ihrem Mann zu fragen. Gwen Robson kaufte regelmäßig in dem Geschäft ein und kam fast immer am Donnerstagnachmittag. Aber was Burden am meisten an dieser Ermittlung interessierte, war die Behauptung von Linda Naseem, sie habe Mrs. Robson im Gespräch mit einem jungen Mädchen gesehen. Diese Begegnung, sagte sie, habe stattgefunden, gleich nachdem Mrs. Robson gezahlt und ihr Wechselgeld erhalten hatte, am Ende der Kassenreihe stand und die Waren, die sie gekauft hatte, in eine große Tragetüte packte.

Das Mädchen beschreiben? Sie habe sich um die nächste Kundin kümmern müssen und nicht darauf geachtet. Ja, sie habe das Gesicht des Mädchens gar nicht richtig gesehen, nur ihren Rücken und den Hinterkopf. Sie hatte eine Baskenmütze oder etwas Ähnliches auf dem Kopf getragen. Als Mrs. Robson mit dem Einpacken fertig war, gingen sie und das Mädchen gemeinsam weg. Das heißt, sie gingen weg. Linda Naseem konnte nicht mit Sicherheit sagen, daß sie *zusammen* weggingen.

Clifford kam etwa eine halbe Stunde, nachdem Burden bei

der Schule angerufen hatte, auf die Polizeistation. Die Munster-Schule war nur zweihundert Meter weiter auf der High Street. Burdens Büro war recht angenehm und komfortabel, und jeder Besucher dort mußte sich wie bei einem privaten Gespräch vorkommen, daher brachte ihn Burden nicht dorthin, sondern in einen der Verhörräume auf der Rückseite des Gebäudes im Parterre. Die Wände dort waren kahl, in der Farbe von Rührei getüncht, und der Boden war mit grauen Kunststofffliesen ausgelegt. Burden deutete an, daß sich Clifford auf einen der grauen Metallstühle setzen sollte, und er selbst ließ sich ihm gegenüber an dem Tisch mit der gelben Plastikplatte nieder.

Fast ohne Vorrede begann er dann: «Sie haben mir gesagt, daß Sie Mrs. Robson nicht kannten. Das war doch nicht die Wahrheit, oder?»

Clifford schaute Burden trotzig an, und sein ausdrucksloses Gesicht wirkte verdrossen. Er zeigte keine offensichtlichen Symptome von Angst, als er mit seiner langsamen, monotonen Stimme antwortete: «Ich habe sie nicht gekannt.»

Es gab einen Punkt in jedem Verhör, wo Burden aufhörte, einen Verdächtigen mit dem Familiennamen anzusprechen, und statt dessen zum Vornamen überwechselte. Wenn man jemanden bei seinem Familiennamen ansprach und zudem die Anrede «Mr.» oder «Sir» benützte, dann drückte das seiner Meinung nach Respekt aus. Deshalb war es ihm sehr wichtig, daß man ihn immer mit «Mr.» ansprach. Er selbst hätte gesagt, daß er beim Verhör meist ein Stadium erreichte, in dem er den Respekt für die Person verlor, die er befragte, und sie dementsprechend ein paar Sprossen auf der Leiter seiner Wertschätzung nach unten stieß.

«Hören Sie, Clifford, ich will ehrlich sein mit Ihnen. Offen gestanden weiß ich noch nicht, wo Sie sie kennengelernt haben und unter welchen Umständen, aber ich weiß, daß Sie sie kannten. Warum sagen Sie es mir nicht und ersparen mir die Mühe, es herauszufinden?»

«Aber ich habe sie nicht gekannt.»

«Wenn Sie das sagen, dann helfen Sie damit weder sich selbst noch mir. Glauben Sie, es gelingt Ihnen nicht, mich hinters Licht zu führen. Sie verschwenden damit nur unsere Zeit.»

Clifford wiederholte jetzt hartnäckig: «Ich habe Mrs. Robson nicht gekannt.» Er legte seine Hände auf den Tisch und betrachtete sie. Die Nägel waren ganz kurz abgekaut, wie Burden erstmals feststellte, und das verlieh ihnen das Aussehen von Kinderhänden, rosige und pummelige Patschhändchen.

«Auch gut – ich kann warten. Sie werden es mir schon sagen, wenn Sie Zeit und Lust haben.»

Nimmt er diese Redensart wörtlich, oder will er mich verspotten? fragte sich Burden, aber auf Cliffords rundem, ausdruckslosem Gesicht zeigte sich nicht die Spur von Humor, als er jetzt antwortete: «Ich habe weder Zeit noch Lust.»

Burden änderte das Thema und sagte: «Sie müssen schon vor sechs in der Parkgarage gewesen sein. Mr. Olson hat mir gesagt, daß Sie bei ihm nicht erst um sechs, sondern schon um halb sechs weggegangen sind. Wollen Sie wissen, wann Mrs. Robson ermordet wurde? Zwischen fünf Uhr fünfunddreißig und fünf Uhr fünfundfünfzig.»

«Ich weiß nicht, wann ich dort hingekommen bin», sagte Clifford und sprach sehr langsam dabei. «Es hat wenig Sinn, mich nach Zeiten zu fragen. Ich trage keine Armbanduhr, wie Sie vielleicht bemerkt haben.» Er hob seine Arme in einer Geste, die Burden für weibisch hielt, und ließ dabei seine plumpen weißen Knöchel sehen. «Ich glaube nicht, daß ich gleich zur Parkgarage gefahren bin. Ich saß im Wagen und dachte über das nach, was ich Serge gesagt hatte. Wir hatten über meine Mutter gesprochen; kaum jemand spricht meine Mutter heutzutage mit ihrem Vornamen an, aber früher haben sie manche Leute Dodo genannt. Es ist natürlich die Abkürzung von Dorothy.»

Burden sagte nichts und war sich nicht im klaren darüber, ob er zum Narren gehalten wurde oder ob Clifford immer so mit Fremden sprach.

«Dodos sind große, flugunfähige Vögel, die inzwischen ausgestorben sind. Die letzten wurden von den portugiesischen Matrosen auf Mauritius getötet. Meine Mutter ist ganz anders.

Serge und ich sprachen über die Anima eines Menschen, die ja von seiner Mutter beeinflußt wird, und daß meine Mutter einen negativen Einfluß auf mich ausgeübt hat. Das kann sich unter anderem darin ausdrücken, daß der Mensch unerklärliche Depressionen erlebt, und als ich in dem Wagen saß, dachte ich darüber nach und ging alles noch einmal durch. Das mache ich gelegentlich ganz gern. Der Wagen stand auf einem Platz mit Parkuhr, und es waren noch zehn Minuten drauf. Und – ja, ich stieg aus und warf noch einmal nach.»

«Sie achten also manchmal doch auf die Zeit, Clifford?»

Er blickte hoch und zeigte Burden einen besorgten Blick. «Warum stellen Sie mir diese Fragen? Wessen verdächtigen Sie mich?»

«Angenommen, ich sage, Sie sind direkt zum Einkaufszentrum gefahren, Clifford. Haben Sie das etwa nicht getan? Sie haben den Wagen in der Parkgarage abgestellt, dann gingen Sie hinauf ins Einkaufszentrum. Unterwegs sind Sie Mrs. Robson begegnet, nicht wahr?»

«Was ich Ihnen gesagt habe, war die Wahrheit. Ich saß in der Queen Street im Wagen. Sie sollten mir sagen, wessen Sie mich verdächtigen.»

«Vielleicht verschwinden Sie jetzt lieber und setzen sich in Ihren Wagen, um darüber nachzudenken», entgegnete Burden grob und ließ ihn gehen.

Eine derartige gespielte Naivität regte ihn auf. Dodos, ausgerechnet, flugunfähige Vögel! Was war eigentlich eine Anima, und dann die Sache mit dem negativen Einfluß! Erwachsene Menschen benahmen sich normalerweise nicht so und redeten auch nicht wie Kinder, schon gar nicht, wenn es sich um einen Lehrer handelte, also um einen Mann, der auf der Universität gewesen sein mußte. Er begegnete diesem kindischen Starren und der verwirrten Unschuld mit größter Skepsis. Wenn Clifford ihn auf die Schippe nehmen wollte, würde er es noch bedauern. Morgen früh würden sie das Haus durchsuchen. Burden konnte nicht umhin, daran zu denken, wie befriedigend es wäre, wenn er den Fall gelöst und erledigt hätte, bevor Wexford wieder zum Dienst erschien.

Sheila wohnte, wie Wexford erfuhr, während er vom Krankenhaus in die Wohnung seiner Tochter gebracht wurde, im *Olive and Dove*, dem ersten Hotel von Kingsmarkham. Sylvia hatte nicht auch noch Platz für sie; die Eltern hatten den einzigen freien Raum bezogen.

«Außerdem fühlt sie sich vermutlich freier dort, weil ihr Freund sie besuchen kann.»

Zwischen den beiden Schwestern herrschte eine nie deutlich ausgesprochene Rivalität. Sylvia verbarg ihre Eifersucht unter der Zufriedenheit einer glücklich verheirateten Frau und Mutter von zwei Söhnen. Wenn sie das hätte haben wollen, was ihre Schwester hatte – Erfolg, Berühmtheit, die Bewunderung vieler Menschen, dazu Liebhaber in Vergangenheit, Gegenwart und Zukunft –, so hatte sie diesem Wunsch jedenfalls niemals Ausdruck verliehen. Aber es gab gewisse Kommentare, und aus mancher Notwendigkeit wurde eine Tugend gemacht. Bei Sylvia herrschte eine Tendenz zu Gesprächen über Ruhm und Geld, die kein Glück bringen, und über die Leute vom Showgeschäft, die nur selten dauerhafte Beziehungen haben können. Sylvia, die schon mit achtzehn geheiratet hatte, wäre vielleicht ganz froh gewesen über die Erinnerung an ein paar Liebhaber und über das Bewußtsein, etwas versucht und unternommen zu haben. Sheila, die ihre Ansichten freier verkündete, sagte geradeheraus, wie schön es sein müsse, keine Sorgen zu haben, sich nicht vor der Zukunft ängstigen zu müssen, in Muße für ein Diplom an einer offenen Universität zu studieren und von einem liebenden Ehemann abhängig zu sein. Sie meint damit, daß sie Kinder hätte haben wollen, dachte Wexford manchmal. Jetzt wartete Sylvia darauf, daß er sie nach allem möglichen fragen würde, aber er hielt das Bedürfnis nach Fragen zurück, bis Sylvia die Jungen von der Schule abholen fuhr.

«Ich weiß, daß es jemanden gibt», sagte Dora. «Sie hat einen gewissen Ned angerufen, kurz bevor du hinausgegangen bist und die Bombe zur Explosion gebracht hast.»

«Vielen herzlichen Dank», sagte Wexford. «Das hört sich ja so an, als ob ich ein Zündholz an die Lunte gehalten hätte.»

«Du weißt, wie ich es gemeint habe. Wenn sie heute abend herüberkommt, können wir sie ja nach ihm fragen.»

«Ich möchte das nicht unbedingt tun», sagte Wexford.

Aber Sheila rief ohnehin an, um zu sagen, daß sie nicht kommen könne und den Besuch bei ihren Eltern bis zum nächsten Vormittag aufschieben müsse. Es sei etwas dazwischengekommen.

«Heruntergekommen nach Kingsmarkham, würde ich meinen», sagte Sylvia. «Heruntergekommen mit dem Zug aus London. Vielleicht ist er ein Schauspieler, oder ein ‹Freund der Erde›, oder beides.»

«‹Wer nur das Böse im Schönen sieht›», zitierte ihr Vater in ernstem Ton, «‹der ist verderbt, und ohne jeden Charme.›» Dann wandte er sich wieder dem Exemplar von *Kim* zu, das er herumliegen gesehen hatte.

Sylvia hatte ihm erklärt, daß sie die Zeitschrift gelegentlich kaufe und hatte die kleine, verteidigende Erklärung hinzugefügt, ähnlich wie die Leute sie zur Zeit Jane Austens geben zu müssen glaubten, wenn sie Romane lasen. Es sei etwas, womit man sich die Zeit vertreiben könne; man könne an einer x-beliebigen Stelle beginnen oder abbrechen, und ein paar von den Berichten und Erzählungen seien doch auf recht hohem Niveau. Wexford mochte den Namen der Zeitschrift, der ihm sehr avantgardistisch und ansprechend vorkam, denn er gestand sich selbst, daß ein Teil von ihm noch in der Welt von *Selbstgestricktes* und *Die moderne Mutter* lebte.

Die «Kummertante», für die Lesley arbeitete, war eine Frau mit dem Namen – oder dem Pseudonym – Sandra Dale. Oben auf der Seite prangte ihr Foto: eine plumpe Matrone in mittleren Jahren mit hellem, lockigem Haar und einem sympathischen, verständnisvollen Gesichtsausdruck. Zwei Leserbriefe waren in fetter Schrift abgedruckt. Ein dritter nicht, dafür die Antwort: «An T. M. in Basingstoke: Derartige Praktiken mögen Spaß machen, und ich verstehe auch, daß sich Ihr Freund darüber freut, aber sind sie es wert, die ganze zukünftige sexuelle Zufriedenheit aufs Spiel zu setzen? Eines Tages, wenn Sie verheiratet oder eine feste Bindung eingegangen sind, werden Sie vielleicht Gewohnheiten bitter bereuen, von denen Sie nicht mehr loskommen und die andererseits die wahre Erfüllung verhindern.»

Wexford fragte sich, ob so etwas nicht nur in dem Blatt stand, um die Leser scharf zu machen. Nur ein ungewöhnlich willensstarker oder besonders verklemmter *Kim*-Leser würde es sich versagen, Spekulationen über die Art und Weise der sexuellen Praktiken von T. M. anzustellen. Vermutlich hatte Robsons Nichte alle diese Antworten getippt, nachdem sie ihr von Sandra Dale diktiert worden waren.

«Es ist auch ein Artikel über Sheila drin», sagte Sylvia, «und ein paar sehr hübsche Fotos aus der Fernsehserie.»

Er blätterte um und betrachtete die Bilder von Sheila in einem weißen Ballkleid und in einem schwarzen Straßenkleid als viktorianische Lady mit der seinerzeit modernen Kopfbedeckung. An diesem Abend lief die letzte Folge von ‹*Lady Audleys Geheimnis*›; sie würde am Samstag wiederholt werden, aber wer konnte wissen, wo sie am Samstag sein würden? Neil wollte ein Programm über Wirtschafts- und Finanzprobleme auf dem anderen Kanal sehen, während sein älterer Sohn Robin versuchte, seine Mutter zu überreden, daß er aufbleiben und Tante Sheila sehen dürfe. Überraschenderweise stellte sich Sylvia auf die Seite ihrer Mutter und wollte auch diese letzte Episode ansehen. Hatte Neil vergessen, daß die Wiederholung für sie nicht in Frage kam, weil sie am Samstagabend zum Dinner eingeladen waren?

Neil verlor, und Robin ebenfalls. Der kleine Junge war schon zum drittenmal in seinem Pyjama heruntergekommen und stand traurig in der Tür. Wexford wußte auf einmal, daß er nicht imstande sein würde, diese Folge zu sehen. Er hatte den Roman gelesen, während Sheila die Fernsehserie aufzeichnete, und wußte sehr gut, was Lady Audley heute abend zustoßen würde: Man würde sie ins Irrenhaus stecken. Angesichts seiner derzeitigen Gefühle sah er sich nicht in der Lage zuzuschauen, wie Sheila auch nur als Schauspielerin eine solche Situation darstellte, zu sehen, wie sie brutal angefaßt wurde, zu hören, wie sie schrie…

Er hatte Kopfschmerzen und war müde. Also stand er auf, nahm den kleinen Jungen bei der Hand und sagte, er wolle auch zu Bett gehen, also würde er Robin mit nach oben nehmen. Die melancholisch-süße Vorspannmusik folgte ihnen mit ihren weichen Klängen die Treppe hinauf, und dann schloß jemand die Tür.

Ein gefährliches Gefühl, diese Erregung, entstanden aus der Jagd auf eine Beute – oder besser, entstanden aus der Erschaffung einer Beute, die zur Jagd geeignet war. Burden wußte, daß er das tat und daß es klüger gewesen wäre, eine Pause einzulegen und eine Bestandsaufnahme zu machen. Er legte tatsächlich eine, wenn auch nur kurze Pause ein und rief sich selbst in Erinnerung, wie wichtig es war, nicht die Fakten so zurechtzuschneidern, daß sie zur Theorie paßten. Andererseits wuchs seine Überzeugung, daß Clifford Sanders sich dieses Mordes schuldig gemacht hatte. Er mußte jetzt nur vermeiden, die Zeugen allzusehr anzutreiben. Er konnte sie leiten, ja, aber er durfte sie nicht im Eifer des Gefechts vorwärts schubsen. In einer Geisteshaltung, die, wie er sich einredete, kühl und unbefangen war, fuhr er sehr früh am Morgen nach Highlands. Und dort erlebte er eine Überraschung: Als er in die Hastings Road einbog, sah er Lesley Arbel, die aus Robsons Haus kam und auf seinen Wagen, den silbernen Escort, zuging, der am Randstein parkte. Burden hielt hinter dem Escort an.

«Noch nicht wieder zur Arbeit, Miss Arbel?» fragte er.

Sie trug ein sehr strenges, formelles schwarzes Kostüm mit weißer Bluse und einer Schleife am Kragen, schwarze, durchscheinende Strümpfe mit Naht und sehr hochhackige schwarze Schuhe. Mit ihrem schimmernden, kastanienbraunen Haar und dem bemalten Eierschalengesicht erinnerte sie Burden an eine jener Erwachsenenpuppen, wie sie kleine Mädchen zum Geburtstag bekommen, und die über ihre ganz spezielle und modisch-schicke Garderobe verfügen.

«Ich gehe diese Woche nicht zur Arbeit. Ich nehme an einem Kurs über Textverarbeitung teil.»

«Aha», sagte Burden. «Das muß der im Sundays sein.»

«Im Sundays-Konferenzzentrum, ja. Der Verlag hat mir zwei Wochen für den Kurs freigegeben, und es paßt sehr gut, weil ich solange bei meinem Onkel wohnen kann.» Sie legte eine Hand in einem glatten schwarzen Handschuh auf die Wagentür, als ihr etwas einfiel. «Mein Onkel hat noch ein Hühnchen mit Ihnen zu rupfen. Die Sachen, die Sie ihm geschickt haben: Er sagt, das Stück Fleisch war hinüber. Es hat scheußlich gerochen, sagt er. Ich hab es nicht gesehen; er hat es gleich wieder eingewickelt und in den Mülleimer geworfen, bevor ich nach Hause gekommen bin.»

Überrascht, wie er war, fiel Burden keine Erwiderung ein, doch in diesem Augenblick näherte sich ein weiterer Wagen und hielt auf der anderen Straßenseite. Die Frau namens Mrs. Jago kam aus dem Haus und herunter zu ihrem Gartentor, als ein kleines, etwa dreijähriges Mädchen und eine junge Frau aus dem Wagen stiegen; es sah so aus, als ob ein weiteres, größeres Kind auf dem Beifahrersitz säße. Die Besucherin war zwar schlank wie eine Tanne, zeigte aber genügende Ähnlichkeiten, um keinen Zweifel aufkommen zu lassen, daß sie Mrs. Jagos Tochter war. Eine Menge lockiges, dunkles Haar, das an das von Serge Olson erinnerte, aber länger und glänzender war, bedeckte ihren halben Rücken. Das Kind, das ebenfalls langes, lockiges Haar hatte, lief auf die Großmutter zu und wurde von ihr in die Arme genommen und hochgehoben, wobei es sich an den massiven Busen klammerte wie eine Napfschnecke an einen runden, glänzenden, von Algen überzogenen Felsblock.

Ralph Robson brauchte lange, um an die Haustür zu kommen. Burden hörte, wie sein Stock gedämpfte Geräusche auf dem Teppich verursachte. Als er die Tür öffnete, waren die zwei kleinen Mädchen und ihre Mutter schon wieder weggefahren. Robson wirkte an diesem Vormittag noch eulenartiger als sonst, seine Nase sah spitzer aus, er hatte die Lippen vorgeschoben, und seine Augen waren rund und wirkten mürrisch. Eine Sportjacke aus scheckigem braunem Tweed verstärkte den Eindruck, und die Hand an seinem Stock griff zu, wie die

Krallen eines Vogels nach einem Ast greifen. Burden war auf einen Austausch von Höflichkeiten gefaßt, aber Robson fing gleich mit dem Hühnchenrupfen an, vor dem Lesley Arbel den Kriminalbeamten gewarnt hatte: Er verlangte Ersatz, wollte einen Ausgleich für die 4 Pfund und 52 Cents, die das inzwischen verdorbene Stück Rinderlende gekostet hatte.

Burden riet ihm, es schriftlich niederzulegen, und sagte ihm, wohin er die Beschwerde schicken könne. Sobald Robson diesen speziellen, gehässigen Angriff hinter sich hatte, wechselte er auf das Thema seiner kranken Hüfte. Die Schmerzen hatten sich seit dem Tod seiner Frau verstärkt, ja, sie waren zehnmal so schlimm wie vor einer Woche, und er konnte das Gelenk knarren hören, wenn er sich nur auf dem Stuhl bewegte. Natürlich mußte er sich jetzt, wo seine Frau gestorben war, viel mehr bewegen; sie hatte ihm das alles abgenommen. Es gab Bezirke in diesem Land, sagte er, wo man eine Hüftknochenoperation auf Kosten des staatlichen Gesundheitsdienstes in wenigen Wochen bekommen konnte. Er habe nun gehört, wenn man anderswo lebte, könne man sich kurzzeitig in einen dieser Bezirke versetzen lassen, aber sein Arzt wolle nichts davon wissen und habe gesagt, daß das nicht möglich sei. Er selbst sei gestern bei der Orthopädie gewesen, und das war es, was der Arzt ihm gesagt hätte. Es wäre anders gewesen, da sei er ganz sicher, wenn seine Frau dabeigewesen wäre und sich darum gekümmert hätte.

«Gwen hätte das schon ins Rollen gebracht. Gwen hätte ihm ihre Meinung gesagt. Wenn sie gewußt hätte, daß sie mich in ein Krankenhaus auf der anderen Seite der Insel kriegen könnte, wo man mich früher operieren würde, hätte sie so lange keine Ruhe gegeben, bis der Doktor etwas unternommen hätte. Aber was nützt es, jetzt noch davon zu reden, wo sie nicht mehr da ist? Jetzt kann ich jahrelang darauf warten, so lange, bis ich es eines verflixten Tages nicht mehr aushalte und eine Überdosis von meinen Schmerzmitteln nehme.»

Es kam Burden in den Sinn, daß Robson mehr als begreiflich von seiner arthritischen Hüfte besessen war. Andererseits neigte man, wenn man ein solches Leiden hatte, möglicherweise dazu, alles andere aus den Gedanken zu verbannen. Die körperlichen Schmerzen lenkten vielleicht sogar ab von den seelischen Schmerzen, die durch den Verlust der Frau entstanden waren. Mit der festen Absicht, Robson nicht zu «führen», wie die Richter es bezeichnen, fragte er ihn, sobald sie sich vor den erstaunlich realistischen blauen Gasflammen niedergelassen hatten, ob er sich erinnern könne, daß seine Frau irgendwelche Bemerkungen über ihre ehemaligen «Klienten» gemacht habe. Robson sagte sofort, wie nicht anders zu erwarten war, daß das alles lange zurückliege. Burden drängte ihn, doch das bewirkte nur, daß er auf das Thema seiner Hüfte zurückkam und auf Gwens Bemerkungen zu der Frage, wodurch das Leiden entstanden sei, und warum er Arthritis bekommen habe und sie nicht. Diesmal sagte Burden, er glaube, daß Robson ihn bei seiner Arbeit behindern wolle, und es läge doch auch in seinem Interesse, wenn der Mörder seiner Frau gefunden würde.

«Sie haben kein Recht, so mit mir zu reden», sagte Robson, stieß seinen Stock auf den Boden und zuckte zugleich vor Schmerzen zusammen.

«Dann gehen Sie in Gedanken zurück und erinnern sich daran, was Ihre Frau über diese Leute gesagt hat. Man berichtet mir, daß sie eine redselige Frau gewesen ist, und sie interessierte sich für Menschen. Sie werden mir doch nicht weismachen wollen, daß sie mittags oder abends heimgekommen ist und kein Wort zu Ihnen über die alten Leute gesagt hat, für die sie arbeitete? Ist sie nie von der Arbeit gekommen und sagte zum Beispiel, daß die alte Mrs. Soundso ihr ganzes Geld in einem Strumpf unter ihrem Bett aufbewahrt oder daß der alte Mr. Dingsda eine Freundin hat? Hat sie nie etwas Derartiges gesagt?»

Burden hätte sich keine Gedanken über seine mögliche Beeinflussung von Robson zu machen brauchen. Seine Beispiele, die Robson keineswegs zum Nachdenken und Erinnern anstachelten, schienen statt dessen eine aufsässige Verblüffung zu bewirken. «Sie hat nie vor irgendeiner alten Frau gesprochen, die ihr Geld in einem Strumpf unter dem Bett aufbewahrt hat.»

«Na schön, Mr. Robson», sagte Burden und beherrschte sich nur mit großer Mühe, «wovon hat sie dann gesprochen?»

Er unternahm einen Versuch, und es war, wie wenn ein lange nicht gebrauchter Motor zum Leben erwachte, wie wenn sich die rostigen Räder zu drehen begannen. «Da war der Alte auf der anderen Straßenseite – Gwen war sehr gut zu ihm. Sie hat bei ihm vorbeigeschaut, Tag für Tag und noch lange, nachdem sie nicht mehr für die Stadt arbeitete. Eine Tochter hätte nicht mehr für ihn tun können.»

Eric Swallow aus Berry Close Nummer 12, dachte Burden und nickte Robson ermunternd zu.

«Mrs. Goodrich – so hat die Frau geheißen. Sie war nicht so alt, aber sie war verkrüppelt, das heißt, sie hatte eine dieser Krankheiten, der man nur Buchstaben gibt, MS oder MT oder so ähnlich. Sie war eine schöne Frau, eine ehemalige Konzertpianistin, sagte Gwen. Und sie hatte ein paar wunderschöne Möbel in ihrer Wohnung, wertvolle Stücke, dachte Gwen, für die man eine Menge Geld kriegen könnte.»

Julia Goodrich aus der Paston Avenue, vor einiger Zeit in eine andere Gegend gezogen.

«An die übrigen erinnere ich mich nicht; es hat Dutzende davon gegeben, aber ich erinnere mich nicht mehr an die Namen. Ich meine, da war noch eine, von der Gwen erzählt hat und die drei Kinder von drei verschiedenen Vätern gehabt hat, ohne mit einem von ihnen verheiratet zu sein. Das hat Gwen richtig aufgeregt. Und da war dieser alte Kerl, der nichts außer seiner Pension hatte und Gwen doch immer fünf Pfund Trinkgeld gegeben hat, weil sie ihm die verflixten Zehennägel geschnitten hat. Sie hat viel Zeit für ihn aufgewendet, war immer eine gute Stunde bei ihm …»

«Ein Klient, der Ihrer Frau fünf Pfund für das Schneiden von Zehennägeln gab?» fragte Burden ärgerlich und stellte sich Wexfords Reaktion auf dieses bizarre Bild vor. War da sexueller Kitzel oder gar Befriedigung mit im Spiel? Ganz sicher.

«Es war ja nichts dabei», sagte Robson, der sich sofort wieder zur Verteidigung anschickte. «Er hat nur die Socken ausgezogen und dagesessen, und sie hat ihm die Nägel mit einer

Schere geschnitten. Er hat sie nie angetatscht – sie war keine von der Sorte. Seine Füße waren makellos, hat sie gesagt, und sauber wie die eines Babys. Und da war noch jemand – ich erinnere mich nicht an Namen –, den mußte sie regelmäßig baden. Er hatte irgendeine Krankheit gehabt, war nicht alt, aber er konnte es nicht ausstehen, wenn ihn die Bezirksschwestern badeten, und er sagte, Gwen sei so sanft und zärtlich gewesen wie sein eigenes Kindermädchen, als er noch klein war.»

Du sollst ihn nicht führen, sagte sich Burden. Du mußt einfach auf dein Glück vertrauen.

«Moment, mir fällt gerade ein Name ein: eine alte Jungfer namens Miss Mc-Irgendwas.»

«Miss McPhail», sagte Burden und fand, daß er doch wohl so weit gehen durfte. Robson schien sich nicht dafür zu interessieren, woher er den Namen kannte; wie viele Menschen setzte er einen bestimmten Grad der Allwissenheit bei Polizeibeamten voraus. Sie stellten einem ihre Fragen nur, um einen reinzulegen oder um sich zu amüsieren. «Miss McPhail vom Forest Park.»

«Das ist sie. Sie war reich, hatte ein großes Haus, das allmählich verfiel, weil niemand sich darum kümmerte, und einen herrlichen großen Garten. Da war ein junger Bursche, der in seinen Uni-Ferien ein bißchen im Garten gearbeitet hat. Sie wollte, daß Gwen zu ihr kommt und ganztags für sie arbeitet. Nein, danke, hat Gwen gesagt, ich habe einen Mann, um den ich mich kümmern muß. Ich gebe Ihnen hundert Pfund in der Woche, hat die Alte gesagt, und das schon vor vier Jahren. Sie machen wohl Witze, hat Gwen gesagt, aber sie ist beim Nein geblieben, trotzdem, soviel hätte ihr die alte Jungfer gegeben, daß sie für sie kocht und ihr Gesellschaft leistet... Ich schätze, Gwen war schon versucht, ja zu sagen, aber ich hab mich gewehrt.»

Robson verlegte sein Gewicht auf die andere Seite des Sessels, und diesmal glaubte Burden, das Knarren des Gelenks gehört zu haben. Robsons Gesicht verzog sich vor Schmerzen. Dann fragte Robson: «Ist das alles? Das reicht doch wohl, oder?»

Burden antwortete nicht, sondern stand auf und verabschiedete sich. Miss McPhail war tot, dachte er im Gehen, ihr Name war einer von denen, hinter die man auf der Liste ein Kreuz gemalt hatte. Als er an seiner Wohnung vorbeikam, ging er hinauf, um zu telefonieren und sich nach Wexfords Zustand zu erkundigen, danach fuhr er weiter zur Ash Farm, wo seit zwei Stunden die Hausdurchsuchung im Gange war. Clifford war nicht da. Burden hatte auch nicht damit gerechnet, aber Dorothy Sanders wartete schon auf ihn, das Gesicht tragisch vor Kummer, die Augen weit aufgerissen.

«Sie haben gesagt, es dauert höchstens zwei Stunden. Höchstens. Sie haben um neun angefangen...»

«Es ist erst zehn nach elf, Mrs. Sanders», sagte Burden, der es eigentlich hätte besser wissen müssen.

«Warum sagen die Leute so etwas und halten sich dann nicht daran?»

«Es wird nicht mehr lange dauern. Sie legen alles wieder zurück, wie sie es gefunden haben; darauf wird bei uns besonders geachtet.»

Er ging nach oben in den ersten Stock zu Davidson und Archbold. Archbold zeigte auf die schmale Treppe, die in das oberste Stockwerk des Hauses führte, und sagte, daß die Räume dort oben mit alten Möbeln vollgestellt seien – Sperrmüll, Unbrauchbares, lauter Dinge, wie sie sich im Laufe der Jahre ansammeln. Das zu durchsuchen habe sehr aufgehalten. Burden entschloß sich, den Garten zu überprüfen, während Diana Pettit die Garage durchsuchte und einen Werkzeugschuppen, der am hinteren Zaun stand. Er ging wieder hinunter ins Parterre und durch einen Gang, der zur Küche und zum Hintereingang führte. Dorothy Sanders drückte das Gesicht gegen das Küchenfenster und beobachtete die Suche. Ihr Rücken war steif, ihre Arme waren abgebogen, und sie bewegte sich nicht, reagierte auf sein Eintreffen nicht mit dem leisesten Wimpernzukken. Burden verließ das Haus durch die Hintertür.

Jenseits des Grundstücks der Ash Farm – man konnte es kaum als Garten bezeichnen – waren Felder, ertrunken im Regen, und sie erstreckten sich in alle Richtungen. Kein anderes

Haus zu sehen, weit und breit. Ein Hügel, der aussah wie ein Kamelhöcker, verdeckte den Blick auf Kingsmarkham, und an seiner Kante hingen die schweren Wolken.

Diana schaute sich um, als Burden in den Werkzeugschuppen kam, und sagte: «Es ist nichts da, Sir.»

«Kommt darauf an, wonach Sie suchen, Diana. Ich nehme doch an, man hat Ihnen gesagt, wonach Sie suchen sollen?»

«Nach einer Garrotte, wenn ich auch nicht genau weiß, was das ist.»

Burden zog den Werkzeugkasten auf. Es war einer dieser Behälter aus Metall, die in zwei Abteile und drei Ebenen aufgeteilt waren und bei denen man die oberen und die mittleren Schubladen ziehharmonikaförmig nach außen bewegen und den Kasten damit öffnen konnte. Er nahm zwei Gegenstände heraus und sagte: «Diese hier könnte man zum Beispiel sehr gut für den bestimmten Zweck verwenden.»

ACHT

Diana Pettit und Detective Sergeant Martin bestätigten Burden beide, daß das die Dinge seien, die man normalerweise in jedem Werkzeugkasten und in jedem Gartenschuppen finden könne. Man könnte ebensogut einen Hammer oder einen Schraubenzieher an einem solchen Platz finden und behaupten, es handle sich um eine Angriffswaffe. Jedermann besaß eine Spule mit kunststoffumhülltem Draht, und sehr viele hatten ein Gartenlineal, mit dem man gerade Kanten machen konnte. Burden sagte, er habe keines; er hatte nie zuvor ein Gartenlineal gesehen. Ob Detective Constable Pettit so sicher sei, daß es das war?

Zwei Kegel aus Metall, mit Ringköpfen, waren miteinander verbunden durch eine Schnur. Die Schnur war an den Kegeln nur durch Knoten befestigt, und man konnte sie ohne weiteres vorübergehend durch einen kunststoffüberzogenen Draht ersetzen, so daß daraus eine durchaus brauchbare Garrotte wurde. Jedenfalls nahm Burden beides mit und beauftragte Diana, für Dorothy Sanders eine Quittung auszustellen. Der Draht kam zur Analyse ins Labor, wo man das Material mit den Kunststoffpartikeln vergleichen würde, die man an Gwen Robsons Halswunde gefunden hatte. Mit einer ähnlichen Länge Plastikdraht, den er sich gekauft und an den eisernen Kegeln befestigt hatte, schloß sich Burden in seinem Büro ein und versuchte erst die Schwanenhalslampe und dann eines der Beine seines Schreibtischs zu garrottieren. Aber weder das eine noch das andere Objekt entsprach in Form und Größe einem menschlichen Hals.

Am nächsten Morgen saß Linda Naseem, die am Mittwoch frei hatte, wieder an ihrer Kasse. Burden wollte selbst mit ihr sprechen. Es war nun genau eine Woche her, daß Gwen Robson zum Einkaufszentrum gefahren war, ihren Wagen in der zweiten Ebene der unterirdischen Parkgarage abgestellt hatte und dann durch die verglaste Passage zu den Verkaufshallen des Einkaufszentrums Barringdean gegangen war, wobei sie etwa um zwanzig Minuten vor fünf dort angekommen sein mußte. Über den Verlauf der nächsten Dreiviertelstunde herrschte völlige Klarheit: Gwen Robson war erst ein wenig herumgeschlendert, um sich die Schaufenster anzusehen; dabei hatte sie zwei Sachen bei *Boots* gekauft, wo sich eine Verkäuferin an sie erinnerte. Die Zahnpasta und der Körperpuder waren in der Tragetasche mit den Lebensmitteln und den Glühbirnen vom *British Home Store* gefunden worden. Dort erinnerte sich übrigens niemand an sie, aber das war auch nicht zu erwarten gewesen. Sie hatte den *Tesco*-Supermarkt vermutlich um zehn nach fünf betreten, hatte sich einen Einkaufswagen oder vielleicht auch nur einen Korb genommen und begonnen, durch das Geschäft zu gehen und die einzelnen Dinge auszuwählen, die auf ihrer Liste standen. Um diese Zeit war Clifford Sanders vermutlich noch bei Olson gewesen. Burden merkte, daß er Gwen Robsons Besuch im Supermarkt zu früh angesetzt hatte; wahrscheinlich hatte sie *Tesco* erst gegen zwanzig nach fünf betreten. Auf diese Weise mußte sie um fünf Uhr fünfunddreißig oder sogar noch ein wenig später bei der Kasse angekommen sein.

Es gab fünf Mädchen an den Kassen von *Tesco*. Burden schaute sich nach einer Inderin um, und drei von den Mädchen sahen so aus, als ob sie zumindest von Indern abstammten. Er ging zu einer von ihnen hin, und sie zeigte auf das andere Ende der Reihe von Kassen, wo ein kleines, mageres Mädchen von ätherischer Blässe, weißhäutig und mit flachsblondem Haar, gerade die Druckrolle in ihrer Registrierkasse auswechselte. Als er auf sie zukam, fiel ihm ihr Ehering auf. Natürlich hieß sie Naseem, weil sie mit einem Moslem aus dem Nahen oder Fernen Osten verheiratet war. Burden tadelte sich wieder in Gedanken, weil er vorschnell Schlüsse gezogen hatte und wußte, daß ihn Wexford in einem solchen Fall ermahnt hätte. Es war unentschuldbar bei einem Mann mit seiner Erfahrung.

Sie ging mit ihm in einen Nebenraum oder ein Büro mit der Aufschrift «Privat» an der Tür.

«Ich glaube, Sie kannten Mrs. Robson vom Sehen», begann er.

Sie nickte und schaute leicht besorgt drein.

«Wann, sagten Sie, ist sie am vergangenen Donnerstag durch Ihre Kasse gekommen?»

Sie zögerte. «Ich weiß, daß ich zu dem anderen Polizisten fünf Uhr fünfzehn gesagt habe, aber ich habe seitdem darüber nachgedacht; es könnte auch später gewesen sein. Ich weiß nur, daß ich danach auf meine Uhr geschaut und gedacht habe, Gott sei Dank, nur noch eine halbe Stunde. Wir schließen um sechs, aber die Leute kommen danach noch durch die Kassenschranken.»

«Wie lange danach?» fragte Burden.

«Wie bitte?»

«Wie lange war es her, seit Mrs. Robson bei Ihnen durchgekommen war, als Sie auf die Uhr schauten und feststellten, daß es fünf Uhr vierzig war?»

«Ich weiß es nicht. So etwas ist schwer zu sagen. Vielleicht zehn Minuten?»

Zehn Minuten oder fünf Minuten, dachte Burden, vielleicht auch nur zwei Minuten. Er fragte nach dem Mädchen, das angeblich mit Mrs. Robson gesprochen hatte. War sie ganz sicher, daß es ein Mädchen gewesen war?

«Wie bitte?» sagte sie wieder.

«Wenn Sie nur den Rücken dieser Person gesehen haben, die ja einen Hut trug und wahrscheinlich auch einen Mantel oder eine Jacke, woher wollen Sie dann wissen, daß es ein Mädchen war und nicht ein Junge, das heißt ein Mann?»

Sie sagte langsam, als versuche sie ihre Eindrücke und Folgerungen neu zu sortieren: «Nun, ich hab es einfach gewußt – ich meine, ich hab es mir so gedacht. Ja, ja, natürlich war es ein Mädchen. Sie hatte einen Hut auf – eine Art Baskenmütze, glaube ich.»

«Es könnte aber doch auch ein Mann gewesen sein, nicht wahr, Mrs. Naseem?»

«Den Eindruck habe ich nicht gehabt», sagte Linda Naseem.

Burden stellte ihr keine weiteren Fragen. Wenn er das Gespräch rückblickend betrachtete, hatte er das Gefühl, als ob er in der Rolle eines Anwalts gewesen wäre, der die Aussage eines Zeugen nach und nach durch geschickte Fragen entwertete, wobei er es den Geschworenen überließ, feste Schlüsse aus den unsicheren Antworten des Zeugen zu ziehen. Bei *Tesco* hatte es keine Geschworenen gegeben, aber wenn, dann wären sie wohl von der Tatsache überzeugt gewesen, daß Gwen Robson am vergangenen Donnerstag in dem Supermarkt gesehen worden war, im Gespräch mit einem jungen Mann, und zwar ziemlich genau um zwanzig vor sechs. Jetzt ging er zurück in die weiträumige Galerie des unteren Stockwerks und blieb in der Halle mit dem Mandala stehen. Heute war alles weiß und rot von Weihnachtssternen und irgendwelchen dunkelblauen Blumen. Wozu diese patriotischen Farbsymbole am 26. November? Aber wahrscheinlich waren das die Blumen, von denen der Blumenhändler am meisten zu verkaufen hatte.

Burden warf einen Blick in *Boots*, blieb stehen, um das Schaufenster von *Knits 'n' Kits* zu betrachten, das heute voll war von Wandbehängen, die mit Hunde- und Katzenköpfen bedruckt waren, schaute dann hinüber zu *Demeter* mit der Ausstellung von Wasserfiltern und Luftbefeuchtern im Schaufenster. Keiner der Angestellten in einem dieser Geschäfte konnte sich daran erinnern, Gwen Robson gesehen zu haben. Der Springbrunnen lief und schoß Fontänen nach oben, die fast die untersten Milchglasplättchen des großen Lüsters berührten. Burden ging durch den Ausgang zum offenen Parkplatz hinaus, von der trockenen Wärme und dem Geruch des Luftverbesserers hinaus in einen kalten, schneidenden Wind.

Wie lange würde er auf ein Ergebnis vom Labor warten müssen? Wahrscheinlich mehrere Tage. Zurück im Büro, brachte Burden ein Anruf bei Wexfords Tochter das Besetztzeichen. Er nahm seine improvisierte Garrotte aus der Schreibtischschublade und erprobte, wie man die Hände um die Kegel schließen konnte. Man bekam sie vermutlich besser in den Griff, wenn man jeweils einen Finger durch die Ringe steckte und die Kegel auf diese Weise festhielt. Aber er brauchte etwas, das einem menschlichen Hals ähnlicher war als der Schreibtischfuß. Dabei kam ihm ein hoher Übertopf für Blumenstöcke in den Sinn, der die Form einer Urne hatte und aus weißem Schaumstoff hergestellt war, der täuschend echt nach Marmor aussah. Detective Constable Polly Davies hatte ihn hiergelassen, mit Anweisungen zur richtigen Pflege des großen Alpenveilchenstocks, den er enthielt, als sie ihren Mutterschaftsurlaub antrat, und der Übertopf war in Wexfords Büro gelandet, wobei das Alpenveilchen freilich längst dahingegangen war. Der Fuß der Urne mußte ungefähr die richtige Größe haben und vermutlich auch eine ähnliche Flexibilität.

Burden hatte immer noch seine Garrotte in der Hand, fuhr mit dem Lift nach oben und ging über den Korridor. Die Bürotür des Chief Inspectors stand ein wenig offen, und er stieß sie ganz auf und trat ein. Wexford saß hinter seinem Schreibtisch, hatte die Schultern hochgezogen und war in seinen alten Tweedmantel gehüllt. Sein Kopf war verpflastert, und die Blutergüsse auf seinem Gesicht waren kränklich gelbgrün geworden. Die kleinen grauen Augen, die sich auf Burden und seine improvisierte Waffe gerichtet hatten, wirkten glasig und ungewöhnlich besorgt, aber sein erster Satz war wiederum sehr typisch für ihn.

«Also Sie sind es gewesen, von Anfang an.»

Burden grinste. «Ich habe mir das hier gebastelt und wollte es an Ihrem Pflanzenübertopf ausprobieren. Schauen Sie mich nicht so an; es ist durchaus eine vernünftige Idee.»

«Wenn Sie es sagen, Mike.»

«Was machen Sie überhaupt hier? Sie sollten bis Ende der Woche zu Hause bleiben.»

«Es ist Ende der Woche», sagte Wexford, rutschte auf die andere Seite des Sessels und bog die Finger der zerkratzten Hände ab. «Ich bin dabei, das alles zu lesen.» Jeder Bericht, den es bisher über den Fall gab, war heraufgeschickt worden und lag vor ihm auf dem Schreibtisch. Burden, der es liebte, über jedes Gespräch oder Verhör im Detail zu berichten und sogar seine eigenen Gedanken niederzulegen, hatte ganze Romane getippt. «Es gibt ein paar interessante Einzelheiten. Mir gefällt besonders, daß Mrs. Robson fünf Pfund bekommen hat, weil sie einem alten Trottel die Zehennägel pedikürte.»

«Ich dachte mir, daß Ihnen das Spaß macht.»

«Und es bringt mich zu der Frage, ob es noch mehr in dieser Richtung gegeben haben mag. Zum Beispiel diese Sache mit dem Baden. Eine faszinierende Wende in den Ermittlungen.» Burden zog eine Augenbraue hoch. Nicht ganz sicher, was Wexford meinte, und zugleich von der Vorstellung abgestoßen, die sich daraus ergab, nahm er die falsche Marmorurne vom Fensterbrett und machte sich daran, sie mit seiner Garrotte zu strangulieren. Wexford schaute ihn nachdenklich an. «Es gibt alles mögliche, was ich gern gewußt hätte und worum sich bisher noch niemand gekümmert zu haben scheint», sagte er. «Zum Beispiel diese Lesley Arbel. Wo war sie am vergangenen Donnerstagnachmittag? Das scheinen wir nicht zu wissen, obwohl wir wissen, daß Gwen Robson um halb sechs im Gespräch mit einem Mädchen gesehen wurde.»

«Es war ein Mann, und die Zeit war fünf Uhr vierzig», sagte Burden, zog an den provisorischen Griffen und fühlte, wie die lackierte Oberfläche des Schaumstoffs splitterte und wie sich der Draht in die schwammige, weiße, fleischähnliche Substanz einschnitt.

«Ich verstehe. Nun, es würde nicht schaden zu wissen, was diese Miss Arbel dort zu schaffen hatte und was sie an diesem keineswegs besonders aufregenden Paar so interessant fand.» Wexford hielt das einzige Foto, das sie von Gwen Robson besaßen, in der Hand: den Schnappschuß, der stark vergrößert war und den auch der *Kingsmarkham Courier* für seinen Bericht benutzt hatte. «‹Eines jener charakteristischen britischen Gesichter›», zitierte er, «‹die man einmal sieht und immer vergißt.›»

«Die beiden Sanders' behaupten, daß sie sich nicht an Mrs. Robson erinnern; beide sagen, sie hätten sie noch nie gesehen. Aber ich weiß, daß Clifford sie kannte; ich fühle es in meinen Knochen.»

«Hören Sie, um Himmels willen, damit auf, Mike. Ich bin nicht zimperlich, aber wenn ich so etwas höre, dreht sich mir der Magen um. Zu den interessanten Dingen gehören auch ihre Besuche als Gemeindeschwester. Sie bemerken, daß Mrs. Robson nie viel Zeit verschwendet hat mit denen, die nichts oder nur wenig zu bieten hatten. Ich frage mich, was der alte Mr. Swallow zu bieten hatte, der ihnen gegenüber wohnte. Hat sie ihm auch die Zehennägel geschnitten – kannte sie vielleicht eine besonders erotische Technik mit der Nagelschere?»

«Es ist ziemlich ekelhaft, nicht wahr?»

Wexford grinste und zog die Schultern hoch.

«Ist es denn wichtig?» Burden steckte die Garrotte ein und setzte sich auf die Kante des Rosenholz-Schreibtischs. Als Wexford nicht darauf antwortete, sondern nur nachdenklich dasaß, sagte er: «Sie sehen nicht gut aus. Ich weiß nicht, ob Sie schon wieder arbeiten sollten.»

«Ich mache mir einen ruhigen Tag», erklärte ihm Wexford, «ich werde herausfinden, wie viele Tassen Tee ich heute zwischen zwei und fünf Uhr nachmittags trinken kann.» Dann erteilte er Burden eine Lehre, indem er hinzufügte: «Es scheint mir, als hätten wir noch lange nicht genug mit Robsons Nachbarn gesprochen.»

Aber er blieb sitzen, nachdem Burden sein Büro verlassen hatte. Wenn er nicht die Hand auf den Heizkörper gelegt und gefühlt hätte, daß er fast zu heiß zum Anfassen war, hätte er geschworen, etwas mit der Zentralheizung sei nicht in Ordnung. Ohne seinen alten Tweedmantel würde er sich hier zu Tode frieren. Sheila war wieder in London; er hatte das nicht gewollt, aber natürlich kein Wort gesagt. Am liebsten hätte er sie irgendwo eingeschlossen, für immer, und die Tür bewacht. Aber sie war zurückgefahren nach London, mit einem Leihwagen, zurück in die Wohnung an den Coram Fields, wobei diese Leute – wer auch immer sie waren, diese Bombenleger, Terroristen, Fanatiker – genau wußten, daß sie dort wohnte. Sylvia hatte fast den ganzen Tag das Radio laufen, so daß Wexford alle Nachrichtensendungen hörte und jedesmal befürchtete, als erstes eine Meldung zu hören, die mit den Worten «Eine Explosion ereignete sich...» begann. Deshalb war er in Wirklichkeit schon so bald zur Arbeit zurückgekehrt.

Bombenexperten von Scotland Yard waren gekommen, um mit ihm zu sprechen, und auch der Mann aus Myringham tauchte wieder auf. Wexford hatte wissen wollen, was sie zu unternehmen gedachten, um Sheila zu schützen, und sie hatten ihm eine Menge beruhigender Statements geliefert – nur daß er alles andere als beruhigt war. Er wußte, daß er sich nicht so viel Angst um sie machen würde, wenn Sheila bei ihrem Mann lebte – obwohl das alles andere als logisch war. Wenn ihm irgend jemand gesagt hätte, er freue sich, daß seine Tochter mit einem anderen Mann lebte, obwohl sie verheiratet sei, dann hätte er ihm nicht geglaubt. Aber genauso fühlte er sich jetzt. Es hätte ihn beruhigt zu wissen, daß Sheila mit diesem Mann namens Ned beisammen war, wer immer das sein mochte, und daß er Tag und Nacht keinen Schritt von ihrer Seite wich. Aber am meisten hätte ihn natürlich das beruhigt, wofür sich sein Schwiegersohn Neil stark gemacht hatte.

«Bringt sie dazu, daß sie keine kriminellen Zerstörungsakte mehr begeht. Nehmt ihr die Drahtschere weg oder, noch besser, bringt sie dazu, daß sie öffentlich ihre Schuld bekennt und erklärt, es nicht wieder zu tun.»

Überraschenderweise hatte Dora gekontert: «Hättest du noch Respekt vor ihr, wenn sie so etwas täte?»

«Am Leben zu bleiben ist wichtiger als aller Respekt, würde ich meinen.»

«Natürlich wird sie das nie und nimmer tun», hatte Wexford erwidert. Er war fast ärgerlich geworden. «Sie kann doch ihre Prinzipien nicht verleugnen, oder? Sie hält sich nicht für schuldig, sondern glaubt, daß das Gesetz falsch ist. Die Schuld liegt beim Gesetz, wenn du so willst.»

Sylvia schaute ihn skeptisch von der Seite an. «Ein ziemlich merkwürdiger Kommentar von einem Polizeibeamten, findest du nicht, Dad?»

Er hatte nichts mehr dazu gesagt. Abgesehen davon, daß er versuchte, auf irgendeine Art seine Ängste loszuwerden und Sheila in Sicherheit zu wissen, wollte er unter allen Umständen einen offenen Streit mit Sylvia und Neil vermeiden. Der Chief Constable hatte gestern am Telefon ihm gegenüber ein Haus erwähnt, das der Polizei gehörte und das er ihm zur Verfügung stellen würde, bis das seine repariert war – das hieß natürlich weitgehend neu gebaut, und bei dem Tempo, mit dem die Baufirmen heutzutage arbeiteten, konnte das ein Jahr und länger dauern...

Wenigstens hier war es friedlich. Es war ruhig, und die Kälte, die er fühlte, war nicht wirklich. Er mußte ankämpfen «gegen eine starke Tendenz zu einem persönlichen Tief», wie er selbst es in Gedanken bezeichnete, und fuhr hinauf in die Kantine, um sich etwas zum Lunch zu besorgen. Und während er sich durch die heiße Suppe und die Hamburger mit Pommes frites arbeitete, ein befriedigendes, wenn auch nicht gerade gesundes Essen, ging ihm durch den Kopf, daß er sich wohl auch wieder ans Lenkrad eines Wagens setzen und selbst fahren mußte. Neil hatte ihn hergebracht und vor dem Tor aussteigen lassen. Donaldson, sein Fahrer, würde ihn nach Highlands bringen. Aber früher oder später würde er die große Barriere seiner Hemmungen überwinden müssen, die sich zwischen ihm und dem Fahrersitz, dem Lenkrad eines Wagens aufgebaut hatte. Er würde die Lähmung besiegen müssen, die ihn, wie er glaubte, zwangsläufig überkommen würde, sobald er versuchte, die Hand an eine Gangschaltung zu legen, selbst wenn es eine automatische Gangschaltung war. In der vergangenen Nacht hatte er in einem Traum die Explosion noch einmal erlebt, an die er sich nicht zu erinnern glaubte, aber er hatte niemandem etwas davon gesagt, nicht einmal Dora.

Die Lebensgewohnheiten hatten sich kaum merklich, aber schließlich doch radikal verändert in den Jahren, seit Wexford als Polizeibeamter begonnen hatte, Zeugen zu vernehmen. In jenen frühen Jahren waren alle Männer bei der Arbeit und alle Frauen zu Hause gewesen. Schichtarbeit, Halbtagsarbeit und gleitende Arbeitszeit, die Fortschritte bei der Frauenbildung und Emanzipation, zunehmende freiberufliche Arbeit und natürlich die Arbeitslosigkeit hatten das alles verändert. Daher überraschte es ihn keineswegs, als er bei seinem ersten Besuch, nachdem er den Wagen und Davidson zurückgelassen hatte, von einem jungen Mann mit einem Baby auf den Armen an der Tür begrüßt wurde, wobei sich zudem ein Kind von etwa drei Jahren an die Beine seiner Jeans klammerte.

Das war John Whitton, Student und Vater der beiden Kleinen; seine Frau arbeitete ganztags als Systemanalytikerin. Sie war es gewesen, die einige Zeit bei Ralph Robson geblieben war, während er auf das Eintreffen seiner Nichte gewartet hatte. Das Innere des Hauses hatte jenen merkwürdigen Geruch, den alle kennen, die selbst einmal Eltern gewesen sind: eine Mischung aus Milch, den Verdauungsprozessen des Kleinen, Ammoniak und Babypuder. Diese jungen Eltern lebten in den drei Jahren ihrer Ehe als übernächste Nachbarn von Gwen Robson; sie hatten das Haus von der Stadtverwaltung vermittelt bekommen, aber der junge Mann versicherte Wexford, daß ihre nachbarschaftliche Beziehung zu den Robsons nur sehr oberflächlich war. Da sie gewußt hatten, daß sie als Gemeindeschwester fürs Sozialamt arbeitete und einen guten Ruf wegen ihrer Philanthropie – sein eigenes Wort – hatte, waren sie einmal an sie herangetreten und hatten sie gefragt, ob sie einen Abend auf das Baby aufpassen würde.

«Unsere eigentliche Babysitterin hatte uns im Stich gelassen, und es war ein besonderer Anlaß. Es war nämlich unser dritter Hochzeitstag, und Rosemary erwartete jeden Tag das Kleine hier. Wir wußten, daß es Monate dauern würde, bis wir wieder einmal abends miteinander ausgehen könnten. Ich fragte Mrs. Robson, und sie hat sich auch nicht geweigert, aber sie verlangte so viel, daß wir es uns nicht leisten konnten. Wissen Sie, wir leben von nur einem Einkommen, von dem meiner Frau, und konnten ihr einfach nicht drei Pfund pro Stunde bezahlen. Dabei wacht Scott praktisch am Abend nie auf – wir hätten ihr zwölf Pfund dafür bezahlt, daß sie dasitzt und fernsieht.»

Es war eine vage Vermutung gewesen, aber Wexford dachte, er könnte es ja einmal versuchen, und er fragte John Whitton nach dem vergangenen Donnerstag. Hatte er Ralph Robson im Verlauf des Nachmittags gesehen, namentlich nach halb fünf? Aber Whitton schüttelte den Kopf. Er war zu Hause gewesen, weil seine Frau den Wagen den ganzen Tag brauchte, aber er hatte alle Hände voll zu tun gehabt, um die Kinder zu versorgen, und außerdem mußten sie an dem Tag gebadet werden. Er konnte sich nicht einmal erinnern, gesehen zu haben, wie Gwen Robson weggefahren war.

Nebenan, also zwischen den Whittons und Ralph Robson, wohnte das Paar, über das sich Mrs. Robson so mißbilligend geäußert hatte, Trevor Morrison und Nicola Resnick. Sie waren beide zu Hause und betrieben von dort aus einen Versand mit antiquarischen Büchern, den Wexford für eine fragwürdige Angelegenheit hielt. Hier wurde ihm die erste der erwarteten Tassen Tee angeboten, wenngleich es sich um eine Art Kräutertee handelte, eine knallrote Flüssigkeit mit einem Teebeutel, der darin schwamm und ein Pappschildchen mit Blüten am Faden hatte. Wexford nahm auch einen der grobkörnigen, dunkelbraunen, knusprigen Kekse an. Nicola Resnick war zwar jung und sah emanzipiert aus in ihren Jeans, den Stiefeln und dem dicken Troyer, erwies sich aber als Klatschbase, wie es nur ihre eigene Großmutter hätte sein können.

«Sie hat den alten Knaben gegenüber dazu bringen wollen, ein Testament zu ihren Gunsten aufzusetzen. Er hat jedem erzählt, wieviel Geld er auf der Bank hat. Er war an die hundert, nicht wahr, Trev?»

«Er war achtundachtzig, als er starb», sagte Trevor Morrison.

«Ja, das meine ich, eben uralt. Dabei hat er immer gejammert, daß er nicht mit dem Geld auskommt, vor allem bei den Heizölrechnungen im Winter. Und er hat gern telefoniert. Er hatte eine Tochter in Irland oder sonstwo, und er hat sie oft angerufen; ich kann nicht warten, bis sie anruft, hat er immer gesagt. Na ja, ich habe ihm gesagt, er soll eben einen Antrag auf zusätzliche Unterstützung stellen. Warum nicht? Man hat schließlich ein Recht darauf, wenn man alt ist, und ich finde, jeder soll das bekommen, was ihm zusteht. Die alten Leute sind meistens stolz, aber diese Art von Stolz ist wirklich sinnlos. Da arbeitet man ein ganzes Leben, also hat man auch ein Recht auf alles, was einem der Staat zugesteht. Aber bei ihm war es gar nicht so. Es nützt nichts, wenn ich den Antrag stelle, hat er zu mir gesagt, ich habe Geld auf der Bank, und das kann ich denen nicht verschweigen. Ich habe über 3000 Pfund bei der Trustee Savings Bank, und wenn ich ihnen das sage, bekomme ich bestimmt keine zusätzliche Unterstützung. Und so war es auch.»

«Ist das Mr. Eric Swallow, von dem Sie sprechen?» fragte Wexford und unternahm einen heldenhaften Versuch, seinen Hibiskustee zu trinken.

«Der alte Eric, ja. Ich glaube, seinen Familiennamen habe ich nie gehört, du vielleicht, Trev? Jedenfalls, er hat allen von seinen 3000 auf der Bank erzählt, hat richtig geprahlt damit. Und ich hab ihn sagen hören, daß seine Tochter damit rechnete, das Geld zu kriegen, aber sie brauche nicht zu glauben, daß sie es automatisch bekäme; es sei schließlich sein Geld, und er könne damit tun, was er wolle. Er hat zu der Zeit viel über sie gequengelt, weil sie seit Wochen nichts mehr von sich hat hören lassen.»

«Und wie war das mit dem Testament?»

«Es muß ungefähr ein Jahr her sein oder länger – aber mindestens ein Jahr. Sie hatte gerade den Job als Gemeindeschwester aufgegeben, aber sie war jeden Tag bei ihm drüben. Ich sitze hier und arbeite an unserem Katalog, und Trevor war auch hier, als sie plötzlich an die Tür kommt und uns fragt, ob wir als Zeugen ein Dokument für den alten Eric abzeichnen würden. Es war eine ziemliche Überraschung – ich meine, ich hatte bis dahin kaum mit ihr gesprochen, und wenn sie mich auf der Straße sah, hat sie mich immer geschnitten. Aber jetzt sagte sie, er müßte ein Dokument unterschreiben und bräuchte dazu zwei Zeugen. Und wissen Sie, was sie dann gesagt hat? Es sei ein Glück, daß wir zwei nicht verheiratet sind, weil wir dann beide unterschreiben können. Ich war ganz von den Socken! Na ja, ich hab gedacht, es hat vielleicht etwas mit dem Antrag auf besondere Unterstützung zu tun, und ich habe mich bereit erklärt, aber Trevor hat Gwen gefragt, worum es denn geht, und sie hat nur gemeint, wir brauchten uns keine Gedanken zu machen, es sei nur eine Art Formular. Natürlich hat Trev das nicht gereicht, und er sagte, wir müßten wissen, was wir unterschreiben, bevor wir da hinübergehen, und dann hat sie gesagt, daß es Erics Testament ist.»

«Und das hat mich ganz schön gerissen, wie Sie sich denken können», sagte Trevor. «Es hat zum Himmel gestunken, wenn Sie wissen, was ich meine.»

«Das ist vollkommen richtig, die Sache war faul. Jedenfalls, ich sage zu ihr, wir haben zu tun, und sie soll nicht mit uns rechnen. Gwen meinte, es ist schon okay; sie würde auch jemand anders finden, und außerdem käme morgen abend ihre Nichte her. Ich nehme an, Sie kennen diese Nichte, oder, die so aussieht wie ein Mannequin?»

Es war alles sehr interessant und wäre durchaus brauchbar gewesen, wenn man Gwen Robson des Mordes verdächtigt hätte und Eric Swallow oder einer von diesen alten Leuten ihr Opfer gewesen wäre. Wexford fragte ihn danach, wo Ralph Robson ihres Wissens an dem fraglichen Nachmittag gewesen sei, und Nicola Resnick konnte ihm sagen, daß sie am späten Donnerstagnachmittag von drüben Geräusche gehört hatte. Die Wand zwischen den Häusern war dünn, und man konnte zum Beispiel hören, wenn drüben das Licht ein- und ausgeschaltet wurde, das dumpfe Klopfen von Robsons Stock auf dem Boden und natürlich den Fernseher.

Und warum könne sie sich gerade an den letzten Donnerstag erinnern?

Bei Robson lief das Kinderprogramm ‹*Der Blaue Peter*›, berichtete sie. Das begann um fünf nach fünf, und ihm folgte eine Gesundheitssendung über Spurenelemente als Ergänzung der Ernährung. Nicola Resnick hatte sich dafür interessiert und ebenfalls eingeschaltet, obwohl Robson seinen Fernseher so laut aufgedreht hatte, daß sie sich nicht die Mühe hätte zu machen brauchen.

Noch einmal der Donnerstagnachmittag, eine Woche seit dem Mord. Vor sieben Tagen war Clifford Sanders mit dem Wagen seiner Mutter aus der High Street in die Queen Street eingebogen und hatte ihn auf der linken Seite an einer Parkuhr abgestellt, hatte Münzen in den Schlitz geworfen, wenn man ihm glauben konnte, die 40 Pence, für die er eine Stunde parken durfte. Aber es war bereits zwanzig vor fünf, als er ankam, so daß er, als er Olson verließ, noch zehn Minuten auf der Parkuhr stehen hatte. Und er hatte während dieser zehn Minuten im Wagen gesessen, hatte sogar noch eine Münze in die Parkuhr geworfen und über das nachgedacht, was er mit Olson besprochen hatte, den ganzen Dodo-Quatsch. Nicht daß Burden es ihm auch nur einen Augenblick lang geglaubt hätte.

Er ging in alle Geschäfte auf beiden Seiten dieses Teils der Queen Street, in den Lebensmittelladen, in das Fischgeschäft, zum Obst- und Gemüsehändler, in den Weinladen, in zwei billige Boutiquen und zu *Pelage*, dem Friseursalon. Niemand erinnerte sich daran, Clifford Sanders in einem Wagen, der an einer Parkuhr parkte, sitzen gesehen zu haben. Das Problem bestand darin, daß der rote Metro regelmäßig am Donnerstagnachmittag vor einer der Parkuhren stand, so daß es schwer war, sich zu erinnern, wann er dagewesen war und wann nicht, und wann Clifford darin gesessen hatte und wann nicht. Einer der Haarstylisten war ziemlich sicher, ihn gelegentlich im Wagen sitzen gesehen zu haben, und zwar auf dem Fahrersitz und wie in Gedanken versunken, also nicht lesend oder zum Fenster hinausschauend oder irgend etwas in der Art.

Aus der Deckung des Schaufensters der Weinhandlung beobachtete Burden, wie Clifford um zehn vor fünf eintraf. Es war kein Parkplatz frei, daher fuhr er bis zu der Stelle, wo die Castle Street die Queen kreuzte, wendete dann und kam langsam zurück. Inzwischen fuhr jemand weg, so daß Clifford wartete, den Metro dann in die Lücke steuerte, ausstieg und den Wagen absperrte. Der Tag war feucht und ziemlich kalt, und Clifford trug einen grauen Tweedmantel und eine graue, gestrickte Wollmütze, die er sich über die Ohren gezogen hatte. Aus der Entfernung, das mußte Burden eingestehen, sah er, wenn überhaupt, nach einer alten Frau aus, aber bestimmt nicht nach einem jungen Mädchen. Er steckte mehrere Münzen in die Parkuhr, die noch einiges vom letzten Einwurf übrig haben mußte. Dann ging er langsam über die Straße, als hätte er alle Zeit dieser Welt – obwohl er in Wirklichkeit zu seinem Termin bei Olson fast fünfundzwanzig Minuten zu spät kam. Burden fühlte so etwas wie Bewunderung für Serge Olsons Technik, bei diesem seiner Klienten eine halbe Stunde vor fünf als Termin zu vereinbaren, so daß er dann um fünf wirklich da war.

Nachdem Clifford hinter der Haustür neben dem Eingang zu *Pelage* verschwunden war, ging Burden weiter bis zur Castle Street, um ein paar warnende Worte mit einem Juwelier zu sprechen, den er für einen Hehler hielt. Danach betrat er eine Telefonzelle und rief seine Frau an; er teilte ihr mit, daß er vielleicht etwas später, aber nicht viel später nach Hause kommen würde – «sagen wir, um halb neun». Eine Tasse Tee und ein Stück Kuchen im *Queen's Café*, und es war zwei Minuten vor sechs, als er wieder durch die Queen Street kam. Ein Eisregen hatte eingesetzt, und es war dunkel wie um Mitternacht, obwohl hell erleuchtet durch die tropfenden, verschwommenen, gelben und weißen Straßenlampen, die die Gehsteige in schmutziges Gold und Silber tauchten. Zwischen den silbrigen Pfeilen des Regens tauchten erste Schneeflocken auf.

Um zwei Minuten nach sechs kam Clifford aus Olsons Tür. Er hatte es nicht eilig, bewegte sich aber wesentlich schneller als bei seiner Ankunft. Burden schützte sich vor dem Regen und vor der Entdeckung durch Clifford im Hauseingang des Lebensmittelgeschäfts. Sie schlossen gerade; Leute schoben sich an ihm vorbei und schleppten Kisten mit Chicorée und Auberginen. Clifford stieg in den Wagen ein, ohne auch nur einen Blick auf die Parkuhr zu werfen; er ließ den Motor an und war unterwegs, als der Zeiger von Burdens Armbanduhr auf fünf nach sechs rückte.

Wexford hatte gelesen und gehört von Leuten, die auf den Armen anderer die Tätowierungen der Konzentrationslager gesehen hatten, aber er selbst hatte ein derartiges Mal noch nie gesehen, bekam es auch jetzt nicht zu Gesicht – Dita Jago hatte ihre Arme an diesem kalten Nachmittag mit einer Wolljacke bedeckt, die in sich ein Kunstwerk war: eine gestrickte Tapisserie aus Grün und Purpur, leuchtendem Rot und Saphirblau. Aber als er einen fragenden Blick auf den großen Stapel von Manuskripten warf, der auf dem Tisch in diesem seltsamen, unaufgeräumten Raum lag, neben der vielleicht geordneten Unordnung von Notizbüchern und losen Blättern, beschriebenen Briefumschlägen und Nachschlagewerken, hatte sie ihm zugenickt.

«Mein großes Opus», hatte sie gesagt, und ein Lächeln hatte die Bemerkung bescheiden erscheinen lassen. «Meine Memoiren von Oświęcim.»

«Auschwitz?» fragte er.

Sie nickte, nahm das oberste Manuskriptblatt und drehte es um, so daß nur das leere weiße Papier zu sehen war.

NEUN

Das Zimmer war von gleicher Größe und Form wie das, in dem er mit Robson und seiner Nichte gesprochen hatte, wie der Raum, den Trevor Morrison und Nicola Resnick als Büro benutzten und wie John Whittons Kinderzimmer. Es befand sich auf der anderen Straßenseite, und der Blick aus den Fenstern ging in die entgegengesetzte Richtung, aber der wesentliche Unterschied zu den anderen Zimmern bestand darin, daß hier alles durcheinander lag, ein Überfluß seltsam interessanter Dinge, Stapel von Büchern und Papieren und ein Wandschmuck, wie ihn Wexford noch nie zuvor gesehen hatte.

Wenn man nicht aus dem Fenster schaute, wo man die saubere kleine Straße sah, die Bäume in den Grasrondellen der Gehsteige, die Doppel- und die Reihenhäuser, hätte man geglaubt, daß man überall sonst war, nur nicht in einer Siedlung des sozialen Wohnungsbaus am Rand einer englischen Kleinstadt. Womit die Wände tapeziert oder bemalt waren, konnte man nicht sagen, denn sie waren mit etwas behängt, das Wexford zunächst wie üppige und kunstvoll gearbeitete Stickereien vorkam, sich aber bei näherem Hinsehen als Gestricktes erwies. Soviel jedenfalls erkannte er im Vergleich zu Doras Bemühungen um das, was man «Handarbeit» nannte, und was bei ihr maximal in Pullovern für die Enkel resultierte. Doch dieses Gestrickte bot alle Farben des Spektrums, und die Farben paßten auf raffinierte Weise zusammen oder bildeten Kontraste, schufen abstrakte Muster von unendlicher Kompliziertheit, aber auch Bilder, die ihn in ihrer deutlich primitiven Gestaltung an Malereien von Rousseau erinnerten. Auf einem kroch ein Tiger durch einen Dschungel aus grünen Palmwedeln und dunklen, früchtebeladenen Ästen; auf einem anderen ging ein Mädchen in einem Sarong mit Pfauen spazieren. Das größte Strickbild, das eine ganze Wand bedeckte und offenbar in einzelnen Stücken hergestellt worden war, erinnerte eher an China als an die Tropen und zeigte eine grüne Landschaft mit kleinen Tempeln auf den Hügeln und einer Viehherde, die zwischen dem Wald und dem See graste.

Sie lächelte über seine bewundernden Blicke. Er wußte nur

deshalb, daß sie die Schöpferin von alldem war, weil sie wieder ein neues Werk in Arbeit hatte, wieder ein Dschungelbild, das an einer runden Nadel bereits Gestalt annahm. Das Strickzeug lag auf einem runden Tisch neben venezianischen Glastieren und bemalten Porzellaneiern, und das Bild war ungefähr zur Hälfte fertig.

«Sie sind eine vielbeschäftigte Frau, Mrs. Jago», bemerkte er.

«Ich bin gern beschäftigt.» Ihr Akzent klang unvertraut und guttural, vielleicht polnisch oder tschechisch, aber das Englisch, das sie sprach, war nach Grammatik und Syntax einwandfrei. «Ich schreibe jetzt seit etwa zwei Jahren an meinem Buch, und es ist fast fertig. Gott allein weiß, ob jemand ein solches Buch verlegen wird, aber ich habe es zu meiner eigenen Befriedigung geschrieben, um einmal alles zu Papier zu bringen. Und es ist wahr, was man sagt.» Wieder lächelte sie ihn an. «Schreib es auf, und es ist nicht mehr so schlimm in der Erinnerung. Es heilt die Wunden nicht, aber es lindert die Schmerzen.»

«Der Schreibende ist der einzig Freie, wie jemand gesagt hat.»

«Wer das auch war, er hat gewußt, wovon er redet.»

Sie setzte sich ihm gegenüber hin und nahm ihr Strickzeug. Versorgt mit Hibiskustee von Nicola Resnick und mit Earl Grey von einer Miss Margaret Anderson – die behauptete, nie mit Mrs. Robson gesprochen oder vor ihrem Tod von ihr gehört zu haben –, war Wexford recht froh, daß Mrs. Jago ihm keine Erfrischungen anbot. Ihre Finger bewegten sich geschickt, zupften erfahren an einem Durcheinander von bunten Fäden, wählten einen davon aus, machten zwei oder drei Maschen damit, ließen dann diesen Farbton und suchten sich einen anderen. Plump und konisch waren diese Finger, und der Ehering schnitt tief ins Fleisch ein. Mrs. Jago war ein Berg von einer Frau, doch irgendwie wirkte sie weder fett noch unästhetisch; ihre Beine waren gut geformt mit feinen Knöcheln und kleinen Füßen in winzigen schwarzen Pumps. Die Reste einer zigeunerhaften Schönheit zeigten sich in ihrem vollen Gesicht mit den rosigen Wangen. Ihre Augen waren schwarz, strahlend und lagen in ihrem Spinnennetz aus Fältchen wie Juwelen in einem Nest aus feinen Fasern. Das Haar, das noch immer dunkel war, hatte sie mit Kämmen zu einem großen, schimmernden Knoten zusammengesteckt.

«Sie kamen hinüber und haben Mr. Robson angeboten, für ihn einzukaufen», begann Wexford. «Daraus schließe ich, daß Sie ihn recht gut gekannt haben müssen.»

Sie blickte zu ihm auf, und die Finger hielten für einen Augenblick still. «Ich habe sie im Grunde gar nicht gekannt. Es ist sicherlich nicht sehr falsch, wenn ich behaupte, daß ich außer guten Morgen oder guten Abend erst das zweite Mal mit ihm geredet habe.»

Wexford war enttäuscht. Er hatte hohe Hoffnungen in diese Frau gesetzt, wenn auch unberechtigterweise. Etwas an ihr gab ihm das Gefühl, daß sie die volle Wahrheit sagte.

«Er ist ein Nachbar», sagte sie. «Und er hat seine Frau verloren. Sie ist auf schreckliche Weise umgebracht worden – ich finde, es war das mindeste, was ich tun konnte.» Sie erinnerte sich an seinen Namen, obwohl sie nur einen kurzen Blick auf seinen Dienstausweis geworfen hatte. «Es war keine große Mühe für mich, Mr. Wexford. Ich bin nicht der typische Samariter. Meine Tochter übernimmt die Einkäufe, oder sie bringt mich hin.»

«Sie haben ihn kaum gekannt, aber sie kannten die Frau, nicht wahr?»

Sie kam ans Ende ihrer Maschenreihe und drehte die Rundnadel um. «Eigentlich nicht. Glauben Sie mir, daß ich neulich das erste Mal in ihrem Haus gewesen bin? Ich sage Ihnen das, weil ich vermeiden möchte, daß Sie Ihre Zeit an jemanden vergeuden, der Ihnen sehr wenig mitteilen kann. Als ich aus dem Lager befreit wurde, hat man mich in ein Krankenhaus gebracht, das von der Army betrieben wurde. Da war ein Mann, ein Soldat, der als Sanitätshauptmann diente, und er hat sich in mich verliebt. Gott allein weiß warum, denn ich war nur ein Skelett, und das Haar war mir ausgefallen.» Sie lächelte. «Das können Sie sich heute nicht vorstellen, oder? Dabei hat es lange, lange Zeit gedauert, bis ich Gewicht ansetzte, wie sie es mir eingetrichtert hatten. Nun, dieser Mann – Corporal Jago, Arthur Jago – hat mich geheiratet und zur Engländerin gemacht.» Sie zeigte auf den Manuskriptstapel. «Es steht alles in meinem Buch.» Dann fuhr sie mit dem Stricken fort und sagte: «Aber obwohl ich mich sehr bemüht habe, bin ich nicht sehr englisch geworden, Mr. Wexford. Ich habe es nicht gelernt, die englische Lebensart zu übernehmen, nach der man immer so tut, als ob alles, was im Garten wächst, lieblich und schön ist. Verstehen Sie, was ich meine? Nicht alles im Garten ist schön. Es gibt Schlangen im Busch und Asseln unter den Steinen, und die Hälfte der Pflanzen sind giftig...»

Er lächelte über das Bild, das sie da gezeichnet hatte.

«Zum Beispiel Mr. Robson – dieser arme Mann –, er wird sagen, was geschehen muß, geschieht; vielleicht hat alles auch sein Gutes, und das Leben muß weitergehen. Und Miss Anderson weiter unten in der Straße, die einen Mann gefunden hatte, der sie heiraten wollte – endlich, als sie schon sechzig war... Als er eine Woche vor der Hochzeit starb, was hat sie gesagt? Vielleicht war es zu spät, vielleicht hätten wir beide es bereut. Nein, ich kann damit nichts anfangen.»

«Aber das sind die Dogmen des Überlebens, Mrs. Jago.»

«Mag sein. Trotzdem kann ich nicht einsehen, daß man nicht ebenso überlebt, wenn man weint und tobt und seine Gefühle zeigt. Jedenfalls ist die zurückhaltende englische Art nicht die meine, und ich werde mich wohl auch nie damit anfreunden.»

Wexford, der sehr gern diese Untersuchung englischen Gefühlslebens oder dessen Fehlen fortgesetzt hätte, fand zugleich, daß es für ihn an der Zeit war, sich auf den Weg zu machen. Allmählich übermannte ihn die Müdigkeit, und auch seine Kopfschmerzen hatten sich wieder eingestellt, ein enges Band, das sich um seine Stirn spannte, dicht oberhalb der Augen. Es war reines Glück, mehr Glück als Verstand, daß er den Namen des alten Mannes ins Gespräch brachte, der ein paar Häuser entfernt am Berry Close gewohnt hatte.

«Eric Swallow», sagte er. «Waren Sie mit ihm auch so oberflächlich bekannt?»

«Ich weiß, wen Sie meinen», erwiderte sie und legte das Strickzeug in den Schoß. «Da war etwas recht Amüsantes, aber es hat nichts damit zu tun, daß die arme Mrs. Robson umgebracht wurde. Ich meine, es kann nichts damit zu tun haben, wirklich nicht.»

«Schön. Trotzdem – wenn es so amüsant ist, möchte ich es gern hören. Es gibt ohnehin wenig genug in meinem Beruf, was einen zum Lachen bringt.»

«Der arme Alte lag im Sterben. Das ist natürlich nicht komisch. Wenn ich typisch englisch wäre, würde ich sagen, es war eine gnädige Erlösung.»

«War es das?»

«Nun, er war sehr alt, an die neunzig. Er hatte eine Tochter, doch die lebte in Irland, und sie war natürlich auch nicht mehr jung. Mrs. Robson hat viel für ihn getan; auch nachdem sie aufgehört hatte, als Gemeindeschwester für ein Gehalt von der Sozialbehörde zu arbeiten, ging sie noch täglich zu ihm hinüber. Schließlich, als er so schlecht beisammen war, daß er nicht mehr aus dem Bett kam, haben sie ihn weggebracht, und er ist im Krankenhaus gestorben...»

Wexford hatte die Augen auf die große Landschaftsstrickerei gerichtet, aber das Geräusch einer Wagentür, die zugeschlagen wurde, riß ihn herum, und fast gleichzeitig klingelte es an der Tür. Mrs. Jago stand auf, entschuldigte sich und ging hinaus in die Diele, mit überraschend leichtem, federndem Schritt. Man hörte Stimmen, das lautstarke Lärmen von Kindern. Dann schloß sich die Haustür wieder, und Mrs. Jago kam zurück mit zwei kleinen Mädchen: die jüngere, die eigentlich schon zu groß war, um getragen zu werden, lag in ihren Armen; die andere, die wie fünf oder sechs aussah und eine Schuluniform aus einer Marinejacke, einem gelb-blauen Schal und einer Pelzmütze mit gestreiftem Band trug, ging neben ihr her.

«Das sind meine Enkeltöchter, Melanie und Hannah Quincy. Sie wohnen in Down Road, aber manchmal bringt sie ihre Mami hierher, auf eine oder zwei Stunden, und wir trinken nett Tee miteinander, oder nicht, ihr zwei?» Die Kinder sagten nichts, waren offenbar noch scheu. Dita Jago stellte die kleine Hannah auf die Beine. «Der Tee ist fertig, und wir trinken ihn genau um fünf. Du kannst es mir sagen, wenn es drei

Minuten vor fünf ist, Melanie; Mami hat mir erzählt, daß du inzwischen schon die Zeit lesen kannst.»

Hannah ging sofort zu dem Tisch, wo die bemalten Eier und die Glastiere waren. Und obwohl das ältere Kind ein Buch dabei hatte und es jetzt aufschlug, behielt es seine Schwester mit warnender Miene im Auge und beobachtete, wie sie mit den zerbrechlichen Gegenständen umging. Wexford kannte nur zu gut und aus persönlicher Erfahrung die Vorzüge und Nachteile einer solchen Beziehung zwischen Schwestern, die Belastungen, die in der Kindheit entstehen und ein Leben lang andauern.

Dita Jago fuhr mit dem Stricken gelassen fort. «Ich habe Ihnen von dem alten Mr. Swallow erzählt. Nun, eines Nachmittags – ich glaube, es war ein Donnerstag vor etwa einem Jahr, vielleicht ist es auch schon etwas länger her – klingelte es an der Haustür, und draußen stand Mrs. Robson. Sie wollte, daß ich mit ihr zu Mr. Swallow komme und für irgend etwas den Zeugen mache. Das heißt, eigentlich brauchte sie zwei Personen, und sie hatte den Wagen meiner Tochter Nina gesehen, woraus sie schließen konnte, daß Nina auch hier war. Danach erfuhr ich, daß sie zuvor schon bei einem anderen Paar gewesen war, das gegenüber wohnt. Der Mann heißt Morrison, und wie die Frau heißt, weiß ich nicht, aber mit ihnen hatte es anscheinend aus irgendeinem Grund nicht geklappt.

Wie gesagt, ich glaube, ich hatte bis dahin nicht mehr als zwei Worte mit ihr gesprochen, und Nina hatte sie noch nie kennengelernt. Ich mußte sie erst miteinander bekannt machen. Doch das hielt sie nicht ab davon, uns zu bitten, mit ihr hinüberzugehen und irgendeine Unterschrift zu bezeugen.»

«Hannah, ich bin dir sehr böse, wenn du das kleine Pferd zerbrichst», sagte Melanie.

Ein kleiner Kampf flammte auf, als die ältere Enkeltochter sich bemühte, ihrer Schwester ein blaues Glastier aus den Fingern zu nehmen. Hannah stampfte mit dem Fuß auf.

«Großmama ist sehr traurig, wenn du es kaputtmachst. Großmama wird weinen.»

«Wird sie nicht.»

«Gib es mir, bitte, Hannah. Tu jetzt, was ich sage.»

«Hannah wird weinen! Hannah wird schreien!»

Die Schatten von Sylvia und Sheila ... Dita Jago ging hin und zog das kleinere Mädchen, das inzwischen seine Drohung wahrgemacht hatte, zu sich auf den Schoß. Melanie machte ein aufsässiges Gesicht und zog mit dunkler Miene die Stirn in Falten.

«Vögel, die noch in ihren kleinen Nestern sitzen, sollten miteinander auskommen», sagte Mrs. Jago nicht ohne Ironie, wie Wexford annahm. Sie streichelte die Mähne des kleinen Mädchens, dichtes, dunkles, lockiges Haar. «Wir dachten, es hätte etwas mit dem Geld zu tun, das er – woher bekommen wollte? Ich weiß es nicht, es ist irgendeine Abkürzung – von einem Sonderfonds jedenfalls. Und es gibt ja immer Fragebogen und Formulare, nicht wahr? Jedenfalls, wir gingen mit ihr zu Mr. Swallow, und als wir dort ankamen, lag er im Bett und schlief. Mrs. Robson war ein bißchen verärgert. Meine Tochter fragte, was das für ein Formular sei, und ob er es denn schon unterschrieben habe. Es war klar, daß Mrs. Robson es nicht sagen wollte. Sie meinte, sie würde Mr. Swallow wecken; es sei schließlich wichtig, und er würde wollen, daß man ihn weckt.»

Hannah, die nicht mehr weinte, steckte einen Daumen in den Mund, öffnete die andere Faust, zeigte ihrer Schwester das blaue Glaspferd, aber schloß sofort wieder die Hand, als Melanie versuchte, es zu schnappen.

Melanie wandte sich mit gespielter Gleichgültigkeit ab. «Fünf Minuten vor fünf, Großmama», sagte sie.

«Na schön. Ich habe gesagt, du sollst mir sagen, wenn es drei Minuten vor fünf ist. Jedenfalls, das Papier, das wir unterzeichnen sollten, lag mit der Vorderseite nach unten auf dem Tisch. Ich meine, wir dachten, daß es das Dokument war, und wir hatten recht. Nina nahm es, warf einen Blick darauf – und was, glauben Sie, ist es gewesen?»

Wexford konnte es sich sehr gut denken, aber er entschied sich dafür, Mrs. Jago nicht die Pointe zu verderben, und zuckte nur mit den Schultern.

«Es war ein Testament, ausgefertigt auf einem Testamentsformular. Nina bekam es nicht zu lesen, weil es ihr Mrs. Robson sofort aus der Hand riß, aber wir konnten uns denken, was darauf stand. Es ging vermutlich darum, daß er sein Geld Mrs. Robson vermachte. 3000 Pfund, und er hatte sich schon mehrfach dieser Summe gerühmt, das wußte ein jeder hier in der Gegend. Kein Zweifel, sie war dahinter her – sie liebte Geld, das war klar. Nun, wir beide wollten daraufhin nichts damit zu tun haben. Wir sagten uns gegenseitig: ausgeschlossen, nicht mit uns. Stellen Sie sich vor, die Tochter hätte die Sache vor das Erbschaftsgericht gebracht, und wir hätten auftreten und zugeben müssen, daß wir ein solches Papier unterzeichnet hatten!»

«Wie hat Mrs. Robson darauf reagiert?»

«Drei Minuten vor fünf, Großmama», sagte Melanie.

«Ich komme, Darling. – Es paßte ihr nicht, doch was hätte sie tun können? Als wir draußen waren, mußte ich schallend lachen. Ich habe später erfahren, daß sie versuchte, noch andere Leute aus der Straße als Zeugen zu gewinnen, doch sie hatte kein Glück; die einzige, die sie als Zeugin bekam, war ihre Nichte. Ein paar Tage danach brachten sie Mr. Swallow ins Krankenhaus, und er starb, ohne ein Testament hinterlassen zu haben, woraufhin seine Tochter das Geld erbte – was ganz in Ordnung war, weil sie ja seine rechtmäßige Erbin war. So, und nun muß ich den Kindern mein Versprechen einhalten.»

Mrs. Jago stellte das kleinere Mädchen auf den Boden, legte das Strickzeug auf den Tisch und stand auf. «Bleiben Sie zum Tee? Es gibt Großmamas Version einer Sachertorte.»

Wexford dankte ihr, schüttelte aber den Kopf. Er hatte Donaldson gesagt, er sollte ihn um fünf Uhr abholen, und er dachte an das große Vergnügen, wenn er sich in den Wagen setzte, zurücklehnte und die Augen schloß. Hannah schlich sich zum Tisch und stellte vorsichtig das kleine Pferd zu den anderen Tieren, mit perfekt koordinierten, zierlichen Fingern, und die ganze Zeit ruhte ihr Blick auf ihrer Schwester, wobei ihre Lippen zuckten und gerade noch nicht lächelten. Es erinnerte ihn an Sheila, die vor vielen Jahren mit einer chinesischen

Porzellanfigur gespielt hatte, wobei ihr von Sylvia – und von niemand anders – verboten worden war, die Figur anzufassen. Sheila hatte die Schwester geneckt, genau wie dieses kleine Mädchen, das jetzt mit dem Hauch eines Gioconda-Lächelns über die Schulter schaute.

«Natürlich, man muß ihr zugute halten, daß sie das Geld nicht für sich haben wollte», unterbrach Dita Jagos Stimme seine Gedanken. «Es war für ihn bestimmt, alles war nur für ihn.» Und erst, als er schon im Gehen war, draußen in der Diele, sagte sie: «Wollen Sie nicht wissen, wo ich am vergangenen Donnerstag gewesen bin?»

Er lächelte. «Sagen Sie es mir.»

«Meine Tochter geht immer am Donnerstagnachmittag zum Einkaufen, und meistens nimmt sie mich dazu mit. Aber letzte Woche hat sie mich bei der öffentlichen Bücherei in der High Street abgesetzt und mir die Mädchen überlassen. Sie hat uns um halb sechs wieder abgeholt.»

Warum hatte sie es ihm sagen wollen? fragte er sich. Vielleicht nur, um einem zweiten Besuch zuvorzukommen. Oder bildete er sich Dinge ein, auf die ihre Stimme nicht mit der geringsten Andeutung hinwies? Reagierte er in übertriebener Weise, weil ihn die große Müdigkeit übermannte? Als er an einem Wandspiegel vorbeikam, sah er darin sein blasses Gesicht, die zerschundene Visage eines Preisboxers, der sich von einer schweren Niederlage erholte, und er wandte sich rasch ab. Er war kein Narziß, nein, er war nicht in sein eigenes Bild verliebt.

Die Haustür schloß sich hinter ihm. Die Forderungen der Enkelkinder hatten alle weiteren Höflichkeitsfloskeln verkürzt, welche Mrs. Jago sonst vielleicht noch geäußert hätte. Es war noch nicht ganz fünf, denn ihre Uhr ging vor, und Wexford wartete auf den Wagen mit der Besorgtheit eines behinderten Pensionisten, der auf einen Sanitätswagen wartet. Er ließ sich auf die niedrige Mauer nieder und fühlte, wie sein zerschundener Körper ächzte. Vielleicht war es nicht so klug gewesen, schon so bald wieder zu arbeiten, doch es war eigentlich gar keine schwere Arbeit gewesen, sondern nicht viel mehr als ein paar Höflichkeitsbesuche. Man sollte es Mike überlassen, mit dem Fall fertig zu werden; er war dazu durchaus in der Lage. Jemand wie Serge Olson würde sagen, daß er, Wexford, einen Fehler machte – nur würde er dafür kein so einfaches Wort wie «Fehler» benutzen –, wenn er nicht imstande war zu delegieren, wenn er nicht einen Teil seiner Verantwortung an den Jüngeren abgab. Es war höchstwahrscheinlich ein Zeichen von Unsicherheit, die Angst, Mike könnte dann seinen Platz beanspruchen, sogar seine Stellung. Psychologie, dachte er, und das nicht zum erstenmal, traf es auch nicht immer richtig.

Autos fuhren vorbei. Mit heftigem innerem Schauder versuchte er, sich vorzustellen, wie es war, wenn er selbst wieder am Steuer saß, die Zündung einschaltete, den Gang einlegte. Nein, das würde er nicht mehr tun müssen, nur den Hebel von «Park» auf «Drive» schieben. Aber die Vorstellung, daß er seine Hand auf einen solchen Hebel legte, rief ihm die Dunkelheit vor Augen und ließ ihn ein Geräusch hören, an das er sich angeblich nicht erinnerte: den Donner der Detonation. Er schloß die Augen, öffnete sie wieder und sah Donaldson, der am Randstein anhielt.

Ein Verdacht oder vielmehr eine Ahnung, die er kaum für möglich hielt – es erschien ihm als ein Verhalten der krassesten, gefühllosesten Art –, ließ Burden vermuten, daß Clifford Sanders vielleicht zum Parkplatz des Einkaufszentrums Barringdean fahren würde. Er konnte ihm nicht folgen, hatte keinen Wagen zur Verfügung, und wenn er es zu Fuß versuchte, verschwendete er nur seine Zeit, wie er sich selbst klarmachte. Nein, so etwas würde niemand tun. Niemand würde an die Szene eines so schrecklichen Verbrechens zurückkehren, auf die Stunde genau eine Woche danach, und dort das gleiche, bekannte Ritual ausführen. Das heißt, mit einem entscheidenden Unterschied…

Er betrat das Einkaufszentrum durch den Fußgängereingang, wo eine Woche zuvor Dodo Sanders vor den geschlossenen Toren gestanden, daran gerüttelt und nach Hilfe geschrien hatte. Doch zuerst ging er in die unterirdische Parkgarage, fuhr mit dem Lift hinunter in die zweite Ebene. Wenigstens hatte Clifford den Wagen nicht genau an derselben Stelle geparkt wie vor einer Woche, aber vielleicht nur deshalb, weil dieser Platz sowie die daneben und gegenüber belegt waren. Diesmal stand der Wagen der Sanders' genau am entgegengesetzten Ende zum Lift und den Treppen. Er war leer, was bedeutete, daß Clifford vermutlich irgendwo oben im Einkaufszentrum war.

Genau wie letzte Woche, dachte Burden und schaute im Licht der blendenden, grünlichen Leuchtstoffröhren auf seine Armbanduhr. Achtzehn Uhr zweiundzwanzig, aber er war zu Fuß gegangen und hatte zudem einige Zeit gebraucht, um den Wagen zu finden. Cliffords Termin war zur üblichen Zeit angesetzt gewesen, um fünf Uhr, so daß heute die Verabredung, sich mit seiner Mutter hier zu treffen, vermutlich später anberaumt war. Vielleicht um halb sieben? Aber da das Einkaufszentrum um sechs Uhr schloß und meistens um Viertel nach sechs leer war – wieso wollte sie so lange auf ihn warten? Während er noch entsprechende Überlegungen anstellte, hörte er das Geräusch des nach unten fahrenden Aufzugs. Clifford und seine Mutter stiegen aus dem Lift, und Burden beobachtete sie, wie sie gemeinsam zu ihrem Wagen gingen, wobei Clifford zwei *Tesco*-Einkaufsbeutel und einen geflochtenen Korb trug. Burden fand jetzt wieder, daß man ihn von hinten ohne weiteres für ein Mädchen halten konnte; es hing mit seinen breiten Hüften und den ziemlich kurzen Schritten zusammen, die er machte. Und er war bei ihnen in dem Augenblick, als Clifford den Kofferraumdeckel des Metro öffnete.

Mrs. Sanders drehte sich um und warf ihm einen Basiliskenblick zu. Sie trug keinen Hut und hatte das Haar in einer ziemlich auftoupierten, wolkigen Weise frisiert, was ihr nicht stand. Der rote Lippenstift glänzte in dem blassen Gesicht. Burden hatte sich gefragt, an welche bestimmte Farbe ihr Gesicht erinnerte, und jetzt wußte er es: an rohen Fisch, ein durchscheinendes, leicht rosafarbenes Weiß. Sie war völlig ruhig, und ihre Stimme war kalt.

«Ich wollte, ich hätte niemandem etwas davon gesagt, daß

ich diese Leiche gefunden habe. Ich wollte, ich hätte geschwiegen.» Burden bekam eine leise Vorstellung von der eisigen Autorität, die sie über ihren Sohn ausübte, und zwar ohne jeden Zweifel seit seiner frühesten Kindheit. In dem Ton lag eine schaurige Präzision, und sein Hintergrund war ein gewaltiges Vorratslager nervlicher Energie. «Normalerweise verhalte ich mich nicht so dumm. Ich hätte so schlau sein und mich heraushalten müssen. Ich hätte seinem Beispiel folgen sollen, ja.»

«Was war das für ein Beispiel, Mrs. Sanders?» fragte Burden.

Ihre Aufmerksamkeit war auf die Zeitangabe ihrer Digital-Armbanduhr gerichtet, die sie mit der auf der Uhr im Armaturenbrett des Metro verglich, wozu sie sich hinunterbeugte, um in den Wagen hineinschauen zu können. Dazu sagte sie geistesabwesend: «Er ist weggelaufen, nicht wahr?»

«Das sagen Sie. Ich kann mir recht gut vorstellen, was er wirklich getan hat, und das Weglaufen war nur ein geringer Teil davon.» Während Clifford die Fahrertür aufsperrte, fragte Burden: «Wären Sie so nett, mich mitzunehmen? Wir können Ihre Mutter erst heimbringen, und dann möchte ich mich noch einmal mit Ihnen auf der Polizeistation unterhalten.»

Clifford sagte kein Wort. Daß er Burdens Worte gehört hatte, zeigte sich darin, daß er hineinlangte und die Fondtür entriegelte. Auf der Fahrt in die Ash Lane sprach keiner ein Wort. Die halbe Fahrspur dieser Seite der Forby Road wurde gerade repariert, man hatte eine provisorische Verkehrsampel installiert, und davor wartete eine lange Schlange von Fahrzeugen. Dodo Sanders, die auf dem Beifahrersitz neben Clifford saß, schob den Handschuh ein wenig nach vorn und den Mantelärmel nach hinten, um auf ihre Digitaluhr zu schauen. Warum es für sie so wichtig war, die genaue Zeit festzustellen, zu der sie die Parkgarage verließen, und die genaue Zeit, zu der sie vor der Ampel stehenbleiben mußte, war Burden ein Rätsel. Aber vielleicht war das gar nicht der Zweck des Auf-die-Uhr-Schauens. Vielleicht wollte sie einfach die Zeit wissen, wollte den ganzen Tag, jeden Tag, alle fünf Minuten wissen, wie spät es war.

Als Clifford am Randstein anhielt, sagte sie zwei Sätze: «Ich kann die Sachen hineinbringen. Du brauchst nicht mitzukommen.»

Aber er stieg aus dem Wagen, holte die Sachen aus dem Kofferraum und trug sie zur Haustür. Dann sperrte er die Tür auf, trat zurück und ließ sie vor sich ins Haus gehen. Burden verstand das sehr gut. Sie war eine von den Leuten, die so etwas sagen, aber nicht wirklich meinen. Sie gehörte zu denen, die einem versicherten: «Machen Sie sich keine Sorgen um mich, ich komme schon allein zurecht», oder: «Sie brauchen mir keinen Dankeschön-Brief zu schreiben», und die dann ein mordsmäßiges Theater veranstalten, wenn man sie allein läßt oder wenn kein Brief eintrifft. Seine Schwiegermutter hatte eine Tendenz dazu, aber bei Mrs. Sanders war es vermutlich tausendmal schlimmer.

Clifford setzte sich wieder hinters Lenkrad, und Burden blieb, wo er war, im Fond des Wagens. Es war ihm egal, ob sie jetzt miteinander sprachen oder nicht; geredet wurde auf der Wache. Clifford fuhr langsam und vorsichtig, die überflüssigen Signale und das übertrieben häufige Bremsen schienen bei ihm Gewohnheit zu sein. Er brach das Schweigen, als sie in den Parkplatz einbogen und auf die letzte freie Lücke zufuhren.

«Welcher Tat verdächtigen Sie mich eigentlich?»

Burden zögerte, Fragen dieser Art zu beantworten. Das war so, als ob sie ihn auf Cliffords Niveau kindlicher Naivität und Einfachheit herunterzögen. Einfalt war vielleicht das bessere Wort. «Sparen wir uns das auf, bis wir drinnen sind, ja?» schlug er vor.

Er rief Diana Pettit an, und gemeinsam führten sie Clifford wieder in den graugefliesten Verhörraum. Jetzt war es natürlich dunkel, schon seit zwei Stunden, und das Licht in dem Raum war so grausam und kompromißlos wie in der Parkgarage des Einkaufszentrums Barringdean, allerdings wesentlich heller. Die Zentralheizung lief auf Hochtouren, wie im ganzen Gebäude. Polizeibeamte, hatte Burden einmal jemandem ohne jegliche Ironie erklärt, waren genauso wie diejenigen, die sie verhörten, gezwungen, stundenlang dort drinnen zu sitzen. Die überraschende Wärme, eine viel höhere Temperatur, als er sie in seinem Heim bevorzugte, ließ Clifford fragen, ob er sich die Mütze und den Mantel ausziehen dürfe. Er war einer von denen, die bei allem, was sie taten, zuvor um Erlaubnis fragten; kein Zweifel, daß man ihm das als Gesetz guten Benehmens seit seiner frühesten Kindheit eingebleut hatte. Er setzte sich und schaute von Diana auf Burden und von Burden wieder auf Diana wie ein verwirrter Neuling in der Schule, der die dort aufgestellten Regeln nicht begreift.

«Ich möchte, daß Sie mir sagen, welcher Tat Sie mich beschuldigen.»

«Ich beschuldige Sie bisher gar nicht», sagte Burden.

«Dann, welcher Tat Sie mich verdächtigen.»

«Wissen Sie das nicht, Clifford? Haben Sie wirklich keine Ahnung? Was könnte es denn Ihrer Meinung nach sein? Daß Sie sich aus dem Klingelbeutel in der Kirche bedient haben?»

«Ich gehe nicht in die Kirche.» Er zeigte ein schwaches Lächeln, und es war das erste, das Burden bei ihm gesehen hatte. Das Lächeln schien mit Mühe hervorgebracht worden zu sein, als ob dazu ein mechanischer Prozeß in Bewegung gesetzt werden müßte, ein Tastendrücken und Hebelziehen, an das er sich nur noch halb erinnerte. Es irritierte Burden.

«Vielleicht haben Sie einen Wagen gestohlen. Oder einer Lady die Handtasche geklaut.»

«Entschuldigen Sie – ich weiß nicht, worauf Sie hinauswollen.»

Burden sagte abrupt: «Haben Sie etwas dagegen, wenn ich dieses Gespräch aufzeichne? Auf Tonband, meine ich.»

«Würde es etwas ändern, wenn ich etwas dagegen habe?»

«Sicher. Wir sind hier nicht in einem Polizeistaat.»

«Tun Sie, was Sie wollen», sagte Clifford gleichgültig und sah zu, wie Diana das Aufnahmegerät in Gang setzte. «Sie wollten mir sagen, was ich Ihrer Meinung nach getan habe.»

«Ich will Ihnen sagen, was meiner Meinung nach geschehen ist. Ich nehme an, Sie haben Mrs. Robson im Einkaufszentrum getroffen, im *Tesco*-Supermarkt. Sie haben sie eine Weile nicht gesehen, aber Sie kannten sie, und Mrs. Robson kannte Sie. Ich nehme an, sie wußte etwas über Sie, was Sie lieber geheimhalten wollten. Ich frage mich, was das war. Ich weiß es noch nicht, ehrlich nicht, aber Sie werden es mir sagen. Ich hoffe, Sie werden es mir heute abend sagen.»

Clifford erklärte mit schwankender Stimme: «Als ich Mrs. Robson zu erstenmal sah, war sie tot. Ich habe sie nie zuvor in meinem Leben gesehen.»

«Sie, Clifford, erkannten die Gelegenheit, die sich Ihnen bot. Sie und Mrs. Robson waren allein, und Sie wollten sie sich vom Hals schaffen...»

Er mußte sich einprägen, daß das ein Mann war, kein kleiner Junge und kein Teenager. Und keineswegs einfältig oder zurückgeblieben. Er war immerhin Lehrer und hatte einen Hochschulabschluß geschafft. Das leere, weiche Gesicht sah noch schwammiger aus als sonst, aber in den trüben Augen zeigte sich ein Funke. Was es auch war, die Angst oder das Schuldbewußtsein oder weiß Gott was, es hatte seine Stimmbänder verändert und ihm den Sopran eines Eunuchen gegeben.

«Sie meinen doch nicht, ich hätte jemanden getötet? Ich? Ist es das, was Sie meinen?»

Burden, der nicht auf dieses Rollenspiel hereinfallen wollte, auf diese Eitelkeit – denn wie sonst konnte man es erklären –, die einen Menschen glauben ließ, er könne alles tun, was er wolle, ohne befürchten zu müssen, daß er entdeckt würde, sagte trocken: «Na, endlich hat er es geschnallt.»

Im nächsten Augenblick war er auf den Beinen, Diana ebenfalls, und trat vom Tisch zurück. Clifford war aufgesprungen, Gesicht und Lippen weiß wie bei einem echten Schock, die Hände so stark an die Tischkante geklammert, daß der Tisch zitterte – ja, Clifford rüttelte daran, wie seine Mutter an den Toren gerüttelt hatte.

«Ich – jemanden töten? Sie sind verrückt! Ihr seid alle verrückt! Warum habt ihr euch ausgerechnet mich ausgesucht? Ich habe nicht gewußt, was Sie mit all diesen Fragen wollten, aber mir wäre im Traum nicht eingefallen... Ich dachte, ich bin nichts als ein Zeuge. Ich, jemanden umbringen? Leute wie ich töten keine anderen Menschen!»

«Was für Leute dann, Clifford?» Burden sprach ruhig, als er sich wieder auf den Stuhl sinken ließ. «Manche behaupten, daß jeder dazu fähig ist, einen Mord zu begehen.»

Er begegnete den Blicken aus den weit aufgerissenen Augen des anderen. Schweißperlen waren auf der kittgrauen Gesichtshaut erschienen, auf den weichen, schwammigen Zügen, und ein Tröpfchen lief ihm auf die Oberlippe, zwischen den beiden Flügeln seines Schnurrbarts hindurch. Burden fühlte ihm gegenüber eine Art ungeduldiger Verachtung. Er war nicht einmal ein guter Schauspieler. Es war sicher interessant, sich anzuhören, wie das auf der Aufzeichnung klang, diese Passage über das Töten. Er würde sie Wexford vorspielen und sehen, was er davon hielt.

«Setzen Sie sich, Cliff», sagte er, und seine wachsende Verachtung ließ dem Mann nicht einmal mehr die Würde seines unabgekürzten Vornamens zukommen. «Wir werden uns auf ein längeres Gespräch gefaßt machen müssen.»

Völlig erschöpft, als ihn der Wagen bei Sylvia absetzte, wünschte sich Wexford ein eigenes Heim, wo er sich erholen konnte, nur in Gesellschaft seiner Frau. Er mußte jetzt einen Schluck trinken, den Whisky, den ihm Dr. Crocker strengstens verboten hatte. Jemand hatte eine Abendzeitung mitgebracht; eine Geschichte auf der Titelseite befaßte sich mit einem Mann, der den ganzen Tag «der Polizei bei ihren Nachforschungen über das Autobombenverbrechen von Kingsmarkham geholfen hatte». Es gab kein Bild und natürlich keinen Namen und keine Beschreibung, nichts, was eine Identifizierung des Bombenlegers, der Sheila töten wollte, auch nur annähernd ermöglichte, eines Mörders, der diese ganz besondere, kalte, unpersönliche Tat des Hasses geplant hatte.

Die Jungen sahen fern, und Sylvia versuchte, einen Essay über die psychologische Mißhandlung der Senioren zu schreiben.

«Da kenne ich mich gut aus», sagte Wexford. «Vielleicht willst du mich interviewen?»

«Du gehörst nicht zu den Senioren, Dad.»

«Aber ich fühle mich so.»

Dora kam und setzte sich neben ihn. «Ich habe nach unserem Haus geschaut», sagte sie. «Die Baufirma war da und hat es erst einmal wetterfest gemacht. Jetzt regnet es wenigstens nicht mehr hinein. Ach ja, und der Chief Constable hat angerufen, sagte etwas von einem Haus, das wir inzwischen haben könnten, wenn wir wollen. Wir wollen doch, oder, Reg?»

Sein Herz hüpfte – und gleich danach kam er sich undankbar gegenüber Sylvia vor. «Hat er gesagt, wo es ist?»

«Oben in Highlands, glaube ich. Ja, ich bin fast sicher, daß er Highlands gesagt hat.»

ZEHN

Zerknirschung war vielleicht ein zu starkes Wort; eher Abscheu, gedämpft durch eine Spur von Beschämung, was Burden während des ganzen Wochenendes empfand. Er sagte sich – und er sagte es sogar seiner Frau, die wieder mit ihrem Sohn nach Hause zurückgekommen war –, daß es in seinem Job darum ging, daß die Polizeiarbeit eben so war und nicht anders.

«Der Zweck heiligt die Mittel, Mike?» fragte sie.

«Es wäre reiner Idealismus, etwas anderes zu behaupten. An jedem Tag, und bei allem, was wir tun, spielt das eine wichtige Rolle, auch wenn wir es nicht offen zugeben. Als wir diese Schwierigkeiten mit Mark hatten und uns entschieden, daß es nur die eine Möglichkeit gab, ihn weinen zu lassen, und daß ihn zwei Nächte davon kurieren würden, sagten wir uns auch, daß der Zweck die Mittel rechtfertigte.»

Er nahm den Jungen auf den Schoß, und Jenny lächelte.

«Aber bring's ihm nicht auch noch bei, ja?»

Er gönnte sich eine halbe Stunde, um mit Mark zu spielen und zu Mittag zu essen, dann war er wieder auf der Polizeistation, in diesem Verhörraum, wo er Clifford Sanders erneut gegenübertrat. Doch auf der Fahrt dorthin ekelte ihn an, was er hinter sich hatte und was noch vor ihm lag, so daß er über die widerliche Aufgabe die Nase rümpfte. Wie weit war das eigentlich noch von Folter entfernt? Clifford mußte in diesem unbequemen, komfortlosen Raum sitzen, wurde bis zu einer Stunde allein gelassen, und ein gleichgültiger Police Constable brachte ihm das Essen auf einem Tablett. Es wäre nicht ganz so schlimm gewesen, wenn Clifford mehr Widerstand entgegenzusetzen gehabt und sich nicht so sehr wie ein Kind verhalten hätte. Er sah aus wie ein großes Kind, wie eine etwas verfeinerte Ausgabe von Billy Bunter. Stoizismus war an die Stelle von Bestürzung getreten, eine Aura des tapferen Jungen, der noch eine Weile standhalten würde. Doch nun schalt sich Burden einen Narren. Dieser Mann war ein Mann, gebildet, neurotisch vielleicht, aber geistig intakt, und es fehlten ihm nur Charakter und Seelenkraft. Und nicht zu vergessen, was er getan hatte! Die Fakten sprachen für sich. Clifford war in dem Einkaufszentrum gewesen, man hatte ihn mit Mrs. Robson gesehen, er besaß so etwas wie eine Garrotte, und er war davongelaufen.

War es wahrscheinlich, daß er die Tote gefunden und sie zugedeckt hatte, weil sie wie seine Mutter aussah, ehe er das Weite suchte? Kein Mensch verhielt sich so, außer in populärwissenschaftlichen psychiatrischen Büchern. All das Zeug, das Serge Olson zweifellos von sich gab – über Neurotiker, die sich ihre Freundinnen wählen, weil sie eigentlich eine Mutter suchten, oder Vorgesetzte als Vaterfiguren ansahen, oder die sexuell gestört waren, weil sie ihre Mutter in Unterwäsche gesehen hatten –, das war doch nur etwas für die Bücher und die Couch, wenn man ihn, Burden, fragte. Und er war ein Narr, wenn er es zuließ, daß ihn allmählich Mitleid für Clifford Sanders beschlich. Dieser Mann hatte geplant, Mrs. Robson zu töten, und er hatte die Tat ausgeführt. Hatte er sich nicht mit ihr verabredet und eine Garrotte dazu mitgenommen?

Vermutlich kamen seine Zweifel einzig und allein daher, daß es ihm bisher nicht gelungen war, die Verbindung zwischen Clifford und Gwen Robson herauszufinden. Er wußte, daß es eine solche Verbindung geben mußte, und wenn er sie erst gefunden hatte, würde er nicht mehr diesem unprofessionellen und ganz gewiß ungewohntem Schuldgefühl ausgeliefert sein. Als er Clifford wieder zu diesem neuerlichen Verhör entgegentrat, mit Archbold als Assistent und dem laufenden Kassettenrecorder, rief sich Burden in Erinnerung, daß die Polizei immerhin Sutcliffe, den «Yorkshire-Ripper», neunmal verhört hatte, ehe sie ihn festnehmen konnten. In der Zwischenzeit hatte Sutcliffe sein letztes Opfer umgebracht. Das wäre vielleicht eine Sache, wenn Clifford Sanders noch einmal töten würde, nur weil er, Burden, allzu zimperlich vorgegangen war!

Er ließ sich wieder auf den Stuhl sinken. Clifford, der an einem Fingernagel gekaut hatte, nahm die Hand vom Mund, als sei ihm plötzlich eingefallen, daß Nagelbeißen etwas war, das er nicht tun durfte.

Burden begann. «War Ihre Mutter jemals krank, Clifford?»

Ein verständnisloser Blick. «Wie meinen Sie das?»

«War sie jemals so krank, daß sie das Bett hüten mußte? Daß sie jemanden brauchte, der sich um sie gekümmert hat?»

«Einmal hatte sie etwas, ich weiß nicht, wie man es nennt. Wie eine Art Hautausschlag, aber es ist schmerzhaft.»

«Er meint Gürtelrose», sagte Archbold.

«Richtig, Gürtelrose. Das hat sie einmal gehabt.»

«Ist damals eine Gemeindeschwester gekommen, die sich um sie gekümmert hat, Clifford?»

Doch dieser Versuch brachte kein Ergebnis. Dodo Sanders war, solange Clifford lebte, nicht viel länger als ein paar Stunden zur Bettruhe gezwungen worden. Burden änderte die Richtung seiner Befragung und führte Clifford behutsam durch die Folge von Ereignissen, beginnend mit der Zeit, als er bei Olson wegging, bis zu dem Moment, als er durch das Fußgängertor aus dem Parkplatz hinausrannte. Clifford geriet hoffnungslos mit den Zeiten durcheinander, sagte erst, daß er um halb sechs beim Einkaufszentrum angekommen sei, und änderte den Termin dann auf zehn nach sechs. Burden wußte, daß er log. Alles lief genauso, wie er es erwartet hatte, und die einzige Überraschung war, daß Clifford ihn korrigierte wegen des Namens, mit dem er ihn ansprach.

«Warum nennen Sie mich eigentlich nicht mehr Cliff? Sie können mich mit Cliff anreden. Mir gefällt das.»

In seinem Büro erwartete ihn ein Laborbericht über die Spule Draht mit der Kunststoffisolation. Es gab sehr viele technische Details darin – Burden fand sich wieder einmal in der Welt der Polymere –, aber die Tatsache, die sich verhältnismäßig leicht herauskristallisierte, war, daß die winzigen Partikel, die man in Mrs. Robsons Halswunde entdeckt hatte, in keinem Zusammenhang standen mit dem Plastikmaterial um den Draht, der in Clifford Sanders' Werkzeugkasten gefunden worden war. Na schön, hatte er sich eben getäuscht. Aber das bedeutete natürlich nur, daß Clifford den Draht, den er für seine Garrotte benutzt hatte, weggeworfen hatte – in den Fluß oder, noch sicherer, in seine eigene Mülltonne oder in eine fremde. Inzwischen konnte Clifford ruhig ein paar Tage schmoren. Burdens erste Sorge galt Wexford; Dr. Crocker hatte dem Chief Inspector ausdrücklich verboten, zur Arbeit ins Büro zurückzukehren, und um mit ihm zu sprechen, mußte Burden zum Haus von Wexfords Tochter Sylvia fahren.

«Wenigstens bin ich von nun an am Ort des Geschehens», sagte Wexford. «Ich werde in Highlands wohnen. Was sagen Sie dazu?»

Burden grinste. «Das ist gut. Ich habe gehört, daß es dort ein paar Häuser gibt, die der Polizei gehören. Wann ziehen Sie ein?»

«Das weiß ich noch nicht», erwiderte Wexford und schaute den Papierkram durch, den ihm Burden mitgebracht hatte. «Ich glaube nicht, daß die Person, die dieses Kassenmädchen im Gespräch mit Mrs. Robson gesehen hat, Clifford Sanders gewesen ist. Ich würde eher auf Lesley Arbel tippen. Aber in einem Punkt stimme ich mit Ihnen überein: wenn Sie sagen, daß Mrs. Robson eine Erpresserin war. Das ist auch meine Überzeugung.»

Burden nickte eifrig. Er war immer unverhältnismäßig erfreut, wenn Wexford einen seiner Vorschläge anerkannte. «Sie liebte Geld», sagte er. «Für Geld hätte sie fast alles getan. Denken Sir nur an das, was Sie mir über das Testament dieses Alten erzählt haben. Sie ist die Straße auf und ab gerannt, um Zeugen für die Unterzeichnung eines Testaments zu finden, bei dem sie die einzige Nutznießerin gewesen wäre. Wir lachen vielleicht darüber, daß sie den einen gebadet und einem anderen von ihren alten Männern die Zehennägel geschnitten hat, aber wurden diese normalerweise ziemlich ekelhaften Arbeiten nicht für ein überhöhtes Honorar getan? Es gibt wahrscheinlich noch mehr von der Sorte, nur sind wir noch nicht darauf gestoßen.»

«Mrs. Jago sagt, sie tat alles nur für ihren Mann. Darin liegt die Andeutung, daß es in gewissem Sinn gerechtfertigt war und daß es sie und ihre Handlungsweise entschuldigt. Ich bin sicher, genau aus dieser Perspektive hat es auch Gwen Robson selbst gesehen.»

«Warum brauchte denn Ralph Robson so viel Geld?» fragte Burden. «Hat man das schon untersucht? Ich meine, wenn ich sage, daß ich Geld brauche, dann meine ich in Wirklichkeit Jenny und Mark und mich, meine Familie. Und Sie würden sich und Dora meinen, nicht wahr?»

Wexford zuckte mit den Schultern. «Wir haben ihr Bankkonto bei der TSB geprüft. Sie hatte einiges auf der hohen Kante, ich meine, mehr als man unter den Umständen erwarten konnte. Robson hat sein eigenes, persönliches Konto, und es gibt keine gemeinsamen Ersparnisse. Aber Gwen Robson hatte etwas über 1600 Pfund, und das könnten durchaus die Früchte von Erpressungen gewesen sein. Glauben Sie, Gwen Robson besaß Beweise dafür, daß Clifford etwas Verwerfliches getan hat, und sie erpreßte ihn deshalb?»

Burden nickte. «Etwas in dieser Art. Und der getretene Wurm hat sich schließlich gewehrt. Clifford ist in vielen Aspekten einem Wurm nicht unähnlich – warum nicht auch in diesem?»

«Aber was könnte Clifford angestellt haben? Ich meine, es

müßte schon ein früherer Mord gewesen sein. Niemand stört sich heute noch an sexuellen Abweichungen.»

Burdens Gesicht zeigte, daß er es tat. «Gwen Robson störte sich daran.»

«Ja, aber Sie werden doch nicht glauben, daß es dieser Paukschule etwas bedeutet hätte – oder Dodo Sanders, was das betrifft. Ich glaube, es wäre nicht leicht, ihr irgendwelche moralischen Überzeugungen zuzuschreiben. Sie kommt mir vor wie eine Person, die noch nie etwas von Moral gehört hat, geschweige, daß sie sich darüber eine Meinung gebildet hätte.»

Es interessierte Burden nicht sonderlich. «Ich werde herausfinden, was es war», sagte er. «Ich arbeite daran.» Er betrachtete Wexfords Gesicht: die Blutergüsse, die sich allmählich entfärbten, den Schnitt, der vielleicht eine bleibende Narbe hinterlassen würde. «Sie mußten den Kerl laufenlassen, der, von dem sie dachten, daß er die Bombe gelegt hatte. Es kam heute früh in den Nachrichten.»

Wexford nickte. Er war deshalb angerufen worden, und daraus hatte sich ein langes Gespräch ergeben, das in dem Wunsch gipfelte, an einer Konferenz bei Scotland Yard teilzunehmen. Dr. Crocker hatte es mit äußerstem Unwillen sanktioniert, und er hätte keinesfalls zugestimmt, wenn er gewußt hätte, daß Wexford die Absicht hatte, selbst mit dem Wagen nach London zu fahren. Als Burden gegangen war, zog sich Wexford den Mantel an, band sich noch einen Schal von Robin um, der in der Diele hing, für den Fall, daß Dora oder Sylvia früher heimkamen und ihn sahen. Sein Wagen stand in der Garageneinfahrt, und er bemerkte zum erstenmal – niemand hatte es ihm gesagt –, wie sehr die Karosserie von den Glassplittern zerkratzt worden war. Er setzte sich hinters Lenkrad und hatte ein merkwürdig fremdes Gefühl, so als mache er etwas Seltsames, etwas, das er seit langem nicht getan hatte.

Er zog die Tür zu und dachte, er wolle erst ein paar Sekunden lang sitzen bleiben, einfach dasitzen und den Zündschlüssel halten. Wenn das jetzt ein Thriller wäre, dachte er, oder vielleicht ein Fernsehfilm, und er wäre eine unwichtige Figur oder ein Schurke, dann würde er jetzt den Zündschlüssel umdrehen, und der Wagen würde in die Luft fliegen. Er versuchte darüber zu lachen, aber er konnte nicht lachen, was absurd war, weil er sich doch gar nicht mehr an die Explosion erinnerte, und die Detonationen, die er manchmal hörte, stammten nicht aus der Erinnerung, sondern aus seiner Phantasie. Na los, spring schon, sagte er sich, zwang sich, hinauszugehen auf das Sprungbrett, bis ganz vorn an den Rand. Er atmete tief ein, steckte den Schlüssel ins Zündschloß und drehte ihn um. Nichts geschah – nicht einmal der Motor sprang an. Und warum nicht? Weil Dora die Automatik auf «D» wie «Drive» stehengelassen hatte. Er zog den Hebel nach hinten, ehe ihm klarwurde, was er da tat – den schrecklichen Schritt, mit dem er die Grenze überquerte...

Aber weil er jetzt ohnehin nichts anderes mehr tun konnte als weiterzumachen, drehte er den Zündschlüssel.

Burden ging die High Street entlang und schaute hier und da in die Schaufenster, die bereits für Weihnachten dekoriert waren, als er Serge Olson sah, der auf ihn zukam. Der Psychotherapeut trug eine dicke, karierte Tweedjacke und hatte den Webpelzkragen gegen den scharfen Ostwind hochgestellt.

Er begrüßte Burden, als ob sie alte Freunde seien. «Hallo, Mike, schön, Sie zu sehen. Wie geht es Ihnen?»

Burden war verblüfft; er sagte, es gehe ihm gut, und daraufhin fragte ihn Serge Olson, ob er in seiner Sache vorankomme. Das war keine Frage, wie sie Burden normalerweise von denjenigen gestellt bekam, die er für das allgemeine Publikum hielt, und er konnte nicht umhin, sie eine Spur impertinent zu finden. Aber er gab eine unverbindliche, leicht optimistisch klingende Antwort, und dann überraschte ihn Olson noch mehr, als er verkündete, es sei zu kalt, um hier draußen herumzustehen, und fragte, ob sie nicht statt dessen ins *Queen's Café* gehen und eine Tasse Tee trinken sollten? Burden war sofort klar, daß Olson ihm etwas mitzuteilen hatte, was zumindest er für wichtig hielt. Warum sonst würde er einen solchen Vorschlag machen? Auch wenn ihn der andere bei seinem Vornamen ansprach, die beiden Männer waren sich bisher ein einziges Mal begegnet, auf der Basis eines Gesprächs zwischen Polizei und Zeugen.

Aber als sie an einem der Tischchen saßen, begann Olson, statt Geheimnisse aus seiner Praxis auszuplaudern, mit einem Gespräch über den Prozeß gegen die arabischen Bombenleger, über die hohen Haftstrafen, die gegen die drei Schuldigen ausgesprochen worden waren, und über die Drohungen einer mit ihnen verbundenen Terroristenorganisation, sie würde sich den Ankläger «schnappen». Burden sah sich zu der Frage genötigt, worüber Olson denn nun mit ihm habe reden wollen.

Die wilden, leuchtenden Tieraugen funkelten. Das paßte irgendwie nicht zusammen, denn Olsons Stimme war wie immer ruhig und gelassen, seine Haltung mild und friedlich. «Mit Ihnen reden, Mike?»

«Na ja, Sie wissen schon... Sie haben mich aufgefordert, auf eine Tasse Tee hierherzukommen, und ich dachte, es gibt vielleicht etwas Besonderes...»

Olson schüttelte sachte den Kopf. «Sollte ich jetzt vielleicht sagen, daß Clifford Sanders unter bestimmten Umständen ein Mörder sein könnte? Oder daß er sich sehr sonderbar verhalten hat, als er mich an dem bewußten Abend verließ? Oder daß dreiundzwanzigjährige Männer, die noch zu Hause bei ihren Müttern leben, von vornherein psychopathisch sein müssen? Nein, Mike, ich hatte nicht die Absicht, etwas Derartiges zu sagen. Mir war kalt, und ich freute mich auf eine Tasse guten heißen Tee, den ich mir nicht selbst brühen mußte.»

Burden wollte es nicht damit bewenden lassen und fragte: «Also wollten Sie mir wirklich nicht so etwas sagen?» Olson schüttelte wieder den Kopf, diesmal eine Spur entschiedener. «Aber es ist doch merkwürdig, wenn ein erwachsener Mann bei seiner Mutter lebt, selbst wenn sie eine Witwe ist. Mrs. Sanders ist schließlich noch nicht alt.»

Olson sagte so leise, daß es kaum zu verstehen war: «Haben Sie jemals vom Trugschluß des Enkekalymmenos gehört?»

«Vom – was?»

«Das Wort bedeutet ‹die Verschleierte›, und der Trugschluß geht in etwa so: ‹Kennst du deine Mutter?› – ‹Ja.› – ‹Kennst du diese Verschleierte?› – ‹Nein.› – ‹Die Verschleierte ist deine Mutter. Also kennst du deine Mutter und kennst sie nicht.›»

Mrs. Sanders hatte in der Tat etwas von einer Verschleierten. Sogar ihr Gesicht war eine Art Schleier, dachte Burden und war überrascht von seiner eigenen Phantasie. Doch dann sagte er in der kurz angebundenen Weise des Polizeibeamten: «Und was hat das mit Clifford zu tun?»

«Es hat etwas zu tun mit uns allen und mit unseren Eltern, mit Kennen und Nichtkennen. Über dem Eingang zum Orakel von Delphi standen die Worte ‹Erkenne dich selbst›, und ich spreche von einer längst vergangenen Zeit. Sind wir in den zwei- oder dreitausend Jahren, die inzwischen vergangen sind, diesem Ratschlag gefolgt?» Olson lächelte, wartete ein paar Sekunden, bis Burden die Worte verdaut hatte, dann fügte er hinzu: «Und obendrein ist sie keine Witwe.»

«Nicht?» Das war sicheres, vertrauteres Terrain. Burden hielt seinen Seufzer der Erleichterung nur mit Mühe zurück. «Dann lebt also Cliffords Vater noch?»

«Sie und ihr Mann haben sich vor Jahren scheiden lassen; damals war Clifford noch ein Kind. Charles Sanders' Angehörige waren Bauern, und das Haus war seit Generationen im Besitz seiner Familie gewesen. Er lebte noch mit seinen Eltern dort, als er heiratete. Um es einmal brutal zu sagen: seine spätere Ehefrau Dorothy war die Hausangestellte, die täglich kam und für die Familie saubermachte. Was die Eltern zu dem Verhältnis sagten, weiß ich nicht. Vermutlich weiß es auch Clifford nicht. Schauen Sie nicht so, Mike, ich bin kein Snob. Es ist weniger ihr Status als Dienstmädchen, der mich nachdenklich macht, als ihre – sagen wir, ihre gänzlich unattraktive Persönlichkeit. Vermutlich hat sie früher gut ausgesehen, und in meinem Beruf habe ich die Erfahrung gemacht, daß das in neun von zehn Fällen genügt. Fünf Jahre nach der Hochzeit ist er gegangen und hat das Haus seiner Frau überlassen.»

«Was war mit den Großeltern?» fragte Burden.

Olson, der zwei Stück Kuchen mit üppigem Zuckerguß und ein Stück Früchtebrot gegessen hatte, entfernte mit einer grün-gelb gemusterten Papierserviette die Brösel aus seinem Bart. «Clifford erinnert sich an sie, aber nur ganz vage. Er und seine Mutter hatten die Großmutter bei sich, als der Vater das Weite suchte. Der Großvater muß kurz zuvor gestorben sein. Sie hatten nicht viel Geld, und Charles Sanders scheint auch nicht sehr zu ihrer Unterstützung beigetragen zu haben. Es war ein hartes, einsames Leben. Ich bin nie in dem Haus gewesen, aber ich könnte mir denken, es ist ein bißchen düster und abgelegen. Sie ging putzen, hat ein bißchen für andere Leute geschneidert, und man muß ihr eines zugute halten: Sie hat darauf bestanden, daß Clifford die Universität besuchte – die Universität des Südens, in Myringham –, auch wenn er zu Hause wohnen und Ferienjobs übernehmen mußte. Sicher fühlte sie sich einsam und stellte sich vor, daß er auf diese Weise in ihrer Nähe bleiben würde.»

Burden stand auf, um zu zahlen. Er war seltsamerweise dankbar dafür, daß Olson nach seinen vorherigen, unverständlichen Bemerkungen den Fachjargon und die griechischen Wörter gelassen und wie ein normaler Mensch geredet hatte. Aber etwas, das der Psychotherapeut gesagt hatte, rührte an eine Saite in seinen Gedanken und brachte sie zum Vibrieren.

«Ich hatte Sie eingeladen», sagte Olson, «aber wenn Sie mir garantieren, daß die Steuerzahler dafür geradestehen, nehme ich dankend an.»

«Clifford hat Ferienjobs übernommen?»

«Das Übliche, Mike, nur daß selbst solche Jobs heute schwerer zu bekommen sind als damals. Es handelte sich um Hilfsarbeiten, ein bißchen Gärtnern oder die Arbeit in einem Laden.»

«Gärtnern?» fragte Burden.

«Ja, ich glaube, er hat eine Weile bei irgend jemand im Garten gearbeitet. Er hat mir einmal ausführlich darüber berichtet, vermutlich, weil er den Job gehaßt hat. Er ist nicht besonders gern im Freien; ich bin es übrigens auch nicht.»

Nein, das war unmöglich, dachte Burden. So leicht wurden

einem die Wünsche nicht erfüllt... «Sie erinnern sich nicht mehr daran, bei wem er gearbeitet hat?»

«Nein, aber es war eine alte Jungfer in einem großen Haus mit großem Garten im Forest Park.»

ELF

Während er beim Empfang wartete, bedrückte Wexford ein Schuldgefühl, wie man es hat, wenn man den Anweisungen des Arztes nicht Folge leistet. Es war tatsächlich die Angst, Dora, Dr. Crocker oder Burden könnten dahinterkommen, daß er nicht direkt zu Scotland Yard gefahren war. Vermutlich hätte er diese Frau nicht angerufen und wäre auch nicht hierhergekommen, wenn ihm nicht sein Erfolg beim Anlassen des Wagens und beim Fahren neuen Mut gemacht hätte, verbunden mit der Aussicht, vielleicht doch wieder gelegentlich selbst zur Polizeistation fahren zu können. Besser, wenn er das für den Grund seines Abstechers hielt als seine Sorge über den langsamen Fortschritt, den der Fall machte. Jetzt warf man ihm keine neugierigen Blicke mehr zu; die Blutergüsse waren weitgehend verschwunden, und der Schnitt sah aus, als hätte er ihn sich vielleicht beim Rasieren zugefügt – zum Beispiel, wenn er betrunken gewesen wäre oder die ganze Zeit bis jetzt einen Bart getragen hätte. Die Leute von der Sondereinheit für Sprengstoffverbrechen würden, wenn sie ihn sahen, kaum glauben, daß er das Opfer eines Bombenattentats gewesen war. Aber zuvor galt es, ein Alibi zu überprüfen und ein wenig Neugierde, die vielleicht ohne Grund erwacht war, zu stillen.

Die Buntere der beiden Empfangsdamen, die mit den orangefarbenen Locken, versicherte ihm ständig, daß Sandra ihn keinen Moment warten lassen würde, dann nicht mehr als eine Minute, und schließlich, daß sie bereits unterwegs sei. Inzwischen betrachtete Wexford die *Kim*-Titelbilder, die mit Nadeln an den mit Stofftapeten bedeckten Wänden befestigt waren, Fotografien, welche verschiedene offizielle Veranstaltungen von *Kim* belegten, ein gerahmtes Dokument eines Preises, den *Kim* bei irgend etwas gewonnen hatte. Dann berührte ihn jemand leicht an der Schulter.

«Mr. Wexford?» Er schrak ein wenig zusammen, aber sie schien es nicht zu bemerken. Ein junges Mädchen, ganz und gar nicht wie das Foto der Kummertante in der Illustrierten. «Ich bin Rosie Unwin», sagte sie, «die Assistentin von Sandra Dale. Wenn Sie bitte mitkommen würden, hier entlang? Tut mir leid, daß Sie warten mußten.»

Sie liefen durch Korridore, fuhren in einem Lift nach oben, dann ging es noch ein paar Treppen hinauf und durch einen anderen Korridor. Wenigstens kein Großraumbüro, dachte Wexford, keiner von den Bürokomplexen, in denen sich niemand vor den anderen zurückziehen konnte. Rosie Unwin öffnete eine Tür am Ende des Korridors, und Wexford sah eine Frau, die an einem Schreibtisch saß und ihrem Foto kaum ähnlicher war als ihre Assistentin. Sie stand auf und streckte ihm die Hand entgegen.

«Sandra Dale.» Sie zögerte. «Das ist wirklich mein Name.»

«Guten Morgen, Miss Dale.»

Das Foto sollte sie älter machen, dicker und mütterlicher – oder tantengleicher. Wexford schätzte diese Frau auf höchstens dreißig; sie kam ihm fast wie ein junges Mädchen vor, schlank, langbeinig, mit einem runden Gesicht, breiten Augenbrauen und weichem, blondem Haar. Auf dem Foto sah sie aus wie eine Person, der man vertrauen und etwas beichten durfte, eine kluge, erfahrene Frau, auf deren Ratschläge man sich verlassen konnte. Sie bat ihn, Platz zu nehmen, dann zog sie sich wieder hinter ihren Schreibtisch zurück. Das andere Mädchen kam hinter ihm herein und schaute leicht mißtrauisch auf einen Bildschirm, wo bernsteinfarbene Buchstaben und geometrische Figuren tanzten.

«Lesley ist nicht hier», sagte Sandra Dale, «aber das wissen Sie vielleicht. Sie hat einen Kurs belegt, bei dem man lernt, wie man mit diesen Dingern umgeht, und ich muß inzwischen sehen, wie ich zurechtkomme.»

«Ich wollte auch vor allem mit Ihnen sprechen», sagte Wexford, «und vielleicht auch mit Miss Unwin.»

Das Büro war groß und äußerst unaufgeräumt, obwohl der Unordnung möglicherweise eine Methode zugrunde lag. Auf Rosie Unwins Schreibtisch lagen Briefe ausgebreitet, mit dem Text nach oben, und Wexford fragte sich, ob es solche waren, wie er sie in Sylvias Ausgabe von *Kim* gelesen hatte, entschied aber dagegen. Er konnte keinen davon auf die Entfernung lesen, und die Briefe, die in seiner Nähe lagen, waren alle handgeschrieben. Ein weiterer Stapel füllte Sandra Dales Eingangskörbe. Sie las seine Gedanken – das heißt, eigentlich las sie sie falsch.

«Wir bekommen durchschnittlich zweihundert Briefe pro Woche.»

Er nickte. Es gab eine kleine Bibliothek mit Nachschlagewerken und zwei Bücherregale: ein medizinisches Lexikon und eine Enzyklopädie der alternativen Medizin, ein Wörterbuch der Psychologie, Eric Bernes *Sprechstunden für die Seele.*

Rosie Unwin drückte lässig auf eine Taste ihres Keyboards, und die Figuren und Buchstaben auf dem Bildschirm verschwanden.

«Möchten Sie Kaffee?» Wexford hatte akzeptiert, ehe sie hinzufügte: «Es ist Pulverkaffee, und er kommt in Plastikbechern.»

Er wandte sich an Sandra Dale. «Sie haben von der Frau gehört, die in Kingsmarkham ermordet worden ist – wissen Sie, daß sie Lesley Arbels Tante war?»

«Ich habe Lesley nicht gesehen, seit es passiert ist, aber nahtürlich weiß ich darüber Bescheid. Lesley war sehr tapfer, glaube ich – und anständig, daß sie trotzdem mit dem Kurs anfängt, wenn man bedenkt, daß Mrs. Robson fast wie eine Mutter für sie war.»

«Hat sie denn keine eigene Mutter mehr?»

Sie schaute ihn von der Seite an, nicht verschmitzt oder verstohlen, sondern etwas geheimnisvoll. «Sie werden sagen, sie ist ja nur meine Sekretärin, aber ich weiß eine Menge über sie. Wir alle hier wissen sehr viel über uns. Manchmal denke ich, wir arbeiten hier wie bei einer Art von Gruppensitzung. Das ist vermutlich die Wirkung unserer – unserer Klienten.» Da war es wieder, dieses Wort. «Ihre Probleme – ich glaube, das ist es, was vieles in unserem eigenen Leben an die Oberfläche bringt. Lesley hatte keine Hemmungen, mir zu erzählen, daß ihre Mutter sie verlassen hat, als sie zwölf war, und daß Tante und Onkel sie daraufhin bei sich aufnahmen. Sie ging schon auf die höhere Schule, daher haben sie sie nicht adoptiert, aber sie war fast so wie die eigene Tochter für sie.» Das Telefon auf ihrem Schreibtisch gab einen leisen Klimperton von sich, und sie nahm den Hörer ab und murmelte hinein: «Ja, ja... Richtig.» Dann wandte sie sich an Wexford. «Entschuldigen Sie mich einen Augenblick. Rosie wird gleich bei Ihnen sein.»

Aber er blieb ein paar Minuten lang allein. Eine Neugier, die nicht viel mit seinem Fall zu tun hatte, brachte ihn dazu, den obersten Brief auf Rosie Unwins Schreibtisch zu lesen. Er brauchte dazu nicht einmal aufzustehen, sondern sich nur ein wenig zur Seite zu lehnen. Mit dem Alter wird man weitsichtiger, und Wexford nahm an, daß seine Weitsicht nun am äußersten Punkt angelangt sei. Wenn er ein Buch auf Armeslänge von sich weghielt, reichte das nicht mehr; seine Arme waren zu kurz.

Liebe Sandra Dale, las er, *ich weiß, es ist schrecklich und entsetzlich, und ich schäme mich vor mir selbst, aber ich kann es nicht länger leugnen. Tatsache ist, ich empfinde sehr starke sexuelle Gefühle gegenüber meinem eigenen Sohn, der noch im Teenager-Alter ist. Ich glaube, ich bin in ihn verliebt. Ich kämpfe natürlich ständig gegen diese Gefühle an, deren ich mich, wie ich Ihnen versichere, zutiefst schäme, aber trotzdem...*

Er mußte abbrechen und sich gerade hinsetzen, da Rosie Unwin mit dem Kaffee hereinkam, doch zuvor hatte er noch festgestellt, daß der Brief eine Adresse aufwies und auch unterschrieben war. Er hatte angenommen, die meisten Briefe würden anonym an die Kummertante geschickt werden.

«Ungefähr Nullkommanullnullnullein Prozent», sagte sie, als er seinen Gedanken laut ausgesprochen hatte. «Und die meisten schicken uns auch noch einen frankierten und adressierten Rückumschlag.»

«Wie treffen Sie die Auswahl? Ich meine, die Briefe, die Sie drucken wollen?»

«Wir suchen keineswegs die bizarrsten heraus», antwortete sie. «Der eine, den Sie gelesen haben, war nicht typisch. Sie *haben* ihn doch gelesen, oder? Jeder, der hier hereinkommt, liest die Briefe – niemand kann da widerstehen.»

«Ja, ich gebe es zu. Aber diesen würden Sie nicht abdrucken, oder?»

«Wahrscheinlich nicht. Die Entscheidung darüber trifft Sandra, und wenn es noch Fragen gibt, muß der Herausgeber entscheiden – ich meine, der Herausgeber von *Kim.*»

«Das ist dann, wie wenn man zur höheren Instanz geht», murmelte Wexford.

«Sandra sucht vor allem die Briefe aus, von denen sie annimmt, daß sie auf das größte Interesse stoßen – sagen wir, allgemeine Probleme, das Allzumenschliche, wenn Sie so wollen. Bei dem Brief der Frau, die in ihren Sohn verliebt ist, würden wir nur die Antwort drucken. Wir würden schreiben: ‹An W. D., Wiltshire›, und dann unsere Antwort. Ich meine, irgendwo muß man schließlich eine Grenze ziehen. Ob Sie es glauben oder nicht, letzte Woche hatten wir einen Brief, in dem uns eine Frau fragt, wie hoch der Eiweißanteil im männlichen Samen ist... Er muß noch hier irgendwo liegen.»

Wexford konnte sich eine Antwort darauf sparen, weil Sandra Dale in diesem Augenblick zurückkehrte. Er wartete, bis sie sich wieder hinter ihren Schreibtisch gesetzt hatte, dann fragte er sie: «Sie haben also Lesley – wann zuletzt gesehen? Am Donnerstag, dem 19. November?»

«Das stimmt. Am Freitag danach ist sie nicht erschienen; sie hat angerufen und mir das von ihrer Tante berichtet, obwohl ich es schon gewußt habe, wissen Sie, der Name ist mir ja bekannt gewesen. Und am Montag darauf – das heißt am 23. – begann der Computerkurs. Es war ein glücklicher Umstand, wenn man in solchen Fällen von Glück sprechen kann, daß der Kurs ausgerechnet in der Stadt stattfindet, wo ihr Onkel lebt.»

«Und sie hat das Büro hier am Donnerstagnachmittag verlassen, nicht wahr? Wann kann das gewesen sein – um fünf? Oder um halb sechs?»

Sandra Dale schaute ihn überrascht an. «Nein, nein, sie hat schon den Nachmittag freigenommen. Ich dachte, das hätten Sie gewußt.»

Wexford lächelte neutral.

«Sie hat um eins Schluß gemacht. Es ging darum, daß sie wegen der Einschreibung für den Kurs noch einmal nach Kingsmarkham mußte. Sie hatte eines der Formulare falsch ausgefüllt oder so ähnlich; dann hatte sie versucht, dort anzurufen, aber das Telefon schien nicht zu funktionieren. Jedenfalls hat sie das gesagt. Um ehrlich zu sein: Ich war darüber nicht gerade begeistert. Ich meine, ich muß jetzt zwei Wochen ohne Sekretärin auskommen, und das alles nur, damit wir unsere Seiten auf einem Textverarbeitungscomputer schreiben können statt auf einer Schreibmaschine, mit der wir bisher hervorragend ausgekommen sind.»

Wexford bedankte sich bei ihr. Er hatte überhaupt nicht damit gerechnet, so viel zu erfahren, hatte angenommen, daß er aus der Redaktion der Kummertante bestenfalls ein paar brauchbare Hinweise auf den Charakter von Lesley Arbel bekommen würde – statt dessen überreichte man ihm ein zunichte gemachtes Alibi...

Rosie Unwin sagte, als er ging: «Hoffentlich sind Sie mir nicht böse, wenn ich frage, aber sind Sie mit Sheila Wexford verwandt?»

Das wurde er so oft gefragt, daß er eigentlich über den kleinen Stich im Herzen, den diese Frage verursachte, längst erhaben hätte sein sollen. «Warum fragen Sie?» entgegnete er ihr etwas zu rasch.

Jetzt war sie verdutzt. «Nur, weil ich sie sehr bewundere. Ich meine, ich halte sie für eine schöne Frau und eine großartige Schauspielerin.»

Nein, es ging nicht darum, daß sie etwas Schreckliches über Sheila in den Nachrichten gehört hatte, daß sie vielleicht verletzt war – oder tot...

«Sie ist meine Tochter», sagte er.

Jetzt fanden sie ihn äußerst sympathisch; jetzt konnte er sich kaum noch retten. Er hätte es ihnen sofort sagen sollen, als er die Redaktion betrat, dachte er. Gleich würde ihm eine der beiden – vermutlich die jüngere – versichern, daß Sheila ihm gar nicht ähnlich sei, wobei es ihr nicht so sehr um die Ähnlichkeit an sich ging, sondern um die Diskrepanz zwischen ihrer Schönheit und seiner... na ja, seinem Mangel an Schönheit. Aber sie waren taktvoll. Sie sagten auch nichts über die Sache mit dem aufgeschnittenen Drahtzaun. Er verließ das labyrinthische Gebäude unter Führung von Rosie, die auf dem ganzen Weg über Sheila sprach, dann nahmen sie ihm die Identifikationskarte ab, und er trug sich in der Besucherliste aus. In einer halben Stunde hatte er einen Termin bei Scotland Yard zu einer weiteren Sitzung mit der Sonderabteilung für Sprengstoffverbrechen, und er dachte, er könnte das Stück eigentlich zu Fuß gehen. Also machte er sich auf den Weg über die Waterloo Bridge, unter der der Fluß träge wie Öl dahinströmte, und über ihm war nicht nur die Sonne, sondern auch der Himmel unsichtbar.

Es war drei Tage her, seit er Clifford Sanders zuletzt gesehen hatte, und in dieser Zeit hatten Burdens Nachforschungen in überaus zufriedenstellender Weise ergeben, daß Sanders tatsächlich als Gärtner bei Miss Elizabeth McPhail im Forest House am Forest Park in Kingsmarkham gearbeitet hatte. Ihre Nachbarn erinnerten sich an den jungen Mann, und einer von ihnen erinnerte sich auch an die Besuche von Gwen Robson. Was er nun noch gern gehabt hätte, wäre ein Zeuge gewesen, der die beiden gesehen hatte, wie sie miteinander sprachen. Aber vielleicht erwartete er da zuviel. Jedenfalls stand außer Zweifel, daß Gwen Robson von Miss McPhail vor vier Jahren das Angebot erhalten hatte, als ständige Haushälterin bei ihr zu arbeiten. Clifford war jetzt dreiundzwanzig; vier Jahre zuvor mußte er im zweiten Jahr studiert haben. Burden überlegte sich eine Strategie. Clifford würde jetzt in der Schule sein, bei Munster; am Dienstag unterrichtete er bis fünf Uhr abends. Er würde müde sein, wenn er nach Hause kam, und es schadete nichts, wenn er dort Burden antreffen würde, der schon auf ihn wartete und unbedingt mit ihm sprechen wollte, entweder da draußen am Ende der Welt oder wieder einmal auf der Polizeistation.

Davidson fuhr mit ihm über die lange, gerade Straße, die am Sundays Park entlangging. Um zehn vor fünf war es bereits dunkel, und die einzelnen Nebelschwaden erforderten langsames, sehr vorsichtiges Fahren. Die efeuüberwucherte Fassade des Hauses ragte aus der nebligen Dunkelheit hoch und wirkte seltsam, wie etwas Lebendiges, ein gigantischer, rechteckiger Busch oder der Alptraum eines Surrealisten von einem Baum. Die Blätter, mit Wassertropfen übersät, hingen schlapp herunter und funkelten im Licht. Nur die Scheinwerfer des Wagens beleuchteten die dunkel funkelnde Masse, und zwischen dem Blattwerk schimmerte kein Licht. Was machte Dorothy Sanders wohl den ganzen Tag in diesem Haus, wenn ihr Sohn mit dem Wagen in der Stadt war? Die nächste Busstation war in Forby oder in Kingsmarkham, also mindestens zwei Meilen entfernt. Einmal wöchentlich brachte Clifford sie in das Einkaufszentrum Barringdean, hatte seine einstündige Sitzung bei Olson und holte nachher die Mutter ab. Was für Freunde und Bekannte hatte sie, wenn überhaupt? Wie gut kannte sie Carroll, den Bauern von nebenan? Es schien, als seien sie beide von ihrem Lebensgefährten verlassen worden, außerdem waren sie etwa im gleichen Alter...

Die Tür ging auf, und sie stand da. «Sie schon wieder? Mein Sohn ist nicht hier.»

Burden erinnerte sich an das, was Wexford über sie gesagt hatte: daß es schwer sei, sie mit ethischen Prinzipien oder moralischem Empfinden in Beziehung zu bringen. Und zugleich wurde ihm etwas anderes bewußt, etwas, das er bei seinem Mangel an Sensibilität nie zu fühlen geglaubt hätte – die Kälte, die von ihr ausging. Man konnte sich kaum vorstellen, daß diese Frau über eine normale Körpertemperatur verfügte, über warmes Blut. Während er darüber nachdachte, während das alles rasend schnell durch seine Gedanken fuhr, als er an der

Schwelle ihres Hauses stand, fühlte er auch, wie ungern er diese Frau berührt hätte, so als ob sich ihr lebendiges Fleisch anfühlte wie im *rigor mortis*.

Sie nahm vermutlich an, daß es die eiskalte Luft war, die ihm einen Schauer über den Rücken jagte und ihn frösteln ließ. Er sagte: «Wir möchten gern ein paar Worte mit Ihnen reden, Mrs. Sanders.»

«Machen Sie die Tür zu, sonst kommt der Nebel ins Haus.» Sie sprach vom Nebel, als wäre er eine Art Elementarwesen oder Gespenst, das draußen lauerte und darauf wartete, doch noch ins Haus gebeten zu werden.

Ihr Gesicht war mit einer dicken Schicht von weißem Puder bedeckt, die Lippen waren wächsern rot bemalt, und um den Kopf hatte sie sich ein braun gemustertes Tuch gebunden, so fest, daß kein Haar zu sehen war. Sie trug wieder ihre Lieblingsfarbe Braun, Pullover und Rock, eine Strumpfhose aus geripptem Material und flache, beigefarbene Schuhe. Als er ihr in den Wohnraum folgte, fiel Burden auf, wie schlank und aufrecht sie war – die Hüften schmal, der Rücken flach –, und es war fast ein Schock, als er im Kontrast dazu ihre Vorderansicht in dem großen Spiegel mit dem Mahagonirahmen sah, den mageren, sehnigen Hals, die tiefen Falten auf ihrer Stirn. Drinnen war es kalt, und was sie auch über den Nebel gesagt hatte, der draußen bleiben sollte, er schien bereits eingedrungen zu sein. Eine feuchte Kälte berührte Burdens Haut, und die Wärme im Raum konzentrierte sich auf die paar Meter um das offene Kohlenfeuer. Er warf einen Blick auf den leeren Kaminsims aus dunkelgrauem, geflecktem Marmor, auf die Kommode und den niedrigen Wohnzimmerschrank, beide aus ziemlich stumpfem, dunklem Holz, beide ohne Zier- und sonstige Gegenstände auf den polierten Flächen.

«Dürfen wir uns setzen?» Sie nickte. «Ihr Sohn arbeitete, soviel wir wissen, als Gärtner bei einer Miss McPhail im Forest Park. Das muß während seiner Studienzeit gewesen sein, nicht wahr?»

Sie glaubte einen Tadel herauszuhören, den Burden gar nicht hatte aussprechen wollen. «Er war ein erwachsener Mann.

Männer sollen arbeiten. Ich konnte ihn nicht finanziell unterstützen; das Stipendium, das er bekam, reichte nicht für alles.»

Burden sagte: «Mrs. Robson hat als Haushilfe bei Miss McPhail gearbeitet.»

Er hatte die Worte kaum ausgesprochen, als er merkte, daß Dodo Sanders wieder wie früher reagieren würde. Auch diesmal zeigte sie Verständnislosigkeit bei der Erwähnung des Namens Robson. Robson? Wer war Mrs. Robson? Ach, diese Frau, die Ermordete, deren Leichnam ich gefunden habe. O ja, natürlich. Sie sagte keines von diesen Worten, aber sie drückte sie alle durch ihre Blicke aus und nickte, nachdem Burden es ihr ins Gedächtnis gerufen hatte, als ob die Erinnerung daran nur langsam zurückkäme.

«Er hat sie nicht gekannt», sagte sie ausdruckslos mit ihrer mechanischen Roboterstimme.

«Wie können Sie das behaupten, wenn Sie Mrs. Robson gar nicht kannten und auch nicht wußten, daß sie dort arbeitete?»

Es mußte ihr klargeworden sein, aber sie ließ sich nicht anmerken, daß sie damit entweder sich selbst oder ihren Sohn Lügen gestraft hatte. «Sie war im Haus, und er war im Garten – das haben Sie selbst gesagt. Sie hatte vermutlich nichts im Garten zu suchen und er nichts im Haus. Warum auch? Es war ein sehr großer Garten.» Burden ließ es dabei, und danach kam ein kurzes Schweigen auf, ehe er fragte: «Haben Sie jemals die oberen Zimmer in diesem Haus vermietet?» Er fragte, weil ihn der Gedanke an die Möbel dort oben in beunruhigender Weise neugierig gemacht hatte. Ihm war eingefallen, daß Diana Pettit über die vielen Möbel gesprochen hatte, durch die sie bei der Durchsuchung der Speicherräume aufgehalten worden war.

«Warum fragen Sie danach?» Der Roboter hatte wieder zu sprechen begonnen, und sein Mikrochip-Ton verlieh jedem Wort das gleiche Gewicht.

«Wenn ich ehrlich sein darf, Mrs. Sanders, die Räume hier unten sind eher spärlich möbliert, und oben gibt es Möbel im Überfluß, wie man mir sagte.»

«Sie können sich gern selbst davon überzeugen, wenn Sie wollen.» Es war eine freundliche Redensart, aber sie wurde nicht in freundlichem Ton ausgesprochen. Es war der Tonfall des Wolfs in ‹*Rotkäppchen*›, als er sagte, er habe so viele Zähne, damit er Rotkäppchen besser fressen könne. Nachdem sie die kuppelartigen, bläulichen Lider wieder halb geschlossen hatte, legte sie den Kopf nach hinten, und Dodo Sanders sagte: «Jetzt kommt mein Sohn.»

Das Licht des Metro, der auf das Grundstück einbog, fiel auf die Decke und rutschte dann die Wände herunter. Die Frau sagte jetzt nichts mehr; sie schien zu lauschen, ja, sich anzustrengen, um etwas hören zu können. Man vernahm aus einiger Entfernung, wie eine Tür aus Holz geschlossen, wie ein Riegel vorgeschoben wurde. Sichtbar erleichtert, entspannte sie sich und rutschte ein Stück tiefer in ihrem Sessel. Dem Geräusch von Cliffords Schlüssel im Schloß folgte das Geräusch von Cliffords Schuhen, die ausführlich und mit Nachdruck abgestreift wurden. Er mußte am draußen stehenden Wagen erkannt haben, daß Burden hier war, und ließ sich Zeit; er öffnete sogar die Wohnzimmertür sehr langsam. Dann betrat er den Raum, blickte auf Burden und Davidson ohne ein Zeichen des Wiedererkennens und ohne ein Wort zu sagen und ging dann wie unter Hypnose auf den einzeln stehenden, freien Sessel zu.

Aber bevor er sich hingesetzt hatte, tat seine Mutter etwas Bemerkenswertes. Sie sprach Cliffords Namen aus, nur den Vornamen, und als er sich umdrehte, um langsam in ihre Richtung zu schauen, legte sie den Kopf auf eine Seite und hielt ihm ihre Wange hin. Er ging auf sie zu, beugte sich hinunter und gab ihr einen gehorsamen Kuß auf die mehlig weiße Haut.

«Können wir miteinander reden, Cliff?» Burden merkte, daß er mit unangemessener Herzlichkeit sprach, wie zu einem zehnjährigen Jungen, der Angst hatte und aufgemuntert werden mußte. «Ich möchte mit Ihnen über Miss McPhail reden. Aber zuvor gehen wir nach oben und schauen uns im Dachgeschoß um.»

Clifford drehte den Kopf, seine Augen richteten sich einen Moment auf seine Mutter, dann wandte er sich wieder ab. Es war nicht ein Blick, mit dem er sie um Genehmigung bat, er drückte eher aus, nicht glauben zu können, daß sie das erlaubte, ja, daß ein solches Unternehmen bereits sanktioniert war. Dodo Sanders stand auf, und sie gingen hinauf – alle vier. Das Haus war früher ein Bauernhaus gewesen, so daß die Treppe in den ersten Stock schön und breit war, die zweite, die in das Dachgeschoß führte, dagegen eng und so steil, daß man sich unwillkürlich am Geländer festhielt. Oben angekommen, sah Burden sich vor geschlossenen Türen, nahm einen kalten Modergeruch wahr, den Geruch der Vernachlässigung, und dazu überkam ihn eine unangenehme Erinnerung an frühere Träume – an Geheimnisse und Dinge, die in Speichern verborgen waren, an eine Hand, die aus einer Anrichte langte, und an ein körperloses, grinsendes Gesicht. Aber er war nicht so phantasievoll wie Wexford. Er streckte die Hand nach einem Schalter an der Wand aus, und eine Glühbirne von geringer Wattzahl leuchtete auf; dann öffnete er die erste Tür.

Mutter und Sohn standen hinter ihm, Davidson hinter den beiden. Der Raum war mit Möbeln, Bildern und Dekorationsstücken vollgestellt, doch sie waren nicht wohnlich angeordnet, und die Bilder waren alle mit den Vorderseiten gegen die Wände gelehnt. Auf den Polstern der Stühle lagen Porzellanfiguren und Bücher, in einer Ecke häuften sich Kissen. Nichts sah wertvoll aus, nichts war antik oder besaß auch nur den Wert von Raritäten; alles stammte aus den zwanziger und dreißiger Jahren, nur ein paar Stücke waren älter, mit geschwungenen Füßen und verzierten Kanten. Unten war alles sauber, und wenn man Dodos Charakter einschätzte, durfte man ihre hausfraulichen Fähigkeiten nicht übersehen, aber hier oben wurde nicht gewischt und nicht abgestaubt. Kein Staubsauger war je die enge Treppe nach oben getragen worden. Spinnweben hingen von der Decke und bildeten gut gefüllte Fliegenfallen in den Ecken. Weil es auf dem Land war, in einer ruhigen Gegend, wo nicht allzu viele Motorfahrzeuge vorbeikamen, war der Staub nicht dicht und wollig, sondern eben wie Staub: ein dünnes Pulver, das sich auf alle Oberflächen gelegt hatte.

Im nächsten Raum sah es genauso aus, nur daß dort zwei Bettstellen standen, zwei Polstermatratzen und Federbetten, dazu Bündel von Eiderdaunen in rosa Satin und Tagesdecken, die mit Stricken zusammengebunden waren, wurstförmige Kissen in Drillich, zusammengerollte Decken, selbstgewebte Wollteppiche mit geometrischen Mustern und Flickenteppiche mit konzentrischen Kreisen in ausgebleichten Farben. Und Bilder – diesmal Fotos in vergoldeten oder versilberten Rahmen.

Burden ging ein paar Schritte hinein in den Raum, nahm eine der Fotografien in die Hand und schaute sie an. Ein großer Mann in einem Tweedanzug und einem weichen Filzhut auf dem Kopf; eine Frau, die ebenfalls einen Hut aufhatte und ein Kleid mit Schalkragen und langem, ausgestelltem Rock trug; zwischen ihnen ein Junge mit Schulmütze, kurzer Hose und Kniestrümpfen. Die Gruppe ließ an die Mitte der dreißiger Jahre denken. Der Mann und der Junge sahen einander sehr ähnlich; es hätte Cliffords Gesicht sein können, das er da betrachtete, die gleichen, etwas pummeligen Wangen, die gleichen, dicken Lippen und sogar der gleiche Schnurrbart, die gleichen, ausdruckslosen Augen. Aber darüber hinaus zeigten diese Leute noch etwas, das Clifford fehlte, eine bestimmte Ausstrahlung von – ja, von was? Überlegenheit war vielleicht ein zu starker Ausdruck. Ein Bewußtsein der gesellschaftlichen Stellung und ihrer damit verbundenen Pflichten? Burden hatte noch immer das gerahmte Foto in der Hand, als er in die übrigen beiden Räume des Dachgeschosses hineinschaute, wobei ihm Davidson sowie Clifford und seine Mutter folgten. Es gab weitere Möbel, weitere zusammengerollte Teppiche und Aquarelle hinter goldenen Passepartouts in goldenen Rahmen, weitere Porzellantiere und Bücher, aber auch vergoldete, rosa bezogene Lloyd Loom-Stühle und ein Susie Cooper-Teetablett mit Porzellanservice auf einem Stapel von Kissen, die mit Blumengärten und ländlichen Szenen bestickt waren. Das alles war ziemlich schmutzig und schäbig und praktisch wertlos, aber nichts davon war unheimlich, nichts erinnerte an den Stoff, aus dem Alpträume sind.

Was war da geschehen? Warum war das alles hier oben? Das fragte sich Burden, während sie wieder hinuntergingen. Die Möbel unten waren keineswegs besser oder neuer als die oben in den Mansarden, und es gab unten auch nicht so viel Mobiliar, daß das Überflüssige und Unnütze nach oben hatte geschafft werden müssen. Die Einrichtung in den Wohnräumen war eher spärlich, und Burden war schon zu dem Schluß gekommen, daß Mutter und Sohn sich bei den Mahlzeiten die Teller auf die Knie stellen mußten. Er sah sie geradezu vor sich, mit den berüchtigten Fertiggerichten in Silberfolie oder den Tütensuppen, die sie kauften, um sich die Arbeit zu ersparen. Jedenfalls konnte er sich nicht vorstellen, daß diese Frau schmackhafte Mahlzeiten zubereitete, die jemand gern aß.

«Daß sind meine Großeltern und mein Vater», sagte Clifford und streckte die Hand nach der Fotografie aus.

Dorothy Sanders erteilte ihm einen Befehl, als ob er ein Schuljunge gewesen wäre wie der auf dem Foto. «Bring es nach oben, Clifford, dorthin, wo es gewesen ist.» Burden wäre überraschter gewesen, wenn er erlebt hätte, wie Clifford protestierte oder auch nur zögerte, statt zu sehen, was in Wirklichkeit geschah: automatische Gehorsamkeit, als Clifford augenblicklich nach oben in den Speicher ging.

«Erzählen Sie mir doch ein bißchen über Ihre Beziehung zu Mrs. Robson, Cliff», sagte Burden, als sie alle wieder unten waren.

«Sein Name ist Clifford. Es war mein Mädchenname... Und er hat keine Beziehungen», erklärte seine Mutter.

«Dann werde ich es anders formulieren. Erzählen Sie mir, wie Sie sie kennengelernt haben, worüber Sie mit ihr gesprochen haben. Es war bei Miss McPhail, nicht wahr?»

Dorothy Sanders hatte sich durch den Korridor in die Küche zurückgezogen. Clifford schaute Burden ziemlich verständnislos an und sagte, daß er sich bei Miss McPhail einmal um den Garten gekümmert habe. Auch er schien vergessen zu haben, wer Mrs. Robson war; Burden erinnerte ihn daran und fragte ihn, ob er jemals das Haus im Forest Park betreten habe – auf eine Tasse Tee oder Kaffee, zum Beispiel, oder um Blumen hineinzubringen.

«Es gab eine Reinmachefrau, die mir Tee angeboten hat, ja.»

«Und das war Mrs. Robson, nicht wahr?»

«Nein, das war sie nicht. Ich weiß nicht mehr, wie sie hieß, ich glaube, ich habe ihren Namen nie gehört. Aber es war nicht Mrs. Robson.»

Seine Mutter kam zurück, und Clifford schaute sie mit kindlichem Blick an, als bitte er um ihre Hilfe. Sie hatte sich die Hände gewaschen und roch nach Desinfektionsmittel. Um sich vor der Ansteckung von den alten Möbeln zu schützen – oder vor den beiden Polizeibeamten?

Sie sagte: «Ich habe Ihnen bereits erklärt, daß sie im Haus war und er im Garten. Ich habe Ihnen erklärt, daß er sie nicht kannte. Sie scheinen klares und deutliches Englisch nicht zu verstehen.»

«Na schön, Mrs. Sanders, Sie haben uns Ihre Ansicht mitgeteilt», sagte Burden. Er verschwendete keine Zeit mehr an sie und wandte sich von ihr ab. «Ich möchte, daß Sie mit mir auf die Polizeistation kommen, Clifford. Ich glaube, daß wir dort ein klareres Bild von den Umständen bekommen.»

Clifford ging mit ihnen, in seiner unterwürfigen Art, und sie fuhren zurück in die Stadt. Er setzte sich an den Tisch im Verhörraum und schaute erst auf Burden und dann auf Detective Constable Marian Bayliss. Schließlich wanderte sein Blick zurück auf Burden, bis er die Augen senkte und die winzigen geometrischen Muster der Tischplatte studierte. Mit leiser Stimme, die nicht mehr als ein Murmeln war, sagte er: «Sie beschuldigen mich, jemanden ermordet zu haben. Es ist unglaublich; ich kann noch immer nicht fassen, was da mit mir geschieht.»

Es gehört zu den besonderen Fähigkeiten eines Polizeibeamten beim Verhör, daß er weiß, was er besser übersehen sollte und wo er einhalten muß. Jetzt begann Burden leise: «Erzählen Sie mir, was geschehen ist, als Sie in das Einkaufszentrum kamen und Mrs. Robson trafen.»

«Ich habe es Ihnen bereits gesagt», antwortete Clifford. «Ich habe sie nicht getroffen. Ich habe ihren Leichnam gesehen. Das habe ich Ihnen immer und immer wieder erklärt. Ich bin hinuntergefahren in die zweite Ebene der Parkgarage und wollte den

Wagen parken, als ich diese Person dort liegen sah – diese Tote.»

«Woher wußten Sie, daß sie tot war?» fragte Marian.

Clifford lehnte sich nach vorn, auf die Ellbogen gestützt, die Hände an den Schläfen. «Ihr Gesicht war blau, und sie hat nicht geatmet. Sie wollen, daß ich das Gefühl bekomme, es ist nicht wahr, es ist gar nicht so gewesen. Sie versuchen, die Wahrheit zu verändern mit all Ihren Fragen, bis ich nicht mehr weiß, was geschehen ist und was nicht. Vielleicht habe ich sie gekannt und habe es vergessen. Vielleicht bin ich verrückt und habe sie umgebracht und auch das vergessen. Wollen Sie das von mir hören?»

«Ich will, daß Sie mir die Wahrheit sagen, Clifford.»

«Ich habe Ihnen die Wahrheit gesagt.» Er wandte sich einen Moment lang ab, drehte sich auf seinem Stuhl, dann schaute er Burden wieder seltsam freundlich an. Seine Stimme war unverändert, die verhältnismäßig volltönende Stimme eines erwachsenen Mannes, aber es war die Sprechweise eines siebenjährigen Jungen. «Sie haben mich Cliff genannt. Warum tun Sie das jetzt nicht mehr? Weil Dodo es Ihnen verboten hat?»

Zurückblickend vermutete Burden, daß er genau an diesem Punkt seine Theorie aufgab, Clifford sei geistig so gesund wie er, und zu begreifen begann, daß er verrückt sein mußte.

ZWÖLF

Über das Gartentor gelehnt, überblickte der neue Bewohner von Highlands das Anwesen, das mindestens für die kommenden sechs Monate sein Heim sein würde. Es war einer jener Tage, wie es sie manchmal sogar im Dezember gibt, klar und sonnig mit wolkenlosem Himmel und allmählich sinkenden Temperaturen. Der zu erwartende Nachtfrost würde die Grasspitzen versilbern und alle die Miniatur-Koniferen in Weihnachtsbäume verwandeln. Auf der restlichen Anhöhe hinter Wexfords neuem Heim saß die Baumgruppe des Barringdean-Rings wie ein schwarzer Hut auf einem grünen Kissen. Der Himmel glänzte in silbrigem Azur. Am unteren Ende der Battle Lane konnte er sehen, wo die Hastings Road abzweigte, konnte die Hausdächer der Robsons, der Whittons und von Dita Jago erkennen. Er war ziemlich hoch oben, am höchsten Punkt der Siedlung Highlands, so daß er sogar die Reihe von Altenbungalows erkennen konnte, die sich am Berry Close aneinanderdrängten.

Der Möbelwagen der Umzugsfirma, der erst vor kurzem mit der Hälfte der Möbel aus dem zerbombten Haus eingetroffen war, blockierte den Blick auf die Stadt. Sylvia hatte die Jungen zur Schule gebracht und war dann mit dem Fahrer des Möbelwagens hergekommen, um ihrer Mutter beim Einzug zu helfen. Wexford hatte sich vorgenommen, zu Fuß zur Arbeit zu gehen und sich später, falls er keine Lust zu laufen hatte, von Donaldson nach Hause fahren zu lassen. Dora brauchte ihren Wagen. Jetzt ging er wieder hinein und verabschiedete sich von ihr, schaute sich in dem leeren, kahlen Häuschen um und versuchte nicht, sich vorzustellen, wie das Leben in diesem beengten Quartier sein würde, wobei die Nachbarn und ihre schreienden Kinder von diesen Räumen nur durch dünne Wände, die schmalen, handtuchförmigen Gärten nur durch Drahtzäune voneinander abgetrennt waren. Schon wieder Drahtzäune! Trotzdem, sie hatten Glück, ein vorübergehendes Heim gefunden zu haben, Glück, daß sie nicht die ganze Zeit bei Sylvia wohnen mußten... Und er schalt sich in Gedanken wegen seiner Undankbarkeit, als seine freundliche, fleißige Tochter hereinkam und eine Kiste mit seinen Lieblingsbüchern ins Haus trug.

Die Luft war frisch und beißend, und die Sonne schien warm, stand aber tief am Horizont und warf lange Schatten. Sein Weg hinunter in die Stadt führte ihn durch die Hastings Road und den Eastbourne Drive. Niemand war unterwegs, die Straßen waren menschenleer und beinahe auch leer von Fahrzeugen. Das war der letzte Tag von Lesley Arbels Textverarbeitungskurs, aber sie würde sicher das Wochenende noch bei ihrem Onkel verbringen. Seit Gwen Robsons Tod waren mehr als zwei

Wochen vergangen, fast ebenso viel Zeit wie seit dem Tag, als jemand versucht hatte, Sheila zu töten. Wexfords Wunden und Blutergüsse waren weitgehend geheilt, seine körperliche Kraft kehrte allmählich zurück. Er hatte bereits mehrmals wieder seinen Wagen gefahren und fühlte sich ruhig und sicher hinterm Lenkrad. Die Sprengstoffexperten kamen immer wieder zu ihm oder baten ihn zu sich, wobei sie ihm zahllose Fragen stellten. Versuchen Sie, sich zu erinnern. Was geschah, nachdem Sie in den Wagen eingestiegen waren? Wer sind Ihre Feinde? Wer sind die Feinde Ihrer Tochter? Warum sind Sie aus dem Wagen gesprungen? Was hat Sie gewarnt? Er konnte sich an nichts davon erinnern und nahm an, daß diese fünf Minuten seinem Gedächtnis für immer verloren sein würden. Nur nachts, in seinen Träumen, durchlebte er noch einmal die Explosion – oder genauer, statt zu durchleben, woran er sich nicht erinnerte, ersann er in seinen Träumen neue Versionen, wobei manchmal er starb, manchmal Sheila, oder die Welt verschwand und er in einer dunklen Leere hing. Aber in der letzten Nacht hatte er statt des Dröhnens der Bombe eine leise, zarte Musik gehört, und statt Sheila hatte er Kreise gesehen, Räder, die sich in der Dunkelheit drehten, die funkelten und glitzerten und mit geometrischen Mustern angefüllt waren...

Das Bemühen, diese Gedanken zu verscheuchen und die Dinge vernünftig und realistisch zu betrachten, beherrschte ihn, bis er die Polizeistation erreichte. Und als er da war, wußte er schon, bevor er danach fragte, daß Burden in einem der Verhörräume Clifford Sanders und Archbold als Assistenten bei sich hatte. Später am Vormittag kam Burden heraus und ließ Clifford allein zurück, wobei er ihm Kaffee und Kekse hineinschickte. Wexford konnte sich nicht vorstellen, wie Clifford aussehen mochte nach dieser unaufhörlichen Prüfung, aber Burdens Gesicht war eingefallen, blaß und angespannt, und seine Augen wirkten müde.

«Sie haben von der Inquisition gesprochen», sagte Wexford. «Über die Henker, die für ein Trinkgeld die Verurteilten garrottierten, bevor sie auf dem Scheiterhaufen verbrannt wurden.»

Burden nickte, warf sich in seinen Sessel, und sein gespanntes Gesicht wirkte ziemlich gespenstisch im hellen, blassen Sonnenlicht.

«Sie sagen, Sie hätten darüber gelesen. Nun, ich habe gelesen, daß die Inquisitoren ebenso leiden wie ihre Opfer unter der Anstrengung, der Zermürbung und der Gehirnwäsche, die sie erschöpft, bis sie ihrem Opfer gleichen. Es ist das Zusehen bei der Folter, das diese Wirkung ausübt; man muß schon ein ganz abgebrühter Mensch sein, wenn man bei der Folter zusehen kann, ohne daß es einem etwas ausmacht.»

«Clifford Sanders wird nicht gefoltert. Ich habe zu Beginn gezweifelt, aber jetzt zweifle ich nicht mehr. Er wird einem strengen Verhör unterzogen, aber nicht gefoltert.»

«Vielleicht nicht körperlich, aber ich glaube nicht, daß man in diesem Fall Körper und Geist völlig voneinander trennen kann.»

«Er wird nicht künstlich wach gehalten; er sitzt nicht unter hellen Scheinwerfern, er muß nicht stehen und nicht hungern und kann trinken, wenn er Durst hat. Er ist nicht einmal die ganze Zeit hier; er geht zum Schlafen nach Hause. Heute schicke ich ihn sogar jetzt schon nach Hause; ich habe genug für diesen Tag.»

«Sie verschwenden Ihre Zeit, Mike», sagte Wexford milde. «Sie verschwenden Ihre und seine Zeit, weil er es nicht getan hat.»

«Entschuldigen Sie, wenn ich in diesem Punkt nicht mit Ihnen übereinstimme. Ich stimme ganz und gar nicht mit Ihnen überein.» Burden setzte sich auf, neu belebt und verärgert. «Er hatte das Motiv und die Mittel. Er zeigt starke psychopathische Tendenzen. Erinnern Sie sich an das Buch, das Sie mir geborgt haben, mit dem Abschnitt über Psychopathen? Den Stafford-Clark? ‹Das hervorstechendste Kennzeichen ist emotionale Unreife im weitesten und umfassendsten Sinn …› Wie geht es weiter? Mal sehen – ich habe leider nicht Ihr Gedächtnis. ‹… mitunter überaus bemüht, aber ohne jegliche Ausdauer, gewinnend, aber unaufrichtig, anspruchsvoll, aber selbst gleichgültig gegenüber Bitten, verläßlich nur in ihrer gleichbleibenden Unzuverlässigkeit …›»

«Mike», unterbrach ihn Wexford, «Sie haben keine Beweise. Sie haben sich das, was Sie in Händen halten, aus den Fingern gesogen und aufgebauscht, nur damit es Ihrer Theorie entspricht. Das einzige Faktum, über das Sie wirklich verfügen, ist das, daß er die Tote gesehen hat und davongelaufen ist, anstatt es der Polizei zu melden. Das ist absolut alles, was Sie gegen ihn haben. Er hat Gwen Robson nicht gekannt. Er war Gärtner auf einem Anwesen, wo sie vielleicht manchmal in ihrer Rolle als Gemeindeschwester aufgetaucht ist, und er hat vielleicht das eine oder andere Mal guten Tag zu ihr gesagt. Man hat nicht gesehen, daß er im Einkaufszentrum mit ihr gesprochen hätte. Er besitzt und besaß keine Garrotte oder etwas, woraus man eine hätte machen können.»

«Im Gegenteil, er hat ein starkes und klares Motiv. Ich kann es noch nicht beweisen, aber ich bin davon überzeugt, daß er in der Vergangenheit bereits einmal ein Verbrechen begangen hat, das von Gwen Robson entdeckt wurde, worauf sie ihn erpreßte. Wenn sie an Psychopathen geraten, haben Erpresser selten für längere Zeit Erfolg.»

«An was für ein Verbrechen denken Sie?»

«An Mord», sagte Burden in triumphierendem Ton. «Das haben Sie selbst angedeutet. Sie sagten, niemand würde sich heute noch viel bei einer sexuellen Verfehlung denken, daher muß es Mord sein.» Seine Stimme klang müde, als er ein Gähnen unterdrückte. «Ich weiß nicht, wen er ermordet hat, aber das finde ich heraus. Ich stochere in seiner Vergangenheit herum. Vielleicht eine Großmutter? Vielleicht sogar Miss McPhail. Ich lasse Cliffords Vergangenheit derzeit nach eventuell ungeklärten Todesfällen durchforsten.»

«Sie vergeuden Ihre Zeit. Nein, nicht die Ihre – die unsere. Die Zeit der Steuerzahler.»

Das war ein Vorwurf, gegenüber dem Burden ganz besonders empfindlich reagierte. Er schaute jetzt sowohl müde als auch wütend drein, und sein Gesicht wirkte verkniffen, wie immer, wenn er zornig war. Seine Stimme klang kalt. «Er hat sie zufällig im Einkaufszentrum getroffen; sie hat ihn um mehr Geld angegangen, und nachdem er ihr in die Parkgarage gefolgt war, hat er sie mit einem Stück Draht erdrosselt, den er zusammen mit diesem Vorhang im Kofferraum des Wagens hatte. Den Draht hat er mitgenommen und auf dem Nachhauseweg irgendwo weggeworfen.»

«Warum hat er die Tote zugedeckt und ist weggelaufen?»

«Man kann nicht alle Widersprüche im Verhalten eines Psychopathen erklären, obwohl er vermutlich dachte, daß die Tote, wenn er sie zudeckte, längere Zeit nicht gefunden werden würde – jedenfalls später, als wenn sie offen dagelegen hätte. Linda Naseem hat gesehen, wie er mit Mrs. Robson sprach. Und Archie Greaves sah ihn wegrennen.»

«Mike, wir wissen, daß er weggerannt ist, das gibt er ja selbst zu. Und Linda Naseem hat ein Mädchen mit einem Hut oder einer Baskenmütze gesehen.»

Burden stand auf und ging durch den Raum, dann kam er zurück und lehnte sich an Wexfords Schreibtischkante. Er gab sich jetzt wie einer, der sich zusammenreißt, um etwas sehr Unangenehmes in möglichst netter Weise zu sagen. «Schauen Sie, Sie hatten einen schweren Schock und fühlen sich noch immer nicht ganz wohl. Sie haben erlebt, was geschah, als Sie zu früh zur Arbeit gekommen sind. Und, mein Gott, ich weiß doch, daß Sie sich Sorgen machen wegen Sheila.»

Wexford erwiderte trocken, aber so freundlich wie möglich: «Okay, aber mein Gehirn hat meines Wissens nicht darunter gelitten.»

«Wirklich nicht? Ich meine, es wäre nur natürlich, wenn man denkt... Vorübergehend, versteht sich. Alle Indizien in diesem Fall deuten auf Clifford, und kein einziger deutet auf jemand anders. Sie weigern sich, es so zu sehen, aus welchem Grund, kann ich nicht sagen, aber ich glaube, es kommt daher, weil Sie noch nicht wiederhergestellt sind, weil Sie den Schock der Explosion noch nicht verdaut haben. Ehrlich, Sie hätten länger zu Hause bleiben sollen.»

Und alles dir überlassen, dachte Wexford, sagte jedoch nichts. Zugleich fühlte er, wie sich in ihm kalter Zorn ausbreitete wie ein Strom von Eiswasser, der durch die Kehle in den Magen läuft.

«Ich werde Clifford so weit bringen, daß er zusammenbricht und gesteht. Es ist nur noch eine Frage der Zeit. Überlassen Sie das ruhig mir, ich bitte Sie nicht um Hilfe – und auch nicht um Rat. Ich weiß genau, was ich tue. Und was die Folter betrifft – das ist doch lächerlich. Ich bin dem, was gegen die Regeln ist, nicht einmal entfernt nahegekommen.»

«Mag sein», sagte Wexford. «Vielleicht sollten Sie sich aber auch einmal an die letzten Zeilen aus der Definition des Psychopathen erinnern, die Ihnen so gut gefällt – die Passage über das rücksichtslose und fest entschlossene Streben des Psychopathen nach Anerkennung, seine Rechthaberei.»

Burden schaute ihn scharf und beinahe ungläubig an, dann ging er hinaus und knallte die Tür zu, daß es auf dem Korridor hallte.

Ein Streit mit Mike – das hatte es noch nie zuvor gegeben. Meinungsverschiedenheiten, ja, und harte Auseinandersetzungen. Da war zum Beispiel die Zeit, als Mike seine erste Frau verloren hatte und daran fast zugrunde gegangen wäre, und später diese merkwürdige Liebesaffäre – Wexford war wütend gewesen, vielleicht auch allzu väterlich-bevormundend. Aber es war nie dazu gekommen, daß sie sich gegenseitig beschimpften. Natürlich hatte er nicht unterstellen wollen, daß Mike ein Psychopath war oder auch nur psychopathische Tendenzen aufwies, aber er mußte zugeben, daß es sich genauso angehört hatte. Was hatte er denn sagen wollen? Wie die meisten Menschen bei den meisten Streitigkeiten hatte er die erstbesten verletzenden und halbwegs zur Situation passenden Worte gesagt, die ihm in den Sinn gekommen waren.

Manches von dem, was Mike geäußert hatte, traf sicher zu. Zum Beispiel schätzte er den Charakter von Gwen Robson durchaus richtig ein. Sie hätte sehr viel für Geld getan, fast alles, und das, was sie getan hatte, war die Ursache für ihren Tod gewesen. Das war ihm klar, und Burden wußte es ebenso. Aber er hatte sich die falsche Person ausgesucht unter ihren möglichen – ja, was? Klienten? Vielleicht war das das beste

Wort, selbst in diesem Zusammenhang. Clifford Sanders war nicht Gwen Robsons Mörder.

Wexford schaute aus dem Fenster und sah, wie er zu einem der Wagen hinausgeführt wurde. Davidson war dabei, er sollte ihn nach Hause fahren. Clifford trottete nicht und schlurfte nicht, er ging auch nicht mit gesenktem Kopf und hängenden Schultern, und dennoch drückte seine Haltung irgendwie Verzweiflung aus. Er schien wie einer, der in einem immer wiederkehrenden Traum gefangen war, einem Traum, aus dem er sich nur durch das Erwachen befreien konnte und der unweigerlich in der nächsten Nacht zurückkehren würde. Was für ein phantastischer Unsinn, sagte sich Wexford, aber seine Gedanken beschäftigten sich weiter mit dem Mann, den sich Burden als Täter ausgewählt hatte, als Davidson aus dem Hof auf die Straße hinausfuhr und alles, was Wexford noch von Clifford Sanders sehen konnte, seine breitschultrige Gestalt im Rückfenster des Wagens war, sein runder Schädel mit dem kurzgeschnittenen Haar. Wohin fuhr er, was war das für ein Zuhause? Diese kalte, diktatorische Frau, das Haus, das groß und düster und nackt war, und immer kalt, und wo laut Burden alles, was es freundlich und angenehm gemacht hätte, in den Mansardenräumen verstaubte. Sinnlos zu fragen, warum er bei seiner Mutter blieb. Er war jung und gesund und nicht ungebildet; er hätte das Haus verlassen und sich ein eigenes Leben einrichten können. Wexford wußte, daß viele Menschen ihre eigenen Gefangenen waren und daß sie die Tür in die Welt, die ihnen offenstand, mit unsichtbaren Schranken verbarrikadiert hatten. Sie hatten die Tunnels in die Freiheit blockiert, hatten die Jalousien zugezogen, um das Licht draußenzuhalten. Clifford, wenn man ihn fragte, würde vermutlich sagen: «Ich kann meine Mutter nicht im Stich lassen; sie hat alles für mich getan, hat mich ohne Hilfe großgezogen, hat ihr ganzes Leben mir gewidmet. Ich kann sie nicht verlassen und muß meine Pflicht tun.» Aber vielleicht sagte er etwas ganz anderes, wenn er allein war mit Serge Olson.

Wexford wäre vielleicht an diesem Tag nicht nach Sundays gefahren, sondern hätte in seinem Büro gesessen und noch lange über seinen Streit mit Burden nachgedacht, wenn nicht ein Mann namens Brook, Stephen Brook, bei ihm angerufen hätte. Der Name sagte ihm nichts, doch dann erinnerte er sich an einen blauen Lancia und an eine Frau, die im Einkaufszentrum die Wehen bekommen hatte. Brook sagte, seine Frau wollte der Polizei etwas mitteilen, und Wexfords Gedanken waren wieder bei Clifford Sanders. Angenommen, diese Frau konnte ihm etwas sagen, das Clifford von jeglichem Verdacht befreite? Vielleicht kannte sie ihn. Man konnte mit etwas Übertreibung behaupten, daß in einer Stadt wie Kingsmarkham jeder jeden kannte. Es würde ihm große Genugtuung bereiten, wenn Clifford vom Verdacht entlastet wäre, und würde vielleicht auch den Bruch kitten, der zwischen ihm und Burden entstanden war, ohne daß Burden das Gesicht verlieren mußte.

Die Brooks lebten in der Forby Road, am Ende der Stadt, und ihr Heim war eine Wohnung in einem der städtischen Sozialblocks, die man auf dem Sundays-Gelände errichtet hatte. Aus dem Fenster ihres Wohnzimmers konnten sie den Sundays-Park sehen, seine Weißbuchenallee, die Rasenflächen, die Zedern und die Autos der Leute, die den Testverarbeitungskurs belegt hatten und nun auf der Seite des großen weißen Herrenhauses parkten. Der kleine Raum war überheizt, und das Baby von Mrs. Brook lag nackt in einer Wiege aus Weidengeflecht. Das Mobiliar der Brooks bestand aus zwei ziemlich zerkratzten Stühlen, einem Tisch und einer Anzahl kleiner Kisten, die alle mit gemustertem Stoff und Schals und bunten Decken drapiert oder bedeckt waren. An den Wänden hingen Plakate, und in Senfgefäßen aus Steingut standen getrocknete Gräser. Alles war mit geringsten Kosten eingerichtet und wirkte durchaus hübsch und gemütlich.

Mrs. Brook trug Schwarz. Staubig-schwarze, gestrickte Draperien, so hätte Wexford ihre Kleidung beschrieben. Sie trug faltenreiche, schwarz-weiß gestreifte Strümpfe und einen schwarzen Trainingsanzug, und als sie das Baby aus der Wiege nahm, sich die schwarze Wolljacke und das schwarze Hemd aufknöpfte und der Kleinen eine runde weiße Brust zum Säugen reichte, sah sie wie eine etwas merkwürdige, sehr moderne Madonna aus. Ihr Mann – in Jeans, Hemd und Reißverschluß-Uniformjacke – hätte vielleicht konventioneller gewirkt, wenn nicht sein struppiges Haar so gefärbt gewesen wäre, daß es an einen Paradiesvogel erinnerte: tropisches Blau und Orange. Ihre gut modulierte Sprache mit dem Akzent der Universität von Myringham wirkte verblüffend, obwohl Wexford sich sagte, daß er darauf schließlich hätte vorbereitet sein müssen. Die beiden waren im Alter von Clifford Sanders – doch welch ein anderes Leben hatten sie sich eingerichtet!

«Ich hab es zuvor nicht gesagt», erklärte Helen Brook, «weil ich nicht wußte, wer sie war. Ich meine, ich war im Krankenhaus mit Ashtoreth und habe an das alles keine großen Gedanken verschwendet.»

Ashtoreth. Na schön, der Name hörte sich gut an, und sie war genauso eine Göttin wie Diana.

«Ich meine, es war ein Schock, wirklich. Ich wollte sie eigentlich zu Hause zur Welt bringen, und alles war dazu vorbereitet. Ich wollte das Kind im Hocken gebären, nicht im Liegen, das ja völlig unnatürlich ist, und drei von meinen Freunden wollten kommen, um die richtigen Riten zu vollziehen. Die Leute im Krankenhaus waren wütend, klar, weil ich sie auf natürliche Weise gebären wollte, aber ich hoffte, ich konnte ihnen beweisen, daß meine Methode die richtige ist. Und dann haben sie mich natürlich kalt erwischt. Es war fast so, als ob sie mir eine Falle gestellt hätten, um mich doch noch ins Krankenhaus zu bringen, auch wenn Steve glaubt, daß das nicht möglich ist.»

«Ja, das nennt man Paranoia, Liebes», sagte Stephen Brook.

«Jedenfalls, ich bekomme die Wehen – was sagen Sie dazu? Ich war im *Demeter*, und da fangen einfach diese Schmerzen an.»

«Im was?» fragte Wexford, ehe er sich erinnerte, daß das der Name des Reformgeschäfts im Einkaufszentrum Barringdean war.

«Also, im *Demeter*», wiederholte sie, «um meine Ringelblumenkapseln zu kaufen. Und ich blicke hoch und durch das Fenster und sehe, wie sie draußen mit diesem Mädchen spricht. Ich dachte schon, ich gehe raus und zeige mich ihr, mal sehen, was sie dann sagt – so wie sie dahergeredet hat, hoffte sie, daß ich nie Kinder haben würde, wissen Sie.»

«Er weiß überhaupt nicht, wovon du redest, Liebes.»

Wexford nickte Stephen Brook zustimmend zu, während Helen Brook das Kind an die andere Brust nahm und dabei den weichen, flaumigen Kopf mit der Hand stützte. «Wen haben Sie gesehen?» fragte er.

«Na, die Frau, die dann umgebracht worden ist. Aber das hab ich nicht gewußt, das heißt, ich wußte nicht, wie sie heißt. Ich wußte nur, daß ich sie kannte, und dann haben wir in der Zeitung gelesen, daß sie eine Gemeindeschwester war, und wo sie wohnte, und ich sagte zu Steve, das ist die Frau, die sich um die Nachbarin von Mama gekümmert hat. Ich war im *Demeter* und habe sie erkannt. Dabei hatte ich sie schon seit Ewigkeiten nicht gesehen. Wissen Sie, damals hat sie gehört, wie Steve und ich geheiratet haben, und da ist sie ziemlich komisch geworden.»

«Wie Sie geheiratet haben?»

«Na ja, Steve und ich, wir sind nicht auf ein Standesamt oder in eine Kirche gegangen oder irgend etwas, wegen unserem Glauben. Wir hatten eine wunderschöne Feier in Stonehenge, bei Sonnenuntergang, und alle unsere Freunde waren da. Das heißt, sie haben uns nicht bis ganz zu den Steinen hingelassen, was früher möglich war, wie Mama sagte, aber es war schon sehr schön, daß wir Stonehenge überhaupt gesehen haben. Steve hat einen Ring gemacht aus einem Knochen, und ich habe einen Ring gemacht aus Eibenholz, und die haben wir getauscht, und einer unserer Freunde, der ein Musiker ist, hat auf der Sitar gespielt, und alle haben gesungen. Jedenfalls, die Stadtverwaltung gibt einem auch eine Wohnung, wenn man nicht auf die offizielle Art geheiratet hat. Mama hat das dieser Lady – wie hat sie geheißen, Gwen? –, also, Mama hat es ihr gesagt, aber sie war ziemlich eklig, und als sie mich gesehen hat, da hat sie es gesagt. Sie hat gesagt, ich hoffe, daß Sie nie

Kinder bekommen.› Das war alles. Na ja, das war vor gut zwei Jahren, und ich hab sie nie mehr getroffen, und dann sehe ich, wie sie vorm *Demeter* mit diesem Mädchen redet. Sie sind zusammen ins *Tesco* gegangen, und ich wollte ihnen schon nach und sagen, da, schauen Sie, was sagen Sie jetzt? Aber dann hatte ich auf einmal diese schrecklichen Schmerzen …»

Sie saß da, lächelte milde, und das Baby Ashtoreth lag auf ihrem Schoß und war am Einschlafen. Wexford bat sie, das Mädchen zu beschreiben.

«Ich bin nicht sehr gut beim Beschreiben von Leuten. Ich meine, es kommt ja doch vor allem auf das an, was innen ist, finden Sie nicht? Sie war älter als ich, aber nicht viel, und sie hatte dunkles Haar, das sie ziemlich lang trug. Sie hatte die tollsten Sachen an, das ist mir in Erinnerung geblieben – ihre tollen Sachen.»

«Wollen Sie damit sagen, daß sie schick angezogen war?» Wexford begriff, daß er einen sehr aus der Mode gekommenen Begriff verwendete, und Helen Brook schaute ihn verdutzt an. Sie beugte sich vor, als hätte sie nicht recht verstanden. «War ihre Kleidung besonders elegant?» korrigierte er sich und fügte hinzu: «Neu? Modisch?»

«Na ja, neu eigentlich nicht. Elegant, ja, vielleicht ist es das. Sie wissen, was ich meine.»

«Hat sie einen Hut aufgehabt?»

«Einen Hut? Nee, einen Hut hat sie nicht aufgehabt … Sie hatte schönes Haar und hat sehr hübsch ausgesehen.»

Eine junge Frau war sicher in der Lage, den Stil einer Frau in ihrem Alter zu beurteilen. Was sie ihm gesagt hatte, bestätigte die Aussage von Linda Naseem – oder nicht? Hüte und Mützen konnte man zeitweise abnehmen. Wenn es dasselbe Mädchen war, das Helen Brook gesehen hatte, bedeutete das, daß Gwen Robson sie in einer der Passagen des Einkaufszentrums getroffen hatte, mit ihr durch den Supermarkt gegangen war, und daß die beiden dann gemeinsam hinuntergefahren waren in die Parkgarage. Vorausgesetzt, es war dasselbe Mädchen …

Es kommt selten vor, daß man jemanden am Lenkrad eines Wagens erkennt. Normalerweise erkennt man den Wagen, dann schaut man rasch, um den Fahrer zu identifizieren. Silberne Escorts freilich weckten derzeit die Aufmerksamkeit von Wexford, genau wie rote Metros, und als er einen genaueren Blick auf den entgegenkommenden warf, sah er, daß Ralph Robson am Steuer saß. Also hatte Lesley Arbel heute kein Auto zur Verfügung.

«Wenden Sie», sagte er zu Donaldson. «Zurück nach Sundays.»

Als sie dort eintrafen, kamen die Leute gerade vor dem Herrenhaus aus der Regency-Zeit die Treppe herunter; der Kurs war zu Ende. Es gab etwa gleich viel Frauen und Männer, und alle waren ziemlich jung. Lesley Arbel, die aus der offenen Doppeltür trat, unterschied sich in Aussehen und Kleidung wesentlich von den anderen. Wexford, der sich, als er sie das erste Mal sah, durch ihre elegante Kleidung an Schauspielerinnen aus der Frühzeit des Tonfilms erinnert fühlte, mußte wieder an die Filme der dreißiger Jahre denken. Nur in ihnen war es möglich, eine Szene so zu beherrschen, daß kein Zweifel bestand, wer eine Nebenrolle spielte und wer der Star des Films war. Aber da dies kein Film und Lesley Arbel keine selbstsichere Filmgöttin auf Zelluloid war, wirkte ihre Erscheinung ein wenig lächerlich, vor allem im Kontrast zu den anderen jungen Leuten in Tweedmänteln und Anoraks und dicken Jacken über den Overalls. Sie kam auch mit etwas unbeholfenen Bewegungen die Treppe herunter, denn ihre Absätze waren so hoch, daß sie Mühe hatte, die Balance zu halten.

Der Bus von Kingsmarkham kam durch die Forby Road, hielt gegenüber dem Tor und der Sundays Lodge, und Lesley Arbel wollte offensichtlich diesen Bus erwischen. Aber ihre Absätze und der lange, enge schwarze Rock behinderten sie beim Laufen, und sie stöckelte nur sehr langsam auf die Straße zu, wo Wexford den Kopf aus dem Seitenfenster des Wagens streckte und sie fragte, ob er sie nach Hause bringen könne. Es war mehr als eine Überraschung, es war ein Schock für Lesley, und sie zuckte deutlich zusammen. Er hatte das Gefühl, daß sie davongerannt wäre, wenn sie dazu geeignete Schuhe angehabt hätte. Jetzt jedoch kam sie vorsichtig auf den Wagen zu. Wexford stieg aus, öffnete ihr die Fondtür, und sie stieg etwas unbeholfen ein, duckte den Kopf dabei und hielt ihr kleines, schwarzes, grob geripptes Hütchen fest.

«Ich dachte, wir sollten einmal allein miteinander reden», sagte er. «Ich meine, ohne Ihren Onkel.»

Sie war zu nervös, um auch nur ein Wort herauszubringen, saß da, hatte die Hände auf dem Schoß gefaltet und starrte Donaldsons breiten Rücken an. Wexford stellte fest, daß sie ihre Nägel, die zuvor gut und gern eineinhalb Zentimeter über die Fingerkuppen hinausgestanden waren, abgefeilt hatte; außerdem waren sie jetzt unlackiert. Donaldson begann langsam durch die Avenue zu fahren, zwischen der Doppelreihe blattloser Weißbuchen hindurch. Die Sonne war eben untergegangen, und die Bäume bildeten ein schwarzes Flechtwerk vor einem großartigen scharlachroten Himmel.

Wexford sagte leise: «Sie haben mir verschwiegen, daß Sie in Kingsmarkham gewesen sind an dem Tag, als Ihre Tante umgebracht wurde.»

Sie antwortete recht schnell, als ob die Frage keine große Bedeutung hätte. So hätte sie geantwortet, wenn ein Freund ihr Vorwürfe machte, daß sie ihn nicht wie versprochen angerufen hatte.

«Nein. Ich war durcheinander, und ich habe es vergessen.»

«Kommen Sie, Miss Arbel! Sie sagten mir, daß Sie Ihren Arbeitsplatz im Orangetree House früher verlassen haben, weil Sie sich nicht wohl fühlten.»

Sie murmelte: «Ich *habe* mich nicht wohl gefühlt.»

«Aber Ihr Unwohlsein hielt Sie nicht davon ab, nach Kingsmarkham zu fahren.»

«Ich meine, es ist mir nicht klargeworden, daß es wichtig sein könnte, wo ich war.»

Im ersten Augenblick war sie erschrocken, aber jetzt hatte sie keine Angst mehr; das konnte nur bedeuten, daß er ihr nicht die Frage gestellt hatte, vor der sie sich fürchtete. «Im Gegenteil, es ist sehr wichtig, wo Sie gewesen sind. Ich hörte, Sie sind hierhergefahren, um noch einmal zu überprüfen, ob Sie für den Kurs eingetragen waren, der am folgenden Montag beginnen sollte?» Sie nickte, entspannte sich ein wenig, und ihr Körper wirkte nicht mehr so steif unter den dick gepolsterten Schultern ihrer rosa und schwarz gestreiften Jacke. «Sie wissen, daß ich das nachprüfen kann, Miss Arbel.»

«Ich habe meine ordnungsgemäße Einschreibung für den Kurs überprüft.»

«Das hätten Sie doch aber auch telefonisch tun können, nicht wahr?»

«Ich habe es versucht, aber ihr Telefon funktionierte nicht.»

«Und dann haben Sie sich mit Ihrer Tante getroffen, im Einkaufszentrum Barringdean.»

«Nein!» Er konnte nicht entscheiden, ob es ein Schrei des Entsetzens war, aus Angst vor der Entdeckung, oder nur die Überraschung darüber, daß man ein derartiges Treffen für möglich hielt. «Ich habe sie nicht gesehen, und ich bin auch nicht dortgewesen! Warum hätte ich hingehen sollen?»

«Das müssen Sie mir schon selbst sagen. Angenommen, ich erkläre Ihnen, daß Sie dabei von mindestens einem Zeugen gesehen wurden?»

«Dann würde ich sagen, dieser Zeuge lügt.»

«Wie Sie gelogen haben, als Sie mir sagten, Sie seien am 19. November krank gewesen und von der Arbeit direkt nach Hause gegangen?»

«Ich habe nicht gelogen. Ich dachte, es sei nicht wichtig für Sie, daß ich hierhergefahren bin, um nachzusehen, ob ein Formular richtig ausgefüllt war, und danach wieder zurückzufahren. Das ist alles, was ich getan habe. Ich war überhaupt nicht in der Nähe vom Barringdean-Einkaufszentrum.»

«Sind Sie hin und zurück mit der Eisenbahn gefahren?»

Sie nickte hastig und ging ihm damit prompt in die Falle.

«Dann waren Sie aber dem Einkaufszentrum recht nahe; immerhin ist der Fußgängereingang nur eine Straße von der Station Road entfernt. Könnte man nicht sagen, daß Sie von Sundays zum Bahnhof zurückkehrten, und da Ihnen einfiel, daß Ihre Tante um diese Zeit im Einkaufszentrum sein mußte, weil sie immer am Donnerstag um diese Zeit dort war, sind Sie hineingegangen und haben sie dort in der mittleren Passage getroffen? Ist es nicht so gewesen, Miss Arbel?»

Sie stritt es ab, heftig und tränenreich, aber auch diesmal hatte Wexford das Gefühl, daß es nicht das war, wovor sie sich fürchtete; es war nicht die Angst, in Gesellschaft ihrer Tante gesehen worden zu sein, kurz bevor diese ums Leben kam. Und zu seiner Überraschung rief sie plötzlich in kläglichem Ton: «Ich werde meinen Job verlieren!»

Das schien nun eigentlich gar nicht zur Sache zu gehören und außerdem eine Kleinigkeit zu sein, verglichen mit den ungeheuerlichen Ereignissen um Gwen Robsons Tod. Er ließ sie gehen, öffnete ihr noch die Tür, als der Wagen in Highlands vor dem Haus ihres Onkels hielt. Hinter zugezogenen Vorhängen brannte bereits das Licht. Sie hatte den Weg bis zur Haustür mit unsicheren, hoppelnden Schritten zurückgelegt und fummelte mit dem Schlüssel herum, als Robson ihr die Tür öffnete und sie einließ. Nachdem Lesley Arbel ins Haus getreten war, wurde die Tür sehr rasch wieder geschlossen. Ein langer Abend, der den beiden bevorstand, dachte Wexford; erst wurde Tee gemacht, vielleicht gab es Rührreier, man sprach über seinen Tag und ihren Tag, was sich im einen und im anderen Fall ereignet hatte, er klagte über seine Arthritis, sie bemitleidete ihn, und dann, welche Erleichterung, das Fernsehen! Was hatten die Menschen in solchen Situationen vor der Erfindung des Fernsehens gemacht? Es war unvorstellbar.

Aber tat sie das alles aus Herzensgüte? Hatte sie ihre Tante aufrichtig geliebt und liebte und bedauerte sie nun ihren Onkel? Eine Heilige, ein Engel der Güte – ja, das mußte sie sein, wenn sie ein Wochenende ums andere hier verbrachte, wo ihr London und ihre eigene Wohnung zur Verfügung standen, Freunde, die sie treffen konnte – und wenn es jede Stunde drei Züge gab, mit denen sie dorthin zurückfahren konnte. Aber Wexford hielt sie nicht für einen Engel; sie hatte ihn nicht einmal davon überzeugen können, daß sie über irgendwelche Herzensgüte verfügte. Eitelkeit und Egozentrik paßten nicht mit aufopfernder Selbstlosigkeit zusammen – und was hatte dieser abschließende, leidenschaftliche Aufschrei zu bedeuten?

Dita Jagos Tochter war eingetroffen, um ihre kleinen Mädchen abzuholen, und Wexford sagte zu Donaldson: «Sie können mit dem Wagen zurückfahren und Feierabend machen, wenn Sie wollen. Ich gehe von hier aus zu Fuß.»

Einen Augenblick lang zeigte Donaldson eine überraschte Miene, dann fiel ihm ein, wo der Chief Inspector jetzt zu Hause war. Wexford schlenderte über die Straße. Die Straßenlampen in Highlands waren nicht sanft gelblich wie in der Straße, wo sein eigenes Haus stand, sondern bläulichweiß, Glaszylinder auf Betonpfeilern, die einen grellen Schein verbreiteten. Sie befleckten die dunkle Luft mit fahlem Nebel und verliehen den Menschen und ihrer Kleidung die Farben von Reptilien, einen Grünton, ein fades Braun und ein schmutziges Weiß. Melanie und Hannah – wie hießen sie noch, Quincy? – sahen tuberkulös aus, ihre lebhaften, dunklen Augen wirkten trübe und ihre geröteten Wangen ungesund bläulich. Ihre Mutter hatte eine der grandiosen, bunten Strickkreationen von Dita Jago an, einen Pullover, der vermutlich so viele Farben aufwies wie ein Perserteppich, dazu einen Faltenrock, bei dem sich die verschlungenen Streifen, die sicher aus kräftigen und miteinander abgestimmten Farben bestanden, wie Schatten im Wind bauschten – nur daß alles in diesem Licht braun und grau aussah.

Hieß sie nicht Nina? Während sich Wexford das fragte, hörte er, daß Mrs. Jago sie bei diesem Namen rief, und Nina Quincy, die ihre Kinder im Fond des Wagens verstaut hatte, ging zu ihrer Mutter hin, umarmte und küßte sie. Seltsam, dachte Wexford; sie sehen sich doch jeden Tag... Mrs. Jago winkte, als der Wagen davonfuhr; heute hatte sie sich einen Schal um die Schultern gelegt, ein gobelinartiges Viereck mit eingesäumtem Rand. Er schien zu ihrer monumentalen Gestalt zu passen, zu dem Gesicht mit den starken Zügen und der Masse zusammengebundenen Haars, besser als irgendeine modernere Bekleidung. Sie musterte Wexford gelassen.

«Ich habe gehört, Sie wohnen jetzt hier oben.»

Er nickte. «Was machen die Memoiren?»

«Ich bin nicht viel zum Schreiben gekommen.» Sie warf ihm einen Blick zu, wie er für Leute typisch ist, die etwas zu gestehen haben, aber nicht wissen, ob ihr Gegenüber der richtige Zuhörer dafür ist. Soll ich? Soll ich nicht? Werde ich es bedauern, sobald ich es gesagt habe? «Kommen Sie einen Moment rein und trinken Sie einen Schluck mit mir.»

Ein kleiner Plausch mit einer Nachbarin auf dem Nachhauseweg. Ein Sherry. Warum nicht? Aber sie bot ihm keinen Sherry an, weit gefehlt. Wahrscheinlich eine Art Schnaps, dachte Wexford: eisgekühlt, süßlich und unglaublich stark. Er riß ihm die Augenbrauen hoch und ließ ihn alle Haarspitzen einzeln fühlen.

«Das habe ich gebraucht», sagte sie, obwohl sich an ihrer angenehmen, freundlichen Art nichts geändert und sie nicht einmal einen Seufzer der Erleichterung ausgestoßen hatte.

Der Manuskriptstapel befand sich genau dort, wo er gewesen war, als Wexford sich zuletzt in diesem Raum aufgehalten hatte, und ein Haar lag auf der obersten Seite. Wexford war sicher, daß das Haar auch schon beim letztenmal dort gelegen hatte. Wenn Mrs. Jago also nicht zum Schreiben gekommen war, so hatte sie immerhin gestrickt, und die Dschungellandschaft hatte sich um mehr als eine Handbreit vergrößert; die Palmen zeigten schon erste Wedel, und dazwischen wurde der Himmel sichtbar. Der Keim einer Idee schoß ihm durch den Kopf.

«Hat Gwen Robson gewußt, daß Sie dieses Buch schreiben?»

«Mrs. Robson?» Man konnte daran, wenn schon nicht ihre Gleichgültigkeit gegenüber der toten Nachbarin, so doch den Grad ihrer Bekanntschaft zu Lebzeiten von Mrs. Robson ermessen. Es deutete auf eine Distanz hin, die Wexford nicht ganz glaubhaft fand. «Sie war nur einmal in diesem Haus, und ich vermute, daß sie es überhaupt nicht bemerkt hat.» Wexford glaubte einen Augenblick lang, sie würde spöttisch hinzufügen, daß Gwen Robson nicht der Typ war, der Bücher las und sich dafür interessierte. Doch statt dessen sagte sie so unvermittelt und ohne jegliche Verbindung zum vorherigen Thema, daß es einem geradezu einen Ruck gab: «Meine Tochter und ihr Mann haben sich getrennt. Ich hatte keine Ahnung, habe nie etwas Derartiges vermutet. Nina kam einfach heute nachmittag her und sagte mir, daß ihre Ehe zu Ende ist. Mein Schwiegersohn ist heute morgen ausgezogen.»

«Meine Tochter hat sich auch von ihrem Mann getrennt», sagte Wexford.

Sie erklärte, ziemlich scharf für ihre milde Art, aber vielleicht nicht ganz unberechtigt: «Das ist etwas ganz anderes. Eine berühmte Schauspielerin, reich, mit einem vermögenden Mann, immer im Scheinwerferlicht, immer im Blickpunkt des öffentlichen Interesses...»

«Sie meinen, da kann man nichts anderes erwarten?»

Sie war zu alt und zu erfahren, um zu erröten, aber sie zuckte doch ein wenig zusammen. «Entschuldigen Sie, das wollte ich nicht sagen. Es ist nur, daß Nina die zwei kleinen Mädchen hat, und für die Kinder ist so etwas wirklich schrecklich. Außerdem: Frauen, die ihre Kinder allein aufziehen müssen, haben es nicht leicht. Sie verdient sehr wenig bei ihrem Job, weil sie ja nur halbtags arbeitet. Er läßt ihr das Haus und wird sie wohl auch unterstützen müssen, aber... Wenn ich nur verstehen könnte warum! Ich dachte, sie seien so glücklich.»

«Wer weiß schon, was in den Ehen der anderen Leute vor sich geht?» sagte Wexford.

Dann verließ er sie und machte sich auf den Weg bergauf. Wexfords drittes Gebot, dachte er, sollte lauten: Du sollst am Fuß eines Bergs leben, denn morgens bist du frisch genug, um ihn zu erklettern. Es war wirklich ein steiler Weg, und dabei konnte er sein neues Heim die ganze Zeit vor sich sehen, das von der Spitze des Hügels herunterleuchtete. Es gab keine Garage; sein Wagen stand auf der Straße vor dem Haus, der Wagen Sylvias parkte dahinter, und hinter diesem stand ein drittes, ihm unbekanntes Auto, das vielleicht einem Nachbarn gehörte. Der Möbelwagen war weg. Wexford war nicht außer Atem, als er das Gartentor öffnete – aus Holz, inmitten des Drahtzauns! – und zur Haustür ging. Ich bin wohl wieder ziemlich fit, dachte er, als er den Schlüssel im Schloß drehte, die Tür öffnete und von der Stimme seiner Tochter Sylvia akustisch überfallen wurde – schrill, zornig und laut, eine Stimme, die mit Leichtigkeit diese dünnen Wände durchdrang: «Denk doch auch einmal an Dad! Denk daran, wie du mit deinen sogenannten Heldentaten sein Leben in Gefahr bringst!»

DREIZEHN

Der andere Wagen mußte also der von Sheila sein, ein Leihwagen oder ein Ersatz für den Porsche. Beide Schwestern standen an den entgegengesetzten Enden des Zimmers und funkelten sich wütend an. Es war ein sehr kleiner Raum, so daß es dennoch aussah, als hätten sie sich ins Gesicht geschrien. Es gab eine Tür zur Diele und eine andere Tür in die Küche, und während Wexford durch die eine kam, betrat Dora den Raum durch die andere, begleitet von den zwei kleinen Jungen.

Dora sagte: «Hört auf! Hört auf, euch anzubrüllen!»

Den beiden Jungen war es egal. Sie waren hereingekommen, um etwas zu suchen, Robin seinen Taschenrechner und Ben seinen Zeichenblock, und sie kramten danach in ihren kleinen Schulranzen, unbeeindruckt von den Beschimpfungen, die sich ihre Mutter und ihre Tante an den Kopf warfen. Sie hätten wohl anders reagiert, wenn es sich um einen Streit ihrer Eltern handeln würde, dachte Wexford.

Er schaute von der einen jungen Frau zur anderen. «Was geht hier vor?»

Sylvias Antwort bestand darin, daß sie die Hände hochhob und sich dann in einen Lehnsessel fallen ließ. Sheila, deren Gesicht gerötet war, das Haar wild und zerrauft – doch das konnte ebensogut eine moderne Frisur sein –, sagte: «Mein Prozeß findet am Dienstag in der kommenden Woche statt, vor dem Magistratsgericht. Sie wollen, daß ich auf schuldig plädiere.»

«Wer ist ‹sie›?»

«Mutter und Sylvia.»

«Entschuldige», wandte Dora ein, «ich habe nicht gesagt, du sollst irgend etwas tun, sondern du sollst es dir sehr gut überlegen.»

«Ich habe es mir gut genug überlegt. Ich kann kaum noch an etwas anderes denken und habe es auch bis zur Erschöpfung mit Ned diskutiert. Ich habe es mit ihm diskutiert, weil er nicht nur mein Freund ist, oder wie ihr es nennen wollt, sondern auch Jurist. Und es tut unserer Beziehung nicht gut, wenn ihr es genau wissen wollt.»

Robin und Ben gaben ihre Suche auf und gingen mit ihren Ranzen hinüber in die Küche. Ben schloß taktvoll die Tür hinter sich.

Es war, als hätte das Sylvia endlich die Freiheit gegeben, offen zu sprechen, und sie sagte mit harter, mitleidsloser Stimme: «Was sie tut, ist ihre Sache. Wenn sie sich vor Gericht hinstellen und sagen will, daß sie nicht schuldig ist, sondern die Regierung, weil sie internationales Recht bricht oder so ähnlich – nun, das kann sie meinetwegen tun. Und falls sie verurteilt wird und sich weigert, die Geldstrafe zu bezahlen, kann sie meinetwegen ins Gefängnis gehen, wenn sie das will.»

Wexford unterbrach sie. «Willst du das tun, Sheila?»

«Ich muß einfach», sagte sie kurz und bündig. «Anders hat alles keinen Sinn.»

«Aber es geht nicht nur um sie», fuhr Sylvia fort. «Sie zieht uns alle mit hinein. Jeder weiß, wer sie ist, jeder weiß, daß sie deine Tochter ist und meine Schwester. Wie sieht das aus, für dich als Polizeibeamten, wenn deine Tochter ins Gefängnis geht? Wir leben hier in einer Demokratie, und wenn wir die Zustände ändern wollen, hat jeder von uns eine Stimme, um das zu tun. Warum benutzt sie nicht ihre Stimme bei den Wahlen und verändert auf diese Weise die Regierung, wie wir alle es tun müssen?»

Sheila sagte in müdem Ton: «Das ist doch nur ein billiges Ausweichmanöver. Und wenn du hundert Stimmen hättest, hier draußen in der Wildnis könntest du damit gar nichts ändern, weil die Mehrheiten ganz anders sind.»

«Und das ist noch nicht das Schlimmste», fuhr Sylvia fort, als hätte sie den Einwand ihrer Schwester gar nicht gehört. «Das Schlimmste ist, daß die Leute, die schon einmal versucht haben, sie mit einer Bombe in die Luft zu sprengen, es noch einmal versuchen werden, denn dann wissen sie, was sie denkt, weil sie es vor Gericht noch einmal ausdrücklich gesagt hat. Das letzte Mal hätten sie dich beinahe erwischt, und vielleicht gelingt es ihnen diesmal. Oder vielleicht versuchen sie es jetzt noch einmal mit Absicht bei dir, Dad – oder mit einem meiner Kinder!»

Wexford seufzte. «Ich habe vorhin mit einer Bekannten Schnaps getrunken.» Er schaute Dora an und zwinkerte ihr kaum merklich zu. «Ich wollte, ich hätte die ganze Flasche mitgenommen.» Es ist wirklich nicht richtig, dachte er, daß ich eines meiner Kinder mehr liebe als das andere. «Du mußt vermutlich tun, was du tun mußt, wie man heutzutage häufig sagt», meinte er zu Sheila, aber als er aufstand und zur Küchentür ging – um das Bier zu holen, das sich seiner Meinung nach im Kühlschrank befand –, war es Sylvia, der er eine liebkosende Hand auf die Schulter legte.

«So häufig auch wieder nicht, Paps», sagte Sheila.

Von da an beruhigte sich die Atmosphäre. Sylvia verabschiedete sich bald danach, um ihre Söhne nach Hause zu bringen und ihrem Mann das Abendbrot zuzubereiten. Sheila und ihre Eltern gingen zum Essen aus, da sich keiner bisher in dem, was Dora als «dieses schreckliche kleine Haus» bezeichnete, sonderlich wohl fühlte. Sheila sprach niedergeschlagen von Ned, der unbedingt vor der Öffentlichkeit geheimhalten wollte, daß jemand in seiner Position mit jemandem in ihrer Position verkehrte, obwohl sie nicht erklärte, was denn nun seine Position war, und Wexford, seinen Prinzipien treu bleibend, auch nicht danach fragte.

«Wenn der Frieden etwas so Schönes ist», sagte Sheila, «und genau das, was jeder will, dann frage ich mich, warum sie diejenigen, die sich um den Frieden bemühen, wie Kriminelle behandeln.»

Als sie auf der Rückfahrt von dem Restaurant in Pomfret bei der Polizeistation vorbeikamen, sah Wexford das Licht in einem der Verhörräume brennen. Natürlich gab es keine Veranlassung anzunehmen, daß Burden dort saß und Clifford Sanders verhörte, dennoch nahm er es an, und der Gedanke daran verursachte in ihm ein eisiges, unbehagliches Gefühl. Er vergaß Sheila und ihre Probleme für einen Augenblick und dachte: Es wird sehr peinlich werden, wenn ich Mike das nächste Mal sehe; ich werde mich scheußlich fühlen und möchte die Begegnung so lange wie möglich aufschieben. Aber was werde ich tun?

Burden hatte eigentlich nicht vorgehabt, Clifford schon wieder in die Polizeistation kommen zu lassen. Seine Absicht war es, während des Wochenendes die Meute zurückzupfeifen, damit sich der gejagte Fuchs wenigstens teilweise erholen konnte. Seine Frau hatte dieses Bild gebraucht, nicht er selbst, und er reagierte etwas zornig darauf. Jetzt bedauerte er es, daß er den Fall überhaupt mit Jenny diskutiert hatte, und wünschte sich, er wäre bei dem nie besonders strikt eingehaltenen Prinzip geblieben, keine Arbeit mit nach Hause zu nehmen.

«Den gleichen sentimentalen Quatsch habe ich schon auf der Station gehört», sagte er. Normalerweise hätte er «von Reg» gesagt, aber er war zu sauer auf Wexford, als daß er ihn auch nur in Gedanken beim Vornamen genannt hätte. Auf diesem Gebiet nahm Burden eine geradezu viktorianische Haltung ein, genau wie die Romanheldinnen aus dem letzten Jahrhundert, die einen Mann William nannten, solange sie mit ihm verlobt waren, und Mr. Jones, nachdem die Verlobung in die Brüche gegangen war. «Ich kann dieses Mitleid mit kaltblütigen Killern nicht verstehen. Man sollte doch zur Abwechslung einmal an ihre Opfer denken.»

«Das hast du schon bei zahllosen früheren Gelegenheiten erklärt», erinnerte ihn Jenny nicht sehr freundlich.

Ihre Bemerkung gab den Ausschlag. Nach dem Abendessen fuhr er wieder zur Polizeistation und schickte Archbold in die

Forby Road, um Clifford zu holen. Diesmal benutzte er den anderen Verhörraum im Parterre, dessen Fenster auf die High Street hinausging und wo die schäbigen Kunststofffliesen auf dem Boden schwarz und beige waren – wie ein alternder Spaniel, hatte Wexford gesagt – und die Tischplatte ein braunes Karomuster mit Metalleinfassung aufwies.

Zum erstenmal wartete Clifford nicht darauf, daß Burden mit dem Verhör begann. In resignierendem, aber nicht unglücklichem Ton sagte er: «Ich wußte, daß Sie mich heute holen würden. Ich habe es gefühlt. Deshalb habe ich erst gar nicht mit dem Fernsehen angefangen; ich wäre doch nur mitten in einer Sendung unterbrochen worden. Meine Mutter hat es auch gewußt; sie hat mich beobachtet und darauf gewartet, daß es an der Tür klingelt.»

«Ihre Mutter hat Sie das alles auch gefragt, nicht wahr, Cliff?»

Wieder fiel Burden auf, wie deutlich er an einen ausgewachsenen Schuljungen erinnerte. Seine Kleidung war so sehr die eines korrekten, ordentlichen Teenagers auf einer höheren Schule, vielleicht in den fünfziger Jahren, daß sie einem schon fast wie eine Parodie oder eine Verkleidung vorkam. Die graue Flanellhose hatte Umschläge und war ordentlich auf Falte gebügelt. Er trug ein graues Hemd – um es zwei oder drei Tage tragen zu können, ohne daß es gewaschen werden mußte? –, eine gestreifte Krawatte und einen grauen, handgestrickten Pullover mit V-Ausschnitt. Er war zweifellos handgestrickt, gut, aber nicht perfekt, wobei sich die Mängel vor allem am Bündchen des Ausschnitts und an den Nähten zwischen den einzelnen Teilen zeigten. Burden wußte intuitiv, daß der Pullover die Arbeit von Mrs. Sanders war. Er hatte bereits eine Vorstellung von ihr als Frau mit vielen Aktivitäten, die jedoch nichts davon perfekt beherrschte; nichts war ihr wichtig genug, um es gut zu machen.

Cliffords Gesicht war ausdruckslos wie immer und zeigte keinerlei Emotionen, auch nicht, als er die nächsten, sicherlich aus der Verzweiflung entstandenen Sätze sprach. Er sagte: «Ich kann es Ihnen ruhig gestehen. Ich gestehe Ihnen jetzt die ganze

Wahrheit, und ich werde nichts mehr verschweigen. Dabei kann ich nur hoffen, daß Sie mir glauben. Ich kann Ihnen ruhig sagen, daß sie meint, ich würde wohl nicht Tag für Tag auf diese Weise verhört werden, wenn nicht etwas dahinter wäre. Sie meint, ich müßte doch so ein Mensch sein, sonst würden Sie mich nicht immer wieder hierherschleppen.»

«Was für ein Mensch, Cliff?»

«Einer, der eine Frau töten könnte.»

«Dann weiß Ihre Mutter also, daß Sie die Tat begangen haben, ja?»

Clifford antwortete mit seltsamer Pedanterie: «Man kann nicht etwas wissen, was nicht wahr ist; man kann es nur annehmen oder vermuten. Sie glaubt, daß ich so ein Mensch bin – nicht daß sie annimmt, ich hätte wirklich jemanden getötet.» Er ließ eine Pause entstehen und betrachtete Burden von der Seite, in einer seltsamen, verrückten, unausgeglichenen Weise, wie dieser später dachte. Es war ein schlauer, verschlagener Blick. «Vielleicht bin ich das ja. Vielleicht bin ich so ein Mensch. Wie kann man das wissen, bevor man so etwas getan hat?»

«Das müssen Sie mir sagen, Cliff, nicht ich Ihnen. Erzählen Sie mir von so einem Menschen.»

«Er müßte unglücklich sein. Er würde sich von jedermann bedroht fühlen. Er würde dem Leben entkommen wollen, das er führt, entfliehen in ein besseres Leben, aber das bessere Leben gäbe es nur in seiner Phantasie, weil er nicht imstande wäre, dem wirklichen Leben zu entkommen. Wie eine Ratte in einem Käfig. Man führt da gewisse psychologische Experimente durch; man stellt eine Glasscheibe vor die offene Tür des Käfigs, und wenn die Ratte hinauszurennen versucht, stößt sie gegen die Scheibe. Dann, wenn man das Glas wegnimmt und sie wirklich hinausrennen könnte, tut sie es nicht, weil sie weiß, daß sie sich weh tut, wenn sie gegen dieses unsichtbare Ding vor ihrem Käfig stößt.»

«Sind das Sie selbst, den Sie da beschreiben?»

Clifford nickte. «Die Gespräche mit Ihnen haben mir gezeigt, was ich bin. Sie haben mir geholfen, als Serge es jemals könnte.» Jetzt schaute er Burden in die Augen. «Sie hätten Psychotherapeut werden sollen.» Das Lachen, das er danach hören ließ, klang in Burdens Ohren ein wenig verrückt. «Ich dachte, Sie wären dumm, aber jetzt weiß ich, daß Sie nicht dumm sind. Nein, Sie sind nicht dumm; Sie haben in meinen Gedanken neue Bereiche geöffnet.»

Burden wußte nicht genau, was er damit meinte. Wie die meisten Menschen paßte es ihm nicht, wenn man ihn als dumm bezeichnete, auch wenn Clifford diesen Ausdruck gleich danach zurückgenommen hatte. Aber er wurde das Gefühl nicht los, daß Clifford noch freier sprechen würde, wenn sie zu zweit waren, daher schickte er Archbold weg, unter dem Vorwand, er solle aus der Kantine Kaffee holen. Clifford lächelte wieder, obwohl in diesem Lächeln nichts Fröhliches oder Glückliches zu sehen war.

«Nehmen Sie das alles auf Band auf?» fragte er.

Burden nickte.

«Gut. Sie haben mir gezeigt, was ich alles vermag. Es ist erschreckend. Ich bin keine Ratte, und ich weiß, daß ich die unsichtbare Wand nicht zerbrechen kann, aber ich kann die Person, die sie dort angebracht hat, dazu zwingen, daß sie sie zerbricht.» Er hielt inne und lächelte, das heißt, er entblößte zumindest die Zähne. «Dodo», sagte er. «Dodo, der große Vogel. Nur daß sie das gar nicht ist; sie ist ein kleiner, um sich hackender Vogel mit Krallen und einem spitzen Schnabel. Ich sage Ihnen, ich wache manchmal nachts auf und denke daran, wozu ich fähig wäre und was ich alles tun könnte, und ich möchte mich am liebsten aufsetzen und schreien und brüllen, aber ich bringe es nicht fertig, weil ich sie damit aufwecken würde.»

«Ja», sagte Burden. «Ja.» Dieses plötzliche Gefühl, als gerate er in Gewässer, die für ihn zu tief waren, mochte er gar nicht. Außerdem hatte er genug und hätte Clifford gern nach Hause geschickt. Jetzt fragte er, wenngleich nicht allzu energisch: «Wozu sind Sie denn fähig?»

Doch darauf gab Clifford keine Antwort. Archbold kam mit dem Kaffee herein und verließ gleich danach, auf ein Nicken von Burden hin, den Raum. Clifford fuhr fort: «In meinem

Alter sollte ich meine Mutter eigentlich nicht mehr brauchen. Aber ich brauche sie. Ich bin in mancher Hinsicht von ihr abhängig.»

«Reden Sie weiter», sagte Burden.

Aber Clifford schweifte ab, erklärte: «Ich erzähle Ihnen lieber von mir. Ich möchte über mich sprechen. Ist Ihnen das recht?»

Zum erstenmal fühlte Burden... nein, nicht Angst, er hätte nie zugegeben, daß es Angst war, aber vielleicht Besorgnis, ein Anspannen der Muskeln, das warnende Frösteln, das einen beschlich, wenn man mit einem Verrückten allein war.

Aber er sagte nur: «Reden Sie.»

Clifford sprach wie im Traum. «Als ich jung war – ich meine, sehr jung, ein kleiner Junge –, lebten wir mit den Eltern meines Vaters in dem Haus. Die Familie Sanders bewohnt das Haus schon seit Ende des 18. Jahrhunderts. Dann starb mein Großvater, und die Ehe meiner Eltern zerbrach. Mein Vater hat uns einfach sitzengelassen und ist weggegangen; sie wurden geschieden, und wir blieben mit der Mutter meines Vaters in dem Haus zurück. Danach hat Mutter sie in ein Altersheim gesteckt und hat alles im Haus fortgeräumt, was sie an meinen Vater und seine Familie erinnerte; sie hat alle Möbel und die Bettwäsche und das Porzellan meiner Großeltern hinaufgeschafft in den Speicher.

Wir hatten keine Möbel, nur Matratzen auf dem Boden, zwei Stühle und einen Tisch. Alle Teppiche und die bequemen Sessel waren oben, weggesperrt. Wir hatten nie jemanden zu Besuch, hatten keine Freunde. Meine Mutter wollte nicht, daß ich zur Schule ging; sie hatte vor, mich selbst zu unterrichten, im Haus. Dodo! Wenn man sich das vorstellt! Sie war Putzfrau gewesen, bevor sie heiratete – Dodo, die Putzfrau. Sie hatte keinerlei Qualifikationen, mich zu unterrichten, und schließlich wurde sie von Amts wegen dazu gezwungen, daß sie mich zur Schule schickte. Sie ging jeden Morgen zu Fuß mit mir nach Kingsmarkham und hat mich jeden Nachmittag an der Schule abgeholt. Es sind immerhin fast drei Meilen. Als ich meckerte, weil wir immer zu Fuß gehen mußten, was meinen Sie, hat sie da gesagt? Sie sagte, dann würde sie mich in meinem alten Kinderwagen hinschieben. Ich war sechs! Natürlich habe ich danach nicht mehr gemeckert; ich wollte nicht, daß mich die anderen im Kinderwagen sahen. Dabei gab es einen Schulbus, aber ich wußte nicht, daß ich den ohne weiteres hätte benutzen können. Sie wollte es nicht, und ich brauchte zwei Jahre, um dahinterzukommen, daß es nichts kostete; von da an bin ich mit dem Bus gefahren. Wenn sie mich bestrafen wollte, schlug sie mich nicht, sondern sperrte mich zu all den alten Möbeln in den Speicher.»

«Na schön, Cliff», sagte Burden und schaute auf seine Armbanduhr. «Das reicht für heute.» Erst danach, als Clifford schwieg und gehorsam aufstand, wurde ihm klar, daß er wie ein Psychotherapeut gesprochen hatte – er hatte die Sitzung so beendet, wie es Serge Olson vermutlich tat.

Ein Geständnis, das war es, was er von Clifford erwartet hatte. Die geständnisfreudige Haltung, die bisher noch nicht dagewesene, offene und freie Art zu sprechen, die für Burden peinlichen Anspielungen auf den Spitznamen der Mutter schienen es anzudeuten. Sie hatten die ganze Zeit am Rand der endgültigen Offenbarung gestanden, wie ihm schien, eines umfassenden Geständnisses, doch es war nicht dazu gekommen, und Clifford hatte sich in diesem Bericht über seine frühe Jugend verfangen, der das letzte war, was Burden hören wollte. Aber ein Gutes hatte dieses Verhör mit sich gebracht: Er fühlte sich nicht mehr schuldig oder unwohl beim Gedanken daran. Jenny hatte unrecht gehabt, genau wie Wexford unrecht gehabt hatte. Clifford war vielleicht verrückt, war vielleicht der Psychopath, als den Burden ihn klassifiziert hatte, aber er wurde durch diese Verhöre nicht terrorisiert oder gefoltert und in Verzweiflung getrieben. Er war fast aufgeräumt gewesen, redselig, hatte sich völlig unter Kontrolle gehabt und schien – so seltsam das war – das Verhör genossen zu haben und sich auf weitere Gespräche zu freuen.

Jetzt konnte es nur noch eine Frage der Zeit sein. Burden hätte das alles so gern mit Wexford besprochen. Am liebsten wäre es ihm gewesen, wenn Wexford an seiner nächsten Sitzung mit Clifford teilgenommen, wenn er hier an diesem Tisch gesessen hätte, als Zuhörer, der gelegentlich eine eigene Frage einwarf. Burden kam sich nicht mehr wie ein Inquisitor oder Folterknecht vor, aber er fühlte die Verantwortung, fühlte, daß sie schwer auf seinen Schultern lag.

Am nächsten Morgen unternahm Sheila einen Wiedergutmachungsversuch.

«Sylvia wollte, daß ich mich vor Gericht entschuldige», sagte sie. «Kannst du dir das vorstellen? Ich soll mich hinstellen und widerrufen und einem Haufen Terroristen sagen, daß es mir leid tut, soll mich schuldig bekennen und versprechen, daß ich es nicht wieder tun werde.»

«Sie hat es nicht so gemeint», warf Dora ein.

«O doch, ich glaube schon. Und außerdem denke ich nicht daran, mich bei irgend jemandem zu entschuldigen, es sei denn bei dir und Paps. Tut mir leid, daß ich Streit angefangen habe in eurem – eurem neuen Heim. Vor allem, da ich in gewisser Weise für die Zerstörung des alten verantwortlich bin.»

Sie verabschiedete sich mit Küssen und fuhr zu Ned und ihrer Wohnung an den Coram Fields. Eine halbe Stunde, nachdem sie gegangen war, rief Sylvia an, um sich zu entschuldigen für das, was sie «diese unnötige Szene» nannte. Ob sie vielleicht rüberkommen und erklären solle, was sie von der ganzen Situation mit Sheila und dem Drahtdurchschneiden halte?

«Meinetwegen», sagte Wexford, «aber nur, wenn du jede Ausgabe der Zeitschrift *Kim* mitbringst, die du im Haus hast.»

Erst sagte sie, daß sie bestimmt gar keine mehr habe, dann, als ihr Vater meinte, sie sei doch genau wie ihre Mutter, die nie etwas wegwerfe, behauptete sie, daß sie sie nur wegen der Strickmuster aufhebe. Nachmittags tauchte sie dann mit einem Stapel auf, der zu schwer war, als daß sie ihn auf einmal aus dem Wagen hieven konnte, und Wexford mußte zweimal hinaus, um sie hereinzuschleppen. Es waren insgesamt über zweihundert Nummern, die aus einer Zeit von etwa vier Jahren stammten. Er wußte, daß nur Sylvias Schuldgefühl wegen der

Szene vom Vortag dafür verantwortlich war, wenn sie ihrem Vater auf diese Weise eingestand, wie ausführlich und regelmäßig sie ausgerechnet diese triviale Frauenillustrierte las. Dora sagte nichts, als die Zeitschriften in den kleinen Wohnraum gebracht wurden, aber ihre Miene drückte zurückgehaltene Abneigung aus, als Sylvia sie zu einem hohen Turm zwischen Bücherschrank und Fernsehtisch aufbaute.

Ihre Erklärung und eine Art Manifest über ihre Ansichten zum Thema Kernwaffen sowie über die Rolle von Gestalten des öffentlichen Lebens bei zivilem Ungehorsam und gewaltlosen Aktionen dauerten eine ganze Weile. Wexford hörte ihr mit Sympathie zu, weil er sich sagte, daß er schließlich auch Sheila zugehört hätte, und natürlich übertrieb er dabei, um sich der älteren Tochter gegenüber fair zu verhalten, die er nun einmal weniger liebte. Schon der Gedanke daran gab ihm das Gefühl, ein ungerechter und unmoralischer Mensch und Vater zu sein. Wenn sie sich wirklich darüber Sorgen machte, daß er noch einmal in die Luft gesprengt werden könnte, wirklich befürchtete, er und sein Leben könnten in Gefahr sein, sollte er besser auf die Knie gehen vor Dankbarkeit, weil sein Wohlergehen ihr so am Herzen lag. Er saß also da und hörte sich alles an, nickte, stimmte zu oder widersprach milde und versuchte, sich die enorme Erleichterung nicht anmerken zu lassen, als es an der Tür klingelte und er, als er aus dem Fenster schaute, Burdens Wagen auf der Straße stehen sah. Seltsamerweise hatte er völlig vergessen, daß ihm diese Begegnung ja eigentlich peinlich sein sollte.

Burden hatte Jenny bei sich und Mark, seinen kleinen Sohn. Wenn Sylvias Kinder Mädchen gewesen wären – ein vergleichbares Paar wie Melanie und Hannah Quincy –, dann hätten sie den Zweijährigen vermutlich sofort unter ihre Fittiche genommen und mit ihm spielenderweise eine Art frühreifer Mütterlichkeit durchexerziert. Aber da sie Jungen waren, schauten sie ihn nur mit gelangweilter Gleichgültigkeit an und antworteten, als Sylvia sie aufforderte, Mark ihren Lego-Kasten zu zeigen, mit der Frage: «*Muß* das sein?»

«Ich wollte Sie auf einen Drink einladen», sagte Burden,

«aber Jenny will nichts von solchen sexistischen Unternehmungen wissen.»

Sylvia stimmte begeistert zu. «Das ist vollkommen richtig! Ich bin ganz Ihrer Meinung.»

Im alten Haus wäre Wexford mit Burden ins Eßzimmer gegangen, doch hier existierte so etwas nicht, nur eine kleine Ecke hinter einer Theke, die «Eßbereich» hieß. Aber in der Küche, die allerdings auch sehr klein war, gab es einen Tisch und zwei Stühle, auf denen man gerade sitzen konnte, wenn man nicht allzuviel Übergewicht hatte und die Ellbogen an die Seiten hielt. Der große Kühlschrank beherrschte den Raum. Wexford nahm zwei Viertel-Liter-Dosen Abbot heraus.

«Es tut mir leid, Mike...» begann er, während Burden sagte: «Hören Sie, ich bedaure, was ich gestern gesagt habe...»

Ihr gleichzeitiges Lachen klang ein wenig kleinlaut, als beide von Verlegenheit erfaßt wurden.

«Ach, zum Teufel», sagte Wexford, stöhnte es beinahe. «Vergessen wir das. Ich habe nicht wirklich gemeint, daß Sie psychopathische Tendenzen haben – es ist eigentlich auch gar nicht meine Art, so etwas Dummes zu sagen.»

«Genausowenig wie ich wirklich der Meinung war, der Unfall hätte – na ja, Ihre Auffassungsgabe vermindert... Oder was ich gesagt habe. Warum sagen wir solche Dinge? Sie kommen heraus, bevor man denkt.»

Sie schauten sich an; jeder hatte seine grüne Bierdose in der Hand, keiner benutzte die Gläser, die Wexford aus dem Hängeschrank genommen und auf den Tisch gestellt hatte. Burden war der erste, der den Blickkontakt unterbrach – er war ohnehin nur kurz gewesen. Jetzt schaute er nach unten, beschäftigte sich mit dem Dosenverschluß und sagte mit etwas schwankender, aber herzlicher Stimme: «Hören Sie, ich möchte mit Ihnen über Clifford Sanders sprechen. Ich möchte Ihnen alles berichten, was er mir gesagt hat, und hören, was Sie davon halten. Und dann möchte ich etwas, was Ihnen sicher nicht recht sein wird.»

«Raus damit.»

«Daß Sie dabei sind, wenn ich mit ihm spreche – ich meine, daß Sie bei einer unserer Sitzungen anwesend sind.»

«Ihrer – *was?*»

«Entschuldigung, ich meinte Verhöre.»

«Erzählen Sie mir, was er Ihnen gesagt hat.»

«Ich könnte Ihnen die Bänder vorspielen.»

«Jetzt nicht. Erzählen Sie es mir.»

«Er hat lange und ausführlich über seine Kindheit gesprochen, über diese sonderbare und unheimliche Mutter. Er nennt sie Dodo und lacht gelegentlich dabei. Ich will nicht glauben, daß er geistesgestört ist – das heißt, ich wäre nicht gerade begeistert, wenn ihm verminderte Zurechnungsfähigkeit zuerkannt würde, aber ich fürchte, genau das ist der Fall.» Und dann berichtete ihm Burden alles, was bei dem Verhör am Abend zuvor herausgekommen war, wobei er im Detail auf das einging, was ihm Clifford gesagt hatte.

«Sie können nicht wollen, daß ich daran teilnehme», sagte Wexford. «Wenn ich da bin, verschließt er sich wie eine Auster.»

«Dann haben Sie also Ihre Ansicht geändert, ja? Sie meinen jetzt auch, daß er schuldig ist?»

«Nein, das meine ich nicht, Mike. Ganz und gar nicht. Ich erkenne nur, daß Ihre Vermutungen vernunftbegründeter sind, als ich dachte. Dennoch: Sie haben keine Tatwaffe, die Sie mit ihm in Verbindung bringen können. Und so sehr es Ihnen gelingen mag, sich selbst zu täuschen, Sie haben dennoch kein Motiv, und wenn ich ehrlich sein darf, ich glaube auch nicht, daß er überhaupt die Möglichkeit zu dem Mord hatte. Sie werden nichts davon beweisen können, und die Sache ist absolut hoffnungslos für Sie, es sei denn, er legt doch noch ein Geständnis ab.»

«Genau das ist es, was ich hoffe. Am Montag mache ich weiter mit ihm.»

Als alle gegangen waren, senkte sich Frieden über das kleine Haus am Battle Hill, ein Frieden allerdings, der nichts mit Stille zu tun hatte, denn durch die dünnen Trennwände hörte man die Geräusche der Nachbarn: das Klicken der Lichtschalter, blödes, gackerndes Gelächter aus dem Fernsehapparat, die rennenden Schritte von Kindern, unidentifizierbaren Krach. Wexford setzte sich mit dem neuen Buch von A. N. Wilson in einen bequemen Sessel und war ganz in die Lektüre versunken, als das Telefon klingelte.

Dora ging an den Apparat; sie meldete sich, während er ihr erklärte: «Wenn es noch jemand ist, der herkommen und sich entschuldigen möchte, sag ihm, ich stehe gern zur Verfügung.»

Aber es war Sheila. Er hörte, wie erschreckt Dora ihren Namen rief, vernahm die tiefe Sorge und den Schock in ihrer Stimme, dann war er mit einem Satz aus dem Sessel und bei seiner Frau.

Dora wandte sich ihm zu, den Telefonhörer am Ohr. «Es ist ihr nichts passiert. Sie wollte nur nicht, daß wir es zuerst aus dem Fernsehen erfahren. Eine Briefbombe ...»

Wexford nahm ihr den Hörer ab.

«Sie hat bei meiner Post gelegen. Ich weiß nicht warum, aber der Brief hat mir irgendwie nicht gefallen. Die Polizei war sofort hier; sie haben mir den Brief weggenommen und irgend etwas damit gemacht, ich weiß nicht was, und auf einmal ist er explodiert ...»

Sie begann zu schluchzen, ihre Worte waren nicht mehr zu verstehen, und Wexford hörte, wie im Hintergrund ein Mann beruhigend auf sie einredete.

VIERZEHN

«Meine Sanders-Großmutter hatte etwas Geld, doch das hat sie alles meinem Vater vermacht», sagte Clifford. «Ich hab meinen Vater nie wiedergesehen. Er ist weggegangen, als ich fünf Jahre alt war, und er hat sich nicht einmal von mir verabschiedet. Ich erinnere mich noch recht gut daran. Er war da, als ich zu Bett geschickt wurde, und als ich am nächsten Morgen aufwachte, war er fort. Meine Mutter hat mir nur gesagt, daß mein Vater uns verlassen hat, aber daß ich ihn oft sehen würde; er würde herkommen und mich besuchen oder mit mir spazierengehen. Aber er ist nicht gekommen, und ich habe ihn nie wieder gesehen. Kein Wunder, daß meine Mutter nichts mehr im Haus geduldet hat, was sie an ihn erinnerte; kein Wunder, daß sie alle Familienstücke in die Mansarde hinaufgeschafft hat.»

Unwillkürlich folgte Burden seinem Blick nach oben auf die mit Rissen gezierte und ziemlich verfärbte Decke des Eßzimmers. Hinter den Terrassentüren hing ein dünner Nebel über dem winterlichen Garten, und der Hügel, der die Aussicht auf Kingsmarkham versperrte, war ein grauer, baumloser Buckel. Es war Sonntag nachmittag, und schon jetzt, um Viertel nach drei, wurde es draußen dunkel. Burden hatte nicht die Absicht gehabt hierherzukommen, wollte, wie er Wexford gesagt hatte, alle weiteren Verhöre auf Montag verschieben. Aber gerade, als er mit dem Mittagessen fertig gewesen war, hatte Clifford angerufen.

Es konnte ihm keine große Mühe bereitet haben, Burdens Privatnummer zu finden; sie stand im Telefonbuch, und doch war Burden überrascht gewesen, als er den Anruf entgegengenommen hatte, überrascht und ermutigt. Jetzt also stand das Geständnis bevor, und seine Intuition wurde bestärkt, als er den leisen, behutsamen Ton erkannte, in dem Clifford sprach – als fürchtete er, jemand könnte mithören –, und die plötzliche Hast, mit der er das Gespräch beendete, nachdem ihm Burden zugesagt hatte, ihn aufzusuchen. Zweifellos war Dodo Sanders in den Raum gekommen; noch ein Wort, und sie hätte gewußt, was Clifford vorhatte, und ihn höchstwahrscheinlich daran gehindert.

Clifford selbst hatte ihn eingelassen. Seine Mutter hatte den Kopf aus einer Tür gesteckt, hinter der das Badezimmer sein mochte, hatte die beiden angestarrt, aber keinen Ton gesagt. Um den Kopf hatte sie sich ein Handtuch gewickelt, vermutlich, weil sie sich eben das Haar gewaschen hatte, trotz ihres Friseurbesuchs vor drei Tagen. Aber das erinnerte Burden wieder daran, was Olson über das Gleichnis von der Verschleierten gesagt hatte. Natürlich hatte er es in einem übertragenen Sinn gemeint, im Hinblick auf verborgene Aspekte in Persönlichkeit und Charakter. Der Kopf mit dem Turban zog sich zurück, die Tür wurde geschlossen. Burden schaute Clifford an, der wie immer aussah. Auch diesmal erinnerte seine Kleidung ein wenig an eine Schuluniform; er trug nicht die lässige Freizeitkleidung, die am Sonntag und zu Hause angebracht gewesen wäre. Und doch war eine leichte Veränderung in seiner Haltung zu spüren, etwas Undefinierbares, auf das Burden nicht den Finger legen konnte. Bis gestern war er ihm mürrisch, mit der Empörung der verletzten Unschuld oder in unverhohlener Angst begegnet. An diesem Nachmittag dagegen hatte ihn Clifford zwar nicht wie einen Freund ins Haus gelassen, doch zumindest wie einen Besucher, dessen Anwesenheit notwendig war, vielleicht ein unvermeidliches Übel wie zum Beispiel der Besuch eines Steuerinspektors. Immerhin durfte er nicht vergessen, daß er ja auf Cliffords persönliche Einladung hergekommen war.

Im Kamin des Eßzimmers brannte ein Feuer, und es war einigermaßen warm. Burden war sicher, daß Clifford das Feuer angezündet hatte. Er hatte sogar zwei von den Eßzimmerstühlen an den Kamin gerückt – harte, gerade Stühle, aber noch das Beste, was er anzubieten hatte. Burden setzte sich, und Clifford begann augenblicklich mit der Fortsetzung seiner Lebensgeschichte.

«Kinder fragen nicht, wovon sie leben, ich meine, woher das Geld zum Leben kommt. Ich war schon viel größer, als mir meine Mutter eröffnete, daß mein Vater ihr niemals auch nur einen Penny bezahlt hatte. Sie hatte versucht, auf gerichtlichem Weg eine Unterhaltszahlung zu erreichen, aber mein Vater wurde nicht gefunden; er hatte sie verlassen und war seither verschwunden. Wissen Sie, er hatte privates Einkommen, hatte Anlagekapital, von dessen Zinsen er knapp leben konnte, ohne arbeiten zu müssen. Mutter mußte zum Putzen gehen, um uns zu ernähren, und dann hat sie alles mögliche gemacht, alle Arten von Heimarbeit, hat gestrickt und genäht. Ich war schon fast erwachsen, als sie mir das sagte; bis dahin hatte sie es mir immer verschwiegen. Wenn sie arbeitete, war ich in der Schule, und natürlich habe ich es nicht ahnen können.»

Burden wußte nicht, was für Fragen er dazu stellen sollte, daher schwieg er, hörte zu, dachte an das Geständnis und richtete seine Hoffnung ganz darauf. Der Kassettenrecorder stand auf dem Eßtisch; Clifford selbst hatte ihn dort aufgestellt.

«Ich schulde ihr alles», fuhr Clifford fort. «Sie hat mir ihr ganzes Leben geopfert, hat sich halb totgearbeitet, damt ich es schön hatte. Serge meint, daß ich es nicht so sehen sollte, daß wir im Grunde nur das tun, was wir selbst wollen, und daß es eben das gewesen ist, was sie gewollt hat. Aber ich weiß nicht... Ich meine, intellektuell weiß ich es natürlich. Ich weiß, daß Serge recht hat, doch das hilft mir nicht bei meinem Schuldgefühl. Ich fühle mich ständig schuldig ihr gegenüber. Zum Beispiel, als ich mit achtzehn die Schule verließ, hätte ich mir einen Job besorgen können; ein Vater eines Schulfreunds hat mir eine Lehrstelle in seinem Büro angeboten – aber meine Mutter bestand darauf, daß ich auf die Universität ging. Sie wollte immer das Beste für mich. Natürlich habe ich das höchstmögliche Stipendium bekommen, aber ich fiel ihr trotzdem zur Last. Ich habe kaum Geld verdient, nur das bißchen, was ich von der Gartenarbeit für Leute wie dieses Miss McPhail bekam. Ich habe nicht in Myringham gewohnt, als ich dort zur Universität ging; ich bin jeden Abend nach Hause gefahren.» Clifford richtete seine Augen rasch auf Burden, dann wandte er sie wieder ab. «Man kann sie nachts nicht allein lassen, verstehen Sie? Jedenfalls nicht in diesem Haus, und sie hält sich immer in diesem Haus auf. Wohin sollte sie denn gehen, nicht wahr?» Er gab die überraschende Erklärung in leisem, oberflächlichem Ton. «Sie hat Angst vor Gespenstern.»

Ein weiterer kleiner Schauder verstärkte Burdens Unbehagen, und er merkte, daß er nickte und sagte: «Ja, ja, ich verstehe.»

Draußen war es inzwischen ganz dunkel geworden. Clifford zog die braunen Samtvorhänge zu, blieb stehen, klammerte die Finger einer Hand fest um den Stoff, packte ihn mit der Faust. «Ich fühle mich immer verpflichtet», sagte er wieder. «Ich sollte ihr dankbar sein, und ich bin es auch in gewisser Weise. Und ich sollte sie lieben, aber ich liebe sie nicht.» Er senkte die Stimme, warf einen Blick auf die geschlossene Tür, dann beugte er sich zu Burden hin und sagte fast flüsternd: «Ich hasse sie!»

Burden schaute ihn sprachlos an.

«Dann starb meine andere Großmutter, die Clifford hieß», sagte Clifford und setzte sich wieder. Nun lächelte er in einer etwas verächtlichen Weise. «Die Mutter meiner Mutter. Meine Mutter bekam ihre Möbel und das Geld, das sie auf einem Postsparbuch hatte. Es war nicht viel, reichte gerade für einen Gebrauchtwagen. Wir kauften den Metro, und ich lernte fahren. Ich kann auch solche praktischen Dinge lernen, bin sogar ziemlich gut darin. Aber nicht gut genug, um mir meinen Lebensunterhalt selbst zu verdienen, und auch darüber empfinde ich ein Schuldgefühl, weil ein Teil von mir weiß, daß ich imstande sein müßte, meiner Mutter zu vergelten, was sie alles für mich getan hat. Ich sollte – na ja, zum Beispiel sollte ich ihr eine Wohnung besorgen, in der sie keine Angst vor Gespenstern zu haben braucht, und dann könnte ich hier allein leben, nicht wahr? Ich glaube, das würde mir gefallen. Sie würde diese verdammte Glaswand mitnehmen, und ...»

Plötzlich ging die Tür auf, und Dodo Sanders stand da in ihrem braunen Kleid, den flachen, polierten Schnürschuhen, dem clownhaft weißgeschminkten, faltigen Gesicht, das immer aufs neue erschreckte mit dem scharlachroten Mund, der wie eine klaffende Wunde aussah. Ein neuer Turban verbarg ihr Haar, das unter dem braunen Schal vielleicht in Lockenwickler gelegt war. Sie schaute ihren Sohn an, dann wandte sie langsam den Kopf zu Burden. Er versuchte, diesen Blicken auszuweichen, aber es gelang ihm nicht.

«Sie irren sich, wenn Sie annehmen, er hätte diese Frau getötet.»

Burden dachte daran, wie diese Maschinenstimme wohl aus seinem Tonbandgerät kommen würde, und fragte sich, ob sie dann noch metallischer klang oder nicht. «Was immer ich denken mag, Mrs. Sanders», sagte er milde. «Ich bin sicher, daß ich mich nicht irre.»

«Es ist unmöglich», sagte sie. «Ich müßte das wissen. Meine Instinkte würden es mir sagen. Ich kenne ihn in- und auswendig.»

Clifford schien den Kopf in seinen Händen vergraben zu wollen, doch dann hielt er inne, seufzte und sagte zu Burden: «Können wir morgen noch ein bißchen miteinander sprechen?»

Burden stimmte zu und fühlte sich verwirrt und hilflos.

Nichts war ihr passiert, sie war heil davongekommen. Der Brief war «an den Wohnungsbesitzer» adressiert gewesen, galt also vielleicht gar nicht ihr oder jemand Bestimmtem, war möglicherweise eine bösartige, aber zufällige Botschaft der Zerstörung, gerichtet an denjenigen in der Wohnung, der das Pech hatte, ihn zu öffnen. Das alles sagte sich Wexford, als er vom Battle Hill hinunterging und den Schirm gegen den strömenden Regen des Montagmorgens aufgespannt hatte. Aber er glaubte es nicht. Der Zufall hatte keinen so langen Arm.

In der nächsten Woche würde sie vor Gericht stehen wegen eines Vergehens nach dem Strafgesetz gegen Sachbeschädigung von 1971, und er wiederholte in Gedanken die Anklage: «... daß Sie am Donnerstag, dem 19. November, am Stützpunkt der R.A.F. in Lossington im Kreis Northamptonshire eine Drahtschere in Ihrem Besitz und Ihrer Verfügung hatten und sie ohne rechtskräftige Genehmigung benutzten, um fremdes Sacheigentum, in diesem Fall den Zaun, welcher den Stützpunkt umgibt und der sich im Besitz des Verteidigungsministeriums befindet, zu beschädigen und...» Etwa in dieser Art. Dora hatte recht, und Sylvia und Neil hatten auch recht. Sie brauchte lediglich vor Gericht eine Erklärung abzugeben, daß sie zu dieser Handlung verleitet wurde, sich schuldig zu bekennen, ihre Geldstrafe bezahlen – und die Sache wäre erledigt. Dann würden sie sie in Ruhe, ja, sie würden sie am Leben lassen. Er war einen Augenblick lang versucht, diese Erklärung für ein vergleichsweise geringes Opfer anzusehen, etwas, das man so leicht tun konnte, wenn man dafür das Leben, Glück, eine neue

Ehe, vielleicht Kinder und eine großartige Karriere eintauschte. Aber natürlich konnte sie das nicht tun. Er mußte beinahe laut lachen über den Gedanken, während er im Regen die Straße hinunterging, und fühlte sich plötzlich wesentlich wohler.

Nicht Ralph Robson ließ ihn ins Haus, sondern Dita Jago. Wexford schloß seinen tropfenden Schirm und ließ ihn draußen vor der Haustür stehen.

Mrs. Jago sagte: «Wir sind rübergekommen, um zu sehen, ob wir ihm etwas besorgen können.»

Nina Quincy saß in dem fröhlichen, aber irgendwie auch unbequemen Wohnraum, hatte offenbar ihre Töchter zur Vorschule gebracht, und Robson saß in einem Lehnstuhl auf der anderen Seite des Kamins. Er hatte die halb gebückte, schiefe Haltung eingenommen, mit denen viele Arthritiker ihre Schmerzen zu lindern versuchen, das eine Bein ausgestreckt, die eine Schulter hochgezogen. Aber auch jetzt noch war sein Eulengesicht von Schmerzen gezeichnet. Dita Jagos Tochter bildete einen geradezu grausamen Kontrast zu ihm: nicht nur, daß sie jung und schön war, sie strahlte auch vor Gesundheit und Vitalität. Ihr Gesicht, das kein Make-up aufwies, war rosig, und die dunklen Augen strahlten; dunkles kastanienbraunes Haar fiel ihr in Wellen und Kaskaden bis über die Schultern. Sie wirkte wie eine sehr gesunde Jane Morris, aber Rossetti hätte nie und nimmer jemanden gemalt, der so viel blühende Vitalität verbreitete wie sie. Die beiden Frauen trugen Kleidungsstücke, die zweifellos aus der Jagoschen Produktion stammten, die jüngere eine Jacke aus dunklem Chenille, der über und über mit stilisierten, roten und blauen Schmetterlingen bedruckt war. In einer etwas steifen, fast förmlichen Weise machte ihre Mutter sie mit Wexford bekannt.

Sie streckte ihm eine Hand entgegen und erklärte überraschenderweise: «Ich kann Ihnen gar nicht sagen, wie ich Ihre Tochter bewundere. Sie sieht Ihnen aber gar nicht ähnlich, oder?»

Es war eine kleine, magere Stimme, die aus einer so großen, vollen Schönheit kam, und er wunderte sich einen Moment lang darüber, wie jemand, der so intelligent aussah, schon mit zwei Sätzen verraten konnte, daß bei ihm von Intelligenz nicht die Rede war. Ihren Kommentar beantwortete er mit einem kurzen, trockenen Kopfschütteln, dann wandte er sich an Robson.

«Ihre Nichte ist nach London zurückgefahren, nicht wahr?»

«Schon gestern abend», sagte Robson. «Sie fehlt mir; ich weiß nicht, wie ich ohne sie zurechtkommen soll.»

Dita Jago warf mit überraschender Munterkeit ein: «Das Leben muß weitergehen. Sie muß sich ihr Geld verdienen, kann nicht ewig hierbleiben.»

«Sie hat das ganze verflixte Haus saubergemacht wie beim Frühjahrsputz, während sie hier war.»

Großreinemachen im Dezember? Jedenfalls eine Aktivität, die, wie Wexford annahm, völlig überflüssig war. Schwer, sich vorzustellen, wie die immer exquisit und elegant gekleidete und frisierte Lesley Arbel die Fußböden schrubbte und Decken und Wände wischte. Seine Miene lockte noch weitere Informationen aus Robson heraus.

«Sie meinte, sie könnte das Haus aufräumen, wenn sie schon hier war. Nicht daß es notwendig gewesen wäre; Gwen hat alles so gepflegt, daß es wie neu ausgesehen hat. Aber Lesley hat es sich nicht nehmen lassen; sie meinte, sie hätte keine Ahnung, wann sie wieder einmal dazu käme, und da hatte sie natürlich recht. Sie hat alle Schränke und Kommoden gesäubert und gewischt, ist Gwens Kleider durchgegangen und hat eine Menge davon mitgenommen, um sie zu Oxfam, der Wohltätigkeitsorganisation, zu bringen. Gwen hat einen guten Wintermantel – sie hat ihn sich erst im letzten Jahr gekauft, und ich dachte, vielleicht behält ihn Lesley für sich, aber vermutlich war er nicht schick genug für sie.»

Wexford sah, wie Nina Quincys Lippen zuckten, wie sie die Augen rollte und dann zur Decke richtete, als Robson fortfuhr: «Sie ist sogar hinauf in den Speicher, aber ich hab gesagt, sie soll das lassen; du kommst ja nicht mal mit dem verflixten Staubsauger hinauf, habe ich gesagt, und die Teppichböden hätte sie auch nicht rauszunehmen brauchen. Aber wenn Lesley etwas tut, dann tut sie es ganz, und jetzt glänzt hier alles wie neu. Sie wird mir fehlen, sage ich Ihnen; ohne sie bin ich ganz aufgeschmissen.»

Nina Quincy stand auf. Ihre Haltung und ihr Blick wiesen sie als eine Frau aus, die sich leicht und schnell langweilte und immer neue Sensationen brauchte. Sie gähnte und sagte: «Können wir jetzt gehen, wenn du dir diese Einkaufsliste hast geben lassen?»

Wexford verabschiedete sich von den beiden Frauen, als sie das Gartentor erreicht hatten. Wieder wunderte er sich über den leichten, federnden Schritt von Mrs. Jago, als sie unter dem gelb-schwarz gemusterten Golfschirm, den die Tochter über beide hielt, zum Wagen ging. Aus einem ihm momentan nicht erklärlichen Grund mußte er an Defoe denken, der sein ‹*Tagebuch aus dem Pestjahr*› geschrieben hatte, als wäre es eine Autobiographie, als habe er selbst die Schrecken der Pest miterlebt; in Wirklichkeit hatte er zu dieser Zeit noch in den Windeln gelegen.

Burden war in seinem Büro und erwartete Clifford Sanders, den Davidson zu Hause abholte. Clifford hatte tags zuvor gefragt, ob sie heute vormittag wieder miteinander sprechen könnten, und Burden war über den Wunsch erstaunt gewesen, zumindest für eine Weile. Aber nun hatte sich seine Hoffnung neu belebt, die Erwartung eines Geständnisses war verstärkt worden.

Als Wexford hereinkam, sagte er: «Ich hätte nie gedacht, daß ich noch den Tag erleben würde, an dem der Hauptverdächtige in einem Mordfall bittet, uns bei unseren Ermittlungen helfen zu dürfen.»

Es war ein heikles Thema für Wexford, und er zeigte einen Ausdruck von höflichem Interesse.

«Er hat es sich doch tatsächlich gewünscht, heute vormittag hierherkommen zu dürfen. Vermutlich auch unter anderem, weil er auf diese Weise der Arbeit aus dem Weg gehen kann.»

Wexford schaute ihn nur an. «Ich kann Ihnen etwas Interessantes berichten. Lesley Arbel hat in Robsons Haus Frühjahrsputz gemacht, hat alle Schränke ausgeräumt und von innen gesäubert, war sogar oben im Speicher, weil sie dort angeblich staubsaugen wollte, und hat die Teppichböden hochgehoben. Was kann sie gesucht haben?»

«Vielleicht wollte sie wirklich nur putzen.»

«Die doch nicht. Und warum auch? Das Haus war sauber genug für jeden, der kein Putzteufel ist. Junge Mädchen heutzutage sind nicht besonders scharf auf Hausputz, Mike. Sie wissen gar nicht mehr, wie das geht – oder es ist ihnen egal. Ja, es wäre etwas anderes gewesen, wenn sie hergekommen wäre, um hier bei Robson zu wohnen und sie eine schlimme Unordnung vorgefunden hätte. Dann hätte sie vielleicht geputzt – das heißt, wenn sie für ihr Alter ungewöhnlich mitfühlend und hilfsbereit gewesen wäre, was sie keinesfalls ist. Und dann die Sache mit ihren Fingernägeln. In der vergangenen Woche waren sie lang und lackiert, aber als ich sie zuletzt sah, am Freitag, waren sie kurz. Das heißt, daß sie sich entweder beim Putzen einen Nagel abgebrochen hat oder es von vornherein für klüger hielt, sie zu schneiden, bevor sie mit der Hausarbeit begann. Und ich nehme an, daß sie eines von den Mädchen ist, die auf ihre langen roten Nägel stolz sind wie die Konkubinen der chinesischen Kaiser.»

«Vielleicht hat sie sie wegen der Computer-Tastatur geschnitten.»

Wexford zuckte mit den Schultern. «Die ist auch nicht viel anders als eine Schreibmaschinen-Tastatur, nicht wahr? Und wahrscheinlich tippt sie schon seit Jahren mit langen Fingernägeln. Nein, sie hat ihre Nägel geopfert, um diese überaus großzügige Putzaktion im Haus ihres Onkels durchzuführen.»

«Was wollen Sie damit sagen?»

«Daß sie gar nicht geputzt hat oder daß das Putzen ein Nebenprodukt war, eine Ausrede gegenüber Robson. Sie hat etwas gesucht, hat im ganzen Haus das Oberste zuunterst gekehrt, hat sogar die Teppichböden herausgenommen, auf der Suche nach irgend etwas. Ich weiß nicht, was es ist, obwohl ich zumindest ein paar Vorstellungen habe. Ich weiß nicht, ob sie es gefunden hat, aber auf jeden Fall war es diese Suche, die sie hierhergeführt und so lange hier festgehalten hat, keineswegs ihre Liebe zum Onkel, zu Robson. Außerdem glaube ich kaum, daß wir sie hier noch oft zu Gesicht bekommen werden, entweder, weil sie das gefunden hat, wonach sie suchte, oder weil ihr klargeworden ist, daß sie es nicht finden wird. Das allerdings würde bedeuten, daß es sich nicht im Haus befindet oder daß es sehr raffiniert versteckt worden ist.»

Statt die naheliegende Frage zu stellen, sagte Burden: «Wir haben das Haus noch gar nicht durchsucht. Sollten wir das nicht nachholen?»

Wexford überlegte noch, als das Telefon klingelte und Burden den Hörer abnahm. Clifford war offenbar eingetroffen.

«Ich muß gehen. Wonach kann sie gesucht haben?»

«Die Unterlagen, auf Grund deren Gwen Robson ihre Erpressungen durchführen konnte, natürlich.»

«Ach, die gibt es gar nicht», sagte Burden leichthin. «Es waren doch alles nur Gerüchte, Dinge, die sie irgendwo aufgeschnappt oder sich selbst zusammengereimt hatte, keine handfesten Beweise.» Er wartete nicht auf Wexfords Erwiderung, sondern ging hinunter in den Verhörraum im Parterre, der in den Farben eines alten Spaniels gestaltet war. Regen lief über das Fenster und ließ das Glas undurchsichtig werden. Clifford saß am Tisch, einen Plastikbecher mit Kaffee vor sich, während ihm gegenüber Diana Pettit Platz genommen hatte und den *Independent* las. Sie stand auf, und Burden nickte ihr von der Seite zu, was bedeutete, daß sie ihn allein lassen sollte, bei laufendem Kassettenrecorder. Clifford stand halb auf und streckte ihm die Hand hin; Burden war darüber so verblüfft, daß er sie schüttelte, fast bevor ihm einfiel, was er da tat.

«Können wir beginnen?» fragte Clifford eifrig.

Es war nicht leicht für Burden, diese Sache in den Griff zu bekommen. Zum erstenmal in seiner Laufbahn als Polizeibeamter hatte er das Gefühl, für diese Aufgabe ungenügend ausgebildet zu sein oder einen Teil seiner Ausbildung versäumt zu haben. «Was wollen Sie mir denn sagen?» fragte er in einem Ton, der, wie er genau merkte, tastend und unsicher klang.

«Ich will Ihnen vorführen, was ich für ein Mensch bin. Ich möchte über meine Gefühle sprechen.» Cliffords Augen bewegten sich, und zu Burdens Überraschung zeigte sich ein boshaftes Funkeln darin; es paßt so wenig zur übrigen Persönlichkeit, daß es schockierend wirkte. Und Clifford lachte fröhlich dazu. «Ich versuche, Ihnen zu sagen, was mich dazu gebracht hat, es zu tun.»

«Zu tun?» Burden lehnte sich über den Tisch.

«Das, was ich tue», sagte Clifford schlicht. «Das Leben zu führen, das ich führe.» Wieder lachte er. «Nein, das war nur ein Scherz. Ich wollte, daß Sie denken, ich würde sagen ‹Mrs. Robson zu ermorden›. Entschuldigen Sie, es war nicht sehr komisch.» Er atmete tief ein, dann räusperte er sich. «Ich bin ein Gefangener. Haben Sie das gewußt?»

Burden sagte nichts. Was hätte er sagen sollen?

«Ich bin mein eigener Gefangener; dafür hat Dodo gesorgt. Warum will sie das, werden Sie fragen. Es gibt Menschen, die sind zum Gefängnisaufseher geboren. Ich bin der erste, den sie in ihrer Gewalt hatte – der erste und der einzige. Die anderen haben sich ihr widersetzt, sie sind weggegangen. Soll ich Ihnen erzählen, wie sie meinen Vater kennengelernt hat? Mein Vater war ein Mann aus der Oberschicht, müssen Sie wissen; sein Onkel war der höchste Verwaltungsbeamte des Countys. Ich weiß nicht, was das genau bedeutet, aber es ist ein sehr wichtiger Posten. Mein Großvater war ein Gentleman-Bauer; er besaß über hundert Hektar Land. Es wurde nach und nach verkauft, als mein Vater noch jung war, damit die Familie weiter in dem Stil leben konnte, den sie gewohnt war. Ein großer Teil von Kingsmarkham hat ursprünglich meinem Großvater gehört.»

Burden schaute ihn mit wachsender Verzweiflung an und war wütend über den kleinen Streich, den Clifford ihm gespielt hatte, als er so tat, als ob er zu einem Geständnis bereit sei. Und Clifford sagte, wodurch er ihn noch mehr verärgerte: «Auch Ihr Haus, wo es auch sein mag, steht wahrscheinlich auf einem Stück Land, das meiner Familie gehört hat.»

Clifford trank seinen Kaffee, wobei er den kleinen Becher mit beiden Händen packte und Burden seine grausam abgebissenen Fingernägel fast unter die Nase hielt. «Dodo ist als Putzfrau zu meinen Großeltern gekommen. Das überrascht Sie, nicht wahr? Nein, nicht als Hausmädchen, o nein, sondern als

Putzfrau, die täglich ins Haus kam und die Dreckarbeiten tun mußte. Natürlich hatten sie auch ein Hausmädchen gehabt und einen Chauffeur, doch das war vor dem Krieg. Nach dem Krieg mußten sie mit meiner Mutter allein auskommen. Ich weiß nicht, wie sie meinen Vater dazu gekriegt hat, daß er sie heiratete. Sie sagt, es war Liebe, aber was sollte sie auch anderes sagen? Ich kam erst zur Welt, nachdem sie schon zwei Jahre verheiratet waren, also kann eine unerwartete Schwangerschaft wohl kaum der Grund gewesen sein. Sobald sie verheiratet war, hat sie alles an sich gerissen: Sie wollte der Boss und der Gefängnisaufseher sein.»

«Wie können Sie das wissen?» fragte Burden und fühlte sich gar nicht wohl dabei, denn er begann zu verstehen, was Olson mit dem Trugschluß vom Kennen und Nichtkennen gemeint hatte.

Clifford schien es zu unterstreichen, als er fortfuhr: «Ich kenne meine Mutter. Mein Großvater ist gestorben; er war noch nicht sehr alt und nicht sehr lange krank gewesen. Sobald die Beerdigung vorbei war, hat mein Vater uns verlassen – es war am Tag danach, daran erinnere ich mich genau. Ich war fünf, wissen Sie. Ich erinnere mich, wie ich mit meiner Mutter, meinem Vater und meiner Großmutter zum Begräbnis gegangen bin. Ich mußte mit; es war niemand da, der auf mich aufgepaßt hätte, und ich ging ja noch nicht zur Schule. Meine Mutter trug einen leuchtendroten Hut mit einem kleinen Schleier und einen roten Mantel. Er war neu, sie hatte ihn bis dahin noch nie getragen, und als ich sie darin sah, dachte ich, daß es das war, was Frauen auf Beerdigungen tragen – helles, leuchtendes Rot. Ich dachte, es müsse das Richtige sein, weil ich sie noch nie zuvor in dieser Farbe gesehen hatte. Als meine Großmutter herunterkam, war sie in Schwarz gekleidet, und ich fragte: ‹Warum trägst du nicht auch Rot, Großmama?› Und Dodo hat gelacht.

Jetzt, seit ich erwachsen bin, denke ich manchmal, daß es von meinem Vater falsch war, meine Mutter sitzenzulassen. Ich meine, natürlich war es falsch, daß er abgehauen ist, aber es war noch schlimmer, daß er seine Mutter bei Dodo zurückgelassen hat. Natürlich habe ich als Kind nicht darüber nachgedacht. Ich dachte nie viel an meine Großmutter und an ihre Gefühle. Meine Mutter hat sie in ein Altersheim gesteckt, nicht lange, nachdem mein Vater weggegangen ist – ich meine, nur wenige Tage danach. Großmutter hat sich auch nicht verabschiedet, ist einfach gegangen und nie mehr wiedergekommen. Ich habe meine Mutter gefragt, wie sie das fertiggebracht hat, fragte sie Jahre später, als ich schon ein Teenager war. Jemand hatte in meiner Gegenwart davon gesprochen, wie schwer es sei, die alten Leute in diesen Heimen unterzubringen. Meine Mutter hat es mir erzählt; sie war richtig stolz darauf. Sie hat einen Wagen kommen lassen – das war die Zeit, als das mit den Minicars angefangen hat – und meiner Großmutter gesagt, sie würden spazierenfahren. Als sie beim Altersheim ankamen, hat sie sie hineingebracht und der Oberin, oder wer es auch war, gesagt, daß sie sie daläßt und sie sich um sie kümmern sollten. Wissen Sie, Dodo ist es egal, was sie zu den Leuten sagt; das ist eines von den Dingen, die ihr diese besondere Kraft verleihen. Wenn jemand zu ihr sagt: ‹So hat noch niemand mit mir gesprochen›, oder: ‹Wie können Sie es wagen!›, macht sie sich gar nichts draus; sie schaut sie nur an und sagt noch etwas viel Schlimmeres. Sie hat die Hemmschwelle überschritten, wissen Sie, die Schwelle, die einen normalerweise daran hindert, unverschämt zu sein.

Meine Großmutter hat danach noch zehn Jahre gelebt, erst in diesem Altersheim und später in der Geriatrie-Abteilung einer Klinik. Das Sozialamt hat versucht, meine Mutter zu bewegen, daß sie sie wieder zu sich nimmt, aber sie konnten sie schließlich nicht dazu zwingen, oder? Sie hat die Leute einfach nicht ins Haus gelassen. Aber zuvor, und kaum, daß sie mit dem Minicar zurückgekommen war, hat sie alle Möbel nach oben in die Mansarde gebracht. Mr. Carroll, unser Nachbar – er und seine Frau waren die einzigen Menschen, die wir gelegentlich sahen. Meine Mutter hat ihn dazu gebracht, daß er ihr beim Transport all dieser Möbel ins Dachgeschoß half, und dann, als –»

«Wohin führt das alles, Clifford? Worauf wollen Sie hinaus?» warf Burden ein.

Clifford ignorierte ihn oder tat so, als ob er ihn ignorierte.

Vielleicht reagierte er nur auf das, was er hören wollte. Seine Augen waren auf das Fenster gerichtet. Der Regen hatte nachgelassen, die Ströme von Wasser teilten sich in einzelne Tröpfchen, und dazwischen konnte man undeutlich eine graugrüne Landschaft und tiefhängende Wolken sehen. Aber vielleicht sah er gar nichts und hatte seine Sinne für alle optischen Eindrücke verschlossen. Burden war die Situation unangenehm, und sein Unbehagen wuchs mit jedem Satz, den Clifford sprach. Er erwartete ständig eine Art Klimax oder Explosion, ja, er rechnete damit, daß Clifford aufspringen und laut schreien würde. Momentan jedoch wirkte der Mann auf der anderen Seite des Tischs wie von einer unnatürlichen Ruhe umschlossen.

Er fuhr fort, in leichterem Gesprächston: «Wenn ich ungehorsam war oder sonst etwas angestellt hatte, sperrte sie mich in eine dieser Mansarden. Manchmal war es die mit den vielen Fotos und manchmal die mit den Betten und Matratzen. Aber ich wußte, daß sie mich immer wieder herausließ, bevor es dunkel wurde. Ich glaube, das Übernatürliche ist das einzige, was meiner Mutter angst macht. Sie würde nie und nimmer im Dunkeln dort hinaufgehen, weil sie sich vor den Geistern fürchtet. Es gibt Stellen im Garten, wo sie nach Einbruch der Dämmerung nie hingehen würde – ja, nicht einmal am Tag. Und ich hab also oben gesessen mit all den Gesichtern.»

«Gesichtern?» wiederholte Burden in hohl klingendem Ton.

«Auf den Fotos», sagte Clifford geduldig. Er schwieg einen Moment, und in dieser Sekunde kam die Inspiration über Burden, so zu tun, wie es Serge Olson tat. Er nahm seine Armbanduhr ab und legte sie vor sich auf den Tisch. Cliffords Augen flackerten, während er die Bewegung beobachtete. «Ich habe die Gesichter meiner Vorfahren betrachtet und dachte mir: Alle diese Ladies in den langen Röcken mit den großen Hüten und all diese Männer mit Hunden und Gewehren, sie alle enden in mir, das ist es, worauf schließlich alles hinausläuft – ich. Ich saß da oben und schaute zu, wie es dunkler wurde, bis ich die Gesichter nur noch undeutlich erkennen konnte, und ich wußte, daß sie bald kommen würde. Und dann kam sie auch schon, langsam und behutsam, sie ließ sich Zeit, die Tür ging auf, und sie sagte auf ganz freundliche Weise, so als ob gar nichts geschehen wäre, ich solle jetzt runterkommen, der Tee sei fertig.»

Burden nahm seine Armbanduhr vom Tisch und sagte in erschöpftem Ton: «Die Zeit ist vorbei, Clifford.»

Er erhob sich gehorsam. «Soll ich heute nachmittag wiederkommen?»

«Sie hören von uns.» Beinahe hätte Burden gesagt: Rufen Sie nicht an, wir melden uns, und dann, als er allein im Verhörraum stand, nachdem Clifford hinausgeführt worden war, fragte er sich ungläubig, was er da eigentlich tat. Hatte er nicht ein Schuldbekenntnis erwartet? War es nicht das, worum es sich schon die ganze Zeit drehte? Er ging hinauf in sein Büro und schaute die Berichte durch – Ergebnisse der scheinbar fruchtlosen Bemühungen von Archbold und Marian Bayliss, Hinweise auf einen ungeklärten Mord in Cliffords Vergangenheit zu entdecken. Beide Großmütter waren eines natürlichen Todes gestorben, wie es aussah. Die alte Mrs. Sanders nach einem Herzanfall in der Geriatrie-Klinik, und die alte Mrs. Clifford war von einer Nachbarin tot in ihrem Bett aufgefunden worden. Elizabeth McPhail war im Krankenhaus verschieden, nach Monaten des Dahinvegetierens infolge eines Schlaganfalls.

Dennoch mußte er ihm weiter Fragen stellen, wenn nötig auch an diesem Nachmittag und morgen und übermorgen, Tag für Tag, bis Clifford mit seinem Bericht in der Gegenwart angekommen war und ihm schließlich mit seiner monotonen Stimme gestand, daß er Gwen Robson getötet hatte.

Wexford besuchte die Zweigstelle der Midland Bank in der Queen Street. Es war halb fünf, und die Bank war seit einer Stunde für Kunden geschlossen. Der Zweigstellenleiter hatte sich als kooperativ erwiesen und alle seine Fragen ohne Protest beantwortet. Ja, Mr. Robson unterhalte ein Konto bei dieser Zweigstelle, aber nein, Mrs. Robson – die ja auch kein Konto hier hatte – habe keinen Safe gemietet gehabt. Wexford hatte kaum damit gerechnet. Was Lesley Arbel auch gesucht haben mochte, es war entweder anderswo versteckt – oder Lesley hatte es bereits gefunden. Der Zweigstellenleiter war nicht bereit, ihm etwas über das Konto von Mrs. Sanders zu verraten, vermutlich, weil sie noch nicht tot war.

Er kam hinaus in den grauen Nieselregen, in die frühe Dämmerung. Die Obstkisten vor dem Laden des Gemüsehändlers waren naß, obwohl er die Markisen heruntergekurbelt hatte; auf den grünen Blättern und den Zitrusfrüchten verbreitete sich ein dünner Wasserfilm, der wie Tau aussah. Hinter dem Bogenfenster der Boutique schimmerten geschickt drapierte Kleider in Obstsalatfarben. Serge Olson verschwand in die gelblich erleuchtete Wärme des Weinladens und kam unter der Tür an einem Mann vorbei, den Wexford ebenfalls kannte: John Whitton, den Nachbarn von Ralph Robson. Sein Baby hing in einem Tragegurt an seiner Brust; das ältere Kind, das bis auf Mund und Augen in gestrickten Hüllen und abgestepptem Nylon steckte, hielt sich mit einer Hand am Saum der Daunenjacke seines Vaters fest, denn Whittons Arme waren bereits von zwei Weinkartons belegt. Er schaute Wexford an, ohne ihn zu erkennen, und ging auf den Peugeot-Kombi zu, der am Randstein parkte. Auf der Parkuhr waren nur noch wenige Minuten, und ein Mann von der Verkehrspolizei bewegte sich in ihre Richtung.

Whitton verstaute das Baby auf einem Haltesitz im Fond, stellte die Weinkartons auf den Boden und hatte sich gerade aufgerichtet, als das Geschrei begann. Der Dreijährige kletterte hinein und bedachte seinen Bruder oder seine Schwester mit jenem leidenschaftslosen, milden Interesse, das die Kinder für jüngere, heulende Geschwister übrig haben. Wexford schaute zu, weil er sich überlegte, wie der arme Whitton den Wagen aus der engen Lücke steuern würde, ohne den davor oder dahinter parkenden Wagen zu berühren, wobei «berühren» nicht das richtige Wort war für das, was dem Peugeot erst kürzlich zugestoßen sein mußte; sein linker Scheinwerfer war gesplittert, der umgebende Kotflügel eingedrückt. Dennoch hätte er sich jetzt abgewendet, weil er wußte, wie unangenehm es war, wenn man als Autofahrer bei einem solchen Manöver auch noch beobachtet wurde, wenn Whitton nicht das Fenster heruntergekurbelt und zu ihm hinausgerufen hätte.

«Hören Sie, macht es Ihnen was aus, mir zu sagen, wie nah ich an dem anderen Wagen dran bin?»

Diese Leute, die sich vor einen Wagen hinstellen und mit fuchtelnden Händen dem Fahrer Unverständliches signalisieren – Wexford war oft genug von ihnen zur Verzweiflung getrieben worden und hatte sich schon vor langer Zeit entschieden, von derartigen Hilfeleistungen grundsätzlich Abstand zu nehmen. Aber was sollte man tun, wenn man ausdrücklich dazu aufgefordert wurde? Der Wagen kroch vorwärts, und Wexford signalisierte Whitton zu stoppen, als er noch zwei Zentimeter von der hinteren Stoßstange eines Mercedes entfernt war.

«Noch einmal zurück, dann müßten Sie es schaffen», sagte er, als Whitton rückwärts fuhr.

Und dann erkannte ihn Whitton und sagte über das frenetische Gebrüll des Babys hinweg: «Sie waren doch bei mir, um über Mrs. Robson zu sprechen.» Der Motor starb ab, Whitton fluchte und zwang sich dann zu einem Lächeln. «Ich darf nicht so aus der Haut fahren. Cool bleiben ist die Devise. Wenn nicht – sehen Sie, das ist die Folge.» Ein Daumen zeigte auf den linken vorderen Kotflügel und unterstrich, was er gemeint hatte. «Meine Frau hatte eine Begegnung mit einer Parkuhr, genau hier, vor ungefähr drei Wochen. Ob Sie's glauben oder nicht, sie hat keinen einzigen anderen Wagen beschädigt, und das war ein Wunder, wenn man bedenkt, wie sich der junge Kerl in seinem roten Metro aufgeführt hat.»

Ein höfliches «Wirklich?» und ein paar Worte, um sich zu verabschieden, lagen Wexfort auf der Zunge. Doch statt dessen sagte er ziemlich rasch, obwohl er wußte, daß es ein Schuß ins Ungewisse war: «Wann genau ist das gewesen, Mr. Whitton?»

Whitton redete gern. Ohne geschwätzig zu sein, nutzte er jede Gelegenheit zu einem Gespräch; verständlicherweise, denn er hatte eine Rolle übernommen, die so lange den Frauen vorbehalten gewesen war, und in der er den ganzen Tag nur mit Kindern zusammensein mußte, die als Gesprächspartner zu klein waren. Zuerst jedoch langte er nach hinten und nahm das Baby aus seinem Kindersitz, woraufhin das Gebrüll zu einem Wimmern verstummte. Wexford stellte mit Amüsement fest, daß sich der junge Mann offenbar auf eine längere angenehme Unterhaltung vorbereitete – und gleich danach war er nicht mehr amüsiert, sondern aufgeregt.

«Vor drei Wochen, wie ich sagte. Das heißt, ja, es muß genau an dem Tag gewesen sein, als Mrs. Robson umgebracht wurde. Ja, genau. Rosemary hatte den Wagen, und sie wollte auf der Nachhausefahrt Obst und Gemüse einkaufen. Es muß Viertel vor sechs gewesen sein oder sogar schon zehn vor sechs...»

FÜNFZEHN

Es war Burdens Idee, ihn in sein Büro heraufzuholen statt unten in einem der Verhörräume mit ihm zu sprechen. Er konnte die Kunststofffliesen, die nackten Wände und die mit Metall eingefaßte Tischplatte aus Plastik nicht mehr ertragen. Es war sicher nicht weniger warm dort unten als oben in seinem Büro, dennoch lief ihm in den Verhörräumen häufig ein kalter Schauer über den Rücken, ein Gefühl, als ob sich die Zugluft zwischen Kunststoff und Fensterrahmen und unter der nackten Stahltür mit ihrer angerosteten Eisenklinke hereinstehlen würde. Also brachte man Clifford nach oben, und er kam herein, als sei es ein Freundschaftsbesuch: lächelnd, die Hand zum Gruß ausgestreckt. Es hätte Burden nicht gewundert, wenn er ihn nach seinem Befinden gefragt hätte, doch das tat Clifford nicht.

«Erzählen Sie mir von Ihrer Beziehung zu Ihrer anderen Großmutter», begann Burden. «Ich meine Mrs. Clifford, die Mutter Ihrer Mutter. Haben Sie sie häufig gesehen?»

Statt die Frage zu beantworten, sagte Clifford: «Meine Mutter ist nicht ganz schlecht. Ich habe Ihnen einen falschen Eindruck von ihr vermittelt. Sie ist wie jeder andere Mensch, eine Mischung aus Gut und Böse, nur daß ihr Schatten sehr mächtig ist. Darf ich Ihnen eine Geschichte erzählen? Es ist eine recht romantische Geschichte; meine Clifford-Großmutter hat sie mir erzählt.»

«Schießen Sie los», ermutigte ihn Burden.

«Als meine Mutter ein kleines Mädchen war, lebten sie in Forbydean, sie und ihre Eltern. Sie fuhr immer mit dem Fahrrad zur Schule und kam dabei an der Ash Farm vorüber; auf diese Weise lernte sie meinen Vater kennen, der ein bißchen jünger war als sie. Nun, sie spielten miteinander und trafen sich, wann immer das möglich war – also meistens in den Ferien, weil mein Vater auf ein Internat ging. Als sie dreizehn war und mein Vater zwölf, kamen seine Eltern hinter diese kindliche Freundschaft und machten ihr ein Ende. Wissen Sie, die Sanders' glaubten, daß ihr Sohn zu gut war für die Tochter eines Landarbeiters, auch wenn sie nur miteinander spielten. Und mein Vater leistete keinen Widerspruch; er pflichtete ihnen bei, erklärte, daß er das zuvor nicht verstanden habe, und als meine Mutter das nächste Mal vorbeikam, sprach er nicht mehr mit ihr, ja, er schaute sie nicht einmal an. Und dann kam meine Großmutter heraus und sagte zu meiner Mutter, sie solle gefälligst nach Hause gehen und sich hier nicht mehr blicken lassen.»

Burden nickte ein wenig zerstreut und fragte sich, wie lange das alles wohl noch dauern würde. Es war keine ungewöhnliche Geschichte für diese Zeit und diese Gegend. In seiner Kinderzeit hatten sich ähnliche Dinge ereignet, war es manchen seiner Altersgenossen aus gesellschaftlichem Snobismus verboten gewesen, «mit den Straßenkindern» zu spielen.

Clifford fuhr fort. «Ich erzähle es Ihnen, um Ihnen auch die guten Seiten meiner Mutter vorzuführen. Ich sagte, es ist eine romantische Geschichte. Später arbeitete sie dann für die Sanders', und sie erkannten in ihr das kleine Mädchen nicht wieder, mit dem zu spielen sie ihrem Charles verboten hatten. Auch er selbst wußte es nicht, bis sie es ihm nach ihrer Heirat sagte. Was mögen da die Sanders' gedacht haben?»

Burden war nicht genügend interessiert, um zu raten. «Hat Ihre Clifford-Großmutter Sie besucht, als Sie ein Kind waren? Haben Sie sie mit Ihrer Mutter besucht?»

Clifford seufzte. Vielleicht wäre es ihm lieber gewesen, seine Spekulationen über die romantische Geschichte fortzusetzen. «Ich glaube manchmal, ich habe meine gesamte Kinderzeit im Gehen verbracht. Ich bin buchstäblich durch meine Kinderzeit gegangen, wenn Sie verstehen, was ich meine. Es war die einzige Möglichkeit, um irgendwo hinzukommen. Ich muß damals Hunderte, ja Tausende von Meilen gegangen sein. Meine Mutter geht nicht sehr schnell, aber ich war immer außer Atem, wenn ich versuchte, mit ihr Schritt zu halten.»

«Dann sind Sie also zu Fuß zu Ihrer Großmutter gegangen?»

Wieder seufzte Clifford. «Wenn wir sie besucht haben, dann zu Fuß. Es gab den Bus, aber meine Mutter wollte das Geld dafür nicht ausgeben. Und wir haben meine Großmutter nicht sehr oft besucht. Sie müssen verstehen, meine Mutter mag Menschen nicht, und ihre eigene Mutter mochte sie auch nicht besonders. Wissen Sie, mein Großvater ist sehr plötzlich gestorben, und als mein Vater uns verließ und meine Sanders-Großmutter in ein Altersheim kam, lebten wir in dem Haus allein. Ich glaube, das war ihr sehr recht.» Er zögerte, schaute hinunter auf seine abgebissenen Fingernägel und sagte ein wenig verschlagen: «Und sie mag mich, solange ich das tue, was sie will. Sie hat mich zu ihrem Sklaven und zu ihrem Beschützer gemacht. Wie Frankenstein das Monster geschaffen hat, damit es Böses tut.» Ein kleines, schrilles Lachen, das die Worte eigentlich hätte abschwächen sollen, machte sie noch schrecklicher.

Burden betrachtete ihn mit einer Art von beklommener Ungeduld. Er überlegte sich eine Frage über die Mutter von Mrs. Sanders, die wilde Idee, daß Gwen Robson vielleicht einmal als Gemeindeschwester bei ihr gewesen sein könnte, als Clifford fortfuhr: «Einmal, als ich nicht das tun wollte, was sie mir befahl, hat sie mich in die Mansarde mit den Fotografien eingesperrt und den Schlüssel verloren. Ich weiß nicht, wie sie ihn verlieren konnte – sie hat es mir nie gesagt, wie Sie sich denken können –, aber ich nehme an, sie hat ihn versehentlich in einen Gully fallen lassen, oder er ist in eine Spalte im Holzboden gerutscht, oder was auch immer. Ihr passieren häufig solche kleinen Mißgeschicke, wissen Sie, weil sie nicht an das denkt, was sie gerade tut; ihre Gedanken sind immer woanders. So wird sie vermutlich auch den Schlüssel verloren haben. Sie ist sehr kräftig, trotz ihrer geringen Körpergröße, und hat versucht, die Tür mit der Schulter aufzurammen, doch das hat nicht geklappt. Ich war drinnen und hörte, wie sie immer wieder gegen die Tür krachte. Es war Winter, die Dämmerung brach herein, und sie hatte Angst; ich wußte, daß sie Angst hatte, konnte ihre Angst durch die Tür spüren. Vielleicht krochen die Gespenster hinter ihr über die Treppe nach oben.»

Er lächelte, dann lachte er wieder in schrillem Ton und rümpfte die Nase in einer Mischung aus Vergnügen und Schmerz über die Erinnerung. «Sie mußte Hilfe holen. Ich erschrak, als ich hörte, daß sie wegging, weil ich dachte, daß sie mich nun für immer in meinem Gefängnis lassen würde. Es war kalt, und ich war noch ein kleiner Junge, ich hatte Angst im Halbdunkeln mit den alten Möbeln und den vielen Gesichtern. Wissen Sie, sie hatte natürlich die Glühbirnen aus den Lampen geschraubt, damit ich mir kein Licht machen konnte. Doch das bedeutete, daß sie auch kein Licht anschalten konnte...» Wieder ein Lächeln und ein wehmütiges Kopfschütteln. «Sie holte Mr. Carroll; er kam mit ihr herüber, stemmte sich gegen die Tür, und die Tür ging auf. Von da an hat sie mich nie mehr dort eingesperrt, aber nur, weil die Tür nicht mehr abzuschließen war. Mrs. Carroll war auch mitgekommen, und ich erinnere mich noch genau an das, was sie gesagt hat: Sie hat meine Mutter gescholten und erklärt, daß sie gute Lust habe, es dem Schutzbund zur Verhinderung von Grausamkeiten an Kindern zu melden, aber wenn sie es getan hat, so haben wir jedenfalls nichts davon erfahren.

Mrs. Carroll ist ihrem Mann vor einem halben Jahr davongelaufen – mit einem anderen Mann, wie meine Mutter sagt. Und Dodo hat es natürlich auch Mr. Carroll mitgeteilt. Erst machte sie Andeutungen über diesen anderen Mann, und dann hat sie es ihm geradeheraus gesagt. Ich dachte schon, er geht auf sie los, aber auf sie ist noch nie jemand losgegangen, das ist bisher nie geschehen. Er brach zusammen und hat geweint und geschluchzt. Wissen Sie, was ich dachte? Was ich hoffte? Ich dachte, mein Vater hat meine Mutter sitzengelassen, und nun hat Mrs. Carroll ihren Mann sitzengelassen. Angenommen, Mr. Carroll würde Dodo heiraten? Das wäre der beste Ausweg aus meiner Situation, die sauberste Lösung, um von ihr befreit zu werden. Ich frage mich, ob ich eifersüchtig wäre, ob es mir wirklich recht wäre...?»

Er wurde durch ein Klopfen an der Tür unterbrochen: Archbold, der Burden mitteilte, daß Wexford ihn zu sprechen wünschte.

«Jetzt gleich?»

«Er meinte, es sei dringend.»

Burden ließ Diana bei Clifford zurück. Vielleicht war es nicht schlecht, an dieser Stelle eine Pause einzulegen. Er interessierte sich nicht für Cliffords Jugend, aber er schätzte die Stimmung, in die ihn diese Erinnerungen zu bringen schienen, eine Atmosphäre von Ehrlichkeit und Offenheit. All diese Geschichten aus seiner Jugendzeit – denn als das betrachtete sie Burden – würden Clifford, wenn auch auf einem verrückten Weg, zum letzten, endgültigen und belastenden Ausbruch führen.

Statt den Lift zu nehmen, ging er zu Fuß nach oben. Die Tür zu Wexfords Büro stand eine Handbreit offen. Wexford saß, wenn man in sein Büro kam, fast immer hinter seinem Schreibtisch oder er stand am Fenster und schaute hinunter auf die High Street. Aber an diesem Vormittag stand er vor dem Stadtplan von Kingsmarkham, der an der linken Wand hing, und war in Gedanken vertieft. Als Burden hereinkam, wandte er den Blick von dem Stadtplan ab.

«Ach, Mike...»

«Sie wollten mich sprechen?»

«Ja. Ich muß mich für die Unterbrechung entschuldigen, aber Sie werden vielleicht erkennen, daß es eigentlich keine Unterbrechung ist, sondern ein Abbruch. Clifford Sanders – er hat es nicht getan und kann es nicht getan haben. Sie können ihn laufenlassen.»

Mit versteinertem Gesicht und augenblicklich erwachtem Zorn sagte Burden: «Das haben wir doch alles schon einmal diskutiert.»

«Nein, Mike, hören Sie zu. Am 19. November hat er um Viertel vor sechs im Wagen seiner Mutter gesessen, der zu dieser Zeit in der Queen Street parkte. Eine Frau namens Rosemary Whitton hat ihn gesehen, sie hat mit ihm gesprochen und er mit ihr.»

«Sie hat versucht, ihren Wagen aus einer Parklücke zu manövrieren», erklärte Wexford, «und sie hatte nicht viel Platz, nur vorn und hinten ein paar Zentimeter...»

Mit dem Sexismus aus den bekannten Witzen und Karikaturen, aber mit versteinertem Gesicht und todernster Miene unterbrach ihn Burden: «Frauen am Steuer!»

«Ach, Mike, ich bitte Sie! Clifford saß in dem Wagen hinter ihr, und er hatte nach hinten zwei Meter Platz. Sie bat ihn, ein wenig zurückzusetzen, und er sagte, sie solle ihn in Ruhe lassen. ‹Lassen Sie mich in Ruhe, gehen Sie weg›, hat er gesagt.»

«Woher will sie wissen, daß es Clifford war?»

«Sie hat ihn mir sehr treffend beschrieben. Der Wagen war ein roter Metro. Diese Frau ist nicht dumm, Mike, im Gegenteil, sie ist energisch und arbeitet als Systemanalytikerin, auch wenn ich gestehen muß, daß ich nicht genau weiß, was das ist.»

«Und sie sagt, es war um Viertel vor sechs?»

«Sie war spät dran und hatte es eilig. Frauen wie sie haben es zwangsläufig immer eilig. Sie sagte, sie wollte daheim sein, bevor die Kinder um sechs zu Bett gebracht wurden. Als sie sich in den Wagen setzte, hat sie auf die Uhr im Armaturenbrett geschaut – ich mache das auch immer, daher glaube ich ihr aufs Wort –, und da war es genau siebzehn Uhr fünfundvierzig. Das heißt, nach ihrem Streit mit Clifford muß es um einiges später gewesen sein. Dieser Streit hatte übrigens zur

Folge, daß sie sich einen Scheinwerfer und den Kotflügel an der Parkuhr beschädigte.»

«Ach, tatsächlich?» fragte Burden nachdenklich. Seine gerunzelte Stirn versprach eine weitere Attacke auf die «Frau am Steuer». «Warum hat er mir das nicht gesagt?»

«Es ist ihm, möchte ich sagen, gar nicht bewußt geworden. Sie sagte, daß er bald, nachdem es passiert war, weggefahren ist.»

Die Aussage der Frau mußte überprüft werden, sorgfältig überprüft, und bis dahin mußte Burden Cliffords Verhöre einstellen. Er ging nicht zurück zum Verhör. Den Zorn und die Frustration, die sich eigentlich auf Wexford hätten richten müssen, wäre er am liebsten bei dem Mann dort unten losgeworden. Er hätte in seinem Büro anrufen können, aber er wollte Clifford jetzt nicht mit Erklärungen gegenübertreten, daher schickte er Archbold hinunter mit dem Auftrag, ihn wegzuschicken und zu sagen, daß er vermutlich nicht mehr gebraucht werde.

«Wo hätten Sie etwas versteckt, Mike, wenn Sie Gwen Robson wären?»

Noch immer unter seiner Niederlage leidend und keineswegs in vollem Umfang erfassend, was die Entlastung von Clifford für ihn bedeutete, sagte Burden mürrisch: «Was für ein Etwas?»

«Papiere. Ein paar Blätter Papier.»

«Meinen Sie Briefe?»

«Das weiß ich nicht», sagte Wexford. «Lesley Arbel hat nach diesen Papieren gesucht, aber ich glaube nicht, daß sie sie gefunden hat. Sie liegen nicht auf der Bank und nicht bei *Kingsmarkham Safe Depository Ltd.* – beide Stellen habe ich bereits befragt.»

«Und wie wollen Sie wissen, daß Lesley Arbel diese Papiere nicht gefunden hat?»

«Als ich am Freitag mit ihr sprach, war sie besorgt und unglücklich. Wenn sie gefunden hätte, wofür sie das Haus auf den Kopf gestellt hat, wäre sie vermutlich besserer Laune gewesen.»

«Ich frage mich, ob Clifford seine andere Großmutter umgebracht haben könnte, die Mutter seiner Mutter. Er ist wirklich ein sehr merkwürdiger Charakter. Er weist alle typischen Eigenschaften eines Psychopathen auf... Worüber lachen Sie?»

«Hören Sie auf», sagte Wexford. «Hören Sie auf damit. Und überlassen Sie Serge Olson die Psychiatrie.»

Burden sollte sich an diese letzte Bemerkung erinnern, denn am Morgen danach rief Olson bei ihm an. Er hatte sich in der Zwischenzeit fast ausschließlich mit Clifford Sanders befaßt, und sein gesamtes Denken und Tun hatte mit diesem neuen Alibi in Beziehung gestanden. Er hatte sich sogar mit Rosemary Whitton unterhalten, und da es ihm nicht gelungen war, ihre Aussage über die betreffende Zeit zu erschüttern, hatte er sich beim Obst- und Gemüsehändler in der Queen Street erkundigt. Wenn sich auch niemand in der Straße an Clifford im Metro erinnert hatte, so erinnerten sich doch eine Reihe von Ladenbesitzern und Verkäufern an Mrs. Whitton, wie sie die Parkuhr gerammt hatte. Der Geschäftsführer des Weinladens konnte auch eine Zeit angeben: Es war, bevor er um sechs den Laden schloß, aber nur knapp davor. Er hatte das Schild an der Tür auf «Geschlossen» gedreht, nachdem er von der Inspektion des Schadens zurückgekommen war. Noch immer nicht überzeugt, aber entschlossen, wenigstens vorläufig nachzugeben, wandte Burden sein Interesse von Clifford Sanders auf dessen Vater... Wenigstens vorübergehend, dachte er. Danach würde er Clifford Sanders wieder eine Woche lang verhören, und inzwischen mußte es ihm gelungen sein, Charles Sanders ausfindig zu machen und von da aus eine neue Folge von Ermittlungen einzuleiten. Doch bevor er damit beginnen konnte, rief Serge Olson bei ihm an.

«Mike, ich wollte Ihnen nur sagen, daß ich eben von Clifford angerufen wurde, der seine Donnerstagssitzung bei mir abgesagt hat – übrigens auch alle weiteren Sitzungen. Ich habe ihn gefragt warum, und er meinte, er habe meine Art von Therapie nicht mehr nötig. Jetzt sind Sie dran.»

Burden fragte sehr zurückhaltend: «Warum sagen Sie mir das, Mr. Olson – Serge?»

«Nun, Sie scheinen ihn einem ziemlich harten Verhör zu unterziehen, nicht wahr? Hören Sie, das ist eine heikle Angelegenheit, zumindest für mich. Er ist mein Klient. Es kommt mir darauf an, sagen wir, daß ich sein Vertrauen nicht verliere. Es ist eine sehr ernste Sache, wenn jemand wie Clifford seine Therapie abbricht. Mike, Clifford braucht diese Therapie. Ich will damit nicht sagen, daß er unbedingt das braucht, was ich ihm geben kann, aber er braucht auf alle Fälle Hilfe von außen.»

«Vielleicht hat er einen anderen Psychiater gefunden», sagte Burden. «Und machen Sie sich keine Sorgen über die Wirkung dessen, was Sie als ein ziemlich hartes Verhör bezeichnen. Das ist vorbei, wenigstens vorläufig.»

«Es freut mich, das zu hören, Mike, es freut mich wirklich.»

Nachdem es in Worte gefaßt war, daß er die Verhöre von Clifford eingestellt hatte, rückten die Dinge wieder in die richtige Perspektive. Und auf einmal wurde Burden klar, wie er es gehaßt hatte, mit Clifford in einem Raum eingeschlossen zu sein und alle diese Enthüllungen anhören zu müssen. Er wollte nichts mehr davon wissen – das heißt, nicht bevor er einen anderen positiven Beweis für seine Schuld ausfindig gemacht hatte. Er hatte einen Entschluß gefaßt und schaute hinaus aus dem Fenster, wo man Lichter in die Zweige des Baumes hängte, der am Rand des kleinen Grasstreifens vor der Polizeistation wuchs. Es war kein Weihnachtsbaum, war nicht einmal eine Konifere, sondern eine Esche, deren einzige Besonderheit in ihrer Größe lag. Burden schaute den beiden Männern bei der Arbeit zu. Die Kette mit den bunten Lichtern in den Baum zu hängen war seine Idee gewesen, die später durch den Chief Constable unterstützt worden war, um ein freundliches Verhältnis zwischen der Polizei und der Öffentlichkeit zu schaffen. Wexfords Kommentar dazu war ein spöttisches Lachen gewesen. Aber konnte man noch feindselige Gefühle oder auch nur Argwohn gegenüber einer freundlichen Organisation hegen, die fröhliche Lichter in ihrem Vorgarten aufhängte? Er selbst fühlte sich an diesem Vormittag freilich weder fröhlich noch freundlich und war in der Stimmung, jedem in die Parade zu fahren, der es wagte, über den geschmückten Baum Witze zu reißen. Diana Pettit war bereits das Opfer seiner Laune geworden, als sie vorschlug, daß wenigstens alle Lampen blau sein sollten. Als das Telefon wieder klingelte, nahm er den Hörer ab und sagte nervös: «Ja?»

Es war Clifford Sanders. «Kann ich zu Ihnen kommen und mit Ihnen reden?»

«Worüber denn?» fragte Burden.

«Einfach reden.» Dabei nannte er keine Uhrzeit; Burden kannte inzwischen Cliffords Verhältnis zur Zeit. «Sie haben gestern früh Schluß gemacht, dabei hatte ich noch so viel zu sagen. Ich wollte nur wissen, wann wir damit weitermachen können.»

Wenn es mir in den Kram paßt, mein Junge, dachte Burden. Vielleicht nächste Woche, vielleicht im nächsten Monat. Aber er sagte: «Nein, wir sind fertig. Sie können wieder zur Arbeit gehen und mit Ihrem bisherigen Leben weitermachen – okay?» Und er wartete nicht auf eine Antwort, sondern legte den Hörer auf.

Zehn Minuten später klingelte wieder das Telefon. Inzwischen war der jüngere und kühnere der beiden Männer vor dem Fenster bis zur obersten Sprosse der Leiter geklettert und hatte den Draht mit den Glühbirnen an einigen der obersten Äste befestigt. Burden dachte, wie schlimm es wäre und was die Medien daraus machen würden, wenn dieser Mann jetzt abstürzte und sich verletzte. Er sagte ein milderes «Ja?» ins Telefon und hörte Cliffords Stimme, die in dringendem, eifrigem Ton die Vermutung äußerte, sie seien vorhin unterbrochen worden. Burden erklärte, er habe nichts davon gemerkt. Alles, was zu sagen war, sei schließlich gesagt worden, oder nicht?

«Ich möchte heute nachmittag mit Ihnen reden, wenn es Ihnen recht ist.»

«Es ist mir nicht recht», sagte Burden und wurde sich bewußt, daß er in seine frühere Art zurückgefallen war, mit Clifford zu sprechen – so als ob dieser ein Kind wäre. Aber er konnte nicht anders. «Ich habe heute nachmittag zu tun.»

«Ich kann auch morgen vormittag kommen.»

«Clifford, ich muß das Gespräch jetzt beenden, haben Sie verstanden? Wir wurden nicht unterbrochen, ich bin fertig und kann nicht mehr länger mit Ihnen darüber diskutieren. Wiederhören.»

Dieser zweite Anruf hatte Burden irgendwie aus dem Gleichgewicht gebracht, wenn er auch nicht wußte warum. Er vermittelte ihm ein seltsames Gefühl, das dem Gefühl von Leuten sehr ähnlich war, welche bis dahin wenig mit Behinderten zu tun gehabt hatten und auf einmal und unerwartet in Kontakt kamen mit jemandem, der die Zunge heraushängen ließ, geiferte und sabberte und mit spastischen Händen nach ihnen griff. Wenn man zurückzuckte und einen erschreckten Schrei ausstieß, wäre das unverzeihlich, ja unerhört, und auch Burden war ein wenig beschämt, als er den Hörer auf die Gabel knallte, dann zurücktrat und das Telefon anschaute, als ob Clifford oder ein Teil von ihm tatsächlich im Inneren dieses braunen Kunststoffgehäuses lebte. Was war nur los mit ihm? Er nahm den Hörer wieder ab und gab der Zentrale die Anweisung, keine weiteren Anrufe von Clifford Sanders zu ihm durchzustellen und außerdem alle eingehenden Gespräche vorher anzukündigen.

Das Haus zu durchsuchen wäre sinnlos. Lesley Arbel hatte dafür zwei Wochen Zeit gehabt, und selbst wenn sie darin weniger erfahren war als Wexfords Leute, so hatte sie entschieden mehr Zeit zur Verfügung gehabt und obendrein ein persönliches Interesse an dem, was sie suchte – was immer das auch sein mochte. Ein Testament? Gwen Robson hatte praktisch nichts zu vererben. Etwas, das eine schuldige Person belastete, eine Person, die davor Angst hatte? Wexford konnte sich kaum vorstellen, daß Mrs. Robson ihre eigene, geliebte Nichte erpreßt hatte. Und doch hatte Lesley geradezu verzweifelt versucht, diese Papiere zu finden – vorausgesetzt, es handelte sich um Papiere.

«Ich verliere meinen Job!» hatte sie hervorgestoßen.

Es war ihm schon damals völlig unlogisch und zusammenhanglos vorgekommen. Er hatte sie gefragt, warum sie ihm verschwiegen hatte, daß sie an dem bewußten Donnerstag in Kingsmarkham gewesen war, und sie hatte daraufhin über die Gefährdung ihres Jobs gejammert. Jetzt ging er durch den Vorgarten zum Haus von Mrs. Jago und drückte auf die Klingel. Mrs. Jago kam schnell an die Tür: groß, lächelnd und mit leichten Schritten. Das Lächeln wirkte vielleicht ein wenig gezwungen, aber er hoffte, das kam nicht daher, daß er als Polizeibeamter unwillkommen war.

«Ganz allein heute?» fragte er.

«Nina arbeitet nicht am Dienstag und geht auch nicht zum Einkaufen. Ich habe sie gestern gesehen.» Sie waren jetzt im Wohnzimmer, in diesem Dschungel aus gestrickten Blüten und Bäumen, aber das Manuskript lag nicht mehr auf dem Tisch. Dita Jago folgte der Richtung seines Blicks. «Ich wollte sie heute nicht mehr sehen, hatte die Nase voll. Ich konnte es einfach nicht mehr ertragen.»

Meinte sie das Elend einer sitzengelassenen Ehefrau? Die Klagen einer jungen Mutter, die nun gezwungen war, ihre beiden Kinder allein aufzuziehen? Er fragte nicht. Statt dessen fragte er sie, wo Gwen Robson ihrer Meinung nach etwas versteckt haben könnte, was immer es war, und dabei wurde ihm wieder bewußt, daß sie jegliche nähere Bekanntschaft mit der Toten verneint hatte. Sie nahm die Rundnadel, an der die große tropische Landschaft hing, und er stellte fest, daß sie inzwischen den Himmel erreicht hatte, eine weite blaue Fläche mit kleinen Wölkchen. Aber statt ihre Arbeit wiederaufzunehmen, saß sie da und hatte die beiden verstärkten Spitzen ihrer Stricknadeln in der Hand. Sie schaute ihn an, dann wandte sie sich ab.

«Ich kannte sie so wenig. Wie soll ich das wissen?»

«Das kann ich Ihnen auch nicht sagen», antwortete er. «Das Haus ist mit diesem hier identisch. Ich dachte, vielleicht gibt es eine Eigenheit, etwas Besonderes an diesen Häusern, was nur seine Bewohner kennen, während Außenseiter nichts davon ahnen?»

«Sie meinen, eine Art Geheimfach?»

«Nicht unbedingt.»

«Vielleicht hat der Mörder dieses mysteriöse Ding, nach dem Sie suchen, mitgenommen. Möchten Sie einen Drink?»

Er schüttelte allzu schnell den Kopf, und sie zog die Augenbrauen hoch.

«Was ist aus dem Manuskript geworden?» fragte er, um etwas zu sagen. «Sind Sie fertig damit? Haben Sie es einem Verleger geschickt?»

«Ich bin noch nicht fertig damit, und ich glaube, ich werde es nie zu Ende schreiben. In der vergangenen Nacht hätte ich es beinahe verbrannt, und dann dachte ich: Was nützen schon solche emotionellen Gesten? Wozu ein großes Drama darum machen? Leg es einfach in eine Schublade – und genau das habe ich getan. Gestern war ein so schlimmer Tag für mich; ich habe mich so aufgeregt. Es ist komisch, aber ich möchte Ihnen gern davon erzählen. Darf ich? Ich wüßte sonst niemanden, dem ich es erzählen könnte.»

«Das ist endlich einmal eine Abwechslung», sagte er. «Jemand, der mir freiwillig etwas erzählen möchte.»

«Ich mag Sie», sagte sie, und es klang weder naiv noch unaufrichtig. «Ich mag Sie, aber ich kenne Sie eigentlich gar nicht, Sie kennen mich nicht, und ich weiß auch nicht, ob wir uns jemals näher kennenlernen werden.» Ein Blick auf ihn schien um seine Bestätigung zu bitten, und er nickte. «Vielleicht sind gerade das ideale Bedingungen für ein Geständnis.» Sie schwieg, und auch ihre Hände ruhten, hielten nicht mehr die Stricknadel.

«Meine Tochter gestand mir, daß sie eine Affäre mit einem Mann hatte – nein, eigentlich keine Affäre, es war das Erlebnis einer Nacht, nicht mehr. Sie war töricht genug, es ihrem Mann zu beichten. Nicht gleich – sie hat eine ganze Weile damit gewartet. Sie hätte es einfach vergessen, als abgeschlossen betrachten sollen. Aber kürzlich gestand er ihr einen kleinen Seitensprung, und sie glaubte, nun auch den ihren gestehen zu müssen, aber statt zu vergeben, wie sie es tat, sagte er, daß das alles in seiner Beziehung zu ihr geändert habe, und alle seine Gefühle, die er für sie empfand, seien damit gestorben.»

«Wie in *‹Tess of the d'Urbervilles›*», murmelte Wexford, «und wir glauben immer, daß sich die Zeiten geändert haben. Von alldem hat sie Ihnen bis gestern nichts gesagt?»

«Genau. Ich habe sie gefragt, ob es nicht die Möglichkeit einer Versöhnung gäbe. Ja, ich ging so weit, sie zu fragen, worin denn die eigentlichen Schwierigkeiten zwischen ihnen bestünden. Sie, Mr. Wexford, haben auch erwachsene Kinder, also wissen Sie, was ich damit meinte, wenn ich sagte, ich bin so weit gegangen. Sie haben es nicht gern, wenn man sie aushorcht, auch nicht, wenn es... na ja, wenn es aus echter Anteilnahme ist.»

«Nein», sagte Wexford, «das mögen sie nicht.» Er überlegte. «Darf ich...?» Er war ungewöhnlich behutsam. «Wäre es möglich, daß ich – daß Sie mir Ihr Manuskript zum Lesen überlassen würden?»

Sie hatte ihr Strickzeug in die Hand genommen, ließ es jetzt aber wieder in den Schoß fallen. «Warum um alles in der Welt...?» Ein plötzlicher Eifer in ihrer Stimme sagte ihm beinahe, daß er auf dem falschen Gleis war, den falschen Kurs eingeschlagen hatte. «Sie kennen nicht zufällig irgendwelche Verleger, oder?»

Er kannte Verleger. Burdens Schwager Amyas Ireland war im Laufe der Jahre ein Freund des Hauses geworden, aber er wollte keine falschen Hoffnungen wecken – und auch nicht in diesem Stadium die ganze Wahrheit offenlegen. «Ich bin einfach neugierig; deshalb möchte ich es lesen.» Er bemerkte, daß sich ihre Haltung gegenüber dem Manuskript geändert hatte, seit sie sich ein Herz gefaßt hatte, ihn in ihre Probleme einzuweihen. «Darf ich?»

Und so kam es, daß ihm der Berg, den er anschließend hinaufging, steiler vorkam als am vorhergehenden Abend, da er in einer der roten Plastiktüten von *Tesco* mindestens zehn Pfund Papier mit sich schleppte. Eigentlich hatte er an diesem Abend den A. N. Wilson zu Ende lesen wollen, sehnte sich danach zu erfahren, wie die Sache ausging – aber das hier war wichtiger.

Es war noch zu früh, um die Weihnachtslichter im Baum einzuschalten, dachte Burden – erst der 8. Dezember. Aber es schien auch niemand im Haus die Absicht zu haben, so daß die Lichter für die Passanten unsichtbar blieben. Der Abend war dunkel und neblig. Wie lange war es her, seit sie tagsüber die Sonne gesehen hatten – oder auch nachts den Mond?

Auf dem Hof vor dem Gebäude, wo die Straßenlampen alles so aussehen ließen, als sei es ein unscharfer Sepiadruck, standen die üblichen Wagen – das heißt, eben war jemand in einem Metro von unbestimmter Farbe vorgefahren. Es sagte Burden nichts, und er nahm den Regenmantel vom Haken und fuhr mit dem Lift nach unten. Endlich einmal früher nach Hause! Sein kleiner Junge würde noch auf sein, gebadet und gepudert, und im Pyjama herumrennen; das Radio wäre an, weil Jenny es dem Fernsehen vorzog; es würde nach etwas Exotischem riechen, aber auch nicht allzu exotisch, eine der wenigen Gerichte ausländischer Küche, die er liebte, Spaghetti mit Pesto-Sauce zum Beispiel, oder ein Feuertopf mit fünf Gewürzen, den sie zum Abendessen zubereitete; Jenny würde in ihrer blauen Latzhose abgehetzt, aber glücklich aussehen. Burden liebte das alles mit sehnsüchtigem Entzücken. Das Durcheinander, das köstliche Drum und Dran des häuslichen Lebens, Aspekte der Ehe und des Familienlebens, die viele, auch verheiratete Männer haßten, erfüllten ihn mit tiefer Freude. Er konnte davon nicht genug bekommen.

Jetzt überquerte er den schwarzweißen Schachbrettboden der Eingangshalle, und jemand stand von einem Stuhl auf und kam auf ihn zu. Es war Clifford Sanders.

Clifford sagte: «Ich habe den ganzen Nachmittag versucht, Sie zu erreichen. Man hat mir erklärt, Sie hätten zu tun.»

Burdens erste Reaktion war es, Sergeant Camb, der hinter der Empfangstheke stand, zur Rechenschaft zu ziehen, doch als er einen Schritt auf ihn zuging, fiel ihm ein, daß er ihm gar nichts gesagt hatte, ja, daß er niemandem die Anweisung gegeben hatte, Clifford abzuweisen, falls er auf die Polizeistation kommen sollte. Und hatte er überhaupt das Recht, ihn abweisen zu lassen? Er wußte es nicht. Er wußte nicht, ob es möglich war, unschuldige, gesetzestreue Bürger hinauszuwerfen. Er mußte seinen Zorn auf Clifford unter Kontrolle halten.

Jetzt sagte er steif: «Ich war beschäftigt. Und ich bin es noch. Sie müssen mich entschuldigen, ich hab's eilig.»

Das sonst ausdruckslose, kindliche, blasse Gesicht zeigte nur eines: tiefe Verwirrung. «Aber ich habe Ihnen noch so viel zu sagen. Ich habe ja eben erst angefangen; ich muß mit Ihnen sprechen.»

Nicht zum erstenmal dachte Burden, daß er ihn für zurückgeblieben gehalten hätte, wenn er ihm, ohne zu wissen, wer er war, auf der Straße begegnet wäre. Das waren tiefe Wasser, tief und trübe, und auf ihrem Grund schlummerten seltsame Dinge – aber war es möglich, nicht körperlich oder geistig beschränkt zu sein, sondern noch anderswo? In der Seele, der Psyche? Ein schreckliches, höchst unangenehmes Gefühl bemächtigte sich Burdens, und er schien sogar in seiner Kleidung zu schrumpfen, damit der Stoff nicht länger seine Haut berührte. Er konnte nicht mehr in diese Kinderaugen schauen und die Bewegung der wulstigen, außer Kontrolle geratenen Lippen beobachten.

«Ich habe Ihnen mehrmals erklärt, wir haben uns nichts mehr zu sagen.» Gott, das hörte sich an, als beende er eine Liebesaffäre. «Sie haben uns bei unseren Ermittlungen geholfen, dafür danken wir Ihnen. Ich versichere Ihnen, daß wir Sie nicht mehr bemühen werden.»

Und damit ergriff er die Flucht. Am liebsten wäre er gerannt, aber das verbot ihm seine Würde und seine Selbstachtung. Er wußte, als er mit gemessenen Schritten auf die Schwingtüren zuging, daß Camb ihn mit Neugierde beobachtete, daß Marian Bayliss, die gerade hereingekommen war, stehenblieb, um ihm nachzuschauen, und daß Clifford immer noch in der Mitte des Raums stand und die Hände vor sich in die Höhe hielt.

Burden öffnete die Tür, und sobald er draußen war, rannte er auf seinen Wagen zu. Der rote Metro, den er gesehen hatte, aber dessen Farbe vom Licht der gelben Straßenlampen völlig verändert worden war, stand direkt daneben. Unmöglich, daraus irgendwelche anderen Schlüsse zu ziehen, als daß Clifford es absichtlich getan hatte.

Und während Burden die Zündung einschaltete, sah er Clifford herauskommen. Er rannte auf ihn zu und rief: «Mike, Mike...!»

Burden brauchte nicht zurückzustoßen. Er fuhr auf das Tor zu und hinaus auf die Straße.

SECHZEHN

«Er hat eine Übertragung vorgenommen», sagte Serge Olson. «Es ist ein deutlich definiertes Beispiel einer Übertragung.»

«Ich habe keine Ahnung, was das bedeutet», sagte Burden.

Sie waren alle drei in Wexfords Büro. Das Gesicht des Psychotherapeuten unter und zwischen all dem Haar erinnerte an eine überaus intelligente Wühlmaus, die aus ihrer belaubten Zuflucht lugte, und die strahlenden Knopfaugen zeigten wieder ihren wilden Tierblick. Burden hatte zu ihm gehen wollen, aber Olson hatte sich bereit erklärt, auf die Polizeistation zu kommen, da er am Donnerstagvormittag keine Klienten erwartete. Den ganzen vorherigen Tag hatte Clifford seine Strategie weiterverfolgt und versucht, mit Burden zu sprechen. Keiner seiner Anrufe war durchgestellt worden, aber man teilte Burden zu seinem beträchtlichen Kummer mit, daß es insgesamt fünfzehn gewesen waren. Und Clifford war rechtzeitig auf die Polizeistation gekommen, um seine Taktik vom Vortag zu wiederholen und Burden abzufangen, als er abends nach Hause wollte.

Aber es war seine Anwesenheit auf dem vorderen Hof des Polizeigebäude heute vormittag – der rote Metro, der innerhalb des Tors parkte, und Clifford, der am Steuer saß –, die Burden völlig aus der Fassung gebracht hatte. Von da an reichte es ihm. Sobald er in seinem Büro angekommen war, hatte er Olson angerufen, und Olson war innerhalb von fünfzehn Minuten bei ihm gewesen.

«Ich werde versuchen, es Ihnen zu erklären, Mike», sagte er.

«Eine Übertragung ist der Begriff, mit dem Psychoanalytiker eine emotionelle Haltung beschreiben, welche der Klient gegenüber seinem Analytiker entwickelt. Sie kann positiv oder negativ sein, es kann sich um Liebe oder um Haß handeln. Ich habe es oft bei meinen Klienten erlebt – wenn auch nicht bei Clifford.» Burdens verblüfftes Gesicht ließ ihn einhalten, und er schaute Wexford an. «Ich glaube, Sie verstehen, was ich meine, Reg?»

Wexford nickte. «Es ist kein besonders schwieriges Konzept. Wenn man darüber nachdenkt, kommt es einem ganz natürlich vor.»

«Sie meinen, er hat angefangen, mich zu mögen? Er ist in gewisser Weise – abhängig von mir?»

«Absolut, Mike.»

Burden fuhr fast wild auf: «Aber was habe ich denn getan? Was, in Gottes Namen, habe ich getan, um so etwas auszulösen? Ich habe ihn nur einem Routineverhör unterzogen, habe ihn befragt, wie ich Tausende von Verdächtigen befragt habe. Keiner von ihnen hat je zuvor so reagiert; sie waren immer sehr froh, mir und dieser Polizeistation den Rücken kehren zu können.»

Wexford stand am Fenster. Der rote Metro parkte immer noch dort unten; seine Motorhaube war nur eine Handbreit vom Stamm des Baums entfernt, den sie mit bunten Glühbirnen geschmückt hatten. Clifford saß auf dem Fahrersitz, las nicht, schaute nicht zum Fenster hinaus, saß nur mit gesenktem Kopf da.

«Die Menschen sind verschieden», sagte Olson. «Es handelt sich schließlich um Individuen, Mike. Sie können nicht sagen, weil bisher keiner eine Übertragung vorgenommen hat, würde auch keiner dazu imstande sein. Waren Sie vielleicht besonders freundlich zu ihm? Vielleicht väterlich? Ich meine nicht bevormundend, sondern wirklich väterlich? Haben ihn sensibel behandelt?» Der Ausdruck in den funkelnden, dunklen Augen zeigte an, daß Olson eine solche Möglichkeit eher bezweifelte.

«Ich glaube es nicht. Aber – ach, ich weiß nicht. Ich habe ihm nur zugehört, habe ihn reden lassen. Ich dachte, daß ich auf diese Weise besser ans Ziel komme.»

«Aha.» Olson zeigte ein nachdenkliches Lächeln. «Zuhören,

den Klienten reden lassen – Sie haben das getan, was auch die Freudianer tun. Vielleicht kommt er mit einem Therapeuten der Freudschen Schule besser zurecht.»

Plötzlich begann es zu regnen. Der Regen fiel in geraden, glitzernden Schnüren auf den Asphalt, auf die Dächer der geparkten Wagen, auf das Dach des Metro, kräftig genug, um sofort Pfützen zu bilden. Wexford wandte sich von der regenüberströmten Fensterscheibe ab und schüttelte rasch und entschieden den Kopf.

«Und was kann man dagegen tun?»

«Es gibt eine gute Regel, Reg, und die lautet, man darf den Wünschen des Betreffenden nie nachgeben. Verstehen Sie, ein Teil seines Problems besteht ja gerade darin, daß er selbst sich die Welt einrichten möchte. Doch die Welt, die er sich schafft, ist seinem Glück nicht förderlich, weil sie sich nicht den Gegebenheiten anpaßt. Sie entspricht nicht der Realität, auch wenn sie ihm leichter erscheint. Verstehen Sie das, Mike? Wenn Sie jetzt mit Clifford sprechen, gestatten Sie ihm, sich die Welt so zu schaffen, wie er sie haben möchte, und mit Leuten zu bevölkern, die er in dieser Welt sehen will. Zum Beispiel: Weil er seinen eigenen Vater verloren hat, will er Sie an seine Stelle in seine Welt einfügen. Wenn es für ihn gut wäre, würde ich sagen, tun Sie es, klar, aber ich glaube nicht, daß es ihm hilft. Es würde die Übertragung nur verstärken und vielleicht eine noch größere Divergenz mit der Realität bewirken.»

«Das heißt, ich soll nur jemanden hinausschicken, der dafür sorgt, daß er nach Hause fährt?» fragte Wexford. «Ich weiß nicht, aber das kommt mir... Es kommt mir irgendwo verantwortungslos vor.»

Olson stand auf. Um kein Risiko mit dem Wetter einzugehen, war er in einer gelben Ölhaut erschienen, und als er sie jetzt wieder mit Knöpfen und Reißverschlüssen um sich befestigt hatte, schaute nur noch seine spitze Nase unter der kanariengelben Kapuze hervor.

«Er ist ein sehr stark gestörtes menschliches Wesen, Reg», sagte er. «Sie haben ganz recht, was das betrifft. Aber Sie und Mike müssen einsehen, daß ich schließlich in solchen Dingen meine berufliche Erfahrung habe. Sie, Mike, waren so höflich, mich ‹Doktor› zu nennen, als wir uns das erste Mal begegnet sind, und obwohl ich das nicht bin, achte ich doch auf mein Berufsethos. Ich kann jetzt nicht einfach zu Clifford hinausgehen und ihm sagen, er soll zu mir zurückkommen. Ich kann ihm nicht sagen, daß er heute wie üblich an den Donnerstagen um fünf Uhr zu mir kommen und sich nicht verspäten soll. Ich kann einzig und allein hinausgehen, mich als ein Freund neben ihn in den Wagen setzen, ihn mit dem konfrontieren, was er als seine Beziehung zu Ihnen ansieht, und versuchen, diese vielleicht in eine – sagen wir, vernünftigere Perspektive zu rükken.»

Sie schauten beide vom Fenster aus zu. Der noch zunehmende Regen behinderte die Sicht. Olsons Gestalt wirkte wie ein hellgelber Vogel, der umherhüpfte und auf der Suche nach einem trockenen Nest mit den Flügeln schlug. Die Tür des Metro schloß sich hinter ihm, und dann umgab der Regen den Wagen mit Wasserwänden, die wie geriffeltes Glas aussahen.

«Wahrscheinlich ist es vollkommen richtig», sagte Wexford, «Ich meine, daß man ihn nicht eine eigene Welt schaffen lassen und ihm nicht nachgeben darf. Ich muß gestehen, ich mache mir ein bißchen Sorgen.»

«Worüber denn?» fragte Burden fast grob.

Ein achtlos gefahrener Wagen, ein schwerer Unfall, der nur zum Teil ein Unfall war, eine Handvoll Tabletten, mit Cognac hinuntergespült, ein Strick, über den vorstehenden Balken einer Scheune geschlungen... Wexford verlieh seinen Befürchtungen keine Worte. Er sah, wie der Metro zurückstieß, wie er langsam durch die Vorhänge von Wasser glitt und Fontänen nach den Seiten versprühte. Er wendete und fuhr dann auf das Tor zu; Olson saß noch drinnen.

«So ist er wenigstens eine Weile beschäftigt», sagte Burden. «Gott sei Dank! Jetzt können wir vielleicht zur Arbeit übergehen.»

Er schloß die Tür etwas zu kräftig hinter sich. Wexford wandte dem Fenster und dem Regen den Rücken zu und dachte an die Träume, die er immer noch hatte, von Rädern, die sich im freien Raum drehten, von Kreisen mit Vierecken darin. Hatten sie etwas zu tun mit der Tatsache, daß er am vergangenen Abend und am Abend davor das Manuskript über Dita Jagos Erlebnisse im Konzentrationslager gelesen hatte? Er hatte es bei sich im Büro; Donaldson hatte ihn heute morgen mit dem Wagen abgeholt.

«Ist es denn gut?» hatte Dora sich erkundigt.

«Wenn mich jemand anders gefragt hätte, würde ich keine Antwort geben. Aber als Konzession an die eheliche Freimütigkeit – ehrlich gesagt, ich halte es nicht für besonders gut. Wenn man mich fragte, was sie besser kann, würde ich sagen: Stricken.»

«Reg, aber das ist nicht nett.»

«Nicht wenn es außerhalb dieser dünnen Wände gesagt würde. Und außerdem, wer bin ich schon, um darüber zu urteilen? Was verstehe ich schon davon? Ich bin Polizeibeamter und kein Verlagslektor. Und ich lese das Ding auch nicht wegen seines Stils oder der Atmosphäre, die sich darin ausdrückt.»

In ihrer diskreten Weise hatte sie ihn nicht gefragt, *warum* er es dann lese, ebensowenig, wie sie ihn fragte, warum er seit neuestem ständig die Nase in diese *Kim*-Magazine steckte. Sie wußte, daß das unangebracht gewesen wäre. Er wandte sich wieder dem Manuskript zu, dort, wo er ein Lesezeichen hineingelegt hatte. Es war eine Stelle etwa in der Mitte des Buches, und die junge Dita Kowiak hatte gerade ihre Arbeit als Pflegerin im Krankenhaus von Auschwitz begonnen. Wexford hätte gerührt sein müssen von der Schilderung der ausgehungerten Patienten, der Injektionen mit Gitftstoffen, die direkt ins Herz erfolgten, der Verladung unzähliger nackter Leichen auf Lastwagen. Dita hatte überlebt, weil die Männer und Frauen, die im Krankenhaus arbeiteten, wenigstens halbwegs regelmäßig zu essen bekamen, auch wenn es sich um ungenügende Rationen von Rübensuppe und schimmeligem Brot handelte. Sie berichtete von russischen Kriegsgefangenen, die mit Zyklon B-Gas vergiftet wurden, von der Verbrennung von fünfhundert Toten pro Stunde. Aber statt betroffen zu sein, kam es Wexford nur vor, als ob er das alles schon einmal gelesen hätte. Sie hatte nicht das Talent, einen Ort zu schildern oder eine Figur lebendig werden zu lassen. Ihre Sprache war hölzern, und nichts von ihrem eigenen Leiden ging in den Text ein. Es las sich so, als wäre sie nie dagewesen; als hätte sie dieses Stückwerk aus den KZ-Autobiographien abgeschrieben, die es inzwischen zu Hunderten gab. Und vielleicht hatte sie das ja auch getan.

Er war mehrmals auf Stellen in dem Bericht gestoßen, wo einzelne Seiten fehlten, doch diese hatten sich bisher immer weiter hinten gefunden. Daß die Seiten nicht numeriert waren, machte die Sache schwierig. Aber einmal stoppte die Berichterstattung abrupt und mitten im Satz, bei der Schilderung einer Anekdote über einen KZ-Arzt namens Dehring. Wexford schaute sorgfältig alle übrigen Seiten des Manuskripts durch, fand aber den Namen Dehring nicht mehr erwähnt. Es fehlte also mindestens eine Seite, vielleicht fehlten auch zwei.

Andererseits: Hätte ihm Dita Jago das Manuskript mitgegeben, wenn es etwas Belastendes enthalten hätte – oder wenn wichtige Seiten ganz offensichtlich herausgenommen worden wären? Sie hätte seine Bitte ohne weiteres ablehnen können. «Ich kann die Vorstellung nicht ertragen, daß jemand anders das liest», hätte als Erklärung ausgereicht. Sie hätte auch sagen können, daß sie es zum Tippen weggegeben oder sogar verbrannt habe, was sie ja angeblich wirklich vorgehabt hatte.

Wie sehr sich Serge Olson auch bemüht haben mochte, es zeigte keinerlei Wirkung bei Clifford Sanders. Er rief im Laufe des Nachmittags fünfmal auf der Polizeistation von Kingsmarkham an, obwohl keines der Gespräche zu Burden durchgestellt wurde. Am nächsten Morgen fand er einen Brief von Clifford, den dieser an seine Privatadresse geschickt hatte. Auf der Polizeistation hätte vermutlich jemand anders auch die an ihn adressierte Post geöffnet, aber hier öffnete sie Burden natürlich selbst. Er hatte angenommen, daß der braune Umschlag die Rechnung für den neuen Teppichboden im Eßzimmer enthielt.

Clifford redete ihn mit «Mike» an. Das war vermutlich das

Werk von Olson, dachte Burden. Der Brief begann mit «Lieber Mike». Die Schrift war die eines Kindes – oder eines Lehrers –, eine runde, saubere, sehr gut leserliche Schrift, gerade, aber mit einer leichten Tendenz zu Linkswendungen. «Lieber Mike, ich habe so vieles, was ich Ihnen sagen möchte, und ich weiß, daß Sie interessiert sind, es zu hören. Ich weiß, Sie wollen, daß ich Sie als meinen Freund betrachte, und das ist auch der Fall. Offen gestanden, fällt es mir nicht leicht, mich gegenüber anderen Menschen auszusprechen, aber Sie stellen die Ausnahme von dieser Regel dar. Wir kommen sehr gut miteinander zurecht, eine Behauptung, der Sie sicher beipflichten werden.» An dieser Stelle legte Burden den Brief einen Augenblick hin und seufzte. «Ich verstehe, daß andere, ich meine Ihre Vorgesetzten, alles in ihrer Macht Stehende tun, um unsere Begegnungen zu unterbinden, und ich nehme an, Sie fürchten sogar, daß Sie deshalb Ihren Job verlieren könnten. Daher schlage ich Ihnen vor, daß wir uns außerhalb Ihrer Arbeitszeit sehen. Selbst Arbeitgeber wie die Polizei können nichts dagegen einzuwenden haben, wenn ihre Beamten persönliche Freunde haben. Ich rufe Sie morgen an …» Burden fiel wieder auf, daß er keine genaue Zeit dafür angab, und dabei erinnerte er sich an das, was Olson über Cliffords Verhältnis zur Zeit gesagt hatte. «Bitte sagen Sie, daß Sie einen Anruf von mir erwarten, damit man, falls Sie unterwegs sein sollten, eine Nachricht für Sie notieren kann. Ich denke mir, daß ich Sie vielleicht am kommenden Abend in Ihrem Heim besuche, oder auch im Laufe des Wochenendes. Mit besten Wünschen, immer Ihr Cliff.»

Burdens kleiner Junge war ihm auf den Schoß geklettert, und er streichelte sein Haar und drückte ihn einen Moment lang fest an sich. Wenn nun Mark zu so einem Typ heranwachsen würde? Wie konnte man so etwas ahnen? Clifford hatte sicher genauso ausgesehen, so reizend und lieb, und hatte vielleicht die gleiche, atemberaubende Gegenliebe bei seinem Vater hervorgerufen. Nur daß ich ihn nicht sitzenlasse, wenn er fünf ist, dachte Burden. Aber als er versuchte, für Clifford so etwas wie

Mitleid zu empfinden, gelang ihm das nicht, und das einzige, was er fühlte, waren Wut und Verzweiflung.

«Ich nehme keine Anrufe von diesem Mann entgegen», sagte er, als er auf die Polizeistation kam, «und man soll ihm sagen, daß mich keine Botschaft erreicht, die er mir hinterlassen möchte. Ist das klar?»

Danach konzentrierte er sich auf sein angebliches Problem und versuchte, den Aufenthalt von Charles Sanders zu ermitteln. Wenn Sanders seiner Frau, seitdem er sie verlassen hatte, keinen Unterhalt bezahlte, und wenn sie, was man annehmen konnte, zu stolz war, um etwas von ihm zu fordern, dann konnte man ihn weder über das Gericht noch über die Sozialdienste ermitteln. Charles Sanders war keine ungewöhnliche Namenskombination. In den Telefonbüchern und Wählerlisten gab es eine Reihe von Männern dieses Namens, die Archbold, Davidson, Marian Bayliss und Diana Pettit aufsuchen mußten, und Archbold hatte einen in Frage kommenden Charles Sanders in Manchester ausfindig gemacht. Burden überlegte sich, ob er selbst hinfahren sollte, aber er wollte den Mann zuvor am Telefon sprechen, und es war ihm bisher noch nicht gelungen, ihn zu erreichen. Das Besetztzeichen wechselte mit dem Rufzeichen, so als ob Sanders zwischen eingehenden Anrufen sein Telefon abstellte. Bei Burdens Versuchen jedenfalls ging er nie an den Apparat.

Als er später am Vormittag den roten Metro in den Hof fahren sah, mußte Burden ein Gefühl unterdrücken, das an Panik grenzte. Er wurde verfolgt, ja gehetzt. Die Ängste, die sich in ihm aufgebaut hatten, wirkten so, wie es bei einem solchen Stau von Gefühlen mitunter geschah: Sie verstärkten seine negative Vorstellungskraft. Er sah für sich eine Zukunft voraus, in der Clifford Sanders ihn auf jedem seiner Schritte verfolgte, in der er jedesmal, wenn er einen Telefonhörer ans Ohr drückte, Cliffords Stimme hörte, ja, in der – noch schlimmer – Cliffords Gesicht ihm über die Schulter schaute, sooft er in einen Spiegel blickte. Du bist ein abgebrühter, ein hartgesottener Polizeibeamter, sagte er sich wütend. Warum läßt du es zu, daß dieser Knabe dich derart erschüttert? Warum läßt du dich von ihm so aus der Fassung bringen? Du kannst ihn dir vom Leib halten, und auch andere werden dir dabei helfen. Beruhige dich. Wenn er sich auch für unwissend hielt, was seelische Prozesse betraf, so hatte er doch gewisse Ansätze von Verfolgungswahn in Cliffords Brief erkannt – und nun sah er sie in sich selbst. Und dann erinnerte er sich rückblickend an den genauen Augenblick, als er zum erstenmal Cliffords Wahnsinn erkannt hatte.

Dabei fiel ihm auch etwas ein, was ihm seine Frau, die Geschichtswissenschaftlerin, einmal gesagt hatte: daß man im späten 18. Jahrhundert zum Zeitvertreib die Irren in Bedlam besichtigte, so wie man heute in einen Safari-Park fuhr. Wie konnte man nur? Sein Instinkt befahl ihm, sich so weit wie möglich von den Verrückten fernzuhalten, so zu tun, als gäbe es sie gar nicht, Mauern zu errichten zwischen sich und ihnen. Aber Clifford war kein Verrückter in einer Gummizelle, er trug keine Zwangsjacke, war nur etwas gestört, benachteiligt und einsam, und seine Gedankenprozesse liefen gelegentlich etwas aus der Norm. Burden nahm den Hörer ab und gab Sergeant Martin den Auftrag, hinauszugehen und Clifford zum Wegfahren zu veranlassen, unter dem Vorwand, daß er gegen irgendeine Bestimmung verstoße oder sonst was.

Er fragte sich, ob Wexford ihn auch gesehen hatte, und empfand plötzlich das Bedürfnis, mit Wexford darüber zu reden und ihm gegenüber ehrlicher zu sein, was seine Gefühle zu Clifford betraf, ehrlicher als bisher. Aber als er am Lift stand, fiel ihm ein, daß Wexford – aus irgendwelchen geheimnisvollen Gründen, die er ihm nicht verraten hatte – ins Einkaufszentrum Barringdean gefahren war. Burden fand, daß er einen Drink nötig gehabt hätte oder vielleicht auch eine Valium, obwohl er solche Dinge normalerweise haßte und fürchtete. Statt dessen setzte er sich an seinen Schreibtisch und legte kurz den Kopf in die Hände.

Das Sandwich war nach den Angaben von *Grub 'n' Grains*, dem Imbißladen, nach amerikanischer Art: Pastrami und Sahnekäse auf Roggenbrot. Wenn er nicht gewußt hätte, daß es Pastrami war, das er nie zuvor gegessen hatte, dann hätte Wexford geschworen, es sei Corned beef. Er hatte inzwischen versucht, das Verbrechen zu rekonstruieren, vorwiegend in seinem Kopf, und er fand, daß der Tatort die richtige Umgebung dazu bildete.

Der Springbrunnen stieß seine Fontänen auf der linken Seite der Galleria in die Höhe, und seine Wasserstrahlen verdeckten die nach oben und nach unten gehenden Rolltreppen und den Eingang zu *British Home Stores*. Aber ihm gegenüber sah Wexford die verschiedenen Bekleidungsgeschäfte und dazwischen die Drogerie *Boots* und den Wolle- und Handarbeitsladen *Nits 'n' Kits*. Neben dem Café war *Demeter*, dann kam eine Bäckerei, dann ein Reisebüro und dann *W. H. Smith*. Wexford trank seinen tropischen Fruchtcocktail, bezahlte seinen Lunch und ging nach nebenan, zu *Demeter*.

Das Reformgeschäft hatte seine Kräuterheilmittel auf Regalen direkt links neben dem Schaufenster, und Wexford fand schnell die Ringelblumenkapseln. Es waren die, nach denen Helen Brook suchte, als sie Gwen Robson draußen im Durchgang zwischen den Geschäften gesehen hatte, im Gespräch mit einem sehr gut gekleideten Mädchen. Und hier hatte sie die ersten schmerzhaften Wehen gespührt, die sie davon abhielten, zu Mrs. Robson hinauszugehen und mit ihr zu sprechen. Wexford bückte sich, nahm ein Fläschchen mit den Kapseln vom Regal und legte es in seinen Drahtkorb. Dann richtete er sich wieder auf und blickte hinaus durch das Schaufenster. Von hier aus konnte man den Drogerieladen *Boots* sehen und den Wolle- und Handarbeitsladen, dazu das Mandala, das heute mit Kreisen von Chrysanthemen und den Nachtschattengewächsen mit den orangefarbenen Kirschen geschmückt war, aber nicht die Ein- und Ausgänge von *Tesco*. Gwen Robson hatte bei *Boots* ihre Zahnpasta und den Körperpuder gekauft, war vielleicht stehengeblieben, um die Blumen des Mandala zu betrachten, und hatte vermutlich dort das Mädchen getroffen, mit dem

Helen Brook sie hatte sprechen sehen. Es muß Lesley Arbel gewesen sein, dachte Wexford, die – vielleicht, weil sie noch Zeit hatte bis zur Abfahrt ihres Zuges nach London – in der Absicht hier hereingekommen war, ihre Tante zu treffen. Er stellte sich das Gespräch vor: Überraschung auf seiten von Mrs. Robson, eine kurze Erklärung Lesleys über den Kurs in Textverarbeitung, vielleicht das Versprechen, ihre Tante am nächsten Abend zu besuchen. Oder war es nicht so freundlich, sondern drohender, unheilvoller gewesen?

Sie mußten diesseits des Mandala gestanden haben, wenn Helen Brook sie gesehen hatte. Und irgendwie war es Wexford klar, daß dieses Mädchen, falls es Lesley Arbel war, nicht auf die Blumen schaute, während sie mit ihrer Tante sprach, sondern den Blick auf die Geschäfte der linken Seite gerichtet hatte, auf die Schaufenster mit Kleidern und Schuhen. Er selbst schaute hinüber zu der Stelle, wo Doras Pullover im Schaufenster drapiert gewesen war und wo jetzt eine ungewöhnliche Korsage mit roten und schwarzen Spitzen prangte, schaute hinüber zum nächsten Fenster, in dem rote und schwarze und grüne und weiße Schuhe und Stiefel aufgebaut waren, dann auf das Fenster des Wolle- und Handarbeitsladens, in dem ein Webstuhl mit einem halbfertigen Wand- oder Fußbodenteppich dominierte. Dabei fiel ihm unwillkürlich Dita Jago ein. Kaufte sie in diesem Geschäft ein? Er ging auf die Tür zu, hatte den Korb noch immer am Arm hängen, und seine Gedanken waren meilenweit entfernt von Ringelblumenkapseln und Kräutertees, als ihn eine sehr ärgerliche Stimme aus seinen Gedanken riß.

«Entschuldigen Sie, aber Sie haben für Ihre Ware nicht bezahlt.»

Wexford mußte grinsen. Das wäre vielleicht ein Ding gewesen: Detective Chief Inspector wegen Ladendiebstahls festgenommen! So schlimm oder noch schlimmer, als wenn seine Tochter ins Gefängnis gehen würde. Unter den vorwurfsvollen Blicken des Verkäufers stellte er die Ringelblumenkapseln wieder ins Regal und den Drahtkorb auf den Boden neben der Kasse.

Es hatte lange in seinem Gedächtnis geschlummert, vergraben im Unterbewußtsein, seit Tagen, ja seit Wochen. Gwen Robson war drei Wochen tot. Jetzt zog es ihn zu dem Schaufenster. Natürlich hatte er es schon gesehen, einen flüchtigen Blick darauf geworfen, als er in das Reformgeschäft *Demeter* hineingegangen war. Die Stricknadeln paarweise in einem Zickzackmuster auf der rechten Seite des Schaufensters, Wollstränge auf der linken Seite, der Webstuhl mit seinem halbfertigen Teppich dazwischen. Aber es handelte sich genaugenommen nicht nur um Nadelpaare. Wexford ging hinein. Lieber nicht die Anordnung im Schaufenster zerstören, dachte er. Noch nicht.

Männer besuchten vermutlich nur selten den Laden. An der Theke standen zwei Frauen; die eine blätterte ein Buch mit Strickmustern durch. Wexford fand einen Aufsteller aus Metall, eine Verkaufshilfe, an der ganze Bündel von Stricknadeln hingen. Er nahm die vom Haken, die er gesucht hatte. Vielleicht war Lesley Arbel hier hereingekommen, bevor sie ihre Tante getroffen hatte. Warum nicht? Sie wußte, daß es dieses Geschäft gab, und sie wußte, was sie hier wollte. Oder auch Dita Jago, die eigentlich nur einen Ersatz suchte, und die dann später eine andere Verwendung dafür fand...

Mit einem Ruck zog er die Stricknadel aus der Plastikverpackung, eine Rundnadel, und hielt sie vor sich hin, wie man eine Wünschelrute vor sich hin halten würde; jeweils eine Hand an der dicken Metallspitze der beiden Enden, den langen Draht dazwischen schlapp herunterhängend – und dann zog er daran. Der Draht und die Spitzen waren mit einer hellgrauen Kunststoffmasse überzogen. Er entdeckte das naheliegende Opfer, an dem er experimentieren konnte: ein Torso in Styropor, dem man einen lila Häkelpullover angezogen hatte, mit einem extravagant langen Hals, auf dem sich der Kopf in einem unnatürlichen Winkel neigte. Er näherte sich ihm mit seiner Garrotte, nahm wahr, wie jedes Gespräch im Laden verstummte, fühlte, wie sich drei Augenpaare auf ihn richteten und seinen Bewegungen folgten.

Hastig steckte er die Rundnadel wieder in die Plastikhülle. Er hatte die Mordwaffe gefunden.

SIEBZEHN

Clifford Sanders kam um neun Uhr abends zum Haus der Burdens. Es überraschte Burden nicht; er hatte damit gerechnet, seit er nach Hause gekommen war, und nachgedacht, wie er mit der Angelegenheit fertig werden und eine Konfrontation vermeiden konnte. Er überlegte sich, ob er seine Frau an die Tür schicken sollte, oder ob er seinen älteren Sohn John darum bat, der zu ihnen zum Abendessen gekommen war – ja, er hatte sogar in Erwägung gezogen, ob er nicht mit der ganzen Familie einschließlich des kleinen Mark zum Essen ausgehen sollte. In einer wilden Anwandlung hatte er schon mit dem Gedanken gespielt, die Nacht über wegzubleiben und sich ein Hotelzimmer zu nehmen. Aber als es dann soweit war, ging er doch selbst an die Tür.

Es war das erste Mal seit Tagen, daß er Clifford gegenübertrat und mit ihm sprach. Clifford trug einen Regenmantel in Marineblau, was ihn wie einen Polizisten aussehen ließ. Sein Gesicht war blaß, aber das konnte auch von dem Licht über der Tür kommen. Hinter ihm hing grünlicher Nebel in der Luft. Er streckte Burden die Hand entgegen.

Burden ergriff sie nicht, sondern sagte: «Es tut mir leid, daß Sie umsonst den ganzen Weg hierhergekommen sind, aber ich habe Ihnen schon erklärt, daß ich vorläufig keine weiteren Fragen an Sie habe.»

«Bitte, lassen Sie mich mit Ihnen sprechen.»

Er hatte den Fuß in der Tür – Clifford war einen Schritt auf ihn zugekommen, aber Burden baute sich selbst zwischen Tür und Türrahmen auf. «Sie müssen einsehen, daß Sie uns bei unseren Nachforschungen keine weitere Hilfe geben können. Es ist vorbei. Wir danken Ihnen für Ihre Unterstützung, aber Sie können uns nichts weiter sagen.» Jeder Vater und jede Mutter kennt den Gesichtsausdruck eines Kindes, kurz bevor es zu weinen beginnt: das Anschwellen der feinen Bindegewebe rings um die Augen, der scheinbare Kollaps der Muskeln, das Zittern. Burden konnte es nicht ertragen, aber er konnte auch nichts dagegen tun. «Also, dann sage ich gute Nacht», erklärte er absurderweise. «Gute Nacht.» Und nachdem er zurückgetreten war, schloß er die Tür mit hartem Griff.

Ein paar Schritte dahinter blieb er auf der Diele stehen und lauschte, wartete darauf, daß Clifford wieder klingelte. Kein Zweifel, daß er das versuchen würde oder daß er den Klopfring betätigte. Aber nichts geschah. Burden schwitzte; er fühlte, wie ihm ein dünner Faden Schweiß über die Stirn lief, dann an der Nase entlang. Mark war im Bett; Jenny und John saßen noch im Eßzimmer auf der Rückseite des Hauses. Burden ging ins Wohnzimmer, wo kein Licht brannte, schlich ans Fenster und schaute hinaus. Der rote Metro parkte am Straßenrand, und Clifford saß auf dem Fahrersitz in seiner typischen Pose, so wie er vermutlich mehrere Stunden am Tag verbrachte. Burden schaute noch hinunter zu ihm, als das Telefon klingelte. Ohne das Licht anzuschalten, nahm er den Hörer ab und schaute zugleich aus dem Fenster hinaus.

Es war Dorothy Sanders.

Sie rechnete damit, daß Burden ihre Stimme erkannte, denn sie nannte weder ihren Namen noch fragte sie, ob sie mit Inspector Burden verbunden sei. «Werden Sie meinen Sohn verhaften?»

Unter anderen Umständen hätte Burden eine zurückhaltendere, unverbindlichere Antwort gegeben. Jetzt brachte er es nicht fertig, war längst über Unverbindlichkeiten hinaus. «Nein, Mrs. Sanders, das werde ich nicht. Das steht gar nicht zur Debatte.» Und in ihm keimte die gemeine, schändliche Hoffnung, daß er diese Frau auf seine Seite bringen, sich vielleicht sogar ihrer Unterstützung vergewissern könnte. Doch er sagte nur: «Ich will ihn nicht mehr sehen und brauche ihm keine weiteren Fragen zu stellen.»

«Warum lassen Sie ihn dann immer wieder zu sich kommen? Warum lassen Sie ihn nicht in Ruhe? Er ist ja kaum noch hier, ich sehe ihn fast gar nicht mehr. Sein Platz ist zu Hause, bei mir.»

«Da bin ich vollkommen Ihrer Meinung», sagte Burden. «Ich bin absolut Ihrer Meinung, Mrs. Sanders.» Während er sprach, öffnete sich unten eine Wagentür; Clifford stieg aus und kam wieder auf das Haus zu. Das Klingeln der Türglocke schnitt sich in Burdens Ohren, war fast schmerzhaft zu hören.

Er merkte, daß die Hand, in der er den Hörer hielt, feucht geworden war, als es wieder an der Tür klingelte. «Er wird in zehn Minuten bei Ihnen sein», sagte er, riß sich zusammen, fühlte wie der Zorn ihn übermannte und erneut einen Schweißausbruch verursachte.

«Sie wissen, ich kann mich bei Ihren Vorgesetzten beschweren. Ich kann mich an den Chief Constable wenden – und genau das werde ich tun.» Ihr Ton hatte sich verändert, und sie sagte langsam und sehr überlegt, wobei sie zwischen den einzelnen Wörtern kurze Pausen einlegte: «Er hat dieser Frau nichts getan. Er hat sie nicht gekannt, und er kann Ihnen nichts zu diesem Fall sagen.»

«Dann rate ich Ihnen, schließen Sie ihn ein, Mrs. Sanders», sagte Burden unbesonnen. Er legte den Hörer auf, vernahm, wie John an die Tür ging, hörte einen leisen Wortwechsel und dann John, der zuvor von ihm präpariert worden war, wie er entschieden «Gute Nacht!» sagte.

Im Dunkel seines Wohnzimmers überlegte sich Burden in einem wilden Ansturm von Gedanken, wie man Clifford davon abhalten konnte, ihn weiter zu verfolgen, dachte daran, mit einem Richter zu sprechen und eine gerichtliche Verfügung zu erwirken, nach der man Clifford festnehmen und einsperren konnte, falls er sich der Anordnung widersetzte. Er hörte, wie die Tür des Metro zugeschlagen wurde, hielt den Atem an und wartete darauf, daß der Motor angelassen würde. Die Stille schien sehr lange zu dauern, und als schließlich das Starten des Motors doch noch zu hören war, stieß Burden erleichtert die Luft aus. Er schaute nicht zu, wie der Metro wegfuhr, aber als er später wieder einen Blick durch das Fenster warf, war der Wagen fort, die Straße leer, der Nebel dick und still und trübe wie schmutziges Wasser.

Als er das Manuskript zurückgab, fragte er nach den fehlenden Seiten, aber er konnte weder schuldbewußte noch ausweichende Reaktionen feststellen.

«Es ist mir eingefallen, sobald Sie weg waren», sagte Dita

Jago. «Ich habe zwei Seiten herausgenommen, um etwas in der Bibliothek nachzuprüfen.» Dabei blickte sie ihm fest in die Augen – zu fest? «Sie erinnern sich, ich sagte Ihnen, daß ich an dem Tag, als Mrs. Robson umgebracht wurde, in der Bibliothek war. Ich habe etwas über einen Mann namens Dehring nachgeschlagen.» Sie fragte ihn nicht, ob er das Manuskript gern gelesen hatte, fragte ihn auch nicht nach seinen Eindrücken und kommentierte nur: «So weit haben Sie also gelesen!»

Während sie hinausgegangen war, um die Seiten zu holen, prüfte er rasch die Rundnadel, an der das große Strickbild an der Wand hing. Die Spitzen an beiden Enden des Drahts waren dünner als die aus dem Einkaufszentrum Barringdean und hätten einem stärkeren Druck nicht standgehalten. Aber das hatte nicht viel zu bedeuten. Mrs. Jago besaß sicherlich noch andere Rundnadeln, wahrscheinlich in jeder erhältlichen Größe. Er warf einen Blick auf die Blätter, die sie ihm danach zeigte, und stellte fest, daß darauf Korrekturen mit rotem Kugelschreiber angebracht waren. Sie sagte nichts zu seinem Interesse, aber als er hinunterging zum Gartentor, schaute sie ihm durch das Fenster nach, und ihre Miene wirkte freundlich und ein wenig verwundert.

Ralph Robson wusch seinen Wagen, eine beliebte Sonntagnachmittags-Beschäftigung in Highlands. Hier draußen kam er ohne seinen Stock zurecht, stützte sich statt dessen auf die Karosserie des Wagens. Wexford begrüßte ihn und meinte dann, die Arbeit, die er sich da ausgesucht habe, sei nicht unbedingt das Zuträglichste in seinem Zustand.

«Wer soll es denn sonst tun, wenn nicht ich?» fragte Robson angriffslustig. «Wer hilft mir schon? Wissen Sie, gleich nachdem so etwas passiert ist, da kommen sie alle. Kann ich das tun, kann ich jenes tun. Aber das kühlt schnell ab. Sogar Lesley. Sie werden es mir nicht glauben, aber ich habe Lesley eine verflixte Woche lang nicht gesehen. Sie hat nicht einmal angerufen.»

Und das wird sie auch nicht so bald tun, dachte Wexford. Du hast sie vermutlich zum letztenmal gesehen. Entweder sie hat das gefunden, was sie wollte, oder sie weiß, daß nichts mehr für sie drin ist.

«Aber es gibt wenigstens einen Lichtblick.» Robson zuckte zusammen, als er sich aufrichtete, nachdem er den Lappen im Eimer ausgewaschen und ausgewrungen hatte. «Meine Hüfte wird jetzt doch früher operiert. Der Doktor schickt mich in der übernächsten Woche in einen anderen ‹Gesundheitsbereich›, wie sie das nennen. Nach Sunderland. Ich bekomme meine Operation in Sunderland.»

Der Saab fuhr an Wexford vorbei, als er begann, den Hügel hinaufzugehen, und hielt dann kurz vor ihm an. Wexfords Gedanken waren, wie meist in diesen Tagen, vom Mordfall Robson zu Sheila und ihrem Prozeß gewandert. Sie hatte sich telefonisch angemeldet und wollte über Nacht bleiben; es war Jahre her, seit sie sie so oft gesehen hatten wie in den vergangenen Wochen, und er überlegte sich natürlich, welchem Umstand sie das verdankten. Weil Sheila seine Sorgen um ihre Sicherheit verstand und sich darüber freute? Oder weil sie ihre Eltern bedauerte, die in diesem engen, unbequemen Häuschen leben mußten? Vielleicht ein bißchen von beidem. Sie stieg auf der Beifahrerseite aus dem Saab, und sein Herz hüpfte wie immer vor Erleichterung.

«Paps, das ist Ned.»

Der Mann auf dem Fahrersitz war jung und dunkelhaarig und sah vornehm aus. Wexford wußte sofort, daß er ihn schon einmal irgendwo gesehen hatte. Sie schüttelten sich über den Sitz hinweg die Hände, und Wexford stieg hinten in den Wagen ein.

«Ned kann nicht bleiben; er ist auf dem Weg nach Brighton. Er setzt mich nur ab.»

«Das hört sich an wie eine Vorwarnung für den Fall, daß wir auf die Idee kommen könnten, unseren bekannten Mangel an Gastfreundschaft an den Tag zu legen.»

Ned lachte, aber es klang ein bißchen rauh. Vielleicht, weil Wexford «Vorwarnung» gesagt hatte, ein Wort, das eine andere, davon unabhängige Bedeutung haben mochte?

«Ach, Paps», sagte Sheila, «so hab ich es nicht gemeint.»

«Hoffentlich bleibt er wenigstens auf eine Tasse Tee», sagte Dora, als sie im Haus angekommen waren.

«Natürlich. Sehr gern.»

Sie waren davon ausgegangen, daß so etwas, nachdem beide Töchter verheiratet waren, vorbei sein würde. Jetzt würden keine Verehrer mehr nach Hause gebracht, deren Anblick Enttäuschung, Resignation oder Hoffnung weckte. Sylvia hatte so jung geheiratet, daß es davor nur ein paar Schulfreunde gegeben hatte. Sheilas Freunde dagegen waren ihnen reihenweise vorgestellt worden, bis zuletzt der Erwählte, Andrew Thorverton, dieser Parade ein Ende gesetzt hatte. So jedenfalls war es den naiven Eltern vorgekommen, die wegen ihres höheren Alters naturgemäß die Ehe – zumindest in der eigenen Familie – für eine Dauereinrichtung hielten. War dieser Ned ein möglicher zweiter Ehemann? Sheila schien mit ihm in ziemlich unbekümmerter Weise umzugehen.

Er war auf dem Weg nach Brighton, bevor Wexford seinen Familiennamen erfuhr. Sie könne mit dem Zug zurückfahren, er brauche sich nicht nach ihr zu richten – das waren Sheilas leicht dahingesagte Abschiedsworte, als sie und ihr Vater in dem Vorgarten von der Größe eines Blumenbeets standen und ihm nachschauten.

«Schöner Wagen», sagte Wexford taktvoll.

«Kann sein. Aber er steht dauernd in der Werkstatt, weil ständig etwas daran kaputt ist. Zum Beispiel an jenem letzten Wochenende, als ihr noch im alten Haus wart und ich hierhergekommen bin, war er auch wieder einmal zur Reparatur. Ich habe ihm angeboten, meinen zu nehmen, aber angesichts dessen, was danach passiert ist, war es besser, daß er sich einen Leihwagen genommen hat.»

Sie gingen zurück ins Haus. Mit der frühen Dämmerung fiel wieder der Nebel ein. Wexford schloß die Haustür vor der feuchten Kälte draußen. «Ich hab ihn schon mal irgendwo gesehen, zumindest sein Foto.»

«Natürlich, Paps. Sein Foto war in allen Zeitungen, als er Anklage gegen diese arabischen Terroristen geführt hat.»

«Willst du damit sagen, er ist Edmund Hope? Dein ‹Ned› ist der berühmte Barrister Edmund Hope?»

«Natürlich. Ich dachte, du wüßtest es.»

«Ich weiß nicht, wieso du das dachtest», sagte Dora, «vor allem, da du ihn ja nicht mit uns bekannt gemacht hast. ‹Das ist Ned› ist doch eine etwas unzulängliche Information.»

Sheila zuckte mit den Schultern. Sie hatte sich das Haar mit einem roten Band zu einem Ponyschwanz nach hinten gebunden. «Und er ist nicht ‹mein Ned›. Wir sind nicht mehr zusammen – nur gute Freunde, wie man sagt. Wir haben, genaugenommen, vier Tage miteinander verbracht.» In ihrem Lachen lag ein Hauch von Bitterkeit. «Es ist so wie in den bekannten, mutigen und uneigennützigen Erklärungen: ‹Ich bin nicht deiner Meinung, aber ich bin bereit, dafür zu sterben, daß du sie äußern darfst.› So etwas führt nicht weit, sobald es hart auf hart kommt. Er ist in diesem Punkt wie ihr alle – ausgenommen Dad –, die nichts mehr von mir wissen wollen, wenn ich ins Gefängnis gehe.»

«Das ist nicht fair, Sheila. Das ist herzlos und ungerecht. Wie kannst du sagen, daß ich nichts mehr von dir wissen will?»

«Entschuldige, Mutter – dich und Paps ausgenommen. Aber Ned wollte schon von Anfang nicht, daß unsere Freundschaft bekannt wurde. Und ich habe bei diesem Spiel mitgemacht – könnt ihr euch das vorstellen?» Sie ging zu Wexford hin, der geschwiegen und vor sich hin gestarrt hatte. «Paps...?» Ihre Arme lagen auf seinen Schultern, und sie näherte ihr Gesicht dem seinen. Sie war immer ungehemmt und demonstrativ gewesen, ein Mensch, der das berührte, was er liebte. «Ist dieses schreckliche Haus verwünscht? Siehst du Gespenster?»

«Du hast tatsächlich Edmund Hope angeboten, deinen Wagen übers Wochenende zu benutzen, während er mitten in diesem Prozeß steckte, bei dem er als Ankläger der Terroristen aufgetreten ist?»

«Sei doch nicht so ärgerlich, Paps. Warum hätte ich das nicht tun sollen?» Sie schnitt eine Grimasse, zog eine Schnute und rümpfte die Nase dazu.

«Ich bin gar nicht ärgerlich. Erzähl mir genau, wie das gewesen ist. Sag mir, wann und wie du ihm angeboten hast, er könne sich den Porsche ausleihen.»

Sie trat in äußerster Überraschung einen Schritt zurück und

breitete mit der Geste der Schauspielerin beide Hände aus. «Großer Gott, bin ich froh, daß ich nicht einer von deinen Verbrechern bin! Ganz einfach, er war über Nacht bei mir, und als er am Morgen seinen Wagen anlassen wollte, gab der Motor keinen Mucks von sich, also hab ich ihn zum Gericht gefahren – zum Old Bailey übrigens. Und bevor ich mich von ihm verabschiedet habe, sagte ich noch, daß er sich meinen Wagen ausborgen könnte, wenn er wollte...»

«Konnte das irgend jemand hören?»

«O ja, vermutlich. Er stand auf dem Gehsteig, und ich habe es ihm nachgerufen, etwas wie: ‹Du kannst den Porsche übers Wochenende haben, wenn du willst›, weil ich wußte, daß er ein paar Freunde in Wales besuchen wollte, und er hat sich bedankt und gesagt, daß er das Angebot gern annehmen will. Erst danach fiel mir ein, daß ich euch ja versprochen hatte herzukommen, und deshalb war ich recht froh, als er mich am Abend angerufen und mir gesagt hat, daß sein eigener Wagen am Morgen fertig sein würde.» Jetzt begriff sie, was das bedeutete, und dabei wich die Farbe aus ihrem Geischt. Das Weiß um die blaue Iris ihrer Augen trat deutlich hervor. «Oh, Paps, warum bin ich nicht daraufgekommen? Mein Gott, wie schrecklich!»

«Die Bombe war für ihn bestimmt», sagte Wexford.

«Und die Briefbombe auch? Das war während unserem – während unserer viertägigen Flitterwochen.»

«Ich glaube, das sollten wir an jemanden weitergeben, meinst du nicht?» Er nahm den Hörer des Telefons ab und wurde übermannt von einem ungeahnten, absurden Glücksgefühl.

Die Nacht war ohne Störungen und ohne Träume vergangen. Burden hatte noch lange wach gelegen und an Charles Sanders Nummer eins gedacht – den in Manchester, der schließlich doch noch an den Apparat gegangen war, wobei sich herausstellte, daß er erst siebenundzwanzig war –, dann an Charles Sanders Nummer zwei aus Portsmouth, der Kinder im Alter von Clifford hatte, eine junge Frau – und einen australischen Akzent. Doch seine Gedanken waren nicht mit Sorgen befrachtet, und bald danach schlief er gesund und fest. Der dichte Nebel, der die Stadt und das umgebende Land einhüllte, brachte eine eigene Art von Stille mit sich, ein betäubtes Gefühl, nicht etwa alle Geräusche seien verstummt, sondern man sei taub geworden. Jenny und Mark waren früh auf am Sonntagmorgen, lange bevor er erwachte und sah, daß die Vorhänge aufgezogen waren vor einer wabernden weißen Masse, die sich gegen die Fenster zu drücken schien. Es war das Klingeln des Telefons, das ihn geweckt hatte, und trotz der ruhigen Nacht ging er davon aus, daß der erste Anrufer am Morgen niemand anders als Clifford sein konnte.

Jenny schien den Anruf auf dem anderen Apparat zu beantworten, denn das Klingeln hörte auf. Burden nahm den Hörer vom Telefon neben seinem Bett und vernahm zu seiner großen Erleichterung Wexfords Stimme. Der Chief Inspector wollte ihm die Lösung des Bombenrätsels mitteilen; außerdem hatte er die Absicht, im Laufe des Tages vorbeizukommen mit einer weiteren Lösung, nämlich des Geheimnisses um die Waffe, die Gwen Robsons Mörder benutzt hatte. Burden sagte nichts von Clifford und von dem Anruf seiner Mutter. Das konnte warten, bis er Wexford sah – das heißt, vielleicht brauchte er es ihm überhaupt nicht zu berichten.

Der Morgen verging ohne weitere Anrufe und Besuche. Normalerweise herrschte lebhafter Verkehr auf der Tabard Road, einer Durchgangsstraße, aber an diesem Tag war es ruhig draußen; der Nebel hielt die Leute im Haus. Hielt er auch Clifford im Haus, oder gab es einen anderen Grund, warum er sich noch nicht hatte blicken lassen? Burden fragte sich, wie groß der Einfluß seiner Mutter auf ihn sein mochte und ob sie die Energie besaß, ihn trotz ihrer wesentlich geringeren Kräfte wie ein Gefängniswärter zu bewachen.

Der Nebel löste sich nicht auf wie an den vorausgegangenen Tagen, sondern schien sich gegen Nachmittag noch zu verdichten. Burdens Schwägerin Grace und ihr Mann kamen zum Mittagessen, außerdem Jennys Bruder. Burden dachte daran, wie unangenehm es wäre, wenn jetzt der rote Metro auftauchte und Clifford wieder an der Tür stand, aber nichts dergleichen geschah. Seine Gäste gingen gegen vier, als der Nebel dunkler wurde und das gelbe Licht der Straßenlampen ihn nur noch schwach durchdringen konnte. Keiner der Gäste wohnte weit von Burden; sie waren alle zu Fuß gekommen. Er schaute ihnen durchs Fenster nach und sah, wie Amyas Wexford vor dem Gartentor begrüßte. Weiter konnte er nicht sehen, und auch so kamen ihm die Gestalten der beiden Männer vor, als wären sie in leicht flatternde Gazeschleier gehüllt.

«Es war eine große Erleichterung für mich», sagte Wexford, während er auf der Diele seinen Mantel auszog. «Aber wenn man es genau nimmt – worauf läuft es hinaus? Sage ich damit nicht, daß ich froh bin, wenn das Kind von jemand anders bedroht wird und nicht meins?»

«Höchstwahrscheinlich passiert ja auch Edmund Hope nichts. Vermutlich haben sie sich inzwischen längst ein anderes Opfer ausgesucht. Immerhin liegt die Sache ja nun drei Wochen zurück.»

«Ja, und Gwen Robsons Tod ist schon mehr als drei Wochen her. Was halten Sie davon – ist das nicht eine sehr brauchbare Garrotte, Mike?» Wexford nahm die Rundnadel aus der Tasche, die er im Einkaufszentrum Barringdean gekauft hatte; die Spitzen an den beiden Enden waren fünf Millimeter dick und bildeten durchaus kräftige Griffe. «Sie sind der Kunststoffexperte», sagte er. «Könnte das das richtige Zeug sein?»

«Die Farbe stimmt jedenfalls. Ich möchte sagen, es liegt ziemlich nahe, daß so ein Ding benutzt worden ist. Aber muß es deshalb eine Frau gewesen sein, die es benutzte?»

Sie gingen in Burdens Wohnzimmer, wo das Feuer im Kamin brannte; die Flammen erhellten den Raum in flackerndem Orangegelb. Burden stellte den Kaminschirm davor, für den Fall, daß der kleine Mark hereinkam.

«Wir haben es, wie ich meine, mit einem vorsätzlichen Verbrechen zu tun», sagte Wexford, «aber in dem Sinn, daß der Täter schon seit einiger Zeit diesen Mord plante und auf eine Gelegenheit wartete. Ich glaube nicht, daß er oder sie in die

Parkgarage gegangen ist und sich dazu bereits eine Mordwaffe mitgenommen hatte. Es ist naheliegender, daß er sie in demselben Geschäft erstanden hat, wo ich diese Rundnadel fand, und das heißt, daß der zukünftige Benutzer sie entweder für sich selbst gekauft hat oder daß jemand sie für den zukünftigen Benutzer kaufte. Mit anderen Worten, die Nadel hat vermutlich auf einer Einkaufsliste gestanden, daher kann der Käufer ebensogut ein Mann wie eine Frau sein.»

«Und er oder sie», fuhr Burden fort, «kam in die Parkgarage, und dabei fiel ihm diese Nadel auf... Ich meine, vielleicht hat sie sich aus der Verpackung gelöst, und der Käufer wollte sie zusammenrollen und wieder wegstecken?»

«Oder der Käufer, der nicht der zukünftige Benutzer war und noch nie eine solche Stricknadel gesehen hatte, war fasziniert von diesem merkwürdigen Ding. Es sieht wirklich merkwürdig aus, Mike. Vielleicht hatte der Käufer es gerade ausgepackt und angeschaut, als Mrs. Robson daherkam.»

Draußen fuhr ein Wagen vor. Es hörte sich an, als komme er nur sehr langsam voran, was bei dem dichten Nebel nicht verwunderlich war. Burden sprang etwas zu rasch auf und ging ans Fenster – es war nicht Clifford, sondern Burdens Nachbar, der gerade das Tor seiner Garageneinfahrt öffnete.

«Es ist doch nicht mehr zu früh, um die Vorhänge zu schließen, oder?»

«Ich wußte nicht, daß es eine vorgeschriebene Zeit dafür gibt», sagte Wexford und schaute ihn prüfend an.

«Ich finde es immer schade, das letzte Licht zu verpassen.»

Aber das undurchdringliche Grau ließ die Bemerkung unsinnig erscheinen. Jetzt konnte man nicht einmal mehr die andere Straßenseite sehen, ja, man sah kaum noch mehr als den Gehsteig und den Randstein auf dieser Seite. Burden zog die Vorhänge zu und schaltete eine Tischlampe ein, als das Telefon klingelte. Er zuckte nervös zusammen und wußte sofort, daß das Wexford nicht entgangen war.

«Hallo?»

Die Stimme seiner Schwiegermutter und seiner Frau drangen gleichzeitig aus dem Hörer; Jenny hatte das Gespräch vom

Schlafzimmerapparat aus entgegengenommen. Er konnte den kleinen Seufzer der Erleichterung nicht unterdrücken. Wexford fragte intuitiv: «Hat Clifford Sanders Sie wieder genervt?»

Burden nickte. «Aber ich hoffe, daß es jetzt zu Ende ist. Heute war er noch nicht hier, und er hat auch noch nicht angerufen.»

«Ist er denn *hier* gewesen?»

«Ja, gestern abend war er zweimal an der Tür. Aber ich glaube, das ist jetzt überstanden. Es ist ja auch nicht so wichtig», log Burden, «es ist kein Problem. Ihre Mrs. Jago – sehen Sie sie als...?»

Statt direkt zu antworten, sagte Wexford: «Dita Jago kann leicht eines von Gwen Robsons Erpressungsopfern gewesen sein. Sie besaß auch die Mittel, sie zu töten. Von allen Beteiligten war sie es, die am ehesten an dem bewußten Nachmittag im Einkaufszentrum eine Rundnadel gekauft haben konnte. Andererseits behauptet sie, daß sie in der öffentlichen Bibliothek gewesen ist, in der Hauptfiliale an der High Street, und zwar mit ihren zwei Enkelinnen. Ich scheue ein bißchen davor zurück, die zwei kleinen Mädchen nach dem Alibi ihrer Großmutter zu fragen, die sie sehr lieben, und möchte es vermeiden, wenn das möglich ist, aber... Jedenfalls, die Papiere, nach denen Lesley Arbel suchte – und die sie womöglich eingesteckt hat, nachdem sie sie bei ihrem großen Hausputz gefunden hatte –, waren bestimmt nicht die Blätter von Dita Jagos Manuskript. Es handelte sich um die Fotokopien von Briefen.»

«Meinen Sie Briefe, die Gwen Robson aus den Häusern ihrer Klienten geklaut oder geborgt hat?» fragte Burden. «Belastende Briefe, die sie kopiert hat?»

«Nicht ganz... Ich nehme an, ihre Nichte hat ihr diese Briefe besorgt. Es war Lesley Arbel, die die Kopien angefertigt und sie danach ihrer Tante gezeigt hat. Nicht weil sie dachte, Gwen Robson könnte sie für irgendwelche kriminellen Zwecke verwenden, sicher nicht, sondern um mit ihr darüber zu lachen. Das war doch ein gefundenes Fressen für jemanden, der Klatsch liebte und das gleiche Vergnügen an den sexuellen Verirrungen unserer Mitmenschen empfand wie manches unserer Sonntagsblätter, die sich aufgeilen an dem, was sie angeblich höchst bedauerlich finden.»

«Meinen Sie die Briefe an diese Kummertante?»

«Natürlich. Lesley Arbel hatte leichten Zugang zu ihnen und einen Fotokopierer in dem Büro, wo sie arbeitet. Manche der Briefe erschienen in *Kim* – mein Gott, Mike, der Stapel von *Kim*-Exemplaren, den ich in den letzten Wochen durchgesehen habe! –, aber die meisten konnten nicht gedruckt werden, waren selbst in unseren freizügigen Tagen nicht für eine Veröffentlichung geeignet. Und obwohl es ein ungeschriebenes Gesetz in der Kummertanten-Redaktion gab, das von den Mitarbeitern strengste Diskretion forderte, ist Lesley Arbel das, was sie da tat, vermutlich sehr harmlos vorgekommen. Nichts würde über die vier Wände des Hauses in der Hastings Road hinausdringen ... Was ist, Mike? Was ist los?»

Burden war aufgesprungen und stand mit erhobenem Kopf da. «Haben Sie einen Wagen gehört?»

Wexford erwiderte trocken: «Solange ich nicht schlafe, höre ich in jeder Minute meines Lebens einen Wagen. Wie kann man in dieser Welt einem solchen Geräusch entgehen?»

Die Tür ging auf, und Mark kam herein, gefolgt von seiner Mutter. Aber Burden stand noch immer wie versteinert da und hielt seinem Jungen geistesabwesend eine Hand hin. Mark war nicht scheu; er ging zu Wexford hinüber, wollte den Bleistift, den er in der Hand hielt, dann den Block, auf dem er sich Notizen gemacht hatte, und schließlich kletterte er Wexford auf die Knie. Burden trat ans Fenster und zog die Vorhänge mit beiden Händen auseinander. Seine Knöchel waren weiß geworden, und seine Schultern senkten sich ein wenig.

«Oh, nicht schon wieder!» rief Jenny. «Er ist doch nicht schon wieder da?»

«Ich fürchte, ja.» Burden drehte sich um und schaute Wexford an. «Glauben Sie, es ist eine Überreaktion, wenn ich ernsthaft daran denke, eine gerichtliche Verfügung gegen ihn zu erwirken?»

Statt direkt zu antworten, sagte Wexford: «Lassen Sie mich

hingehen.» Er stellte den kleinen Jungen auf den Boden und opferte ihm Block und Bleistift. «Aber schmier damit nicht auf dem Teppich herum, sonst kriege ich es mit deiner Mutter zu tun.»

Als er in die Diele hinauskam, klingelte es an der Haustür. Wexford wartete, bis es zum zweitenmal klingelte. Burden war neben ihn getreten, stand halb hinter ihm. Die Klappe des Briefkastens klatschte, als Finger dagegenstießen, dann war der Türklopfer zu hören. Die Finger erschienen unter der geöffneten Klappe des Briefschlitzes, und es war etwas an ihnen und an den Schmierflecken, die sie auf der hellen Farbe hinterließen, was Burden veranlaßte, die Luft in einem scharfen, zischenden Atemzug einzusaugen. Wexford ging zur Tür und öffnete sie.

Clifford trat einen Schritt zurück, als er ihn sah. Er schaute an Wexford vorbei, und als er Burden erblickte, lächelte er. Wexford betrachtete ihn in entsetztem Schweigen, denn Clifford war von oben bis unten blutbeschmiert. Sein graues Hemd, der handgestrickte Pullover und die Windjacke, die er trug, seine graue Flanellhose, seine gestreifte Krawatte, die grauen Socken und die Schnürschuhe – das alles war dick mit Blut verklebt, und an manchen Stellen war das Blut feucht und glänzte noch. Clifford lächelte und trat über die Schwelle in die Diele, da ihn keiner daran hinderte, bis der kleine Junge aus dem Wohnzimmer kam und Burden, der ihn in seine Arme nahm und sich umdrehte, den anderen zubrüllte: «Um Gottes willen, er darf es nicht sehen! Laßt es ihn nicht sehen!»

ACHTZEHN

Der Fahrersitz des Wagens seiner Mutter, der für Clifford immer ein seltsamer Zufluchtsort gewesen war, zugleich Asyl und Schauplatz nicht nachvollziehbarer Denkvorgänge und Meditationen, war von seiner Kleidung blutig geworden. Es wäre leicht gewesen, die

Analogie zu einem Schoß herzustellen, doch Wexford scheute davor zurück. Obwohl es dunkel und neblig war, hatte er den Sitz und das blutverkrustete Lenkrad zudecken lassen, bevor der Wagen abgeschleppt wurde. Jetzt saßen sie im ersten eines Konvois von Fahrzeugen der Polizei, Clifford zwischen ihm und Burden, und bewegten sich langsam durch den Nebel. Donaldsons Scheinwerfer bildeten zwei dicke grünliche Säulen, die nach ein paar Metern im wolligen Grau verschwammen. Hinter ihnen hängte sich der nächste Fahrer an die Schlußleuchten von Donaldsons Wagen, ein dritter folgte, und alle kamen mit maximal fünfzehn Meilen pro Stunde voran.

Clifford hatte jetzt Burden ganz für sich, ein gefangener Therapeut, und sein Gesicht zeigte einen Ausdruck, der zugleich heiter und wahnsinnig war. Unter erschreckendem Aufwand hatte er bekommen, was er wollte. Er sprach. Sprach ununterbrochen, hob dabei manchmal die blutigen Hände, mit denen er schon Burdens Tür beschmiert hatte, die Hände, deren abgebissene Nägel jetzt vom Blut dunkel waren, drehte sie um und schaute sie mit verwundertem Vergnügen an. Schon hatte er Burden gestanden, was er getan und – soweit das sein Bewußtsein registrierte – warum er es getan hatte. Aber er wiederholte es für sich, als genieße er den Klang seiner eigenen, monotonen, jetzt aber ausgewogenen und fast zufriedenen Stimme.

«Sie hat mich hinaufgeschickt in den Speicher, Mike. Sie dachte, sie könnte mich einschließen wie damals, als ich noch klein war. Ich sollte hinaufgehen und ihr eine von den Lampen bringen. Die im Eßzimmer war kaputt, irgendein Fehler in der Zuleitung, und sie sagte, ich sollte ihr eine von den Lampen holen, die meinen Großeltern gehörten. Aber ich bin schlau, Mike, bin schlauer als sie, habe ein besseres Gehirn. Ich wußte, daß sie sich lieber ins Dunkel gesetzt hätte als etwas von dort oben zu verwenden. Sie hätte bestimmt keine Lampe benutzen wollen, die die Mutter meines Vaters benutzt hatte.»

Burden erwiderte seinen Blick mit einer Miene, die ausdruckslos wirkte, es sei denn, man kannte Burden so gut wie Wexford – dann wußte man, daß es beherrschte Wut und Verzweiflung waren.

«In Wirklichkeit wollte sie verhindern, daß ich Sie treffe. Als sie mir sagte, daß sie Sie angerufen und sich bei Ihnen darüber beschwert hat, daß wir uns treffen – als sie das sagte, da habe ich rotgesehen. Aber ich habe meine Gefühle nicht gezeigt, habe alles unterdrückt, habe ihr nicht einmal geantwortet. Ich bin nach oben gegangen wie ein gehorsamer kleiner Junge. Natürlich konnte ich da noch nicht wissen, was sie vorhatte, aber ich fragte mich, was es sein mochte. Ich merkte, daß sie mir nach oben folgte, und ich fragte mich, warum folgt sie mir, wenn sie mich doch gebeten hat, ihr etwas zu holen? Wenn sie selbst mit heraufkommt, hätte sie es sich ja auch selbst holen können, oder?»

Burden preßte die Worte heraus mit einer Stimme, die so klang, als wäre sie nicht die seine: «Und was – was haben Sie getan, Clifford?» Er hatte ihn bereits über seine Rechte in Kenntnis gesetzt. Es war ein bizarres Ritual gewesen in der Diele von Burdens Haus: Clifford, der vergnügt auf einzelne Blutflecken seiner Jacke, seines Hemds und seiner Hose zeigte und ein Geständnis begann, dessen Vortrag von kindlicher Unschuld war, während Burden in demselben, erstickten Ton die vom Gesetz vorgeschriebenen Worte der Rechtsbelehrung von sich gegeben hatte: «Sie sind nicht verpflichtet, sich zu den Ihnen zur Last gelegten Vorwürfen zu äußern, aber alles, was Sie sagen, kann...»

Jetzt fuhr Clifford fort, in der gleichen, unbekümmerten, vertraulichen Weise: «Es war nicht die Mansarde, wo Mr. Carroll die Tür hatte aufbrechen müssen. Wir hatten die Tür nie reparieren lassen. Das war der Raum mit den Fotografien. Aber nein, ich mußte in den mit den Schlafzimmermöbeln.» Er näherte sein Gesicht dem von Burden und sagte in einem intimen Ton, so wie man zu jemandem spricht, dem alle Geheimnisse bekannt sind: «Sie wissen, was ich meine.»

Donaldson mußte scharf bremsen, als ihnen plötzlich die Scheinwerfer eines riesigen Lastwagens entgegenkamen. Er beförderte Gerät für Erdbewegungen, Kräne und Planierraupen, die wie Dinosaurier aus dem Nebel auftauchten. Langsam fuhr der Konvoi daran vorbei; jetzt hatten sie schon Sundays hinter sich, waren bereits auf der schmalen Landstraße, die nur zum Haus der Sanders' und zu dem Bungalow des Bauern führte. Nebel füllte den Kanal zwischen den beiden Hecken und hing über ihnen wie dunkle, herabgestiegene Wolken. Sie waren jetzt nicht mehr weit von der Einfahrt entfernt. Donaldson schlich vorwärts, hielt ein paarmal an wie ein Hund, wenn er schnüffelt und mit der Nase den Weg zum vertrauten Boden sucht. Es sah so aus, als ob hier unten, ausgerechnet hier, in einer Senke des Flußtals, sich der Nebel ein wenig gelichtet hätte, denn auf einmal war die hohe Mauer der Hecke deutlicher zu sehen und ein Baum zu erkennen, der wie eine große Gestalt mit ausgestreckten Armen dastand.

Clifford hatte nicht ein einziges Mal aus dem Fenster geschaut; er schien nur Burdens Gesicht sehen zu wollen. Er sagte im Konversationston: «Die Matratzen waren in dem Raum, dazu die Decken und alles andere. Sie erinnern sich sicher, ich habe es Ihnen gezeigt. Und da war auch die Lampe, genau wie sie es gesagt hat. Sie ist schlau, ihre Details hat sie immer auf der Reihe. Aber etwas hatte sie doch vergessen. Die Lampe hatte den falschen Stecker, den altmodischen ohne Erdung, ein alter Zehn-Ampere-Stecker ohne Erdung. Es war so absurd, daß ich am liebsten laut gelacht hätte, nur daß mir nicht nach Lachen zumute war, Mike...»

Man fand die Lücke in der Hecke, und Donaldson bog behutsam ein. Reifen knirschten auf dem Kies. Das efeuüberwucherte Haus, ein großes Rechteck aus dunklem, herabhängendem Blattwerk, ragte vor ihnen in die Höhe. Endlich bewegte Clifford den Kopf, schaute hinaus und schenkte seinem Heim einen gleichgültigen Blick.

«Sie kam hinter mir her. Leise, klar, aber ich war darauf gefaßt. Ist das nicht sonderbar, Mike? Sie ist ein Mysterium, sie ist hinter einer Maske verborgen, sie ist langsam und bewegt sich gleitend wie alle geheimnisvollen Wesen. Aber ich kenne sie, und ich wußte, was sie vorhatte – es lag ja so nahe. Ihre Hand bewegte sich auf die Türklinke zu, um den Schlüssel umzudrehen, und ich stand da, die alte Lampe in der Hand – »

« Kommen Sie, Clifford », sagte Burden. « Wir sind da. »

Die Luft fühlte sich feucht an; es war, als ob kalte, nasse Hände über ihre Gesichter strichen, während Wexford und die anderen zur Haustür gingen. Dr. Crocker stieg aus dem Wagen hinter dem ihren, mit Prentiss, dem Tatort-Spezialisten, und sie hatten einen neuen Fotografen dabei, den Wexford nicht kannte. Clifford wollte sich nicht von Burden trennen, blieb ganz in seiner Nähe, ohne ihn zu berühren. Wenn er ihn berührt hätte, dann glaubte Burden, hätte er vor Entsetzen laut aufgeschrien, obwohl er versucht hätte, seine gesamte Energie aufzuwenden, um so etwas zu vermeiden. Schlimm genug, daß etwas von dem Blut an seiner eigenen Kleidung klebte nach dieser nächtlichen Alptraumfahrt. Er wußte, daß er alles verbrennen würde.

Wexford bat Clifford um den Haustürschlüssel, und Clifford zog seine Taschen nach außen, die Taschen seiner Jacke und die Hosentaschen. Sie waren alle leer. Den Zündschlüssel hatte er im Metro steckenlassen. Und die anderen Schlüssel …

« Ich muß sie irgendwo fallen gelassen haben. Ich habe sie verloren. Vielleicht liegen sie irgendwo hier im Garten. »

Auf dem nassen Rasen, zwischen den schwarzen, trockenen Gräsern, an denen Wassertropfen hingen, oder auf der Straße, im Gully vor Burdens Haus. Wexford traf einen schnellen Entschluß.

« Wir brechen die Tür auf. Nicht diese – die ist zu schwer. Es muß eine Hintertür geben. »

Eine langsame, düstere Prozession schritt um das Haus herum auf die Rückseite, wo Mauer und Schuppen im Licht der starken Stablampen von Archbold und Davidson gerade sichtbar waren, aber nichts, was dahinterlag. Der Lichtstrahl spielte auf einer Hintertür, die immer noch schwer genug aussah, aber nicht so wuchtig wie die massive vordere Tür aus Eichenholz, deren Schlüssel Clifford verloren hatte. Davidson war der größte nach Wexford und außerdem der jüngste, aber es war dann doch Burden, der mit der Schulter gegen die Tür anrannte. Er mußte Energie loswerden, brauchte eine Gewalttat.

Zwei Versuche und die Tür sprang auf. Clifford lachte über das krachende Geräusch, er lachte fröhlich, als sie über die zerschmetterten Bretter, das gesplitterte Glas schritten. Olson hätte gesagt, dachte Wexford, daß es mehr als eine Zitadelle aus Ziegeln und Zement war, die sie aufgebrochen und offengelegt hatten. Als dann das Licht alles überströmte, war das eine unerhörte Erleichterung – nicht daß es wirklich strahlend hell wurde, denn Mrs. Sanders hatte stets mit Elektrizität gespart. Im Haus war es fast kälter als draußen. Ein bißchen von dem Nebel schien einzudringen, wovor die Frau, wie Burden sich erinnerte, einmal gewarnt hatte – so als ob er gespensterhaft auf der Schwelle lauerte und auf eine Gelegenheit wartete. Die feuchte Kälte schien die Kleidung zu durchdringen und auf der Haut mit Eiskristallen zu stechen.

«Hören Sie auf zu lachen», fuhr er ihn grob an.

Seine Stimme ließ alle Fröhlichkeit aus Cliffords Gesicht verschwinden. Jetzt war es ernst und schuldbewußt. «Entschuldigen Sie, Mike...»

Sie gingen nach oben, Wexford voran. Wegen eines blödsinnigen Sparsamkeitsticks oder aus Unachtsamkeit bei der Installation konnte man die Treppenlampe im ersten Stock nicht vom Parterre aus einschalten, so daß man aus dem Licht in die gähnende Dunkelheit nach oben gehen mußte, bis man nach einem Lichtschalter tasten konnte. Die vergleichsweise breite und komfortable Treppe in den ersten Stock brachte sie über einen Korridor zu der steilen Stiege, die in das Dachgeschoß führte. Wexford konnte dort oben gar nichts sehen, nur tiefe Dunkelheit. Er streckte die Hand aus nach Archbolds Stablampe, und der Lichtstrahl fiel auf eine halboffene Tür am Ende der Treppe.

Der Lichtschalter befand sich hier nicht an der Treppenwand, sondern oben auf dem Absatz. Wexford wandte den Blick absichtlich von der offenen Tür und dem Raum ab, bis das Licht eingeschaltet war. Dann betrat er den Raum, mit Clifford und Burden hinter sich, während die anderen ein paar Schritte zurückblieben. Wexford schaltete das Licht in der Mansarde ein, dann sah er sich um.

Dorothy Sanders lag halb auf dem Rücken, halb seitwärts auf einer der Matratzen. Eine kleine, magere Frau, die nur in der Phantasie und in den Metaphern der anderen «drahtig» war; sie hatte soviel Blut im Leib wie jeder andere, und das meiste davon schien aus dieser zerbrechlichen Gestalt ausgelaufen zu sein. Das Gesicht und der Kopf waren eine unkenntliche Masse aus Blut und Gewebe, Gehirnsubstanz und Knochensplittern. Ihr Haar verlor sich darin, war darin untergegangen. Da lag sie in ihrem eigenen Blut, das dunkel war wie Wein und zu einer Paste verklebt, auf einer Matratze, die es karminrot und schwarz gefärbt hatte.

Neben der Toten, nicht zu Boden geschleudert, sondern ordentlich auf einen Nachttisch mit runder Platte gestellt, war eine Lampe im Art nouveau-Stil, eine aus schwerem Metall gestaltete Lilie, die aus ihrem schweren Metallfuß wuchs, und ihr Schirm war aus Seide gefältelt gewesen, die jetzt zerfetzt am Drahtgestell hing. Ideal für einen forensischen Wissenschaftler, diese Lampe, von den Blutklumpen und dem blutigen Haar, das den Fuß umgab, bis zu den Flecken, die den verbogenen, ehemals grünen Schirm braun färbten.

Von allen Anwesenden war nur Clifford ein derartiger Anblick neu, aber er war der einzige, der lächelte…

Es war sehr spät geworden. Sie hatten alles getan – das, was Sergeant Martin als «die Formalitäten» bezeichnen zu müssen glaubte. Doch der Gedanke, nach Hause zu gehen, war bisher weder Wexford geschweige denn Burden gekommen. Burden sah aus wie einer, der unbeschreibliches Entsetzen miterlebt hat. Sie prägen sich ein, diese Anblicke, aber sie sind auch äußerlich zu erkennen an den starren Blicken und der straffen Haut, wenn der Schädel hinter dem Fleisch sichtbar wird, ein Symbol dessen, was geschehen würde, und eine Vorahnung auf das, was noch kommen wird.

Burden fand keine Ruhe. Er stand in Wexfords Büro. Stand einfach da und wich Wexfords Blicken aus, senkte dann den Kopf und preßte die Finger gegen die Schläfen.

«Sie sollten sich endlich hinsetzen, Mike.»

«Gleich werden Sie sagen, daß es nicht meine Schuld ist.»

«Ich bin weder Psychiater noch Philosoph. Woher sollte ich es also wissen?»

Burden machte eine Bewegung. Er hielt jetzt die Hände auf dem Rücken, kam herüber zu einem Stuhl und blieb davor stehen.. «Wenn ich ihn in Ruhe gelassen hätte...» Er sprach den Satz nicht zu Ende.

«Genaugenommen war er es, der Sie nicht in Ruhe gelassen hat. Zunächst war es Ihre Pflicht gewesen, ihn zu verhören; Sie konnten nicht voraussehen, welche Wendung die Dinge nehmen würden.»

«Nun, sagen wir, wenn ich ihn nicht... Ja, wenn ich ihn nicht zurückgewiesen hätte, als er mit mir reden wollte. Es ist eine Ironie des Schicksals, nicht wahr? Erst wollte er nicht mit mir reden, und dann wollte ich nicht. Reg, hätte ich das abwenden können, wenn ich zugelassen hätte, daß er zu mir kommt und mit mir redet?»

«Ich wollte, Sie würden sich endlich setzen! Und – ich weiß nicht, was Sie von mir wollen, Mike. Wollen Sie die harte Wahrheit hören oder etwas, das Sie tröstet?»

«Natürlich die Wahrheit.»

«Also schön... Die Wahrheit ist wahrscheinlich – und ich gebe zu, sie ist schwer zu ertragen –, daß Clifford, als Sie ihn, wie Sie selbst sagen, zurückwiesen, das Bedürfnis hatte, etwas zu tun, was Ihre Aufmerksamkeit auf ihn lenkte. Um die Aufmerksamkeit eines Polizeibeamten auf sich zu lenken, ist die sicherste Methode, ein Mörder zu werden. Schließlich ist Clifford keine geistig stabile Persönlichkeit, er reagiert nicht vernunftgemäß. Natürlich hat er seine Mutter angegriffen, um zu verhindern, daß sie ihn dort oben einsperrte, doch das hätte er auch erreichen können, ohne sie zu töten. Er hätte sie überwältigen und vielleicht dort oben einschließen können. Aber er hat sie getötet, um Ihre Aufmerksamkeit auf sich zu lenken.»

«Ich weiß, ja, das verstehe ich. Es war mir sofort klar, als wir dort waren – in diesem Raum. Aber er war doch ohnehin schon ein Mörder. Warum hat er nicht zugegeben, daß er Mrs. Robson umgebracht hat? Damit hätte er meine Aufmerksamkeit genügend geweckt. Glauben Sie...» Burden hielt die Luft an, dann stieß er sie seufzend aus. Jetzt hatte er sich gesetzt, beugte sich nach vorn und hielt sich mit beiden Händen an Wexfords Schreibtischkante fest. «Glauben Sie, daß er darüber mit mir reden wollte, als er immer wieder versuchte, zu mir durchzukommen? Glauben Sie, daß er ein Geständnis ablegen wollte?»

«Nein», sagte Wexford knapp. «Nein, das glaube ich nicht.»

Jetzt drängte es ihn, dieses Gespräch zu Ende zu bringen. Die Frage, die Burden mit Sicherheit stellen würde, hatte Zeit bis zum nächsten Morgen. Burden befand sich in einem schlimmen Zustand, auch ohne diese zusätzliche Belastung seines Schuldgefühls. Denn die Antwort darauf würde seine wahre und grundlegende Schuld enthüllen. Natürlich mußte man es ihm beibringen, morgen früh, er mußte es so bald wie möglich wissen – noch vor der Sitzung des Magistratsgerichts. «Mike, möchten Sie einen Schluck zu trinken? Ich habe Whisky in meinem Schrank. Schauen Sie mich nicht so an, ich nuckle nicht heimlich an der Flasche – nicht einmal nichtheimlich. Einer unserer – unserer Klienten hat sie mir als Bestechung mitgebracht, und weil ich es für vernünftig hielt, für Notfälle einen Schluck hier zu haben, ließ ich mir die Flasche geben und habe ihm den derzeitigen Tesco-Preis dafür bezahlt – ich glaube, es waren 6 Pfund und 48 Pence.» Er redete um des Redens willen, schwatzte einfach weiter. «Ich selbst lasse, glaube ich, besser die Finger davon. Geben Sie mir die Bänder von Clifford, und dann fahre ich Sie nach Hause. Sie kippen einen ordentlichen Whisky, und ich fahre Sie heim.»

«Ich will jetzt nicht trinken, sonst fühle ich mich morgen früh miserabel. Wenn ich das rechtfertigen könnte, was ich getan habe, wär's mir besser. Wenn ich mir sagen könnte, daß es nur einen Weg gab, um diesen Mann festzunageln, nämlich zu warten, bis er noch einen Mord beging, ihm sozusagen lange Leine zu lassen ... Sie glauben also nicht, daß er ein Geständnis ablegen wollte?»

«Nein, das glaube ich nicht, Mike. Lassen Sie uns nach Hause fahren.»

«Wie spät ist es?»

«Fast zwei.»

Sie schlossen die Bürotür und gingen durch den Korridor unter den blassen, ruhigen, die Farben ausbleichenden Lichtern. Clifford war wieder unten, auf der Rückseite des Gebäudes, in einer der Haftzellen. Die Zellen der Polizeistation von Kingsmarkham waren komfortabler als die der meisten Gefängnisse, mit einem kleinen Teppich auf dem Boden, zwei Decken auf der Pritsche und einem Kissen mit blauem Überzug; die Toilette mit dem Waschbecken war abgetrennt in einer kleinen Nische. Burden warf einen Blick in diese Richtung, als sie aus dem Lift stiegen. Sergeant Bray war im Dienst und stand hinter dem Pult, zusammen mit PC Savitt, der etwas in einer Akte nachschlug. Wexford sagte den beiden gute Nacht, während Burden stumm blieb.

Zum erstenmal waren die Weihnachtslichter des Baums eingeschaltet. Burden hatte sie schon zuvor bei der Rückkehr von der Ash Farm gesehen, als sie Clifford in die Haftzelle brachten – etwas Unwirkliches im Nebel, vielleicht ein Streich, den man ihm spielte. Entweder die kleinen Glühbirnen waren an eine Zeituhr angeschlossen, die nicht funktionierte, oder jemand hatte vergessen, sie abzuschalten. Fünfzehn Sekunden lang brannten die roten, blauen und weißen Lämpchen, dann die gelben, grünen und rosafarbenen, dann alle zusammen, begannen schließlich heftig zu blinken, bis wieder die roten, blauen und weißen allein leuchteten. Inzwischen hatte sich der Nebel weitgehend gelichtet, und die Farben schimmerten im weichen Dunst.

«Verdammte Vergeudung von Steuergeldern», knurrte Burden.

«Ich hab ja meinen Wagen gar nicht hier», sagte Wexford.

«Es kommt mir schon so lange vor, daß ich es vergessen habe. Ich meinte vermutlich, ich bringe Sie in Ihrem Wagen heim.»

«Ich fahre.»

Eine Stadt, die schlief, eine kleine Stadt, die in dieser stillen Nacht ebensogut hätte leer sein können – die Bewohner geflohen, nur hier und da noch ein Licht, das sie bei der überstürzten Flucht vergessen hatten…

Als sie nach Highlands hinauffuhren und in die Eastbourne Road einbogen, sagte Burden: «Ich weiß noch immer nicht, wie er es getan hat – ich meine, wie er Gwen Robson ermordete. Er muß um Viertel vor sechs in der Parkgarage gewesen sein, muß auf sie zugeschlichen sein, als sie zu ihrem Auto kam, und sie getötet haben. Er ist wahrscheinlich aus dem Wagen seiner Mutter ausgestiegen, während sie zu dem ihren ging. So muß es gewesen sein – kein vorsätzlicher Mord, sondern eine Tat im Affekt, entstanden aus dem Antrieb des Augenblicks. Er wird es uns erzählen; sicher wird er es uns gestehen.»

Wexford begann etwas zu sagen über die Unwahrscheinlichkeit, ja, die groteske Vorstellung von einem jungen Mann, der aus einem Wagen steigt und zufällig eine runde Stricknadel dabei hat. Sie kamen am Haus der Robsons vorbei – dunkel, alle Vorhänge zugezogen – und bei Dita Jago, wo noch ein Licht brannte, ein rotes Schimmern hinter den zugezogenen roten Vorhängen. Bei den Whittons lief eine Katze heraus auf die Straße, strich hinüber auf die andere Seite. Burden bremste scharf, als sie mit einem Satz davonsprang, hinauf auf einen Baum, eine Mauer, einen Zaun.

«Verdammte Biester», sagte Burden. «Man sollte gar nicht bremsen, sollte nicht seinen Reflexen nachgeben wie eben. Angenommen, ein anderer Wagen wäre hinter mir gewesen? Das hier ist nur eine Katze. Hören Sie, Reg, diese Rosemary Whitton muß sich geirrt haben. Sicher, es ist nicht leicht für mich, das zu verdauen, denn es hieße ja, daß ich unverantwortlich gehandelt habe, als ich nicht bereit war, mit Clifford zu sprechen, während er mir vielleicht ein Geständnis ablegen wollte. Ich habe mich auf ihre Aussage verlassen, natürlich. Aber wir haben sie nie überprüft.»

Wexford seufzte. «Doch. Ich habe sie überprüft.»

«Was? Sie haben ihre Aussage, ich weiß. Aber sie muß sich geirrt haben. Und der Verkäufer im Weinladen auch. Rosemary Whitton muß Clifford zehn Minuten früher gesehen haben, und wahrscheinlich war er schon weg, als sie die Parkuhr rammte. Es war ein echter Irrtum, genau das muß es sein.»

Hinauf den Battle Hill, anhalten vor seiner Tür. Das Haus lag im Dunkeln; Dora war längst zu Bett gegangen.

Wexford löste den Sicherheitsgurt. «Verschieben wir das alles bis zum Morgen, ja?»

Er sagte gute Nacht, schleppte sich die Treppe hinauf in den oberen Stock und fiel erschöpft ins Bett – wachte dann plötzlich wieder auf, ruckartig und nachdrücklich, mit der Aussicht auf schlaflose Stunden. Wenn er sie hinter sich hatte und wieder unten war auf der Wache, wo er sich für Cliffords Auftritt bei der Sondersitzung des Magistratsgerichts vorbereiten mußte, würde er Burden die Wahrheit beibringen müssen: daß er Rosemary Whittons Aussage geprüft und gegengeprüft hatte, nicht nur mit dem Verkäufer des Weinladens und drei Hausbewohnern in den oberen Stockwerken, sondern auch mit dem Mann von der Verkehrsüberwachung, der dort aufgetaucht war, um die beschädigte Parkuhr zu besichtigen, und der während seines Gesprächs mit Rosemary Whitton beobachtet hatte, wie Clifford davongefahren war. Er hatte sich die Zeit notiert: fünf Minuten vor sechs.

NEUNZEHN

Dorothy Sanders war nie geschieden worden; das hatte Davidsons Überprüfung der Standesamtsregister ergeben. Sie hatte sich auch keineswegs durch schlichte Handarbeiten – die traditionelle Beschäftigung für die arme, tugendsame Frau, von der sie einmal in einem historischen Frauenroman gelesen hatte? – über Wasser gehalten, wie ihr Sohn glaubte, denn in all diesen Jahren hatte sie regelmäßig von dem gemeinsamen Bankkonto abgehoben, das in ihrem und dem Namen ihres Mannes existierte. Jetzt, wo sie tot war, verweigerte man der Polizei nicht mehr die Auskunft darüber.

Das Konto war immer wieder aufgefüllt worden durch die Zinserträge für das Anlagevermögen von Charles Sanders, das überwiegend aus sicheren Investmentpapieren bestand. In den achtzehn Jahren seit ihrer Trennung hatte nur sie davon abgehoben. Aus der etwas defensiven Haltung des Zweigstellenleiters schloß Wexford, daß der Bank diese vielleicht doch etwas seltsame Tatsache niemals aufgefallen war. Aber der Zweigstellenleiter war ein Mann, der gegen die neuen Technologien eingestellt war, und er schob den Fehler, wenn es denn ein Fehler war, auf die Tatsache, daß die Verwaltung des Kontos in den letzten Jahren durch Computer vorgenommen wurde. Wexford wunderte sich über die Fähigkeit von Mrs. Sanders, erfolgreich zu lügen, und über ihre fortgesetzte Geheimniskrämerei. Das ging so weit, daß er sich fragte, ob sie überhaupt mit Sanders verheiratet gewesen war, ja, ob es sich bei Clifford um ihren eigenen Sohn handelte, doch diese Tatsachen konnten leicht bestätigt werden. Dorothy Clifford und Charles Sanders hatten im Oktober 1963 in St. Peter in Kingsmarkham geheiratet, und Clifford war im Februar 1966 als beider Sohn zur Welt gekommen.

Wexford war selbst noch einmal zur Ash Farm zurückgefahren und hatte Burden mitgenommen, ja, er hatte darauf bestanden, daß er mitkam. Burden hatte Cliffords Unschuld, was das erste Verbrechen betraf, zunächst mit Zögern, Vorbehalten und Gegenargumenten zur Kenntnis genommen, dann mit schweren und bitteren Selbstvorwürfen. Es war ihm jetzt klar, und auch Wexford konnte es nicht leugnen, daß der Tod von Dorothy Sanders das direkte Ergebnis von Burdens Weigerung gewesen war, diese Sitzungen mit Clifford fortzusetzen.

Burden hatte danach eine Weile geschwiegen und schließlich erklärt: «Ich glaube, ich werde den Dienst quittieren müssen.»

«Um Himmels willen, warum denn?»

«Wenn es wahr ist, daß ich einen Mann bis zum Mord treiben kann – und das habe ich ja wohl getan –, dann bin ich für den Dienst als Polizeibeamter nicht geeignet. Es gehört schließlich zu meiner Pflicht, Verbrechen zu verhindern statt sie zu provozieren.»

«Aber dann hätten Sie logischerweise Clifford überhaupt nicht verhören dürfen. Auch wenn Sie ihn verdächtigten, Gwen Robson ermordet zu haben, hätten Sie von einem Verhör absehen müssen, weil er Ihnen von Anfang an als eine geistig gestörte Person mit unnormalen Reaktionen vorgekommen ist.»

«Das will ich damit nicht sagen. Ich sage, ich hätte ihn, nachdem ich ihn verhört hatte, nun ja, nicht seinem Schicksal überlassen dürfen.»

«Glauben Sie denn, daß Sie statt dessen Tag für Tag mit ihm hätten reden müssen, stundenlang, eine Sitzung nach der anderen? Wie lange denn? Wochen? Monate? Und Ihre Arbeit? Ihre eigene geistige Gesundheit, obendrein? Bin ich denn meines Bruders Hüter?»

Burden nahm diese Frage wörtlich – eine Frage, die Wexford rein rhetorisch gestellt und die vielleicht auch Kain rhetorisch gemeint hatte. «Nun – ja, in gewisser Weise. Vielleicht bin ich es. Was war die Antwort darauf? Und was hat der, der sie beantwortete – es war Gott, nicht wahr –, gesagt?»

«Nichts», erwiderte Wexford. «Absolut nichts. Hören Sie, vergessen Sie das mit dem Quittieren des Dienstes. Sie bleiben, was Sie sind, und kommen jetzt zu einer Besichtigung des Tatorts mit mir.»

Burden saß in düsterem Schweigen neben ihm im Wagen. Es war eine Art passiver Wintertag, nicht kalt und nicht mild, der Himmel blaßgrau und klumpig wie Porridge. Mitunter erschien die Sonne tief am Horizont, eine glänzende Platinscheibe, die man an den Stellen, wo der Haferbrei ein wenig dünner war, hinter einem Schleier sehen konnte. Die Auslagen der Geschäfte in der High Street waren voll von vorweihnachtlichem Glanz, und ein riesiger, importierter Christbaum, das Geschenk irgendeiner Stadt in Deutschland, von der hier noch nie jemand etwas gehört hatte, die aber angeblich die Schwesterstadt von Kingsmarkham war, stand vor dem Einkaufszentrum Barringdean. Burden hatte in säuerlichem Ton gefragt, was es wohl gekostet haben mochte, die digital gesteuerte, elektronische Anzeige auf der Front über dem Eingang von *Tesco* zu installieren, die abwechselnd verkündete, daß es hier Geschenke für die ganze Familie gab und daß es nur noch neun Tage bis Weihnachten waren.

«Weshalb fahren wir denn noch einmal hin?»

Er meinte zur Ash Farm, durch die lange, kurvenreiche Ash Lane, wo die Gräser grau waren vom verspritzten Morast und wo tote Ulmen mit abblätternden Stämmen auf die Axt warteten. Aber die Luft war heute völlig klar, und in der Ferne konnte man die Linie des moränenartigen Hügels sehen, hinter dem die Stadt verborgen lag. Die efeuüberwucherte Ash Farm kam in Sicht, ihre vielen Augen, die zwischen dem immergrünen Bewuchs hervorlugten. Zwei Wagen der Polizei parkten davor, und ein Beamter in Uniform hielt Wache am Fuß der Treppen zum Vordereingang.

«Ich hatte nicht die Absicht hinzugehen», sagte Wexford.

«Sagten Sie nicht, Sie wollten den Tatort besichtigen?»

Wexford gab keine Antwort, sondern nickte PC Leonard zu, der ihn mit «Guten Tag, Sir» begrüßt hatte. Trotz dem, was er am vergangenen Abend gesehen hatte, konnte er es kaum begreifen, daß Dorothy Sanders, diese starke, aufrechte und selbstbewußte Frau, tot, die metallische Stimme für immer verstummt sein sollte. Und als er durch das dunkel schimmernde Glas in den spärlich möblierten Raum hineinschaute, wo noch die Asche eines Feuers im offenen Kamin lag, rechnete er fast damit, sie dort zu sehen, wie sie über den teppichlosen Boden ging und mit ausgestrecktem Finger ihre Befehle erteilte. Aber es hätte ein Gespenst sein müssen – dabei hatte sie Angst gehabt vor Gespenstern, Angst vor der Dunkelheit, Angst davor, den Nebel ins Haus einzulassen...

Mit Burden und Donaldson, die ihm folgten, ging er um das Haus herum in den hinteren Garten. Er kannte ihn nicht, aber Burden war hiergewesen am Tag der Hausdurchsuchung, hatte triumphierend die Garrotte entdeckt in dem Schuppen, der an die hintere Hauswand angebaut war. War das nicht ein merkwürdiger Platz für einen Schuppen? Um ihn zu erreichen, mußte man ein ganzes Stück weit durch nasses Gras gehen. Die Erde, ob grasbewachsen oder nicht, war vor allem im Winter immer naß, auch während der Trockenperiode. Er fühlte, wie seine Schuhe in den weichen Matsch einsanken.

Dorothy Sanders hatte dem Garten weniger Aufmerksamkeit gewidmet als dem Haus, aber es war ihr auch hier draußen gelungen, den ähnlichen Eindruck einer etwas kahlen Ordnung herzustellen. Es gab nur wenige Pflanzen, die kultiviert aussahen, wenngleich man das um diese Jahreszeit nur schwer feststellen konnte, und noch weniger gepflegten Rasen. Es sah so aus, als ob Mrs. Sanders – oder Clifford, auf ihre Anweisung hin – die Blumenbeete und ihre Umgebung mit dem Unkrautvertilungsmittel gegossen hätten, das alle großblättrigen Pflanzen zerstört. Ja, man gewann den Eindruck, als hätte sie sich an einem bestimmten Punkt in ihrem Leben darangemacht, den Garten in seiner damaligen Form zu zerstören. Die wenigen Bäume waren so roh und unsachgemäß gestutzt worden, daß aus den Stümpfen der amputierten Äste neue Zweige in alle Himmelsrichtungen wuchsen. Jetzt zog ein zartes Rosa über den Himmel, das Zeichen des Sonnenuntergangs. Bald würde es dämmerig sein, dann dunkel. Neun Einkaufstage bis Weihnachten, sieben lange Nächte und sieben kurze Tage bis zur Wintersonnenwende. Ein Tag bis zu Sheilas Verhandlung vor Gericht...

Diese kurzen Tage, die mitten am Nachmittag abgeschnitten wurden, behinderten Wexford bei seiner Arbeit. Die Natur hatte noch die Oberhand – gerade noch. Genauer gesagt, er war nicht sicher, ob sich der Einsatz von starken Scheinwerfern lohnte. Er ging durch das nasse Gras zum entlegensten Ende des Gartens, und dort, am hinteren Zaun, konnte er in einiger Entfernung das niedrige Dach eines Hauses sehen, das die Ash Farm Lodge sein mußte, die sich über eine Wand aus Leyland-Zypressen erhob.

«Würden Sie mich mit Mr. Carroll bekannt machen?»

Sie fuhren in den letzten Strahlen des Sonnenuntergangs die Landstraße entlang. Nach einem rasselnden Schrei flatterte ein

Fasanenhahn mit selten benutzten, schwerfälligen Flügeln aus einer Hecke hoch. Man hörte einen Schuß, dann noch einen.

«Das ist Carroll», sagte Burden. «Bei dem Tempo, mit dem Kingsmarkham urbanisiert worden ist, vergißt man ganz, daß wir auf dem Land leben.»

Carrolls Hund schlich geduckt auf sie zu. Aber vielleicht war er gar nicht so zaghaft, wie es den Anschein hatte. Vielleicht schlich er sich an, um sie dann im entscheidenden Moment anzufallen. Wexford streckte dem Hund eine Hand entgegen, und eine rauhe Stimme brüllte: «Nicht! Rühren Sie den Hund nicht an!»

Der Bauer tauchte auf, einen roten Feldhasen um die Schultern, in der Linken zwei rotbeinige Rebhühner, die er an den Schwanzfedern trug.

Wexford sagte freundlich: «Mr. Carroll? Chief Inspector Wexford von der Kriminalpolizei in Kingsmarkham. Meinen Kollegen, Inspector Burden, kennen Sie ja schon.»

«Ja, er war schon mal in der Gegend.»

«Können wir hineingehen?»

«Wozu?» fragte Carroll.

«Ich möchte mit Ihnen sprechen. Wenn es Ihnen lieber ist, daß wir Ihr Haus nicht betreten, können Sie auch mit uns auf die Polizeistation fahren. Uns ist das mindestens ebenso recht. Sie können entscheiden – entweder das eine oder das andere.»

«Kommen Sie rein, wenn Sie wollen», sagte Carroll.

Der Hund ging voraus, den Kopf gesenkt, die Rute zwischen den Beinen. Carroll schaute ihn an und stieß einen knurrenden Laut aus, einen bemerkenswerten Tierlaut, wie man ihn sich eher vom Hund als von seinem Herrn erwartet hätte. Das war anscheinend der Befehl, sich in seinen Korb zu setzen, dem er wie eine unter Hypnose stehende Person nachkam, wobei er sich zusammenrollte und den Kopf auf die Pfoten legte. Carroll hängte die Schrotflinte auf, zog sich die Stiefel aus und stellte sie auf das jetzt fleckige und gewellte Exemplar einer Illustrierten auf dem Backrohr, die noch immer als eine Ausgabe von *Kim* zu erkennen war. Der Hase und die Rebhühner ließen ihre blutigen Köpfe in die Spüle hängen. Der Tsich war ein Durcheinander aus Papieren, einem Scheckbuch und einem Einzahlungsheft der Midland Bank, einem Merkbuch für die Mehrwertsteuer und zerknitterten Rechnungen. Wexford wußte, daß die Chancen, zum Sitzen aufgefordert zu werden, etwa hundert zu eins standen, daher hatte er sich ohne Aufforderung gesetzt und deutete Burden an, das gleiche zu tun, bevor Carroll seine Hausschuhe angezogen hatte.

«Wo ist Ihre Frau?» begann Wexford.

«Was geht das Sie an?» Er hatte sich nicht gesetzt, sondern blieb vor ihnen stehen. «Die da oben ist tot, und ihr verrückter Junge hat es getan. Kümmert euch um den, seht zu, daß er lebenslänglich hinter Gitter kommt, und stochert nicht bei mir herum.»

«Es heißt, Ihre Frau hat Sie verlassen», bemerkte Wexford.

Einen Augenblick lang dachte er, daß der Bauer auf ihn losgehen würde. So unangenehm das gewesen wäre, hätte er damit immerhin einen Grund geliefert, daß man ihn festnehmen konnte. Aber Carroll, der die Fäuste geballt und erhoben hatte, trat einen Schritt zurück und biß die Zähne zusammen. Wexford erhob sich ebenfalls; er fand, daß er im Vorteil war, wenn er stand, er war immerhin größer als Carroll, allerdings auch älter.

In der Küche wurde es rasch dunkel. Wexford langte nach dem einzigen Schalter, den er in dem Raum entdecken konnte, und unerwartet helles Licht ergoß sich aus der Lampe mit ihrem höchst unpassenden Schirm: rosa gerüschte Baumwolle in der Form einer Morgenhaube. Es gab noch mehr solcher Spuren einer femininen Note in dem unfreundlichen Raum: eine batteriebetriebene Wanduhr mit einer Sonnenblume als Zifferblatt, einen Kalender, der Kätzchen in einem Korb zeigte – auf dem Blatt vom vergangenen Mai. Carroll blinzelte im hellen Licht.

«Es ist etwa sechs Monate her, seit sie Sie verlassen hat, nicht wahr? Ende Juni?» Wenn Carroll ihm keine Antworten gab, konnte er nicht viel dagegen machen. Er änderte seine Taktik ein wenig. «Erzählen Sie mir von Ihrem Nachbarn, von Charles Sanders. Haben Sie ihn gekannt? Waren Sie schon hier, als er noch da drüben lebte?»

Carroll knurrte. Es war dieselbe Sprache, in der er seinem

Hund Befehle erteilte, aber nun folgte ihm ein einigermaßen verständliches Englisch. «Sein Vater ist gestorben. Am Tag nach der Beerdigung ist er auf und davon. Weshalb wollen Sie das wissen?»

«Sie sollen der Polizei keine Fragen stellen, Carroll», sagte Burden. «Wir fragen, und Sie antworten. Klar?»

Wieder ein Knurren. Es war fast komisch.

Wexford sagte: «Er ist nicht zurückgekommen, nicht einmal, um seinen Sohn zu sehen, und er hat auch nichts für den Unterhalt seiner Frau und seines Sohns getan. Er hat seine alte Mutter in der Obhut seiner Frau zurückgelassen, und die hat sie in ein Altersheim gesteckt. Ich will ganz offen sein mit Ihnen, Mr. Carroll, und ich hoffe, daß Sie auch mit uns offen sind: Es ist achtzehn Jahre her, seit Sanders weg ist. Sie waren damals jung verheiratet und neu in der Gegend. Ich glaube nicht, daß er weggegangen ist – ich glaube, er ist tot. Was meinen Sie?»

«Woher soll ich das wissen? Es geht mich nichts an.»

«Und was hat Ihre Frau darüber gedacht, Mr. Carroll? Sie hat gewußt, was mit Sanders geschehen ist. Hat sie Ihnen gesagt, was sie wußte, oder hat sie es für sich behalten? Vielleicht hat sie es auch nur einer einzigen Person gesagt.»

«Was für einer Person?»

Mit dieser Bemerkung hatte Wexford auf nichts anspielen wollen, was für Carroll besonders bedeutungsvoll sein konnte, aber der Bauer las mehr hinein, und sein Gesicht färbte sich rot und schien anzuschwellen. Obwohl er sich nicht sofort bewegte, hatte er sich verändert, eine Art Konzentration, ein Sammeln und Verstärken seiner Kraft – genug, daß Burden aufsprang und seinen Stuhl zurückstieß. Das reichte wiederum aus, um Carroll zu seinem Entschluß zu treiben. Er langte hinter sich nach der Flinte, die an der Wand hing, nahm sie herunter, trat zurück und zielte aus einer Entfernung von eineinhalb Metern auf die beiden Kriminalbeamten.

«Nehmen Sie die Waffe weg», sagte Wexford. «Seien Sie kein Narr.»

«Ich gebe Ihnen eine Minute Zeit, dann sind Sie weg.»

Jetzt konnten sie ihn wenigstens festnehmen, dachte Wexford. Der Farmer schaute sie an und behielt zugleich die Sonnenblumenuhr im Auge. Mit einem offenen Auge lugte der Hund aus seinem Korb herüber. Das war etwas, was er verstand: eine Flinte, die zielte, und eine hilflose Beute. Wenn ich mit einer Ladung Schrot zusammenklappe, dachte Wexford lächerlicherweise, ob ich dann von dem Hund apportiert werde?

Burden sagte, während er zur Tür schaute: «Da kommt Donaldson», als ob er Schritte gehört hätte.

Es war ein Trick, und er funktionierte. Carroll wandte den Kopf ab, und Wexfords Faust schoß auf ihn zu und traf ihn am Kinn. Die Flinte ging los, während sie zu Boden fiel, und das gab einen unglaublichen Knall in dem kleinen, niedrigen Raum, wie die Detonation einer Bombe, wie die Bombe in seinem Vorgarten, an deren Explosion sich Wexford allerdings nicht erinnern konnte. Der Bauer rollte auf die andere Seite, und die Flinte fiel ihm aus der Hand und rutschte über den Fliesenboden. Von der Decke rieselte Verputz herunter, wo die Schrotkugeln eingeschlagen waren. Rauch und Pulvergeruch breitete sich aus, und der völlig verblüffte Hund schaute von der einen auf die andere Seite, begann dann ein hilfloses, verbotenes Gebell. Und dann kam Donaldson tatsächlich, stampfte den Fußweg durch den Garten herüber und riß die Hintertür auf.

«Sind Sie okay, Sir? Was ist denn passiert?»

«Ich hab ganz vergessen, wie stark ich bin», sagte Wexford. Er überlegte, ob er Carroll einen Stups mit seiner Schuhspitze geben sollte, entschied sich aber dagegen und hievte den Mann an den Schultern hoch. Carroll stöhnte und ließ den Kopf hängen. «Ich nehme an, wir haben keine Handfesseln im Wagen, wie?»

«Ich glaube nicht, Sir.»

«Dann muß es ohne gehen – aber vermutlich wird er uns jetzt ohnehin nicht mehr viel Ärger machen.»

Carroll war ein schwerer Mann, und sie mußten ihn zu dritt zum Wagen hinausschleppten. Dann schlossen sie den

Hund in der Küche ein, und Donaldson, der Hunde liebte, gab ihm eine Schüssel Wasser und den Hasen als Proviant.

«So kann man Jahre des Trainings in einer halben Stunde zunichte machen», sagte er fröhlich.

Die Gegenstände lagen auf allen ebenen Flächen in Wexfords Büro – vor Gericht hätte man dazu «Beweisstücke» gesagt –, einschließlich der zwölfkalibrigen Flinte Carrolls, einer verdreckten Ausgabe der Illustrierten *Kim*, einer Rundstricknadel Größe sechs und dem Inhalt der Jackentasche der Toten. Es war etwas Bedrückendes, wenn auch nicht unbedingt Mitleiderregendes an dem Lippenstift in der funkelnden, vergoldeten Hülle mit dem Rot eines Feuerwehrwagens. Der fast weiße Gesichtspuder, der schwach schillerte, war für jüngere Frauen gedacht, vielleicht für jemanden wie Lesley Arbel. Das Scheckbuch für das gemeinsame Konto war auf die Namen C. L. Sanders und D. K. Sanders ausgestellt und war ausschließlich zum Abheben verwendet worden. Hundert Pfund monatlich hatte Dorothy Sanders in den vergangenen zwei Jahren abgehoben. Es war nicht viel, eher eine bescheidene Summe, aber in den letzten Jahren war ihr Einkommen durch Cliffords Verdienst ergänzt worden.

Am Morgen hatte das Magistratsgericht von Kingsmarkham Clifford Sanders unter der Anklage des Mordes dem zuständigen Gericht zur Hauptverhandlung überstellt und Haftfortsetzung bis zum Prozeßbeginn beschlossen. Selbst Burden sah jetzt ein, daß man keine weitere Mordanklage gegen Clifford erheben und daß er unmöglich den Mord an Gwen Robson begangen haben konnte. Er hatte gesehen, wie Clifford in das Untersuchungsgefängnis in Myringham überführt wurde, kurz bevor er mit Wexford zur Ash Farm gefahren war, und er hatte ihn seitdem nicht mehr erwähnt. Aber jetzt kam er in Wexfords Büro und begann abrupt zu sprechen.

«Ich hatte das Gefühl, ich sollte mich vor das Magistratsgericht hinstellen und sagen, daß ich eine Erklärung abzugeben habe. Ich hätte meine Verantwortung gestehen müssen für das

– ich meine, was ich zu der Tat dieses armen kleinen Kerls beigetragen habe.»

«Aha, jetzt ist es ein ‹armer kleiner Kerl›. Und was ist aus Ihrem vielgerühmten Prinzip geworden, das Mitleid für das Opfer aufzusparen?» Wexford las gerade einen Brief und nickte von Zeit zu Zeit, als erfülle ihn das, was er da las, mit einer lang erwarteten Befriedigung. Allerdings zuckte er immer wieder bei den Geräuschen zusammen, die aus der Tiefe des Polizeigebäudes kamen, einem stetig wiederholten Krachen, und schaute Burden etwas ärgerlich an.

«Ich habe ihn auf der ganzen Linie im Stich gelassen. Ich hätte ruhig vor der Öffentlichkeit bekennen sollen, welche Rolle ich dabei gespielt habe.»

«Sie hätten sich damit nur zum Gespött gemacht. Stellen Sie sich vor, wie die Leute, die für uns früher die Presse waren und die wir jetzt aus irgendwelchen blödsinnigen Gründen ‹die Medien› nennen, die Sache ausgeschlachtet hätten. Entschuldigen Sie mich.» Wexfords Telefon klingelte, und er nahm den Hörer ab. «Ja, ja, danke», sagte er. «Haben Sie eine Aufstellung darüber in Ihrem Computer? Ist es möglich, daß ich einen Ausdruck davon haben kann? Ja... Ja. Ich schicke jemanden hin, bevor die Bibliothek schließt. Wann schließen Sie? Um halb sieben heute abend? Das ist in einer Stunde. Schön. Danke für Ihre Hilfe.»

«Was ist das für ein Geräusch?» Burden öffnete die Tür einen Spalt, um das Hämmern besser hören zu können. Als Wexford mit den Schultern zuckte, fragte er in einem Ton von gemäßigtem Interesse: «Worum geht es dabei?»

«Um das Alibi einer Frau. Und damit ist wieder ein Stein des Mosaiks an die richtige Stelle gefallen. Man braucht nur ein bißchen aufzuräumen und die entfernteren Möglichkeiten nach und nach zu eliminieren. Erinnern Sie sich an den Sturm, den wir Mitte letzten Monats hatten? Er hat die Telefonleitung in Sundays und in der Ash Lane zerstört.»

«Sie halten mich für einen gedankenlosen Idioten, nicht wahr? Sie haben recht; von außen heiße Luft und große Worte, aber innendrin bin ich weich wie Butter. Ich hatte Angst vor

Clifford, können Sie sich das vorstellen? Als er zu mir gekommen ist, hatte ich Angst davor, die Tür zu öffnen.»

«Aber Sie haben sie dann doch geöffnet.»

«Warum war ich so stur? Warum habe ich mir eingeredet, er müßte es gewesen sein, auch als alle Beweise dagegen sprachen?»

«Wenigstens geben Sie das jetzt zu.» Wexfords Stimme war gelangweilt und interesselos. «Was kann ich dazu sagen? Alles, was ich dazu erkläre, würde wie ‹Hab ich es Ihnen nicht gleich gesagt?› klingen. Nun ja, ich könnte auch sagen, daß Sie es sich eine Lehre sein lassen sollten. Wäre Ihnen das recht?» Er stand auf und schaute zum Fenster hinaus auf den Baum mit den blinkenden Lichtern, der Rot-Blau-Weiß-Sequenz, der Gelb-Grün-Rosa-Sequenz. Der Himmel war dunkel, aber klar, eine Kuppel von tiefem Blau mit Sternen. «Mike, ich bin der Überzeugung, wenn er sie jetzt nicht getötet hätte, wäre es dennoch eines Tages dazu gekommen. Morgen, nächste Woche oder nächstes Jahr. Mord ist eine ansteckende Krankheit, ist Ihnen das schon einmal klargeworden? Clifford hat seine Mutte getötet, weil sie da war und weil sie ihn in seinem Leben einschränkte und... Nun ja, weil er Ihre Aufmerksamkeit auf sich lenken wollte. Aber vielleicht hat er sie auch getötet, weil ihm der Gedanke eingegeben worden war, weil er, wenn Sie so wollen, erfahren hatte, daß es möglich war, Menschen zu töten. Er hatte eine ermordete Frau gesehen, hatte zunächst gedacht, sie sei seine Mutter. Hatte er gehofft, es sei seine Mutter? Vielleicht. Aber der Same des Gedankens war gelegt, nicht wahr? Wenn andere es fertigbrachten, konnte auch er es tun. Auf diese Weise hat er sich an der Tat eines anderen angesteckt.»

«Glauben Sie das wirklich?» Burdens Gesicht zeigte eine verzweifelte Hoffnung: Es war das Gesicht eines Mannes, der vielleicht ertrinken würde, wenn die Hand, die er aus dem Wasser streckte, nichts Stärkeres als einen Strohhalm fand. «Glauben Sie das allen Ernstes?»

«Fragen Sie Olson, der wird es Ihnen bestätigen. Gehen wir heim, Mike, und erkundigen wir uns unterwegs nach unserem Gefangenen.»

Das Telefon klingelte wieder, als sie die Tür erreicht hatten, und Wexford ging zurück und nahm den Hörer ab. Die Stimme am anderen Ende war so klar und deutlich, daß Burden aus drei Metern Entfernung jedes Wort verstand: «Ich habe Sandra Dale in der Leitung.»

Wexford sagte ins Telefon: «Es kommt jetzt nicht mehr darauf an, ich brauche ihn nicht mehr», und, nachdem er eine Weile zugehört hatte: «Das überrascht mich nicht. Sie werden ihn jetzt bestimmt nicht mehr finden.»

Er dankte ihr, verabschiedete sich, und sie gingen hinunter. PC Savitt sagte ihnen, daß Carroll, den sie in die Zelle gebracht hatten, in der vorher Clifford Sanders gewesen war, jetzt friedlich war. Dr. Crocker hatte ihn besucht und ihm ein Beruhigungsmittel angeboten, das Carroll überraschenderweise nicht abgelehnt hatte. Zuvor hatte er damit gedroht, die Zelle einzureißen, obwohl es ihm bis dahin nur gelungen war, zwei Beine der Pritsche hochzuheben, um sie danach wieder auf den Boden krachen zu lassen.

«Konnten Sie ihn hören, Sir?»

«Ich glaube, man hat ihn bis zum Einkaufszentrum Barringdean hören können.»

Burden stand auf der Treppe vor den Schwingtüren. «Es ist doch komisch, wie man manchmal dazu imstande ist, über längere Zeit etwas zu tun und davon überzeugt zu sein, daß man genau das Richtige tut, ohne den Schatten eines Zweifels. Und eine Woche danach blickt man zurück und kann es nicht glauben, daß man so etwas getan hat, ja, man fragt sich, ob einer, der so etwas tut, noch seine sieben Sinne beisammen hat. Ich meine, ob jemand wie *ich* sie noch beisammen hat.»

«Mir ist kalt», sagte Wexford. «Ich will hier nicht herumstehen.»

«Ja, klar, entschuldigen Sie. Was haben Sie da vorhin gelesen?»

Wexford ging zu seinem Wagen. «Es war der Brief, den Lesley Arbel gesucht hatte, den Sandra Dale gesucht hatte und den ich gesucht und schließlich gefunden habe.»

«Sagen Sie mir nicht, was in dem Brief steht?»

«Nein», erwiderte Wexford und zog die Fahrertür seines Wagens zu. Dann kurbelte er das Fenster halb herunter und sagte: «Ich hätte es Ihnen mitgeteilt, aber nun sind Sie zu spät dran. Sie haben den Dampfer verpaßt. Morgen früh erfahren Sie es.» Er grinste. «Morgen früh erfahren Sie alles.»

Und er fuhr davon und ließ Burden stehen, der dem Wagen nachschaute und nicht wußte, ob er verstand, was der andere mit «alles» gemeint hatte.

ZWANZIG

Burden fuhr den Wagen hinunter in die zweite Parkebene und parkte so nahe er konnte an der Stelle, wo Mrs. Robsons Leiche vor einem Monat gelegen hatte. Jeder Stellplatz war besetzt, und so würde es von nun an täglich sein bis Weihnachten und noch länger, bis zu den Sonderangeboten zum Jahresschluß.

Serge Olson war der erste, der aus dem Wagen stieg. Er war in die Polizeistation gekommen, gerade als Wexford und Burden gingen, und wollte fragen, wann und wie er eine Genehmigung zum Besuch von Clifford Sanders im Untersuchungsgefängnis bekommen könnte. Wexford hatte ihn daraufhin eingeladen mitzukommen. Ein Opel Kadett und ein Ford Granada parkten da, wo Gwen Robsons Escort und der blaue Lancia der Brooks gestanden hatte. Ein Vauxhall kam herunter, suchte offenbar nach einem freien Platz, steuerte dann auf die Rampe zur dritten Parkebene zu. Aber abgesehen von ihnen und dem Vauxhall-Fahrer gab es keine Menschen hier. Das war die Welt der Autos, ein Lebensbereich, wo die Fahrzeuge die Körper waren und die Menschen ihr Gehirn und der sie bewegende Geist. Öl und Wasser bildete Pfützen – die Exkremente der Autos, und es roch nach ihren Ausdünstungen.

Wexford verscheuchte kopfschüttelnd die phantasievollen Vorstellungen und sagte: «Es sieht so aus, als ob wir in letzter Zeit unser Opfer, Gwen Robson, etwas aus den Augen verloren hätten. Aber wenn sie auch nicht als erste ermordet wurde, so war sie doch die erste, von deren Mord wir erfahren haben – sie hat unsere Aufmerksamkeit auf diesen Fall gelenkt.» Burden schaute ihn fragend an, aber Wexford schüttelte nur den Kopf.

«Sie hat ihren Tod heraufbeschworen, denn sie war eine Erpresserin. Wie viele Erpresser war sie – ich will nicht sagen, unschuldig, aber sie war naiv. Sie hat sich mit der falschen Person eingelassen. Und ich glaube, sie hat das, was sie tat, mit dem Zweck gerechtfertigt, für den sie das Geld brauchte. Sie brauchte es, um die Hüftoperation ihres Mannes bezahlen zu können. Wenn er diese Operation vom staatlichen Gesundheitsdienst bezahlt haben wollte, hätte er an die drei Jahre darauf warten müssen, und sie befürchtete, er würde bis dahin völlig verkrüppelt sein. Mit 3000 oder 4000 Pfund konnte sie die Operation und seinen Krankenhausaufenthalt als Privatpatient bezahlen. Zum Zeitpunkt ihres Todes hatte sie 1600 Pfund beisammen.» Wexford warf einen Blick auf Olson und seinen Fahrer. «Gehen wir hinauf ins Einkaufszentrum, ja?»

Es war einer von jenen verrückten Dezembertagen, die einem wie ein Tag im April vorkommen; es fehlten nur die sprießenden Knospen an den Zweigen. Die Wimpel an den Türmchen des Gebäudes flatterten in einer leichten Brise, und der Himmel war milchig-blau mit Wolken, die wie Rasierschaum aussahen. Die drei Männer kamen aus dem Metallift mit den Graffiti in den milden Sonnenschein hinaus.

«Diese Burg hat einen schönen Sitz», zitierte Wexford trokken. Und wenn man die Augen zur Hälfte zukniff, wurde der Eindruck eines mittelalterlichen Forts noch verstärkt durch die Einkaufswagen, die um den Eingang zur Parkgarage und auf der anderen Seite der Ausfahrt herumstanden wie Belagerungsmaschinen, die von irgendwelchen Belagerern zurückgelassen worden waren. «Ich habe das bereits mit Ihnen besprochen, Mike. Wir wissen, daß Lesley Arbel ihrer Tante Fotokopien von Briefen gebracht hat, die die Kummertante bei *Kim* erhielt, der Illustrierten, bei der Lesley Arbel arbeitete – obwohl man ihr, als sie den Job bekam, eingeschärft hatte, den Inhalt dieser

Briefe auf keinen Fall Außenstehenden mitzuteilen oder darüber zu reden. Trotzdem hat sie von bestimmten Briefen Fotokopien angefertigt, und die hat sie Gwen Robson gezeigt. Gwen, die eine lüsterne und klatschsüchtige Frau war, interessierte sich allgemein für das, was ihr Lesley zeigte, aber besonders interessierte sie sich für die Briefe von Leuten, die in ihrer nächsten Umgebung wohnten.»

Während sie durch den verglasten Tunnel gingen, durch den sie zu den Türen in der Mitte der Haupthalle gelangten, fuhr Wexford fort: «Ich weiß nicht, wie sie auf die Idee mit den Erpressungen gekommen ist, aber es war erstens naheliegend und zweitens schlau. Sicher, sie hätte auch von ihren Schützlingen belastende Informationen erhalten können, als sie noch als Gemeindeschwester arbeitete, aber es war unwahrscheinlich, daß sie auf diese Weise dokumentarisches Material erhielt. Sie hatte bereits andere Methoden versucht, um an Geld zu kommen, doch die Opfer waren ihr entweder weggestorben – die alten Leute, die für besondere Dienste bezahlten zum Beispiel – oder es hatte nicht geklappt, wie im Fall von Eric Swallow, den sie nicht dazu brachte, ein Testament zu ihren Gunsten aufzusetzen. Also blieb ihr nur Erpressung, die Erpressung von Frauen, die ihre intimsten Geheimnisse nur einem mehr oder weniger anonymen Orakel anzuvertrauen wagten, einer Kummertante.

Und dabei interessierten Gwen Robson besonders zwei Briefe, einmal wegen ihres sensationellen Inhalts und zum anderen wegen der Adressen der Frauen, die diese Briefe geschrieben hatten. Der eine stammte von einer Mrs. Margaret Carroll, die in der Ash Farm Lodge in der Ash Lane in Forbydean wohnte, und der andere... Nun, da sind wir also jetzt genau in der Mitte zwischen *Tesco* und den *British Home Stores*. Gehen wir ins Café auf eine Tasse Kaffee oder auf einen gesunden Gemüsesaft zu *Demeter*?»

Der einzige, der etwas gegen das Café einzuwenden hatte, war Olson; er hätte den Gemüsesaft bevorzugt. Er fügte sich aber der Mehrheit, wobei er erklärte, in diesem Fall nur koffeinfreien Kaffee zu trinken.

«Ich glaube», fuhr Wexford fort, «daß Gwen Robsons Erpressungsversuche bis zu einem gewissen Punkt erfolgreich waren, das heißt, ihre zwei weiblichen Opfer haben über Wochen oder auch Monate für ihr Schweigen bezahlt. Da es sich keineswegs um reiche Frauen handelte, konnten sie natürlich nicht viel auf einmal geben. Kommen wir jetzt zu dem bewußten Tag, zum 19. November, einem Donnerstag. Es war halb fünf Uhr nachmittags, der Zeitpunkt, an dem mehr Bürger von Kingsmarkham hier sind als zu jeder anderen Tageszeit. Gwen Robson traf um vier Uhr vierzig ein, parkte ihren Wagen im zweiten Tiefgeschoß und kam höchstwahrscheinlich auf dem gleichen Weg hierher wie wir vorhin, durch den verglasten Tunnel zur mittleren Halle. Wir wissen zwar, was sie eingekauft hat, aber nicht, in welcher Reihenfolge, und wir wissen auch nicht, wie lange sie dazwischen die Schaufenster betrachtet hat. Doch wir können vermuten, daß sie bei den *British Home Stores* begann, wo sie die Glühbirnen kaufte, und daß sie dann zu *Boots* ging, um die Zahnpasta und den Körperpuder zu besorgen. Sagen wir, daß es bis dahin etwa fünf Uhr geworden ist.

Helen Brook ist im *Demeter*, gleich hier nebenan, und kauft Ringelblumenkapseln. Sie sieht Mrs. Robson durch das Fenster und erkennt sie als die aufdringliche Gemeindeschwester, die vor einiger Zeit ihre Lebensführung kritisiert und gesagt hatte, sie hoffe, daß sie, Helen Brook, nie Kinder bekomme, weil die ja doch nur unehelich sein würden. Helen Brook hat die Absicht, sich Mrs. Robson zu zeigen und ihr zu beweisen, daß sie in Kürze ein Kind haben würde, aber ehe ihr das gelingt, setzen die Wehen ein beziehungsweise die ersten Schmerzen vor den Wehen. Sie hat bis dahin allerdings beobachtet, daß sich Mrs. Robson mit einem sehr gut angezogenen Mädchen unterhält. Wen kennen wir, der dieser Beschreibung entspricht? Lesley Arbel. Die Nichte der Robsons, Lesley Arbel, von der wir wissen, daß sie an diesem Nachmittag in Kingsmarkham gewesen ist.»

Der Kaffee kam, und mit ihm ein Stück Schwarzwälder Kirschtorte für Burden. Vermutlich aß er, um sich zu beruhigen. Nicht zum erstenmal wunderte sich Wexford über die offensichtliche Unwahrheit, welche die Experten für gesundes Essen verbreiten: daß man nämlich die Lust auf süße Sachen verliert, wenn man eine Weile nichts Süßes gegessen hat. Er wandte mit Mühe den Blick ab von dem Schokoladenkuchen, der Sahne und den Kirschen und schaute hinaus auf den Mittelgang, wo rechtzeitig zum Weihnachtseinkauf ein Unterwasser-Arrangement von bunten Scheinwerfern die Wasserstrahlen des Springbrunnens rot, blau und rosa färbten.

«Der Täter führt, wie wir annehmen, eine runde Stricknadel von größerem Kaliber mit sich», begann Wexford nach einer kurzen Pause, «das heißt, es handelt sich dabei eigentlich um einen Draht mit dickeren Spitzen an den beiden Enden. Angenommen, Mrs. Robson selbst hatte die Rundnadel besorgt, und der Mörder hat sie ihr weggenommen? Das ist natürlich möglich, und vielleicht hat sie sogar in ihrer Unschuld dem Mörder die Nadel gezeigt. Möglicherweise war sie unmittelbar vor der Begegnung mit dem gutgekleideten Mädchen in dem Woll- und Handarbeitsgeschäft. Aber warum kam Lesley Arbel überhaupt hierher, wo sie doch ihre Tante ohnehin tags darauf sehen würde? Sie wollte die Fotokopien dieser Briefe zurückhaben, begann zu bedauern, daß sie sie Gwen Robson überlassen hatte.

Lesley Arbel ist ein narzißtischer Mensch, nur mit sich beschäftigt, interessiert sich nur für ihr Aussehen und den Eindruck, den sie auf andere macht. Sie müssen mir sagen, ob das eine auf narzißtische Menschen zutreffende Beschreibung ist, Serge.»

«Sie trifft es recht gut», bestätigte Olson. «Narzißmus ist extreme Eigenliebe. Das Seelenbild ist nicht projiziert, dadurch entwickelt sich ein ziemlich primitiver Status. Ein narzißtischer Mensch hat womöglich eine frühe Phase der psychosexuellen Entwicklung ausgelassen, in der das Selbst die Rolle des Sexualobjekts spielt. Hat dieses Mädchen Freunde?»

«Wir haben nie etwas davon gehört. Die einzige Person, die sie wirklich gemocht zu haben scheint, war ihre Tante. Wie erklärt sich das, wenn man weiß, daß sie sich nicht für die anderen interessiert?»

«Die Tante ist vielleicht nur ein Spiegel. Ich meine – Sie sprechen ja von Gwen Robson, nicht wahr? –, wenn Gwen Robson wesentlich älter und längst nicht mehr so ansehenlich war wie sie, aber Lesley bewunderte, ihr schmeichelte und sie herumzeigte, war sie die einzige Art von Freundin, die Lesley ertragen konnte. Ihre Funktion bestand darin, das schmeichelhafteste Lesley-Bild wiederzugeben. Viele Mädchen stehen mit ihren Müttern in einer ähnlichen Beziehung – und wir nennen das ein *gutes* Verhältnis!»

«Genau das muß es gewesen sein», sagte Wexford. «Ich glaube außerdem, daß sie ihren Beruf liebte und schätzte und sich daher vor der Möglichkeit fürchtete, ihn zu verlieren. Nicht nur, weil heutzutage Jobs schwer zu bekommen sind, sondern sie hatte Angst davor, wenn sie bei *Kim* aus diesem speziellen Grund, diesem schweren Vertrauensbruch, ihren Job verlor, dann würde sie vermutlich auf eine schwarze Liste gesetzt werden und könnte danach auch bei anderen entsprechenden Magazinen kaum noch unterkommen – nun, soweit ich weiß, sind diese Befürchtungen durchaus gerechtfertigt. Daher wollte sie die Kopien zurückhaben, und sie wollte sichergehen, daß sie nicht inzwischen wieder kopiert worden waren.»

«Aber warum sollte sie Gwen Robson dafür töten?» fragte Olson, und die Runzeln auf seiner Stirn vertieften sich, während seine Augen blitzten.

«Es gibt keinen Grund dafür – und sie hat es ja auch nicht getan. Erst *nachdem* sie wußte, daß ihre Tante tot war, machte sie sich Sorgen wegen der Fotokopien und hat das ganze Haus auf den Kopf gestellt, um sie zurückzubekommen. Soviel wir wissen, hat Gwen Robson nicht gestrickt; es gab auch keinen Hinweis auf Selbstgestricktes in ihrem Haus. Und ich bin sicher, auch Lesley Arbel ist keine passionierte Strickerin. Also hat wohl auch keine von beiden an dem fraglichen Nachmittag eine runde Stricknadel gekauft. Lesley ist ja nicht einmal dort gewesen. Es ist wahr, was sie behauptete: Sie ist nach Kingsmarkham gefahren, und zwar aus dem Grund, den sie angegeben hat. Sie wollte sichergehen, daß sie für ihre Textverarbeitungskurs angemeldet war. Nach Auskunft der britischen Gesellschaft für Telekommunikation waren die Telefone in Sundays den ganzen Tag über außer Betrieb. Die Kabel waren vom Sturm der vergangenen Nacht beschädigt worden. Lesley konnte nicht telefonisch durchkommen, also fuhr sie mit der Bahn hierher. Das ist alles klar und vernünftig. Sie dachte nicht daran, ins Einkaufszentrum Barringdean zu gehen, sondern begab sich danach direkt wieder zum Bahnhof und war im Zug, bevor ihre Tante von zu Hause wegfuhr.»

Burden wandte ein: «Aber diese Helen Soundso hat sie doch gesehen?»

«Sie sah ein gutgekleidetes Mädchen, Mike. Dieses gutgekleidete Mädchen sprach mit Gwen Robson draußen in der Halle, vor dem Mandala, und zwar um fünf Uhr. Clifford Sanders war zu diesem Zeitpunkt in der Sitzung bei Ihnen, Serge. Wo war Dita Jago? Ich gestehe, ich war von Anfang an sehr an Dita Jago interessiert. Von allen möglichen Verdächtigen besaß sie die Tatwaffe – oder verschiedene Versionen und Variationen dieser Waffe. Sie hatte in ihrem Haus sicher ein Dutzend Rundnadeln in verschiedenen Größen, mit kleinen und großen Spitzen an den Enden. Sie ist eine ziemlich starke Frau, aber kräftig und leichtfüßig. Angenommen, sie war auch eines der Erpressungsopfer von Gwen Robson: Vielleicht wußte die Nachbarin von ihr, daß sie in Auschwitz keineswegs am leidenden Ende gestanden, um es einmal so auszudrücken, sondern in Wirklichkeit den Nazis bei ihren Untaten geholfen hatte? Wir wissen, daß ihre Tochter sie und ihre beiden Enkelkinder zum Einkaufen abgeholt hatte. Wir wissen, daß die Tochter die Mutter und die beiden kleinen Mädchen an der Bibliothek abgesetzt hat. Aber vielleicht ist das nur ein Alibi, das sich die beiden Frauen ausgedacht haben. Vielleicht fuhr Dita statt dessen mit ihrer Tochter ins Einkaufszentrum und zog es vor, im Wagen in der Parkgarage sitzen zu bleiben und auf ihre Rückkehr zu warten?»

«Wer hätte schon Lust, sich in diesem Parkhaus in den Wagen zu setzen und zu warten?»

«Oh, bei jemandem wie Dita könnte ich mir das durchaus

vorstellen, Mike, vorausgesetzt, sie hatte etwas zum Lesen oder zum Stricken dabei – beides durchaus plausible Beschäftigungen in ihrem Fall. Sagen wir, Gwen Robson trennte sich von dem gutgekleideten Mädchen, wer immer das gewesen sein mag, und betrat den Supermarkt, wo sie sich einen Einkaufswagen besorgte und dann mit dem Einkaufen begann. Nun behauptet Ihre Linda Naseem, Mike, daß sie sie um zwanzig nach fünf gesehen hat; es kann aber auch ein bißchen später gewesen sein. Wahrscheinlich war es kurz vor halb sechs. Und wieder wird Mrs. Robson beobachtet, wie sie mit einem jungen Mädchen spricht, wobei die Zeugin diesmal nur den Rücken des Mädchens sieht. Es kann das gleiche Mädchen sein, aber das steht nicht fest. Wir wissen nur, daß es sich um ein Mädchen handelte, daß sie schlank war und eine Art Hut oder Barett trug. Inzwischen ist Clifford dabei, Sie zu verlassen, Serge, um anschließend in dem in der Queen Street geparkten Wagen zu meditieren... Wenn Sie alle fertig sind, können wir bezahlen und einen kleinen Spaziergang machen? Sie haben Schokolade am Kinn, Mike.»

«Geht das auf die Steuerzahler?» fragte Olson und warf einen Blick auf den Bon.

«Warum nicht?» Wexford führte sie hinaus in die I-förmige Galleria, überquerte den breiten Mittelgang, wo die Bänke standen, und näherte sich den konzentrischen Kreisen von Blumen: heute wieder Weihnachtssterne, Kalinchoe, die Pflanze mit den fleischigen Blättern, und Weihnachtskakteen mit ihren Stacheln und den zinnoberroten Blüten.

«Das Mandala», sagte Olson. «Schizophrene und Menschen in Konfliktsituationen träumen davon. Im Sanskrit bedeutet das Wort einen Kreis. Im tibetanischen Buddhismus hat es entweder die Bedeutung eines rituellen Instruments oder Mantras.»

Wexford schaute die Blumen an und ließ Olsons Worte auf sich wirken, aber er konnte nicht umhin, ebenfalls ein Instrument zu sehen, das rund war, wenn man es entsprechend hielt, und das Gwen Robson getötet hatte. Und dann erinnerte er sich an seine Träume nach der Explosion – diese Kreisbilder voller Muster, kaleidoskopische Muster von einer extremen und strengen Symmetrie. Und es lag Trost in dem, was Olson sagte: «Seine Ordnung ist der Ausgleich für die Unordnung und die Konfusion des psychischen Zustands. Es kann den Versuch einer Selbstheilung bedeuten.»

Sie blieben vor dem Schaufenster des Wolle- und Handarbeitsgeschäfts stehen. Heute hatten sie Stramin für Stickereiarbeiten ausgestellt; die Wollstränge und die Nadeln waren verschwunden.

«Machen Sie weiter, Reg», sagte Olson.

«Gwen Robson spricht also mit dem Mädchen, das diesen Hut oder das Barett aufhat, packt ihre Einkäufe in die große Tüte, die sie bei *BHS* bekommen hat, und verläßt das Einkaufszentrum über den direkten Ausgang von *Tesco*, so daß sie etwa zweihundert Meter von der verglasten Passage entfernt herauskommt. Sie geht über den oberen Parkplatz, hat wahrscheinlich ihren Einkaufsbeutel in einen Wagen gestellt, den sie danach auf der Abstellfläche neben der Lifttür stehenläßt, fährt dann hinunter in die zweite Ebene der Parkgarage. Dort parken noch viele Wagen; es ist höchstens fünf Uhr vierzig.

Dita Jago, die im Wagen ihrer Tochter sitzt und strickt, sieht sie hereinkommen und erkennt ihre Chance. Sie zieht die Rundnadel aus ihrer Strickerei, verläßt den Wagen, nähert sich, leichtfüßig wie sie ist, Gwen Robson von hinten, und als Gwen Robson die Tür des Escort aufsperren will, erdrosselt sie sie mit ihrer äußerst wirkungsvollen Garrotte.»

«Glauben Sie wirklich, daß es so gewesen ist?» fragte Burden, während sie den Supermarkt *Tesco* betraten. Er nahm sich einen Drahtkorb, wie immer in Selbstbedienungsläden, weil er ohne Korb dort stets das unangenehme Gefühl hatte, etwas zu tun, was vielleicht nicht illegal, aber verdächtig war und den Ladendetektiv auf den Gedanken bringen konnte, daß er etwas im Schilde führte. Er nahm sich sogar eine Spraydose Schuhpolitur aus dem Regal. «Glauben Sie wirklich, daß sie unser Täter ist?»

«Sie zerstören die Ozonschicht», sagte Wexford. «Sie sind schuld, wenn die Erde demnächst von einer schwarzen Dunstglocke bedeckt sein wird, und das alles nur wegen Ihrer glänzenden Schuhe, Sie Narziß! – Nein, ich nehme nicht an, daß Dita unser Täter ist; ich weiß sogar, daß sie es nicht sein kann. Die Bibliothekarin der Zweigstelle der öffentlichen Bibliothek in der High Street erinnert sich nämlich, daß sie mit den zwei kleinen Mädchen von etwa zehn vor fünf bis halb sechs dort gewesen ist. Danach wurden alle drei von ihrer Tochter abgeholt. Sie hat, wie wir jetzt wissen, für das Buch, das sie schreibt, ein paar Fakten nachgeschlagen. Die Bibliothekarin erinnert sich so genau an sie, weil die kleinen Mädchen die Großmutter immer wieder fragten, ob es denn schon halb sechs sei, und dann fragten sie auch andere Leute, und die Bibliothekarin mußte einige Tricks anwenden, um sie zum Schweigen zu bringen. Dita Jago lieh sich drei Bücher aus, und diese Daten finden sich im Computer der Bibliothek.»

Burden ging mit seiner Spraydose zur Kasse von Linda Naseem. Wenn sie ihn erkannte, ließ sie es sich nicht anmerken, aber als sie durch waren, schaute er sich noch einmal um und sah, wie sie mit dem Mädchen an der nächsten Kasse flüsterte. Die Türen des Hauptausgangs glitten auf und ließen sie in die Sonne hinaustreten. Dort gab es eine Bank, gleich hinter den Türen, mit einem Grasstreifen, der das Einkaufszentrum vom oberirdischen Parkplatz trennte. Wexford setzte sich in die Mitte der Bank, Olson nahm links von ihm Platz, und Burden – nachdem er seinen Einkauf überprüft und das Etikett gelesen hatte, um festzustellen, ob Wexford recht hatte – setzte sich auf die rechte Seite der Bank.

Wexford sagte: «Kommen wir auf diese Briefe zurück. Ich war mir natürlich darüber im klaren, daß diese Briefe außerhalb des Üblichen liegen mußten, daß es also darin nicht um Klagen wie ‹Mein Freund möchte immer, daß wir schon vor der Hochzeit aufs Ganze gehen› und ähnliches handeln konnte. Sie mußten zu der Kategorie gehören, wie sie von *Kim* auch heutzutage nicht gedruckt wurden. Die Assistentin der Kummertante hat mir ein Beispiel dafür genannt: Da wollte zum Beispiel jemand wissen, wie hoch der Eiweißgehalt im männlichen Samen sei.»

«Das ist nicht Ihr Ernst!» entsetzte sich Burden. «Das haben Sie sich zum Spaß ausgedacht.»

«Ich wollte, ich hätte soviel Phantasie, Mike.» Wexford grinste. «Aber eines konnte ich nicht verstehen – wohin die Kopien der Briefe verschwunden waren. Der Täter hatte sie aus Gwen Robsons Handtasche genommen, das erschien naheliegend. Den Brief, den der Mörder selbst geschrieben hatte, und den anderen. Eine der Verfasserinnen war Margaret Carroll, aber die wurde von Gwen Robson nie erpreßt; sie hatte nichts über sie, das eine Erpressung ermöglicht hätte. Kommen wir also zu der anderen.

Meine Tochter Sylvia hat mir die Nummern von *Kim* aus den letzten vier Jahren besorgt, also etwa zweihundert Ausgaben. Als ich die Seiten mit der Kummertante durchsah, habe ich nicht nach einem Brief Ausschau gehalten. Ich suchte nach einer Antwort, weil ich fast gegen alle Hoffnung gehofft hatte, daß es sich dabei um eine Anfrage handelte, die nicht gedruckt werden konnte, weil sie zu – ja, was würde sie sein? Obszön, unanständig? Wohl kaum. Zu offen, zu enthüllend, um für einen Abdruck geeignet zu sein. Aber ich rechnete damit, daß die Antwort der Kummertante in dem Blatt unter einer Überschrift erscheinen würde, die genügend Informationen lieferte, um einen Rückschluß auf den Schreiber des Briefs zuzulassen.

Nun gibt es häufige Initialen und andere, die recht ungewöhnlich sind. Ich würde sagen, die meinen, R. W., kommen ziemlich häufig vor, und auch die Ihren, Mike – M. B. Das gilt erst recht für Ihre Frau und Ihren älteren Sohn, die beide die Initialen J. B. haben. ‹J. B., Kingsmarkham›, würde zum Beispiel nicht viel besagen. Ihre Initialen, Serge, sind da schon wesentlich ungewöhnlicher: S. O. ist eine Kombination, die vermutlich eher selten vorkommt. Und die Kombination, nach der ich suchte, war eher noch seltener. Nun – ich habe sie gefunden. Sehen Sie sich das hier an.»

Er hatte die entsprechende Seite aus *Kim* fotokopiert und gab jetzt Burden das Original und Olson die Kopie.

Burden las laut: «‹An N. Q., Sussex: Ich kann Ihr Dilemma verstehen und nachfühlen. Sie befinden sich zweifellos in einer schwierigen und möglicherweise tragischen Situation. Aber wenn auch nur die leiseste Möglichkeit besteht, daß der Mann, den Sie erwähnen, Träger des AIDS-Virus sein könnte, müssen Sie sich unbedingt und umgehend an einen Arzt Ihres Vertrauens wenden. Die Tests werden mühelos und rasch durchgeführt, und damit können Sie sich ein für allemal beruhigen. Es hat keinen Sinn, daß Sie sich schämen und Schuld empfinden, doch Sie sollten sich klarmachen, daß Sie durch weiteres Abwarten Ihren Mann, Ihre Ehe und Ihr Familienleben in Gefahr bringen. Sandra Dale.›»

«Nina Quincy?» fragte Burden, als er zu Ende gelesen hatte. «Die Tochter von Mrs. Jago?»

«Lesley Arbel hat den Brief, der nicht abgedruckt werden konnte, fotokopiert und ihn Gwen Robson gezeigt. Natürlich standen der volle Name und die Adresse darauf. Und Gwen Robson wußte sofort, von wem er war; sie hatte Nina Quincy bei Mrs. Jago kennengelernt, als sie zwei Leute suchte, die das Testament von Eric Swallow bezeugen würden. Mrs. Jago hatte sie mit ihr bekannt gemacht, und dabei war ihr der ungewöhnliche Name aufgefallen. Nina Quincy lebt in einem großen Haus in der Down Road, sie hat ihren eigenen Wagen. Für jemanden wie Gwen war sie reich und ein ideales Erpressungsopfer.

Ich glaube, daß sie eine Zeitlang die geforderten Summen bezahlt hat. Sie arbeitet halbtags, und es ist durchaus denkbar, daß sie ein paar Wochen lang einen beträchtlichen Teil ihres Verdienstes an Gwen abgeliefert hat. Verstehen Sie, sie muß sich furchtbare Sorgen gemacht haben. Stellen Sie sich die Situation vor: Ihr Mann war auf Geschäftsreise, und sie war zu einer Party gegangen, hatte zuviel getrunken und die Nacht mit einem Mann verbracht, von dem sie nachher erfuhr, daß er bisexuell war und mit jemandem zusammenlebte, der an AIDS erkrankt war. Sie hatte Angst davor, zu einem Arzt zu gehen, vor allem, da ihr Mann zu der Zeit, als sie das herausfand, mehrere Wochen zu Hause war und sie das normale Sexualleben führten. So nehme ich das jedenfalls an. Ich habe den Brief nicht gesehen, weil die Kopie davon nicht mehr existiert, und bei *Kim*, wo man angeblich alle Briefe, die dort eintreffen, drei Jahre lang aufbewahrt, war weder dieser noch der Brief von Mrs. Carroll zu finden.

Kommen wir nun zum 19. November. Nina Quincy, die noch immer keinen Arzt aufgesucht oder etwas davon ihrem Mann gesagt hatte, obwohl die Antwort in *Kim* schon in der Mai-Nummer erschienen war, fuhr wie üblich zum Einkaufszentrum Barringdean, nachdem sie ihre Mutter und die beiden Kinder an der Bibliothek abgesetzt hatte, und traf demnach etwa um fünf vor fünf hier ein. Als erstes ging sie in das Handarbeitsgeschäft, wo sie den ersten Posten auf der Einkaufsliste ihrer Mutter besorgte: eine Rundstricknadel Nummer acht – das ist eine bestimmte Länge mit Kunststoff überzogener Draht, der auf beiden Seiten in dicken, kurzen Stricknadeln endet. Ich nehme an, daß sie solche oder ähnliche Nadeln auch früher schon öfters für ihre Mutter besorgt hatte.

Nachdem sie aus dem Laden gekommen war, hatte sie Gwen Robson am Mandala getroffen. Es war nicht sehr schlau von uns, davon auszugehen, daß jemand, der von Helen Brooks als auffallend gut gekleidet beschrieben wurde, auch nach unseren Begriffen für gut gekleidet gilt – zumindest, was Mike und mich, zwei sehr konventionelle Polizeibeamte, betrifft. So hätte Helen Brook zum Beispiel über Lesley Arbels enge, lange Röcke und die hohen Stöckelschuhe die Nase gerümpft. Aber Nina Quincy war so gekleidet, wie es dem Ideal von Helen entsprach: aufwendige Stricksachen, ein apart gemustertes Barett, das Haar offen, sicher auch ein bunt eingefaßter Schal, ein rustikaler Rock, Jacquardstrümpfe. Sie erkennen, daß ich meine Hausarbeiten gemacht habe, um die richtigen Begriffe kennenzulernen. Das jedenfalls gilt nach den Vorstellungen von Ashtoreths Mutter als gut gekleidet. Was aber mochte Nina Quincy zu Gwen Robson gesagt haben? Ich nehme an, sie hat sie angefleht, kein Geld mehr von ihr zu verlangen. Vermutlich hat sie ihr gesagt, daß sie die Summe, die die Robson forderte, keineswegs mehr aufbringen könne – waren es fünfzig Pfund die Woche, waren es mehr? Und wir müssen annehmen, daß Gwen Robson keinerlei Erbarmen zeigte, sondern ihr in etwa entgegnete, daß sie das Geld notwendiger brauchte als Nina, und vielleicht auch, daß Nina eben nicht das hätte tun dürfen, was sie getan hatte, wenn sie danach nicht dafür bezahlen wollte. Sie war in dieser Hinsicht ein überaus selbstgerechter Typ von Frau, diese Gwen Robson…

Wenn wir uns genug gesonnt haben, können wir ja noch einen Blick auf den gestifteten Weihnachtsbaum werfen und sehen, ob er so schön ist wie der unsrige – und danach sollten wir uns noch einmal in den Untergrund begeben.»

«Wollen Sie uns damit andeuten», sagte Olson, «daß Nina ihr gefolgt ist, während sie zum Einkaufen ging? Aber das klingt grotesk!»

«Nicht unbedingt; es kann ja sein, daß sie sich erst wieder getroffen haben, nachdem Gwen Robson die Kasse hinter sich hatte. Immerhin, wie groß ihre Probleme auch sein mochten, so führte Nina ja immerhin ein Leben als Hausfrau und Mutter; wahrscheinlich hat sie selbst dort eingekauft, für sich und für Dita Jago. Sie mußte einkaufen, wenn sie ihre Mutter und die beiden Töchter um halb sechs an der Bibliothek abholen wollte. Also sagen wir, die beiden Frauen sind sich hinter den Kassen noch einmal begegnet, und es fand ein weiterer Wortwechsel statt, wobei Linda Naseem von Nina mit ihrem Barett nur den Rücken sehen konnte. Aber sie verließen den Supermarkt nacheinander und trafen sich erst unten in der Parkgarage wieder – zum drittenmal an diesem Nachmittag. – Diese weißen Kerzen wirken ein bißchen nüchtern, finden Sie nicht? Mir gefällt unser Regenbogen-Effekt besser.»

Die drei standen unter der deutschen Tanne, die sich bis in eine Höhe von etwa zehn Metern erhob. Unten am Stamm war ein Schild angebracht mit der frohen Botschaft, daß der Weihnachtsmann vom Dienstag, dem 22. Dezember, an täglich die Kinder hier im Einkaufszentrum treffen würde. Das erinnerte Wexford an das Datum dieses Tages, eine Woche vor dem 22., und damit drängte in seinen Gedanken Sheilas Auftritt bei Gericht in den Vordergrund. Sie hatte vermutlich schon vor einigen Stunden den Gerichtssaal verlassen, und die wartenden Fotografen und Fernsehkameras waren längst wieder anderswo im Einsatz. Inzwischen mußte die Nachricht bereits in den Zeitungen stehen. Und sie würde keine Hand zornig nach den Objektiven ausgestreckt, den Kopf abgewendet oder den Mantel hochgezogen haben, um nicht erkannt zu werden. Im Gegenteil, sie wollte gesehen und erkannt werden, wollte, daß es die ganze Nation erfuhr... Jetzt schaltete er um, wie das nur der Mensch mit seinen bemerkenswerten Gedankenprozessen zuwege bringt, als ob er einen Schalter betätigte und ein anderes Bild an die Stelle des vorherigen träte, vielleicht auch wie ein Kaleidoskop, das geschüttelt wurde. Während ihm die anderen folgten, trat er in den Schatten und in die Kühle der verglasten Passage.

«Wir können nicht genau sagen, was als nächstes geschah», sagte er, «aber Nina Quincy – nachdem sie die Angelegenheit schließlich doch noch bereinigt und die Initiative ergriffen hatte, was ihr vielleicht sogar Erleichterung verschaffte – war in ihren Wagen gestiegen und davongefahren. Sie holte ihre Mutter und die Kinder ab und brachte sie nach Hause. Die Erpressung war beendet; Gwen Robson würde sie nie mehr belästigen. Aber nun gab es noch etwas, was sie hinter sich bringen mußte. Nachdem die eine Bedrohung vorüber war, entschloß sie sich, zum Arzt zu gehen und diesen Test machen zu lassen.

Sie tat es auch, und der Test war negativ. Jetzt hatte sie nichts mehr zu befürchten, aber sie wußte, daß ihr Mann ihr den Seitensprung nie verzeihen würde. Doch als er ihr dann einen ähnlichen Fehltritt gestand, den er auf einer Geschäftsreise in Amerika begangen hatte, erzählte sie ihm törichterweise die ganze Geschichte – und das hatte zur Folge, daß er sie verließ.»

Jenseits der offenen Türen des Fußgängerausgangs, drüben in der Pomeroy Street, saß Archie Greaves an seinem Panoramafenster. Wexford hob grüßend die Hand, obwohl er sicher war, daß ihn der Alte nicht sehen und erst recht nicht erkennen würde. Aber hinter dem Fenster wurde freundlich gewinkt, ein Gruß, den Archie für jeden Käufer im Einkaufszentrum Barringdean bereithielt, der ihm zuwinkte. Sie betraten den Lift und verließen ihn in der zweiten Parkebene. Ein

Wagen brauste zu schnell an ihnen vorbei und spritzte Öl aus einer Pfütze – natürlich ein roter Wagen.

«Sie haben vergessen zu erwähnen, daß sie die Briefkopien aus der Tasche von Mrs. Robson genommen hatte», sagte Burden.

«Sie hat sie nicht herausgenommen.»

«Aber jemand –»

«Sobald sie ihren Entschluß gefaßt hatte, brauchte sie den Brief nicht mehr zu fürchten. Sie hatte Gwen Robson bereits oben im Einkaufszentrum gesagt, daß sie sich entschlossen hatte, zum Arzt zu gehen und ihrem Mann alles zu gestehen.»

Da, wo der Escort der Robsons gestanden hatte, war jetzt eine Lücke, und auch der ehemalige Platz des blauen Lancia war frei. Burden stellte sich zwischen die beiden und streckte die Arme auf dramatische Weise aus, einen Fuß auf der rechten und einen auf der linken Seite der weißen Markierungslinie. Und mit einer Stimme, die schrill war vor Aufregung und Verwirrung, wollte er wissen, warum Nina Quincy dann überhaupt Mrs. Robson ermordet hatte.

EINUNDZWANZIG

Sie standen eine Weile an der Stelle, wo Gwen Robson gestorben war.

«Wissen Sie, Mike», sagte Wexford, «ich glaube nicht, daß wir bisher genügend in Betracht gezogen haben, was das für ein scheußliches Verbrechen war. Wir haben es akzeptiert, ohne es in Beziehungen, in eine Perspektive zu setzen. Nur wenige Menschen sind imstande, ein solches Verbrechen zu begehen. Was denn: sich einer Frau von hinten zu nähern, oder auch von vorn, Auge in Auge, und sie mit einem Draht zu garrottieren? Stellen Sie sich die Scheußlichkeit genau vor, das hilflose Zappeln des Opfers, das sich wehrt... Wer außer einem jener Psychopathen, auf die Sie so scharf sind, könnte das ertragen?»

«Ich muß zugeben», warf Olson ein, «ich hätte nicht angenommen, daß eine so – nun ja, einigermaßen behütete junge Frau aus der Mittelschicht wie Nina Quincy mit einem ganz normalen Lebenswandel dazu fähig wäre. Aber ich bin kein Polizist, ich weiß nicht viel davon. Die Affektpsychose mag gegeben sein, doch eine junge Mutter mit zwei kleinen Mädchen... Ich muß sagen, das wäre so ziemlich die letzte Kategorie, auf die ich bei so einem Verbrechen kommen würde. In meiner Branche, meine ich.»

«Und in meiner auch», fügte Wexford hinzu. «Als ich sagte, daß Nina Quincy sich erleichtert fühlte, weil sie gehandelt hatte, meinte ich nur, daß sie weitere Erpressungsversuche von Gwen Robson abgewehrt und sich entschlossen hatte, medizinische Hilfe in Anspruch zu nehmen. Außerdem hatte sie sich vorgenommen, ihrem Mann ein Geständnis abzulegen. Natürlich hat sie Gwen Robson nicht getötet, auch wenn ich vermute, daß sie manchmal den Wunsch dazu verspürte. Nein, wirklich getötet hat sie sie nicht. Um nicht allzu lange nach halb sechs in der High Street vor der Bibliothek sein zu können, mußte sie spätestens um fünf vor halb das Einkaufszentrum Barringdean verlassen haben, und wir wissen, daß Gwen Robson frühestens um siebzehn Uhr fünfunddreißig gestorben sein kann.»

Der scharfe Benzingestank veranlaßte Wexdorf, die Nase zu rümpfen. «Wenn wir unseren Lungen etwas Gutes tun wollen, sollten wir wieder in den Wagen einsteigen», sagte er. «Und bevor wir die nächste Folge von Ereignissen betrachten, müssen wir uns mit dem Ehepaar Roy und Margaret Carroll befassen. Wir wissen ja bereits, daß die Verfasserin des anderen Briefes Margaret Carroll war – eine Frau mit Sozialbewußtsein, die sich sehr erregte, als sie dahinterkam, daß ihre Nachbarin die Gewohnheit hatte, ihren kleinen Jungen dadurch zu bestrafen, daß sie ihn in kalte, dunkle Mansarden einsperrte.»

«Wissen Sie, wer die beiden sind?» wandte sich Burden an Olson. «Nachbarn von Clifford und Dodo Sanders. Haben Sie schon von Ihnen gehört?»

«Clifford hat die Frau erwähnt», sagte Olson behutsam. «Er

erzählte mir, diese Mrs. Carroll habe seiner Mutter einmal gedroht, sie bei der Kinderschutzbehörde anzuzeigen.»

«Das stimmt. Und sie machte sich auch Gedanken um einen anderen Aspekt im Leben der Sanders', obwohl ihr Verdacht erst im vergangenen Sommer geweckt wurde. Seltsam, nicht wahr, wie eruptionsartig sich alle diese Dinge im letzten Frühling und Frühsommer entwickelten, beginnend in den Monaten Mai und Juni. Ich nehme an, Mrs. Carroll hatte es nicht ganz leicht mit einem Mann, den man durchaus als brutalen Kerl bezeichnen könnte. Gestern abend ist er mit einer Zwölfer-Schrotflinte auf uns losgegangen. Hat Mike Ihnen das berichtet?»

Olson zog seine braunen, buschigen Augenbrauen hoch. «Wo ist er denn jetzt?»

«In polizeilichem Gewahrsam, wo er eine Weile bleiben wird, wie ich hoffe.»

«Und die Frau, was ist mit ihr geschehen?»

«Sie hat ihren Mann im vergangenen Jahr verlassen – auch etwas, was zu dieser Zeit geschah, ich nehme an, im Juni. Ein Wunder, daß sie diesen Schritt nicht schon Jahre zuvor getan hatte. Aber nein, ich täusche Sie, wenn ich das sage, und das ist nicht meine Absicht. Ich sage besser, es schien, als ob sie ihn verlassen hätte; jedenfalls ist sie zu diesem Zeitpunkt verschwunden. Clifford nimmt an, daß sie einen Freund gefunden hatte, einen anderen Mann, und Carroll macht den Eindruck, als glaube er das auch. Ich dagegen bin der Meinung, daß Margaret Carroll tot ist, genau wie Charles Sanders. Der allerdings ist vermutlich wesentlich früher ums Leben gekommen, ein Jahr, nachdem Roy Carroll und seine Frau auf die Ash Lodge Farm gezogen waren. Deshalb ist er nie zurückgekommen, um seinen kleinen Jungen zu sehen, deshalb hat er scheinbar seine alte Mutter im Stich gelassen, deshalb hat er nichts zur Unterstützung seines Sohns beigetragen, deshalb war seine Frau gezwungen, von dem zu leben, was sie von ihrem gemeinsamen Konto abhob – ein Konto, das zwar ständig, aber bescheiden aus einigen Vermögensanlagen von Charles Sanders gespeist wurde –, und deshalb ist es Mike auch nicht gelungen, seine Spur aufzunehmen.

Ich schlage vor, wir fahren zurück auf die Wache; unsere Erinnerung an den Tatort haben wir aufgefrischt, und was wir gesehen haben, können wir vor unserem inneren Auge abrufen.»

Burden stieß zurück und kurvte dann langsam auf die nach oben führende Rampe zu. «Ist es das, was unsere Leute oben in der Ash Lane machen – suchen sie nach der Leiche von Charles Sanders?»

«Sagen wir nach dem, was davon übriggeblieben ist, Mike. Seit seinem Tod sind immerhin achtzehn Jahre vergangen – viel wird nicht mehr zu finden sein. Und, ehrlich gesagt, ich habe keine Ahnung, wo wir die Suche nach Mrs. Carroll beginnen sollen, aber es gibt so einige Möglichkeiten.

Wie ich sagte, Mrs. Carroll vermutete, daß Sanders tot war, als sie ihre Zweigstelle der Midland Bank besuchte und sah, wie Dorothy Sanders einen Scheck auf das gemeinsame Konto ausstellte. Sie stand neben ihr und schaute ihr ohne böse Absicht über die Schulter. Jedenfalls nehme ich an, daß es so gewesen ist; ich kann da nur raten. Aber fielen dadurch für Mrs. Carroll nicht zugleich einige andere Steinchen dieses Puzzles an die richtige Stelle? Der plötzliche und unerwartete Tod des Vaters von Charles Sanders? Dieser Tod, dem das Verschwinden von Charles unmittelbar folgte? Vielleicht die Erinnerung daran, daß man bald danach insgeheim irgendwo in der Gegend gegraben hatte? Es reichte nicht aus, um zur Polizei zu gehen, oder vielleicht brachte sie es nicht über sich, einen so ungeheuren Schritt zu tun. Ein Jammer, daß sie es nicht getan hat; sie könnte heute noch am Leben sein.»

Als der Wagen in die High Street einbog, erinnerte Wexford irgend etwas an Sheila und an die Ereignisse des Tages. Sicherlich hatte sie selbst oder ein Beauftragter Dora inzwischen angerufen. Was mit ihr geschehen war – einen Bericht der Ereignisse mit Fotos –, würde in den Abendzeitungen zu lesen sein. Die mußten inzwischen im Handel sein: die Londoner Abendausgaben wurden in Kingsmarkham meistens ab drei Uhr nachmittags verkauft, und jetzt war es fast vier. Die Sonne sank schon und färbte den Himmel golden – ein Gold, das bald zu einem zarten Rosa werden würde, dann zum Purpur der Dämmerung. Er sah einen Zeitungsaushänger an einem Verkaufskasten, mit einer Schlagzeile über atomare Abrüstungsverhandlungen, und fühlte lächerliche Erleichterung, weil er nicht Sheilas Namen darauf sah. Als ob Sheilas Auftritt vor Gericht und ihr Schicksal unbedingt eine Sache für die Titelseite gewesen wären!

«Mike», sagte er, «bitte halten Sie bei einer der Parkuhren in der Queen Street. Ich muß mir eine Zeitung besorgen.»

Ihr Gesicht blickte ihn an, umgeben von Druckerschwärze, und sie lächelte nicht, hob auch nicht die Hand, um in die Kameras zu winken. Sie wirkte verängstigt; ihr Ausdruck war ernst, ihre Augen waren sehr groß. Sie kam aus dem Gerichtsgebäude, und auch ohne die Unterschrift brauchte man nicht das Wissen eines Polizeibeamten, um zu erkennen, wohin sie ging und mit wem. Er konnte nicht umhin, die Schlagzeile zu lesen, obwohl er sich dazu zwang, weitere Einzelheiten für zu Hause aufzusparen: SHEILA GEHT INS GEFÄNGNIS stand da, und STAR VON ‹LADY AUDLEY:› EINE WOCHE HAFT.

Der Mann in dem Kiosk, ein unverbindlicher, freundlicher Inder, lächelte geduldig über den anscheinend ziemlich vertrottelten Kunden, der nicht wußte, daß man eine Abendzeitung auch bezahlen mußte. Er hüstelte diskret. Wexford legte zwei Zehn-Pence-Stücke auf die Theke und stopfte sich die Zeitung ungeschickt in die Manteltasche.

Olson und Burden waren ausgestiegen und standen vor dem Friseursalon *Pelage*.

«Kommen Sie rauf zu mir», bot Olson an. «Ich mache Ihnen eine Tasse Tee.»

Das enge Treppenhaus erinnerte ein wenig an die Dachbodentreppe in der Ash Farm, dachte Burden. Aber im Vergleich dazu hatte sie etwas Heimeliges, Gemütliches, etwas Normales trotz der Verrücktheiten, die sie oben erwarteten. Er erinnerte sich, wie ihm das bedrohlich vorgekommen war, und fragte sich warum. Was hatte er damals bloß gedacht? Er war seitdem selbst ein Therapeut geworden – mit verheerenden Ergebnissen. Seine eigene, manchmal schüchterne Psyche schien plötzlich nicht mehr so wichtig zu sein. Wexford, der nie zuvor hiergewesen war, sah das Plakat mit dem Globus, den zerstörten Kontinenten und Einsteins drohenden Worten, und das erinnerte ihn wieder an Sheilas Schicksal, so daß er regelrecht zusammenzuckte. Er fragte sich, ob die anderen es bemerkt hatten, glaubte es aber nicht, und wennschon – na und? Olson schaufelte löffelweise Pulver, das «Instant-Tee» hieß, in eine Kanne. Und Wexford mußte innerlich lachen, weil er sich darüber aufregte, sich um trivialste Dinge kümmerte inmitten dieses... inmitten all dieser Ereignisse. Er sagte:

«Dank der Bänder, die Sie aufgenommen haben, Mike, weiß ich genau, was Clifford Ihnen gesagt hat. Ob die Bänder vor Gericht verwendet werden können und ob es korrekt war, sie aufzunehmen, tut nichts zur Sache. Clifford sagte, er habe gehofft, daß seine Mutter und Roy Carroll zusammenkommen, ja, vielleicht sogar heiraten würden, und er sagte Ihnen, daß alle Informationen über den angeblichen Liebhaber Margaret Carrolls von Dorothy Sanders stammten. Immerhin konnte Dorothy Sanders, die Nachbarin, sehen, wer die Ash Lodge Farm besuchte, während Carroll auf dem Feld arbeitete, und vielleicht auch, mit wem sie sich traf, wenn sie einmal ausging. Das jedenfalls konnte sie Carroll glaubhaft machen.

Roy Carroll ist ein eifersüchtiger, besitzgieriger Mann. Dorothy Sanders hatte seine Eifersucht entfacht und seinen Stolz auf furchtbare Weise getroffen, aber sie mußte es tun, um ihrer selbst willen. Clifford täuschte sich nämlich, wenn er glaubte, daß Carroll etwas für seine Mutter übrig hatte und sich in ihrer Gesellschaft wohl fühlte; er wollte ihr nur so viele Informationen wie möglich über die Untreue seiner Frau entlocken. Als seine Frau dann verschwand, glaubte er zu wissen, warum und mit wem, aber er wollte vor allem vermeiden, daß es bekannt wurde. Deshalb hat er sie nie als vermißt gemeldet, obwohl sie ja bereits im vergangenen Juni verschwunden ist. Er zog es vor, ihr Verschwinden im dunkeln zu lassen, aber wenn jemand anders die Vermutung äußerte, seine Frau könnte irgendwo bei einem anderen Mann leben, fuhr er vor Zorn aus der Haut.»

Burden trank genießerisch seinen Tee, als wäre er aus erlesenen Teeblättern aufgebrüht, in einer angewärmten Kanne, und als stammte die Sahne frisch von der Kuh. «Also hat nicht Carroll sie umgebracht?.»

«Es gab einen einzigen Menschen in diesem Fall, der in der Lage war, all diese Verbrechen zu begehen, und diese Person können wir nicht mehr dafür belangen. Die Vergeltung, wenn Sie so wollen, oder der Zufall – oder das Pech hat sie ereilt. Nur Dorothy Sanders war imstande, ihren Mann zu töten, ihrem Kind den Vater zu nehmen und einer Mutter den Sohn. Nur Dorothy Sanders konnte sich ihrem Opfer von hinten genähert und es mit einem Stück Draht garrottiert haben.

Hier ist der Brief, den Margaret Carroll im vergangenen Frühjahr an *Kim* geschrieben hat», fuhr Wexford fort und reichte Burden die Fotokopie. «Ich bin gestern abend noch einmal zur Ash Farm gefahren und habe ihn gefunden, in einem der Fotorahmen, die oben in der Mansarde herumlagen. Das Foto selbst zeigt übrigens eine Familie, vermutlich Charles und seine Eltern. Ich frage mich, warum sie den Brief nicht verbrannt hat. Vielleicht, weil ihr etwas, wofür sie immerhin gemordet hatte, wertvoll erschien? Oder weil sie es eines Tages Clifford oder Carroll zeigen wollte, um sich zu rechtfertigen? Wir werden es nie erfahren. Das Original wäre bei *Kim* drei Jahre lang aufbewahrt worden, doch das hat Lesley Arbel verhindert, als es ihr nicht gelang, die Kopie zu finden. Sie hat beide Briefe vernichtet, sobald sie nach ihrem Computerkurs nach London zurückgekommen war.»

Und dann las Burden laut vor:

«Liebe Sandra Dale, ich befinde mich in einem furchtbaren Zwiespalt und weiß nicht, was ich tun soll. Es macht mir solche Sorgen, daß ich nachts nicht mehr schlafen kann. Ich habe allen Grund zu der Annahme, daß eine meiner Nachbarinnen vor fast zwanzig jahren eine ihr nahestehende Person getötet hat. Bei dieser Person handelte es sich um ihren Ehemann. Ich will nicht ausführlich erklären, warum ich erst nach so langer Zeit auf diesen Verdacht gekommen bin, aber neue Beweise, die ich erhalten habe, erinnerten mich an gewisse verdächtige

Ereignisse, die vor langer Zeit geschehen sind. Auch ihr Schwiegervater starb unvermutet, und er war ein kräftiger Mann gewesen und noch nicht alt. Mein Mann hat eine Abneigung gegen die Polizei und wäre sehr ungehalten, wenn die Polizei zu uns käme, um mich zu vernehmen und so weiter. Ich kann hier natürlich keine Namen nennen. Ich habe Monate gebraucht, um mir ein Herz zu fassen und diesen Brief zu schreiben. Und ich wäre Ihnen für Ihren Rat sehr dankbar...» Er schaute Wexford an. «Hat diese Sandra Dale geantwortet?»

«O ja. Sie konnte den Brief natürlich nicht veröffentlichen, und die Antwort auch nicht. Aber sie schrieb umgehend zurück und riet Margaret Carroll, sofort zur Polizei zu gehen und keine Zeit zu vergeuden. Margaret Carroll ist jedoch nicht zur Polizei gegangen, wahrscheinlich, weil sie zuviel Angst vor ihrem Mann hatte. Und inzwischen war Gwen Robson über Lesley an den Brief gekommen.»

Olson warf ein: «Aber warum hat sie gewußt, wen Margaret Carroll mit ihrer ‹Nachbarin› meinte?»

«Nun, Gwen Robson war eine Frau aus Kingsmarkham: Sie kannte die Gegend und wußte, daß Mrs. Carroll nur einen Nachbarn hatte. Vermutlich erinnerte sie sich an Clifford aus ihren Tagen bei Miss McPhail. Jedenfalls ist sie zur Ash Farm gefahren und hat von Dorothy Sanders Geld gefordert – wöchentliche oder monatliche Zahlungen, so wie es ihr recht war; sie hatte nichts gegen Ratenzahlungen – dafür, daß sie nicht zur Polizei ging und den Inhalt des Briefes bekannt machte. Mittlerweile erpreßte sie Nina Quincy mit Erfolg und legte das Geld beiseite für die teure Operation ihres Mannes.

An Margaret Carroll war Gwen Robson nicht gelegen. Es hätte nicht einmal ihr Interesse geweckt, wenn sie gewußt hätte, daß Margaret Carroll verschwunden war, kurz nachdem Dorothy Sanders ihre erste Zahlung geleistet hatte. Im Gegenteil, es lag sehr in ihrem Interesse, wenn sie sich von Mrs. Carroll fernhielt, die, wenn sie geahnt hätte, was da vor sich ging, vermutlich doch noch dazu bewegt worden wäre, zu uns zu kommen – womit sie sich wahrscheinlich das Leben gerettet und zugleich eine von Gwen Robsons Gänsen getötet hätte, welche ihr die goldenen Eier legten. Immerhin, Dorothy Sanders leistete auch so keine zweite Zahlung. Sie wurde dazu aufgefordert, als Gwen Robson sie durch Zufall an dem bewußten Donnerstagnachmittag im Einkaufszentrum Barringdean traf – doch Dodo sorgte dafür, daß es nicht mehr dazu kam.»

Burden wandte ein: «Sagten Sie nicht, Sie hätten sie auf den Parkplatz herauskommen sehen, als Sie selbst gerade wegfuhren, um zehn nach sechs? Gwen Robson war spätestens um fünf vor sechs tot.»

«Ich sah sie *das zweite Mal* herauskommen, Mike. Sie war zuvor schon einmal unten gewesen.»

«Sie ist zurückgegangen?» fragte Olson. «Nachdem sie den Mord begangen hatte? Warum lief sie nicht einfach weg, warum ging sie nicht nach Hause – irgend etwas?»

«Sie war nicht wie die anderen Menschen, das haben wir ja bereits festgestellt. Sie reagierte anders und kannte keine Emotionen. So jedenfalls scheint es sich aus meiner Sicht ereignet zu haben, und ich glaube, genauer werden wir es nicht erfahren. Erstens: Es war Dorothy Sanders, die Linda Naseem im Gespräch mit Gwen Robson gesehen hatte. Sie hatte die Figur eines jungen Mädchens, darüber haben wir auch bereits gesprochen, von hinten sah sie wie ein junges Mädchen aus, solange man ihr Gesicht und ihr Haar nicht sah. Entweder sie ging mit Gwen Robson hinunter in die Parkgarage, vielleicht im Streit, vielleicht unter Drohungen, vielleicht bittend, die andere möge sie in Ruhe lassen – oder sie ist ihr gefolgt. Ich neige zu der zweiten Möglichkeit und nehme an, daß sie ihr gefolgt ist. Doch bis dahin – es war etwa halb sechs – war sie noch nicht mit dem Einkaufen fertig.

Man kann davon ausgehen, daß die beiden die Parkgarage ungefähr zur selben Zeit betreten haben. Während Gwen Robson ihren Wagen aufsperrte, trat Dodo auf sie zu und garrottierte sie mit der Rundnadel, die sie im Handarbeitsgeschäft gekauft hatte, nachdem sie beim Friseur gewesen war. Erinnern Sie sich: Wir wissen, daß sie dort gewesen ist, weil sie die graue Strickwolle gekauft hat, die im Kofferraum ihres Wagens lag. Nach dem Mord kehrte sie ins Einkaufszentrum zurück.»

«Aber warum? Wenn sie uns schon den Tod meldete, was sie ja tat, warum dann nicht gleich? Warum konnte sie nicht jetzt gleich so tun, als ob sie die Tote entdeckt hatte?»

«Sie mußte erst zu Ende einkaufen, Mike. Sie kam nur einmal wöchentlich ins Einkaufszentrum und dachte nicht daran, sich aus der gewohnten Routine bringen zu lassen. Sagte ich nicht, daß wir es mit keiner gewöhnlichen, normalen Frau zu tun haben? Dodo war etwas Besonderes; sie war anders als die meisten Menschen. Sie hatte höchstwahrscheinlich ihren Schwiegervater umgebracht, hatte ihren Mann getötet, vermutlich schon mit einer Garrotte, die eine Stricknadel war, und sie hatte eine Nachbarin ermordet, ich nehme an, mit der gleichen Waffe. Vielleicht hat sie mit ihrer Garrotte sogar danach noch einen Pullover für Clifford gestrickt. Bei ihr wurde nichts verschwendet. Jedenfalls, sie ging zurück, um die restlichen Einkäufe zu erledigen. Es war noch nicht Viertel vor sechs. Möglicherweise dachte sie, ein anderer Autofahrer würde die Tote entdecken, denn die Parketage war um diese Zeit immerhin noch halb voll. Aber niemand hat sie bemerkt. Nur Clifford, der um sechs Uhr dort auftauchte. Er glaubte erst, es sei seine Mutter, nahm an, die Tote sei seine verhaßte Dodo. Und er machte etwas Verrücktes, das aber für ihn typisch war: Er deckte den Leichnam mit einem Vorhang zu, den er im Kofferraum seines Wagens liegen hatte. Danach rannte er davon, stürzte die Treppe hinauf, während ich im Lift hinunterfuhr, und er lief durch die Tore des Fußgängerausgangs hinaus auf die Straße, wo er von Archie Greaves gesehen wurde.

Dodo kam zurück, um zehn nach sechs, so daß ich sie sehen konnte, als sie vom Ende der verglasten Passage zum Eingang der Tiefgarage ging, und sie betrat tatsächlich das Parkgeschoß, wie sie uns wahrheitsgemäß gesagt hatte, um zwölf Minuten nach sechs. Ein Gutes hatte es schließlich doch noch, daß ich sie draußen auf dem Parkplatz gesehen hatte: Sie trug zwar zwei Einkaufstüten von *Tesco*, aber nicht den großen Ballen grauer Wolle, woraus ich schließen konnte, daß sie zuvor schon einmal unten gewesen sein mußte. Hatte sie damit gerechnet, eine Menschenmenge in der Parkgarage vorzufinden, vielleicht auch die Polizei? Als ich sie sah, mußte sie bereits gewußt haben, daß das nicht der Fall war. Aber etwas war geschehen: Jemand hatte die Tote zugedeckt. Wer? Ein Polizist? Der Fahrer eines Wagens, der weggegangen war, um Hilfe zu holen? Eines stand für sie fest: Es war nicht nützlich, wenn sie gar nichts tat. Ihr Wagen stand da, aber Clifford fehlte. Wäre er dagewesen, hätten sie einfach wegfahren können, ohne etwas zu unternehmen. Aber er war nicht da, und sie konnte nicht fahren. Was sollte sie tun?

Warten. Nachdenken. Was geschah, wenn der Fahrer des anderen Wagens auftauchte, der noch im Parkgeschoß stand, der Fahrer des blauen Lancia? Wo war Clifford? Wo war die Person, die den Leichnam zugedeckt hatte? Wenigstens war Dorothy Sanders nicht aufgefallen, daß die Tote mit einem Vorhang zugedeckt worden war, der ihr gehörte – oder besser, der oben in ihrem Speicher gelegen hatte. Sie ging wieder nach oben, sei es über die Treppe oder mit dem Lift, und schaute sich nach Clifford um. Das war der Zeitpunkt, als Archie Greaves sie zum erstenmal sah. Das zweite Mal schrie und tobte sie und rüttelte an den Toren. Die Nerven waren ihr durchgegangen; es war zuviel für sie geworden, das Warten, die Ungewißheit und dann ... die Stille.»

Olson nickte. Er bot noch einmal Tee an und schien nicht zu bemerken, wie schnell man dankend ablehnte, dann fuhr er sich mit den Händen durch das dichte, buschige Haar, das sein Gesicht verbarg. «Ich nehme an, es gab kein wirkliches Motiv für diese früheren Morde? War sie eine echte Psychopathin? Denn wenn es um ihr eigenes Interesse gegangen wäre, dann wäre ihr Mann doch wohl besser am Leben geblieben, nicht wahr?»

«Oh, es gab natürlich ein Motiv», sagte Wexford. «Rache.»

«Rache – wofür?»

«Diese Geschichte kann Ihnen Mike erzählen. Er kennt sie; Clifford hat sie ihm berichtet. Clifford hielt sie für romantisch; er konnte nicht durch den Schleier sehen, mit dem sich seine Mutter umgab. Sie hatte ihr ganzes Leben als einen Akt der Vergeltung betrachtet, ein Leben für die Rache an den Leuten, die erklärt hatten, sie sei nicht gut genug für ihren Sohn, und gegen den Sohn selbst, der ihnen zugestimmt hätte.

Sie war eine Mehrfachtäterin, die kalt und leidenschaftslos tötete, aber Angst vor ihren Opfern hatte, nachdem sie tot waren. Sie hat sich desinfiziert, um sich vor der Ansteckung zu schützen, und hatte Angst vor ihren Geistern.»

Burden und Olson hatten inzwischen eine Diskussion über Paranoia, Infantilismus und Übertragung begonnen; Wexford hörte ihnen ein paar Sekunden lang zu und mußte lächeln, als Burden sagte: «Wir leben, um zu lernen.»

«Zumindest leben wir», sagte Wexford und ließ sie allein, ging die paar hundert Meter zurück zur Polizeistation, wo er im Licht der bunten Lämpchen, die bereits an der großen Esche blinkten, in seinen Wagen stieg. Da saß er dann und las von Sheila, las die Erklärung, die sie abgegeben hatte, von ihrer Weigerung, die geforderte Geldbuße zu bezahlen – ihre mutige, verwegene, trotzige Erklärung, daß sie das gleiche jederzeit wieder tun würde.

«Der Chief Constable hat angerufen», sagte Dora, als er ins Haus kam. «Darling, er möchte dich so bald wie möglich sprechen und konnte dich nicht im Büro erreichen. Es geht vermutlich um dieses Haus.»

Das vermute ich keinen Augenblick lang, sagte Wexford, aber nur zu sich, nicht laut. Er wußte genau, worum es ging, und fühlte das Rascheln der Abendzeitung in seiner Manteltasche. Aus irgendeinem oder aus gar keinem Grund gab er Dora einen Kuß, und sie schaute ihn ein wenig überrascht an.

«Ich glaube nicht, daß es lange dauert», sagte er und wußte, daß es sehr lange dauern würde.

Dämmerung, fast schon Nacht, kurz vor fünf. Die Fahrt nach Middleton, wo der Chief Constable wohnte, führte ihn durch seine alte Straße. Es war das erste Mal seit der Explosion, daß er hier war, und er wußte, daß er es absichtlich vermieden hatte hierherzukommen, aber jetzt machte es ihm nichts aus. Der Himmel war saphirblau, und in den Fenstern entlang der Straße brannten die Weihnachtslichter. Er bereitete sich auf den schockierenden Anblick der Verwüstung vor, verlangsamte die Fahrt, als er sich dem freien, unbebauten Nachbargrundstück näherte. Bremste, blieb stehen und schaute.

Drei Männer kamen durch das Gartentor und setzten sich in einen Lastwagen, auf dessen Dach Leitern gebunden waren. Er sah das Schild der Baufirma, die Stapel von Ziegelsteinen, die Beton-Mischmaschine, die man zum Schutz vor dem Nachtfrost abgedeckt hatte. Er stieg aus, schaute und lächelte.

Sie waren dabei, sein Haus wieder aufzubauen.